KB183036

열여섯 번의 팔월

열여섯 번의 팔월

최문희 장편소설

문이당

차례

푸름이 연두를 지우고

'축 『푸름이 연두를 지우고』 출판 기념'

'축 『푸름이 연두를 지우고』 강문혁 교수 유고 에세이집 출판 기념'

행사장 입구에 도열해 있는 화환은 평범하지 않다. 서른네 개의 하트형 꽃대에 흰색 칼라 꽃이 겹겹이 포개졌다. 화판 가장이에 촘촘하게 꽂힌 카라 꽃은 바깥을 향해 비스듬 기울었고 한가운데 네 송이는 나팔꽃 모양으로 활, 벌어져있다. 하트형 꽃대의 가장이에 검정색 따를 둘러 그 선명한 대비가 생과 사를 금 긋는 경계인 듯싶어 숙연함을 자아낸다.

조안이 작게 소근 댄다. 꽃이 상복을 입었네.

쪼그리고 앉아 꽃대에 흰 종이로 돌돌 말고 있던 시인 강나래의 다문 입술이 파르르 떨린다.

낸 눈엔 세상 모두가 상복을 입은 것 같아.

작업하는 내내 나래의 다문 입술에 거스러미가 슬었다. 조안이 한 모금만 마셔, 커피잔을 건넨다. 나래가 도리질 한다. 내비둬. 오빠도 맨 입인데…….

오늘 출판기념식을 하는 문혁하고는 배다른 남매인 나래가 밤새워 꽃가지에 흰 한지로 돌돌 감는 작업을 한다. 지켜보고 있던 룸 메이드 조안이 한마디를 비튼다.

산 사람은 맨입으로 못 살아. 그 말을 씹어 삼키며 돌아서는데 나래의 목소리가 뒷덜미를 잡는다.

조안아, 있지. 난 이제 시 못써. 내 시혼에 멍이 들었거든. 난 빈 콩깍지야.

조안이 내밀었던 커피잔을 거둔다. 나래는 물 한 모금 마시지 않는다. 세수도 안하고 머리 빗질도 안한다. 엉망인 채로 일주일을 버틴다.

조안이 물러난다. 버티는 데도 한계가 있지 싶다. 곁에서 자꾸 지분대면 없던 분노까지 끌어낼지도 모른다.

나래가 온종일 안고 사는 앉은뱅이 탁자 위에 펼쳐져 있는 작업노트를 설핏 본다. 보자고 해서 본 건 아니다. 스마트폰을 찾아 여기저기 뒤적거리다가 펼쳐져 있는 나래의 작업노트에 눈길이 꽂혔을 것이다.

연두의 씨알 검은 연못에 수장하고 우레 빗겨간 물위에 나직이
솟은 수련 한 송이
열흘이 먼가, 시린 꽃샘바람 꽃잎 발겨 핏빛 멍울 터뜨리고
야윈 속살에 번진 그악스러운 문진 비명 질러도 돌아보지 않는
낯선 눈길들

왜가리 넋을 비틀어 착즙한 목울음 소리. 검은 피의 멍울이든가

조안이 나직한 목소리로 읊어내는 시어들, 나래가 작업하던 손을 놓고 고개를 갸웃한다. 제가 쓴 시인데?

왜 남의 노트를 훔쳐 봐? 비트는 목소리에 훈김이 서려 잘게 떨린다.

책상위에 펼쳐져 있던 걸, 훔쳐 본 거 아니야.

그 시어들 마디에 스민 나래의 깊고 간절한 그리움을 조안은 알고 있다. 그 단어를 그에게 타전했던 날, 나래에게 날아온 문혁의 한마디는 독 묻은 활촉 같았다.

배다른 남매도 근친이라는 거 몰라?

나래는 목울음을 씹어 삼킨다. 사랑이 아무에게나 던져 주는 심장이 아닌데…….

조안이 무릎걸음으로 다가가 나래의 흔들리는 어깨를 보듬는다. 토닥이는 손끝에 앙상한 떨림이 전해진다. 그녀의 쳐진 입꼬리에 아픔을 깨물었고, 화장기 없는 맨살엔 실오라기 같은 잔주름이 슬었다. 잠깐 쉬어가면 안 돼? 살아남아야 하니까. 살아남은 사람에겐 저마다에게 주어진 숙제가 있대.

치뜬 눈매로 조안을 쳐다본다. 문혁이 오빠가 그랬어. 마음속에 들어온 사람이 있다고. 그 사람은 자신을 쳐다보지도 않는다고. 잊어야 하는데, 날 위해서가 아니라 그녀를 위해서 내 집착의 고리를 풀어야 하는데 그게 안 돼. 살아남기 위해 장애가 되는 가시 등짐을 벗어던져야 한 댔어.

조안이 눈을 피하고 입을 다문다. 그 이야기는 문혁이 마주 앉

은 자리에서 자신에게 한 말이다.

조안아, 넌 내 가시 등짐이라고. 내 생의 무거움이라고. 아직도 그 음절이 귓가에 와 스멀거린다.

배우정이 행사장 입구 양쪽에 서 있는 포스트 보드 스탠드 표시판 앞에서 걸음을 멈춘다. 아직 20분이나 남았는데 행사장 좌석은 반이나 메워진 상태다. 오늘의 주인공 문혁의 제자들이지 싶다. 그는 목을 죄는 보타이 끈을 잡아당긴다. 답답하다.

나래 시인이 놀린다. 옷이 날개라니까. 늘 좀 챙겨 입고 다니면 좋은데. 지금이 딱 좋아.

모 쌤 슈트 빌렸어.

나래가 손사래를 친다.

그랬구나. 한때 문혁이 오빠하고 닮은꼴로 입고 다녔지. 안경까지 같은 걸로. 조안에게 한방 얻어터진 뒤부터 모 샘이 강 교수 흉내 내기는 안했지만…….

어떻게 얻어터진 건데? 난 왜 그 현장에 없었지?

나래가 조곤조곤 설명한다.

지난 일이야. 한동안 둘이 쌍둥이처럼 하고 다녔잖아. 문혁이 오빠 귀국해서 모교에 발령받던 그 무렵이니까. 둘 다 검정색 슈트에 검정 목댕기, 검정 테 안경까지, 문혁이 오빠 말처럼 영혼의 쌍둥이가 따로 없었다니까. 구별할 수가 없었어. 둘 다 장신이었잖아. 완전 야쿠자 같았다니까.

조안이 억양 없이 뇌까린다.

야쿠자? 너무 했다.

후일담을 들은 문혁은 웃었고 경인이 사납게 고개를 흔든다. 야쿠자? 말 함부로 하지 마.

감정을 내보이지 않은 경인이 그날 나래에게 내뱉은 가시 돋은 한마디는 맵고 쓰리다.

그런 말 탓인지 그 이후부터 경인의 차림새는 달라진다. 검은 슈터에 검정 목댕기를 풀어내고 검정색 안경까지 발라낸 그를 보고 조안이 고개를 끄덕인다.

찐 모 쌤이야. 날마다 문상 다녀온 것도 아니면서 상복을 애용하는 까닭이 뭘까요?

비트는 말인데도 경인은 그냥 귓결로 흘린다.

오늘 출판기념 사회를 맡은 배우정이 검정색 슈트에 검정 보타이를 단정하게 맸다.

경인이 행사 일주일 전에 양복점 덮개를 쓴 슈트를 우정의 방 옷걸이에 걸어둔다.

놀고 있는 옷이야. 네가 입어.

모 쌤도 한 벌 정도는 있어야 하잖아요?

난 입을 일이 없어.

그래도? 가끔 작가 모임 같은 데 나가잖아요. 맨날 그놈의 점퍼때기 지겹지도 않아요?

경인이 이어폰으로 귀를 막아버린다. 이어지는 말이 성가실 때 하는 경인의 버릇이다.

우정이 늘 걸치고 다니던 소털 색 코르덴 카디건에 익숙했던 목에 보타이의 조임이 팍팍하게 느껴진다. 잘 입을게요.

스마트폰으로 행사장 주변을 찍는 우정의 모니터에 불쑥 다가선 조안? 그녀는 늘 한결같다. 검정색 스커트에 동색의 카디건을 걸쳤고 안에 입은 흰 블라우스도 같은 모습이다. 평소와는 달리 하이힐을 신었다. 운동화나 캐주얼, 플랫슈즈를 신고 다녔는데, 오늘 아침 룸 메이드인 나래가 지적하지 않았다면 그냥 운동화를 신었을 것이다.

구두가 코디의 결정판이란 거 몰라? 정장에 운동화는 좀 그래.

그래? 조안이 신었던 운동화를 벗고 하이힐로 바꾸어 신는다. 조안이 많이 솔깃해진 것 같다. 3년 전 처음 강산문방(문학동아리)에 합류할 때만 해도 농구 볼처럼 탱탱했다. 그 버팀이 미숙과 성숙 사이에서 미적대는 것처럼 보였다. 차츰, 풍선에 공기 빠지듯 헐거워지기 시작한다. 유연해진 걸까? 많이 내려놓은 것 같다.

무슨 말끝에 우정이 은근히 꼬집는다. 독야청정 했던 조안 샘이 아닌데요. 바닥을 치는 건가요? 했을 때 조안이 버무려져야지. 밀가루 반죽처럼……. 사이를 두고 한마디를 보탠다. 말랑해질 거야.

나래가 나선다. 말로만 말랑? 뭔가 행동으로 봬주라.

조안이 웨이브 없는 단발머리를 쓸어 올린다. 생머리하고 다닌다고 나래 시인이 뭐랬잖아. 펌도 하고 화장하는 것도 내겐 벅차. 예전에 단색 옷만 입었지만, 요즘엔 닥치는 대로 입어. 나래 시인하고 같이 살면서 많이 배운 거야.

우정이 고개를 끄덕인다. 맞는 말이다. 조안이 처음 나타났을 때 조금 빳빳했다. 생머리에 화장기 없는 얼굴, 흰색 카디건으로 조합된 이미지는 센 언니의 이미지로 느껴졌다. 말도 그런 식이다. 무슨 의견을 물어보면 자신만의 생각을 솔직하게 말하지 않는다. 적당히 비켜간다. 내 의견이 뭐 중요해? 난 그냥 모두의 의견에 따를게. 하는 식이다.

밀레니엄 북스 대표 나주연의 말을 빌리면 조안이 지고 못 사는 악 찰박이라고 일침을 날린다, 조안이 걸어온 행적이 그렇다는 말이다.

멀쩡하게 근무하던 대학병원 간호사 자리를 집어 던지고 다시 한의대학에 편입한 사실을 두고 꼬집는 말이다. 누군가 묻는다. 같은 계통인데 굳이 경계를 뛰어넘은 까닭이 뭡니까?

조안이 가만히 고개를 끄덕인다.

졸업하고 1년 동안 간호사로 근무했어요. 간호사라는 직업은 의사의 손이나 발, 명령으로 움직이는 AI(로봇)에 불과해요. 민첩한 행동만 있으면 누구나 쉽게 접근할 수 있어요. 굳이 간호대학을 졸업하지 않아도 1,2년 견습하면 가능해요. 전 이제 겨우 이십 대 중반인걸요. 제 의지로 자신의 남은 생을 주도하는 직업을 가지고 싶었어요. 3년 동안 3수해서 겨우 한의대 편입이 가능했어요. 내년이면 의사 자격시험을 보고 대신 서른 문턱을 넘어섰어요.

천일 넘게, 문방 동아리에서 한 달에 한 번의 만남으로 그녀의 실상을 알아낼 수 없다. 한 가지 확실한 것은 자신이 작업한 교열 작업에 완벽을 기한다는 태도다. 까다로운 밀레니엄 북스 나 대표가 마지막 OK를 조안에게 일임하는 것만 봐도 그녀의 완벽주의를 인정해야 한다.

나 대표가 한마디를 툭 던진다. 의대생이 교열 알바는 이해가 안 가. 공부해야지. 시간이 남아돌아? 보수도 쥐꼬리만 한데?

조안이 나직이 받는다.

소설가가 꿈이었지만, 그 직업으로 살 수 없잖아요. 환자와의 대담 에세이나 근무일지 같은 글을 쓰고 싶어요. 하루에 한두 줄만 써도 10년이면 300쪽이 넘겠지요. 희망 사항인걸요. 한의사로만 살면 그 생이 너무 삭막할 것 같아요. 간호대학은 이모님이 강요해서 갔고요. 전 지금의 제 자신에 만족해요.

아무튼 독종이라니까. 나주연의 결론이 그렇다.

출판기념행사장으로 들어오는 사람들마다 화환 앞에 서서 사진을 찍는다.

안내데스크에는 S 대학 제자들 세 명이 출간 기념식에 온 손님들을 안내한다.

행사 전문업체인 대신기업에서 나온 책임자가 사회자에게 다가온다. 유작이라는 것을 굳이 명시할 필요가 있을까요? 아직 장례를 지낸 것도 아닌데요?

배우정이 잠시만요, 휠체어를 타고 앉아있는 강 회장에게 가서 작은 소리로 묻는다.

유작이라는 말을 굳이 명시하지 않았으면 하는데, 어떡할까요?

오늘의 주인공인 문혁의 부친 강 회장이 우물거리는 사이 책을 출간한 밀레니엄 북스 나 대표가 좋은 생각이야. 아직 사망진단이 나온 거 아니잖아. 호흡기 달고 누워있는 사람을 두고 굳이

유작이라고 죽음을 기정사실 하는 건 좀 그래. 안 그래요? 강 회장님? 살가운 결정이다.

강만복이 휠체어로 운신하게 된 까닭이 아들 문혁의 식물상태와 무관하지 않다. 19개월을 버티는 동안 그는 쇠락의 급류에 휩쓸린다. 속사포처럼 쏟아냈던 말수가 줄었고 살기등등했던 눈길도 늘어진 눈시울에 짓눌린다.

전면에 설치된 대형 스크린에 환하게 웃는 강문혁이 튀어나올 듯 생생하다. 검정슈트에 검은 넥타이, 늘 그 모습 그대로다. 시작을 알리는 사회자의 목소리와 함께 음소거로 처리된 화면엔 소리를 지운 동작이 무성영화처럼 창백하다.

밖에 계신 분들 들어오셔 착석해 주셨으면 합니다.

우르르 들어선 축하객들 손에는 『푸름이 연두를 지우고』 한 권씩 들려 있다. 자리를 메운 대부분은 그가 근무했던 대학의 동료교수나 학생들이다. 맨 앞줄에 나 대표하고 강 회장이 앉았고 맨 뒷줄에는 나래 시인하고 조안이 앉아있다.

마침내 모경인의 등장한다. 면바지에 감색 재킷은 그의 단벌 입성이다. 나래가 짓궂게 군다. 세탁이나 해요? 맨날 같은 옷이야. 우정이 대신 말한다. 디자인은 같지만 같은 옷이 두세 벌 있다니까요. 몇 년 동안 한방 살이 하는 그의 말이다.

경인이 활짝 웃는 얼굴이다.

조안이 웃음에 버무려 하회탈 같아. 웃자고 한 말인데도 경인은 뜻밖에 진지하다.

웃음은 물레 같은 거야. 물레가 물을 퍼 올리듯이 웃으면 절로 마음이 밝아지는걸. 우그러뜨리고 다니면 이웃들에게 금방 전염돼.

오늘 그는 벌어진 입술을 금방 오므린다. 안대로 가린 왼쪽 눈은 아직도 부기가 가시지 않았다. 안대가 얼굴의 반을 가렸다. 19개월 동안 두 번의 수술을 했고 다음 달 세 번째 수술을 예약해둔 상태다. 왼쪽 각막에 박혀있는 유리 조각을 제거했지만, 실명될지도 모른다는 말에도 본인은 담담하다.

경인이 뒷자리에 가서 앉는다. 깊숙이 눌러 쓴 야구모자는 어울리지 않는다. 칩거했던 9개월 동안 제멋대로 자란 긴 머리카락이나 웃자란 턱수염이 거칠다.

나래가 머리 정리해야지, 꼭 노숙자 같다니까. 하는 말에 경인이 손을 내젓는다. 쉿, 조용.

사회자가 마이크를 든다.

강문혁 교수의 산문집 『푸름이 연두를 지우고』 출간 과정을 간략하게 소개하겠습니다.

'강문혁 교수는 서른두 살에 하버드 대학교수로 초빙되었던 천재 영문학자입니다. 하지만 그는 그 모든 특혜를 밀치고 고국으로 돌아와 모교의 강단에 섰습니다. 안타깝게도 29개월 동안 재직했습니다. 그는 말했습니다. 행복은 선택이 아니라 당위라는 헤르만 헤세의 말을 자주 빌렸습니다. 그럼에도 불구하고 간절한 슬픔은 행복이라는 당위와 동의어라는 논리를 고집했지요. 자신의 요절을 예감한 자조가 아니었는지 새삼스럽게 그 말의 변죽이

안타깝게 다가옵니다.'

배우정이 들고 있는 마이크에서 탄식에 버무려진 숨소리가 배어난다. 말은 이어진다.

'편집에 어려웠던 점은 강 교수의 노트북에 수록돼 있던 짧은 한 두 마디는 대부분 영어로 표기된 상태였지요. 강 교수의 친구인 모경인 작가의 노력으로 원조 저자의 감성이 그대로 전달되었을 겁니다. 여러분들께서 직접 읽어 보시면 알겠지만, 강 교수의 시각은 일상의 소소한 살비듬 같은 이야기를 이삭으로 주웠다는데 의미가 남다릅니다. 마이크를 밀레니엄 북스 나주연 대표님께 돌리겠습니다. 나 대표님은 강문혁 교수와 고등학교 동기동창이고, 문학 스터디 팀에서 공부한 동료이기도 합니다. 중요한 것은 주변의 누구보다도 먼저 강 교수의 산문집 출간을 적극적으로 주선해 주셨다는 점입니다.'

나래가 맞아. 모 쌤 맘고생 했어. 몇 줄의 간단 메모를 360쪽의 서사로 늘이고 짜깁고 보태는 작업을 했으니까. 모경인 작가 아니면 누가 그 일을 하겠어?

조안의 깍지 낀 두 손이 맞물린다. 그 손의 움직임이 사회자의 시야로 기어든다. 대각선상 맨 끝자리에 앉아있는 위치 탓인지, 개인적인 관심인지는 그 자신도 알지 못한다.

밀레니엄 북스의 나 대표가 마이크를 받아 든다. 검정색 스커트에 와인 빛 재킷을 걸친 그녀의 의상은 이 장소, 이 분위기에 걸맞지 않다.

앞뒤를 생략한 나주연의 멘트는 간결하다.

'아시겠지만, 강문혁 교수는 서사의 달인이라 해도 틀리지 않습니다. 영문학자이면서도 한글에 대한 애정이 남달랐습니다. 형식이나 틀이나 규격을 입히지 않은 그대로의 말, 그대로의 동작을 이미지로 형상화합니다. 문장의 행간이 내포하고 있는 함의는 다양합니다. 이 시대가 망각하고 있는 진실의 단면을 날 벼린 비수로 갈라 그 누추함의 거친 결을 일목요연하게 표출합니다. 나열하지 않고 설명하지 않으며 해명하지 않습니다. 그래서 그의 글이 지닌 독보적인 함축의 은유는 풍화된 천년의 유골처럼 간결하고 가지런합니다.

날카롭고 거친 논리나 야비한 불평을 표면에 들어내지 않고도 피 흘리는 소수자들의 내면을 생생하게 실어내는 이 시대의 탁월한 문장가, 강문혁의 산문집 『푸름이 연두를 지우고』에 관심을 가져주셨으면 합니다.

더 많은 이야기가 있지만, 행사의 시작을 지루하게 해서는 안 될 것 같아 이 정도로 물러갑니다. 백 마디 말보다 『푸름이 연두를 지우고』를 읽어 보시면 젊고 강렬했던 천재 영문학자가 흘린 서사에 매혹하실 겁니다.'

앞좌석을 차지한 S 대학 영문학과 대학원생들은 약속이라도 한 듯이 그의 산문집을 보듬고 있다. 어떤 학생은 성급하게 책갈피를 열고 페이지를 넘긴다.

다음 순서는 명퇴한 교수의 축하 원고를 대신 전하러 온 젊은 교수가 단상으로 오르던 중이다. 단상 옆에 서서 사회를 보던 배우정이 갑자기 미간을 구긴다. 나 대표가 키 큰 파초 화분 뒤에 웅크리고 앉아있는 경인의 팔을 잡아당기는 모습이 눈에 들어온다. 행사장 귀퉁이가 일시에 술렁거린다. 무슨 급한 일이기에? 행사가 마무리될 때까지 지키고 있어야 할 자신의 위치를 비껴간 행동은 아닐까? 경인이 나주연의 뒤를 따라 나가면서 뭔가를 조안에게 건넨다. 배우정의 미간에 골 주름이 곤두선다. 그는 속으로 투덜거린다. 다들 왜 그래?

잠시 후 조안이 조용한 기척을 끌고 뒤따라 나갔고 나란하게 앉아있던 나래 시인이 앞줄로 자리를 옮긴다. 시 낭송 순서에 대비해서이기도 하지만 갑작스러운 자리 이동으로 어수선해진 분위기를 아우르려는 시도는 아니었을까?

그들이 있든 없든 행사는 진행된다. 동료 교수 두 분의 축사에 이어 학생 대표가 나가서 강문혁 교수의 다짐 발언을 흉내 낸다. 단상으로 나온 학생이 개 구진 동작과 표정으로 강 교수의 말투를 재현한다.

'세상에서 제일 무서운 사람이 누군지 알아? 공부하는 젊은 녀석이야. 자신이 주인이 되고, 자신이 자신을 만들고, 정의해야 해. 자신이 정한 자신만의 길에서 열심히 공부하는 젊은이만이 자신의 의지를 확보할 수 있어'

음성과 제스처 까지 곧이곧대로 모방한다. 모두들 입꼬리를 당겼지만, 웃음소리는 내지 않는다. 학생이 계속한다.

'강 교수님은 강의 말미에 당부하는 한마디를 잊지 않았어요. 여러분 연애를 해요. 연애에도 훈련이 필요합니다. 송두리 채 매달리고 집착하면 버려져요. 사랑의 시작은 맹목으로, 사랑의 진행은 분석으로, 사랑의 마무리는 상큼하게, 이 과정이 연애의 공식입니다. 한 학생이 질문했어요. 교수님의 연애사는요? 교수님은 잠시 숨을 고르시고는 어깨를 으쓱하십니다. 왠지 슬픔을 전도하는 메신저처럼 엄숙해져서, 진실은 이별이며, 만남과 이별은 인간이기에 치러야 하는 당위라고 하셨죠. 모든 만남은 헤어짐을 전제로 한답니다. 매달리면 남루해진대요. 우리를 아프게 했던 그 한마디였어요. 가슴속에 박혀있는 애착이나 미움에서 벗어나야 자유로워진댔어요. 작별도 사랑이며, 헤어짐은 끝이 아니라 각자의 시작이기에 축복해야 한댔어요. 말씀하시는 내내 각지 낀 손등이 울퉁불퉁 했어요. 이제 강문혁 교수님의 강의를 들을 수 없다는 사실이 많이 아파요.'

학생은 마이크를 탁자위에 내려놓고 깊숙이 허리를 구부린다.

단상으로 오르는 나래 시인의 한복 차림에 모두 고인의 오랜 병고를 잊은 듯 탄성을 내지른다.

아름다워…….

오간지로 만든 검정색 치마가 꽃 봉처럼 벌어진다. 나래 시인이 늘 좀 평균치가 넘는 신장을 불만스러워했지만, 사기질의 흰 피부를 감싼 한복 맵시는 카라 꽃의 환시 같다.

강문혁 교수의 시 한편을 골랐습니다. 낭송하겠습니다.

서걱거림

낯선 시간의 모퉁이 황색 피부와 검은 머리카락
수은처럼 나동그라져 발길에 차이고
입으로 눈으로 귀로 허파로 빨아 마셨던 서걱거림
허술한 어둠의 어간,
혀 위에 자음과 모음을 올려놓고 어르는 밤마다
혀에 감기는 조국의 언어들. 마른 목구멍에 짚여진 멍울 한 줌

– 중략

바이올린의 낮은 선율이 이어졌고 낭송이 숨을 고른다. 짧았지만 열정과 재능과 성실로 완벽하게 지상의 삶을 짜깁기했던 강문혁이 스크린에서 웃고 서 있다.

대필 작가?

조안이 행사장으로 되돌아 왔을 때 박수의 여운이 감돌았지만, 뭐야? 물어보지 않는다.

배우정이 다가와 한마디를 흘린다.

조안 샘, 좋은 장면을 놓쳤네요. 나래 시인의 낭송 이벤트가 압권이었는데…….

조안이 작게 속삭인다. 낭송 연습할 때 들었어. 그 시, 나래 작품인 건 모르지? 강 교순 시 안 써. 그것보다 지금 있지, 모 쌤이나 대표에게 한바탕 당하고 있어.

배우정이 후다닥 고개를 쳐든다. 나 대표가 모 쌤을 왜요? 그런데도 보고만 왔단 말에요?

조안이 들썩거리는 그를 다독인다.

모 선배 뿌리치고 나갔어. 혼자 헤비고 다닐 거야.

배우정이 후다닥 뛰어 나간다. 마침 강 교수의 동료였던 선배 교수의 축사 중이어서 사회자의 빈 틈새는 아무도 눈치채지 못한다. 다행이 축사 말미에 맞춤해서 사회자 자리에 되돌아와 서 있다.

모 쌤 성격 몰라요? 금방 날랐지. 전화도 안 받아요.

행사의 마무리는 깔끔하다. 나 대표가 축하객들의 손을 일일이 잡고 깊숙이 허리 구부려 감사 인사를 표한다. 우정이 준비한 식사권을 나누어 준다. 다정한 배웅이다. 나 대표가 거느리고 다니는 품위다. 나 대표는 강산문방 멤버들에게도 싹싹하게 군다. 모두 수고들 했어. 한잔해야겠지만, 징징거리는 강 회장을 혼자 내버려 둘 수도 없고.

나주연이 손을 흔들며 주차장 승강기로 빨려 들어간다.

조안의 하이힐 신은 발이 제자리에서 자박거린다. 그녀의 초조한 마음 상태가 자발 대는 발에서 느껴진다. 우정의 시선을 느꼈는지 그녀가 돌아선다. 조용한 움직임이다. 그녀의 신중함을 느낄 때마다 우정이 절로 고개가 갸웃거려진다. 태생적인 것인지 작위적인 몸놀림인지 뭔가 아리송하다.

조안이 사락거리는 스마트폰을 연다.

– 끝나고 잠깐 봐. 거기, 운니동 카페 '여울'에서 기다릴게

모경인의 문자다.

배우정이 보고 있는데, 스마트폰 문자를 보고 얼른 호주머니 속으로 밀어 넣는 조안의 민첩함에 혀를 내두른다. 뭔가 뒤둥그러져 있는 허둥거림이다.

조안은 마음이 급하다. 만나자는 모경인도 중요하지만 남아있는 강산문방 식구들을 따돌릴 자신이 없다. 경인을 만나야 한다는 쪽으로 마음이 기운다. 왠지 마음이 짠하다. 차 한 잔의 위로

라도 건네고 싶다. 우정의 시선이 따갑다. 사람을 관찰하는 눈의 습관이라고 그가 둘러댄다. 친밀하게 지내는 룸 메이드인 경인을 쳐다볼 때도 우정의 곧추세운 눈살은 맵다. 오늘 유독 조안의 언저리에서 멈칫거리는 것 같다. 나 대표에게 일방적으로 당했다는 모경인의 뒷이야기가 궁금해서 그런지도 모른다. 이야기는 꺼내다가 말았고 남은 이야기는 흐지부지 한 상태다. 하지만 지금은 아니다. 나래와 우정이 어디 가서 침샘을 해결할지 의견 일치가 쉽지 않은 모양이다.

조안이 둘러댄다. 나 좀 급해서 먼저 갈래. 둘이서 더 오붓하잖아. 뒤도 안 돌아보고 살짝 빠져나간다.

우정의 목소리가 귓결에 스친다. 가는 사람 잡지 말고 오는 사람 우리 사람. 배우정이 버릇처럼 되뇌는 후렴구다.

배우정이 그녀의 행선지를 모르지 않는다. 경인하고 서로의 일정을 터놓고 산다. 경인이 나 대표하고 한바탕 실랑이를 치룬 후 발 빠르게 뛰어나갔지만, 정부청사 이면도로에서 뒤따라간 우정에게 붙잡힌다. 어디 가서 한잔해요. 배우정의 제안에 경인이 고개를 내젓는다. 그런 일은 드물었는데, 배우정이 왜요? 하는 얼굴로 쳐다보았다.

운니동 '여울'에 가는 길이야. 조안 하고 할 이야기가 있고. 다들 같이 와.

우정이 고개를 끄덕인다. 조안하고 단둘의 시간이 필요할지도 모른다. 그가 행사장으로 돌아왔을 때 출구에서 잠시 멈칫했다. 조안의 모습이 눈에 설다. 조금 전까지 전혀 의식하지 못했다. 궁금증을 속으로 품고 사는 그가 아니다.

웬 안경? 눈이 나빠?

조안이 왜 이상해? 낮엔 렌즈를 하지만 밤엔 안경이 편해. 왠지 렌즈가 퍽퍽해서. 변명처럼 말한다.

그 둥그레 안경테가 하나의 기억을 건져 올린다. 깊고 음침한 우물 속에 수장되었던 희미한 기억 한 조각, 오래전 고향의 멱 감던 개울가에 서 있던 소녀도 둥그레 안경을 썼다. 영화 해리 포터의 〈죽음의 성물〉이 상연되기 전이다. 그 둥그레 안경테가 조안에게 썩 잘 어울린다. 우정이 갑자기 소름발이 슨 건 먼 기억 속의 소녀하고 조안의 이미지가 겹쳐졌기 때문이다. 마침 평상복으로 갈아입고 나온 나래에게 묻는다.

조안이 안경 쓴 거 첨 봐. 나래의 반응을 살핀다.

검정 코트로 몸을 감싼 나래는 들고 있던 한복 봉투를 그에게 건넨다. 내가 안경 쓴 건 안 뵈나 보네. 조안이 밤에는 안경 써. 렌즈에 적응이 잘 안되나 봐.

나래가 앞장서서 걷는다. 우선 청진동에 가서 간단히 요기부터 하고, 어머 저기 조안 아니야? 신호등 앞에 서 있어.

조안이 광화문 네거리 붉은 신호등 앞에 서 있다. 세종회관에서 16차선 건널목을 가로질러 인사동까지 15분 거리다. 조안이 하이힐을 벗어 숄더백에 넣고 멜리사 플랫슈즈를 꺼내 신는다. 발이 편한 구두로 걸어가면 5분은 빨리 도착할 수 있다. 문자를 받은 지 2시간이나 지났다. 기다리고 있을지 확신은 들지 않는다. 만나도 그만, 못 만나도 그만, 절박한 감정은 없다. 나 대표에게 당하는 모습을 보고 가슴 한귀가 짠했다. 맹목적인 감정인지도 모른다. 완벽하게 갖추어진 사람보다 허룩한 사람에게, 성공한 위치보다 저만치 가두리에서 서성이는 아웃사이드에게 자주 시선이 끌린다. TV 프로를 보다가도 카메라 렌즈 밖으로 겉도는 예인들에게 마음이 더 기운다. 한구석 아이로 자란 유년기의 기억이 밑그림으로 작용하는지도 모른다.

대필 작가인 주제에? 나 대표가 날린 뜨거운 물수제비다. 넌 주변부 작가반열에도 못 끼는 주제잖아.

어쩌면 모경인의 상황이 조안 자신하고 비슷하다는 공감대가 연민을 촉발했을까? 그 대상이 경인이라서 그랬던 건 아니다. 나래나 우정이 나주연의 일방적 공격을 받는 현장에 있었다면 조안이 나서서 한마디 했을지도 모른다. 왜 우릴 함부로 해요? 지하실 한 칸 빌려준 대신 교열작업은 우리가 다 하잖아요. 무슨 정의감이나 의리가 돋으라져서 그런 건 아니다. 나주연이 직방을 날리지만, 근거 없는 말은 아니다. 남의 자서전이나 써주는 대필 작가인 주제에? 그녀의 말투가 그렇다. 하지만 그녀의 뒤안길을 살펴보면 그녀 나름의 아픔이 깊다. 그렇다고 해도 상대를 몰아붙이는 식으로 말하는 건 인간성의 차원이 아닐까?

누구 편을 들어 줄 수 있을까? 경인이 당하고 있는 장면을 목격했다. 하지만 나주연이 따귀를 맞을 정도로 뭘 잘못했을까? 폭력을? 당치 않다. 말로 풀어야 한다. 대필 작가라는 말에 덧붙여진 대필 작가인 주제에, 겨우 그거면서? 바닥을 치는 발언이긴 하다.

본의 아니게 조안이 그 장면을 목격한다. 뭔가 발끈 솟구친다. 하지만 자신의 잣대를 들이대고 싶지 않다. 민감 상황이다. 조안은 나름의 균형을 유지하고 싶다. 누굴 편들고 누굴 비난할 위치가 아니다. 그런데도 왠지 경인 쪽으로 마음이 쏠린다. 그 감정의 실체가 무엇인지 걸어가는 동안 머릿속에서 뱅뱅이를 돈다. 조안은 자신의 안에서 버르적거리는 모순에 자주 휘청댄다. 경인이 나주연의 거처에서 나오는 현장을 목격했던 날, 심장에 칼을 맞은 듯 시큰거렸다. 온종일, 아니 일주일 내내 전화나 문자나 모임에 나가서도 입을 다물었다. 질투하니? 조안이 자신의 깊고 컴컴한 동굴을 향해 질문한다. 질투하잖아. 비겁쟁이가 따로 없다.

나래가 왜? 문제 있어? 살피는 눈치다. 조안이 도리질만 한다. 어떤 결정 앞에서 망설이는 자신의 어정쩡한 태도에 짜증난다. 기면 기고 아니면 말고, 왜 딱 부러지지 못해? 후회하고, 또 반성하고 다신 그러지 말아야지 수없이 다짐한다. 그때뿐이다. 새날이 밝고 어둠이 가시면 밤의 후회는 성긴 눈발처럼 녹아내린다.

인사동 네거리에서 익선동 골목을 빠져나가면 종로 3가 운니동이다. 조안은 운니동이라는 지명에 호감이 간다. 홍선대원군(박종화의 소설 홍선대원군)이 때 묻은 두루마기를 입고 조대비에게 선물할 안성 유기 주발을 들고 자박자박 걸어갔던 유서 깊은 돌담이다.

덕성여자대학 종로 분원 뒤쪽에 쪼그리고 들어앉은 카페 '여울'은 경인이 즐겨 찾는다. 한옥을 원룸 시스템으로 개조한 실내는 아늑하다. 한지로 도배한 벽지나 원목 그대로의 들보의 모양이 예스럽고 소박하다.

저녁 9시 무렵, 인사동 골목길은 젊음의 향기로 달콤하다. 그들이 만들어 내는 사랑의 풍경이 걸어가는 조안의 발길에 챈다. 무엇을 찾아 기웃거리나? 아주 젊은 커플들은 아니다. 그들은 눈높은 여자 친구에 끌려 홍대 근처나 강남 로데오 거리로 진출했고 인사동 골목에서 기웃대는 부류는 시간의 조류에 떠밀려 여기까지 온 어정쩡한 삼십 대가 아닐까? 사랑에도 골드 타임이 있고, 아웃 타임이 있다지 않던가? 나래 시인은 말한다. '사랑은 머물지 않아. 한고비 열정의 주인공으로 살았다면 그 말랑한 추억으로 연명하는 거야. 또 다른 사랑을 찾아 기웃대고 서성거리면 추해진대.'

조안은 그 말에 동의할 수 없다. 사랑은 죽을 때까지 복습해야 하는 공부래. 어떤 사랑꾼도 사랑의 핵심에 도달하기 전에 서로의 거죽만 핥다가 쪼개진다잖아. 세상에서 제일 어려운 공부가 사랑학이래. 목적지에 도달하기 전에 부스러지는 거지. 하지만 사랑 학원 삼수생쯤 되면 스스로 사랑학에 득도하지 않을까? 누군가와 마주쳤을 때, 갑자기 심장이 졸아드는 느낌, 심장 켜 속에 숨어있던 다 타지 못한 불덩이가 다시 발화하는 거라.

조안 자신도 그 정확한 근거를 알지 못한다. 생각의 줄기는 자주 휘어지고 분질러진다. 사랑인지 아닌지? 천 가닥 만 가닥의 지류가 뒤엉켜 머릿속이 복잡하다. 언젠가 경인이 포스트잇에 또박또박 잘게 쓴 문구를 주었다.

'단순하고 간결함 속에서 당당함을 잃지 않을 때 그런 사람 앞에 서면 자신이 초라하고 부끄럽게 느껴진다. – 법정'

단순 간결함이란? 조안이 스스로 정의한다. 자기 자신에게 정직한 사람, 자신을 객관화할 수 있는 사람이라고. 지금 경인이 기다리고 있는 곳으로 바삐 걸어가고 있는 것은 그 단순 간결함에 자신을 반죽하려는 시도는 아닌지, 갑자기 그녀는 가슴속에 숨을 가둔다. 생각은 이어진다. 어떤 감정도 속단해서는 안 된다고. 경인이 단순한 문학 동문일 뿐인지, 다른 색깔이 덧입혀진 건 아닌지 그 경계에 선을 그어야 한다. 금이 그어지지 않는다. 뭔가가 가로막는다. 문턱이었을까? 해묵은 고목의 그루터기가 두 사람 사이를 가로막고 있다. 그런데도 조안이 그의 언저리에서 떠날 수가 없다. 경인의 숙인 모습에 자주 눈길을 빼앗긴다. 비굴인지 겸손인지 아리송하다. 숙인 고개를 쳐들 때마다 그는 해바라기처럼 활 웃는다. 그 웃음이 주변을 밝게 만든다. 웃음기를 물고 다니는 입술, 그 입술은 말라 있다.

조안이 잠시 걸음을 멈춘다. 가파르게 솟은 날숨을 고른다. 그를 만나기 위해, 위로해주고 싶어서, 달려가고 있다. 나 대표에게 당한 만큼 해줬잖아. 폭력을? 넘 했어. 참견은 오지랖이 아닐까? 좋아하는 거야? 조안이 작게 고개를 끄덕인다. 그 활 웃은 해바라기 미소 뒤에 설핏 내비치던 서늘한 적막의 낌새를 해석하기엔 너무 멀리 있다.

경인이 덧바르고 다니는 정서는 얄팍했고 가식적이라는 느낌을 지울 수 없다. 하회탈 같은 미소나 습관적인 친절과 배려 그리고 버릇처럼 길들여진 굴신 동작이 태생적인 것인지 살아남기 위한 허세인지는 알 수 없다.

조안이 보기에 그렇다. 자신의 이미지를 뭔가로 반죽한다. 그 부분이 조안 자신하고 비슷하다. 얼버무리는 것, 정직하게 진실하게 살겠다면서, 그 부분에서 뒷걸음친다. 누구도 정답은 몰라.

지금 우리는 그 정답을 찾아가는 도정에 있어. 회피한다. 이중 논리는 아니었을까? 알면서도 모르는 척.

경인은 왜 늘 당하고만 있을까? 조안이 알고 있는 경인의 각도는 5도쯤 구부러진 자세다. 어른이 어린아이 앞에 무릎을 꿇고 높이를 맞추듯이 경인이 180미터의 신장은 5도 정도 구부러져 있다. 본인이 의식하지 못하는 것 같다. 문혁이나 나 대표에게는 물론이고 나래나 조안하고 마주 서서 이야기할 때도 약간 숙인 모습이다. 언젠가 조안이 허리 펴요. 하면 경인이 활 웃는다. 해바라기 같은 웃음이다. 뭐가 그리 좋아서 웃어요? 그런 눈짓으로 물어보면 그는 더 크게 웃는다. 그럼 찡그리고 다닐까? 오늘 나 대표에게 한바탕 내몰렸던 순간에도 그는 웃었다.

나 대표가 따갑게 경인을 몰아붙인다. 그 광경을 목격한다. 조금 전 경인이 나 대표와 행사장을 나가면서 작은 쪽지를 건넸다. '잠깐 봐. 세종홀 후문께'

나 대표의 후려치는 목소리에 놀라 조안이 내디뎠던 걸음을 멈추고 기둥 뒤에 몸을 가린다.

기자들을 네가 왜 만나는데? 문혁이 직접 쓴 에세이가 아니라 모경인의 창작이라고 까발리면 네 주가가 올라갈 것 같아? 그게 겨우 니들이 자랑했던 우정의 실체냐?

경인이 고르고 흰 치아를 열고 웃는다. 웃을 상황이 아닌데.

내 우정을 들먹이지 마. 내가 누굴 만나자고 한 거 아니잖아. 걔네들이 기삿거리 만들자고 덤비는 걸, 피하고 도망치면 더 이상한 거야. 잠시 숨을 고른 후 경인이 말을 잇는다. 강 교수 노트북에 흐트러져 있는 멘트들을 연결하고 보완했다는 이야기는 배우정이 행사장에서 언급했을 텐데?

나 대표가 발끈한다. 보완 같은 말 하고 있네. 그치들이 노리는 단어가 바로 보완이잖아. 남의 자서전이나 써주는 대필 작가인 주제에, 겨우 그거면서? 신문에 한 번 뜨고 싶어 안달 난 거 아니겠어?

뭔가 거친 움직임이 기둥 뒤편까지 전해진다. 경인이 운동화 신은 발로 바닥을 친다.

나주연, 너 지금 뭐랬어? 대필 작가인 주제? 겨우 그거? 그래, 나 대필 작가다. 남의 자서전에 수저 걸어두고 사는 인생이다. 그래서 어쩔 건데? 동시에 찰싹하는 소리.

그녀의 악바리 치는 목소리? 날 쳤어? 찢어질 듯 날카로운 부르짖음이 높은 천장을 치고 굴러 내린다.

경인이 휙 몸을 돌려 큰 걸음나비로 현장을 떠난다. 조안이 그가 사라진 회관 모퉁이로 빠르게 뒤따라간다. 보이지 않는다. 그녀는 금방 단념하고 출판기념 행사장으로 되돌아와 앉는다. 대필 작가인 주제에? 그 말이 목에 가시가 되어 박힌다. 나 대표의 거친 어투를 모르지 않았지만, 대필 작가인 주제에? 겨우 그거면서? 모욕이다. 조안이 짓이겨진 경인을 위로해 주고 싶다.

강 교수의 에세이집 출간을 부추긴 건 밀레니엄 북스 대표 나주연이다. 나 대표의 출간 의지는 충분하다. 동향에 중·고등학교 동창이였고 강산문방 동아리 멤버다. 졸업 후 제각각의 대학을 졸업했지만, 모두 문학이라는 하나의 장르에 붙잡혀 있다. 나 대표가 문혁의 부친인 강 회장에게 산문집 출간을 제안한다. 문혁의 단짝 친구인 경인이 신춘문예 출신 작가이고 아직은 유명세를 타지 않았지만, 문장력이 탄탄하다는 사실, 문혁이 컴퓨터에 남긴 몇 쪼가리 멘트로 유고집을 출간하기엔 역부족한 상태다. 모경인 작가라면 그 부족한 쪽을 채워 긴 서사로 생산해 낼 수 있을 거라며 권한다.

강만복이 아들의 동기동창이며 H 대학 메이퀸이었던 나주연의 뒷배를 봐준 인연이 졸업 후까지 이어진다. 마땅한 직장에 정착하지 못한 주연에게 견지동에 있는 5층 건물의 4층을 대여해 준다. 승강기가 있었지만, 지상에서 4층까지의 공간적 층수가 수강생들의 발걸음을 망설이게 했을까? 나주연이 처음 시도했던 논설 반은 2년 만에 글짓기 반으로, 또 1년 만에 수필 반으로 장르를 바꾼다. 그러다가 북유럽의 장르 소설 몇 권을 출간해서 밀레니엄 북스의 존재감을 알린다.

문혁이 식물상태로 입원한 지 19개월, 여름 끝 무렵, 아들에게 빌붙어 사는 비렁뱅이라고 삿대질했던 경인에게 강 회장이 부탁한다.

자네가 우리 강 교수(그는 아들 문혁을 강 교수라 부른다)를 위해서 꼭 해줘야 할 게 있어. 강 교수 컴퓨터에 있는 일기 몇 쪽으로는 책 한 권 분량이 안 돼. 모 작가의 필력이라면 쪽수를 보태고 다듬어서 출간할 수 있을 거야. 강산문원에 들어가 쓰게. 작업에 필요한 생활용품은 내가 조달해 줄 터이니 외출은 삼가고. 끝으로 하나만 더. 그 떼거리로 몰려다니는 잡것들은 불러들이지 말게.

잡것들? 강산문방 문우들을 싸잡아 만복이 잡것들이라 매도한다. 강만복의 혀가 내지르는 쇳소리다. 그는 감정이나 인간의 이음줄인 관계를 부패하기 쉬운 음식물에 비유한다. 평생 외톨이로 살아온 노인의 헛바람 빠지는 소리다. 그 오열하는 목소리에 한탄과 자책이 버무려진다.

경인이 노트북만 들고 강산문원 작업실에 칩거한 건 9개월 전이다. 문방 친구들하고 연락을 끊은 것은 노인의 간절한 부탁 때문만은 아니다. 경인이 집중할 시간이 필요하다. 문혁 산문집 빈칸을 메우기 위한 칩거만은 아니다. 문혁하고 함께 했던 모든 것들이 물수제비가 되어 날아간다. 하루 한 번인 삶이다. 인생의 모든 날은 한 번이다. 정리할 필요가 있다. 여기가 어디쯤인지? 불시에 경인이 소스라쳤던 시기하고 맞물린다.

라벨 1호

운니동 카페 '여울' 앞, 가로수에 기대선 길고 휘어진 몸피? 경인이 틀림없다. 조안이 골목 모퉁이를 돌아서는 순간 가등에 기댄 그를 발견한다. 나른한 실루엣이다. 아직은 직립해 있어야 할 나이인데, 기대선 그 모습이 왠지 풍화된 백골 같아 조안이 선뜩 다가가지 못한다. 총총걸음으로 걸어오는 조안을 보고도 그는 고개를 돌린다. 길게 목을 늘이고 기다렸다는 기척을 보이고 싶지 않아서일까? 조안이 푸 웃음이 입술을 비집고 나온다. 그러지마, 내가 먼저 본 걸, 했지만 조안이 소리 내어 말하지 않는다.

왜 여기 서 있어요? 이 시간에 빈자리가 없어요? 카페 문을 열려는데 경인이 막아선다.

잠깐, 어제 강산문원 서재에 강 교수 빈소 마련했어. 조안인 참석하지 않았지. 안 갈래? 내 작업실도 궁금해 했잖아.

조안이 바투 서 있는 그의 눈을 쳐다본다. 눈코입만 클로즈업된 사진처럼 언제나 달고 다니던 해바라기 웃음은 가방 속에 넣어둔 모양인가? 표정을 감춘 얼굴은 돌에 음각된 돌부처 같다.

웃어야 할 때는 신중한 표정을 덧바르고 진중해야 할 때는 히죽대는 그의 표정 관리가 조안에게는 이해가 안 된다.

지금? 너무 늦었잖아. 말하면서 조안이 마주한 눈길을 돌린다. 안대를 하고 있어 표정은 읽히지 않는다. 지금? 조안이 들고 있는 스마트 폰에 뜬 시간을 확인한다. 9시. 금방 대답을 못 하고 우물거리는 데 경인이 한마디를 보탠다.

5일장이니까 내일 모레, 주말이면 학생들로 붐빌 거야.

천천히 걷다가, 드문드문 말과 침묵을 거르다가, 어느새 안국역에 도착했고 금방 달려온 3호선에 승차한다. 등을 떠밀린 채. 옥수역에서 경의중앙선으로 환승, 말없이 따라가고 있다. 대필작가 이야기는 꺼내지도 않는다. 서툰 위로가 될지도 모른다.

경인이 뜻밖에 말을 꺼낸다. 내 작업실로 가방 들고 올 생각 없어? 방학 동안만이라도. 내가 밥 해줄게.

조안이 정말? 튀어나오려는 말을 입안에 가둔다. 가겠다고 한다면 경인이 장을 봐와서 밥을 하고 찌개를 끓여줄 남자다. 왜 못 가는데? 합친다고 누가 뭐래? 조안이 달싹거리는 입술을 다문다.

경인이 스마트폰으로 지하철 노선을 살피고 있다. 옥수역에서 20개 정거장이네. 거기서 출퇴근 하는 사람들도 있어.

조안이 딴지를 부린다. 대답을 찾고 있다. 고개를 돌려 강 건너 촘촘하게 박혀있는 창가의 불빛을 바라본다. 강남의 아파트군락이다. 저 불빛 속에 사는 사람들 모두 행복할까? 어떤 철학자는 행복은 선택이 아니라 당위라고 했지. 행복하기 위해 홀로 이 세상에 나왔다는 말이 조안의 마음에 다가오지 않는다. 시를 쓰는 강나래는 한 줄의 시어를 얻은 날 아침이면 두 팔을 벌리고 새처럼 날갯짓한다. 나 지금 행복해. 넘 행복해. 행복하다고 말하면서 눈가에 눈물이 그렁하니 맺혔다. 행복하다면서 왜 슬픈 얼굴이냐고 조안이 묻는다. 아주 잠깐이잖아. 지속가능한 행복은 없어. 그래서 슬퍼. 행복하고 슬픔은 동어의인지도 몰라. 조안이 말을 삼킨다. 시인이 만들어 내는 행복론이 신선하다. 한 줄의 시어로 새처럼 날 수 있다는 그 가벼움이 부럽다.

전동차가 거미발처럼 다가오고 있다.

불빛이 강의 남쪽과 북쪽 창가 풍경을 두 가닥으로 나뉜다. 어둠의 간살 사이로 어스러지도록 선연한 풍경이다. 조안이 스마트폰을 열고 문자를 두드린다. 곁에 있는 경인에게.

'고마워. 밥해준다는데, 그치 만 있지. 물이 채워져야 배가 뜰 수 있는데, 우린 아직 인 것 같아'

스마트폰을 보고 있던 경인의 고개가 더 숙여진다. 〈라벨 1호〉 경인이 매 순간 찍고 펴내고 누르는 번호다. 경인이 제대해서 복학했던 봄 학기, 조안이 한의대에 편입학한 시기하고 맞물린다. 의과대학 도서관하고 종합 도서관하고는 건물이 달랐지만, 조안이 일부러 그들이 들락거리는 도서관으로 자주 들린다. 그들은 늘 뭉쳐 다닌다. 도서관에도 식당에도 등교도 하교도 끼리끼리다. 그들이 어떻게 살고 있는지 그들이 얼마나 나날을 향유하고 있는지 궁금하다. 누군 죽어 백골이 되었을 그 16년 동안, 그들은 행복이라는 울타리 안에서 얼마나 자족하게 살고 있는지? 어둔 장막 속에 가려졌던 그들의 일상이 모경인의 등장으로 어렵지 않게 한발 두발 다가가게 된다. 언제인가부터 경인이 그녀의 옆

자리를 차고앉는다. 한 학기가 끝날 무렵 경인이 손을 내민다. 이어폰 한 가닥을. 조안이 읽고 있던 책갈피를 접는다. 못 이기는 체 이어폰 한 가닥을 잡았지만, 귀에 꽂지는 않는다. 경인의 성급한 기척에 멈춤 신호를 보낸다. 무안한지 날선 콧날에 실주름이 슨다. 그런 날들이 겹쳐진다. 종강하던 날 경인이 강산문방 스터디 그룹 이야기를 건넨다. 우연과 필연은 그래서 예기치 못한 관계를 만든다. 그렇게 열두 번의 계절이 지나간다. 그건 새롭고 서늘한 한 시기의 삽화다. 경인이 노란 포스트잇에 '조안, 라벨 1호' 라고 써준다. 어쩌면 넌, 은사시나무처럼 희고 가늘어. 바라보는 경인의 눈이 말한다. 그것이 어떤 색깔의 감정인지 경인이 모른다. 무덤덤하게 살자고 애써 노력하는 경인에게 그런 느낌은 처음이다. 조안이라는 이름으로 그의 하루가 도배된다. 눈뜨는 아침마다 스마트폰을 들고 라벨 1호를 찍는다. 무슨 말인지 입 안 가득 씹힌다. 경인이 그렇게 라벨 1호라는 구덩이에 익사했는지도 모른다. 잘 잤어? 춘데, 감기 먹을라. 조심. 시답잖은 문자로 그녀의 아침을 헤집곤 한다. 그녀는 매번 답신을 띄우지 않는다. 두세 번에 겨우 한 줄의 안부다. 답신의 간격으로 사이를 조율했을까? 그러는 그녀 앞에서 경인은 자기 안에서 날뛰는 철없는 소년을 다독인다. '숨 좀 골라요.' 라벨 1호가 보낸 문자다. 새삼스럽게? 경인이 멍 때린다. '우린 아직 아닌 것 같아' 우린? 아리송하다. 강산문원 멤버들 여섯 명이 '우리'라는 울타리 속에 엉겨 있는데, 누굴 지칭하는 거야? 경인이 고개를 내두른다. 조안이 그의 궁금증을 눈치챘는지 금방 문자를 보낸다. '우린 모 샘하고 나' 조안답게 미지근하고, 느슨하다. 너와 나, 나와 너. 우린 하나가 될 수 없다는 조안의 말을 경인이 뛰어넘는다. 무모한 속도전이었을까? 조안이 아무 사이 아니라고 해도 모경인의 머릿속에 붉은 백열등이 켜진다. 밝고 따스한 빛의 느낌은 그러나 아득하다. 조안이 몇 해를 두고, 두고, 한 발짝씩 다가온다. 경인이 다가가면 아주 조금씩 뒷걸음친다. 지금 라벨 1호는 벼랑 끝자락에 서서 온몸을 흔든다. 벼랑 끝으로 내달린 건 조안이 아니라 모경인 자신인지도 모른다. 스마트폰에 고개를 박고 있던 조안이 한쪽 어깨 위에 실리는 무게감에 놀란다. 경인의 고개가 얹혀 있다. 피곤했던 거야, 조안이 다시 스마트폰에 고개를 내린다.

경인이 감은 눈시울이 흔들린다. 희끗거리는 흰 자락, 손을 내밀자 바람에 날리는 꽃잎처럼 멀어진다. 희미한 기척, 경인이 손등으로 눈을 비빈다. 왼쪽 어깨에 실리는 패랭이꽃 냄새, 너야? 응. 오랜만이다. 그래, 넌 자꾸 도망가잖아. 환청일까? 환각일까? 아련하고 희미한 흰 것의 너울. 경인이 손을 더듬어 곁을 확인한다. 조안이 옆에 앉아있는데, 전동차를 타고 가는데, 누가 손으로 가린 것 같이, 부연 안개 발 사이로 홀연 나타난 조각보 스커트 입은 그녀.

오빈리 가는 길이야. 누가 물은 것도 아닌데, 경인이 속삭인다.

가제 잡이 하던 개울? 그랬지? 물장구치던 종아리들?

경인이 되받아 속삭인다. 가늘고 긴 종아리 여섯이 물속에서 자맥질을 쳤지. 네게서 무슨 냄새가 나는지 알아? 패랭이꽃 냄새가 나.

패랭이꽃 냄새? 여름 내내 피는 꽃? 싫어, 그녀가 몸을 흔든다.

패랭이꽃 꽃말이 좋아. 순결한 사랑이래. 비 온 뒤에 들에 나가면 나는 냄새 말이야.

하나만 알고 둘은 모르네. 패랭이꽃 꽃말에 '거절'이라는 뜻도 있어.

알아. 네가 거절해도 난 아니거든.

싫어, 패랭이꽃 같은 건 싫단 말이야. 난 아무것도 못 해. 냄새도 못 맡고, 들리지도 않아. 두 눈 뜨고 있는데도 네가 보이지 않아.

안개발이 짙어서 그래.

오후 10시의 중앙선은 헐렁하다.

흠, 경인이 번쩍 눈을 뜬다. 양손으로 귀를 감싼다. 왕숙철교쯤 될까? 늘 이쯤 해서 눈꺼풀이 무거워진다. 규칙적으로 되감기는 쇠붙이 소리가 졸음기 틈새로 스민다. 경인의 의식을 헤집는 하얀 너울. 한 손에 랜턴을 들었고 한 손으로 물갈퀴를 퉁기던 가느다란 팔이 늘 그 자리 그 어름에서 팔랑거린다.

으스스 어깨 떨림이 훑치고 지나간다. 경인이 손바닥으로 얼굴을 쓱 문댄다.

왜? 조안이 턱을 쳐든다.

아니 그냥, 어젯밤을 좀 설쳤어. 거짓말 아니다. 기억은 먼데, 출몰하는 간극은 좁혀지고 있다. 옥수역에서 환승하는 경의·중앙선은 그동안 이용하지 않았다. 저편에 던져둔 기억의 조각들이 자석에 모이는 쇳가루처럼 달려든다.

어느새 오빈역이다. 내려야 해. 조안을 재촉한다. 스륵, 스마트폰이 바닥으로 떨어진다. 매가리 풀린 손의 악력이 모아지지 않는다. 출구로 갔지만, 문 두 짝이 스륵 맞물린다.

다음 역에서 내려도 돼. 조안이 뭐라고 탓하지 않는데 경인이 혼자서 무안해한다.

원덕역에서 하차하면 오빈역에 내려 걷는 거리보다 조금 멀다. 3백 미터 남짓, 그 짧은 거리 때문에 한 정거장 말미로 오빈역에 내리자는 건 아니다. 원덕에서 강산문원까지는 개울을 끼고 걸어야 한다. 좁고 깊은 도랑이다. 강산문원 공사 때 개울 가장이에 얕은 굽도리를 만들었고 조약돌을 무더기로 깔았다. 시멘트 골조가 눈에 드러나지 않게 조약돌로 얕은 제방을 쌓았고 개울 바닥을 덮었다. 그 조약돌 한 개마다 기억의 뿌리가 담겨 있다. 지울 수도 지워지지도 않는, 돌에 새긴 글자. 그 이름 위에 경인의 16년이 정지한 상태로 굳어 있다.

강산문원 날개 문 앞에 조안이 멈춰 선다. 기와 얹은 대문 천장에 형광 불빛이 밝다. 참나무 현판에 음각한 바탕체 글자가 돋을새김 돼있다. 만복이 아들 문혁을 위해 축조한 튼실한 꿈의 궁전이다. 양철지붕을 이고 청정채소를 가꾸며 살았던 사람들을 몇 푼의 돈으로 몰아내고, 그 빈터에 붉은 벽돌집을 세운다. 리어카에 이삿짐을 싣고 가던 사람들이 기초공사 하는 옛 집터를 뒤돌아보며 중얼거린다. 궁궐을 짓는 거라. 땅 아래 뭘 감추려고 저리 깊이 파는고? 두리두리 입방아를 찧는다. 만복이 열 손가락 지문이 닳도록 보탠 돈으로 쌓아 올린 벽돌집이다. 복덕방으로 집을 중계하던 그가 양평의 나대지를 사고팔며 땅장사를 시작하면서

대지기업 회장이라고 스스로 회장을 꿰차고 앉은 사람이다. 사람들이 이죽댄다. 얼어 죽을 회장? 콧구멍만한 사무실에 혼자 앉은 복덕방 노인이 무슨 회장? 사장 자리도 아깝다.

그는 개의치 않는다. 내 아들이 국립대학 교수야. 나하고 맞짱 뜰 사람 있으면 나와 보라고 으름장을 지른다.

키 큰 청동 외등이 일정 간격을 두고 도열해 있다. 갸웃 고개 내민 초승달이 나뭇가지 사이로 설핏 내비친다. 경인이 손으로 가리킨다. 저기, 남서쪽이어서 사방천지가 숲이야. 여름에 선풍기 없이 지내.

어스레 어둠 속에도 연두의 연한 자태가 어릿거린다. 경인의 뒤에 한 발짝 뒤처져 걸어가던 조안은 생각이 많다. 나래의 시 「연두의 결」이 지나간 생각의 빈자리에 바람이 인다. 뭔가 잘못하고 있는 건 아닐까? 나래나 우정하고 함께 왔어야 한다. 혼자 살짝 빠져나온 걸음이다. 늦은 밤, 남자를 따라 서울 도심지도 아닌 경기도 양평까지 한 시간이나 전동차를 타고 온 까닭이 그녀 자신도 궁금하다. 돌이킬 수 없다. 문혁의 빈소에 들렀다가 딱 한 시간만 있다가 일어나야지. 생각의 마디를 닫으려는 데, 경인이 갑자기 작업실로 뛰어 들어간다. 외출준비로 어질러진 방의 상태가 그제야 생각난 모양이다.

조안이 신발을 벗고 쪽마루로 올라가면서 말한다. 괜찮아. 내 방도 엉망으로 두고 나온 걸.

거죽만 들쓰고 있을 뿐 작가 방 내부는 썰렁하다. 싸구려 책상에 노트북, 낮은 책장, 받침대 없는 매트리스가 전부다. 그럼에도 불구하고 그 소박한 방을 가득 차게 만든 것은 너른 통유리 너며 들이치듯 무성한 소나무 군락지다. 희붐한 외등을 등지고 선 초록 너울이 물이랑을 펴 올린다. 살아있는 야차의 눈빛처럼 내부의 움직임을 살피는 기세다. 둘둘 말아 창턱위에 묶어둔 블라인드를 내리자 경인이 답답해. 그냥 두지. 한다.

걸상을 끌어다 앉으면서 조안이 묻는다.

밤엔 안 무서워? 가지를 훑치는 바람 소리도 스산하고.

무섭긴? 여름밤엔 나무에 묶어둔 망 침대서 자. 나무들이 말을 걸어오는 것 같아. 심심찮게 맞짱을 뜨게 돼.

도대체 어떤 말을?

너무 긴 휴식은 젊음을 훔친대. 하던 일마저 하라고 재우쳐.

선문 선 답?

설마? 자비의 나룻배가 되라는 그런 식의 무게감 있는 말이 아니잖아. 보통 사람들에게 필요한 일상의 목록에는 먹고 자고 씻고 만나서 아옹다옹하다가 찢어지는 반복행위가 전부야. 쉬운 일 아니야. 먹고 사는 일. 읊조리는 말이 너무 건조하다.

먹고 사는 일? 등을 돌리고 앉은 그의 동작이 숨을 삼키게 한다. 전기 포토로 끓인 물을 찻잔에 붓고 메밀 티백을 넣는다. 그 소소한 일에 전력투구한다. 자신이 하는 하찮은 일에도 의미를 부여하는 그를 조안이 많이 본 것 같다. 철저한 자기애거나 자기연민이 밴 모습이다. 지나친 관심이다. 싫으면 안 보면 되고 좋으면 따라 하면 될 것을, 요리조리 따지려는 자신의 살피는 근성이 불순하다.

메밀 티백은 행사장에 남은 것을 조안이 챙겨 왔다. 작은 토드백에 담아온 티백 봉지를 건네자 경인이 살림꾼이네 하면서 받아

든다.

밤엔 메밀차가 좋다지?

엽차 잔에? 그 흔한 머그잔 한 개도 없네. 챙겨주는 사람이 없으니까, 조안이 고개를 흔든다. 누군가 연민은 감정으로 진화할 수 있는 하나의 단계라고 한다.

조안이 입에 대는 컵에 관심이 많다. 몇 년 전, 연말 선물로 강산문방 멤버들에게 인사동에서 찾아낸 토기 비슷한 머그잔을 선물했다. 투박했지만 컵의 속살은 하얗고 거죽은 미세한 주름 문양을 넣어 손에 닿는 감촉이 걱실거린다.

나래가 머그잔을 들고 품평을 한다. 속이 어두우면 커피 맛이 안 나. 내가 애용할 것 같아. 컵 가두리에 하얀 띠를 둘러 앙증스럽네.

그날 경인에게도 컵 2개를 선물했다.

조안이 엽차 잔 밖에 없어? 찾아서 두리번거린다.

경인이 코 주름을 잡는다. 아 그 찻잔? 동생 경철이가 예쁘다면서 가지고 갔어. 인사동 냄새가 난대나.

경인이 메밀 찻잔 아래 네절로 접은 티슈를 받쳐 조안에게 건넨다. 델까 봐 냅킨 받쳐주는 손? 식당에서는 수저를 물컵에 헹궈 냅킨으로 닦아주었고 현관에서는 벗은 구두를 돌려놓아 준다.

나래가 핀잔을 씹는다. 모 쌤, 소심쟁이 같아. 아니면 배려남? 그런 행동들이 내 눈에 거슬리는 거 있지.

경인이 시틋하니 말한다. 몸에 밴 습관이야.

나래가 피식 웃는다. 그럼? 그 보편적인 친절이 왜 내겐 적용 안 돼?

목이 말랐던지 조안이 단숨에 빈 컵을 내려놓는다. 맛이 순해.

의자에 앉아 스마트폰을 만지작거리던 조안이 자정을 향해 뚜벅거리는 시침에 눈이 걸린다.

발 좀 씻고, 화장실에 들어간 경인이 물 내림 소리를 틀어 놓고 마냥 늑장이다.

무모하다. 그래도 후회 따위는 하지 않는다. 돌이킬 수 없는 일이라 해도 안달복달하면서 뉘우치고 반성하고 볶아치는 일은 안 하고 싶다.

출판기념회 말미에 경인이 나 대표에게 말의 몰매를 맞고 후줄근해 있었다. 오후 9시, 늦은 시간이다. 하루를 마무리해야 할 시간에 그가 차 한잔하자는 말에 수긋이 따른다.

문혁이 빈소에 한번은 가봐야지 않아? 내 방 곁에 마련했거든.

문혁의 빈소 참배? 용건이었을까? 문혁의 빈소 참배가 늦은 밤의 출행을 변명해 준다. 경인이 씻고 있는 동안 다녀오리라, 조안이 몸을 일으킨다.

열두 칸, 너른 대청마루를 가로질러 서북향에 있는 서재까지 이어진 긴 복도에 전등이 켜져 있다. 경인이 옆방이라고 했는데, 긴 복도는 생략해서 말한다. 늘 그런 식으로 디테일을 건너뛰는 경향이 있다. 디테일을 생략하는 사람의 버릇에는 겅중겅중 이라는 허접한 틈새가 생긴다. 빼도 박도 못 하는 모경인의 틈새다. 지적하거나 이야기 해줄 수도 있지만, 그런 사이는 아니다. 아끼는 사이라 해도 허술한 부위를 건드리는 언어의 온도는 고드름이 되기 십상이다. 말의 폭력에 다름 아니기에.

높은 천장에 가로질린 육중한 석가래, 들보가 그대로 노출된 대청마루는 깊고 묵직하다. 실내화 내딛는 엷은 소리가 천장으로 기어올라 적막을 흔든다. 조안이 문득 관속에 넣어줄 커플링을 안 가지고 왔다는데 생각이 미친다. 붉은 우단 상자를 식탁에 놓으면서 문혁이 머뭇거린다.

네 손가락에 내 손가락에 나눠어 끼고 싶지 않으면, 그게 내키지 않으면 그냥 조안이 보관하고 있어. 언젠가는…… 그 언젠가가 생과 사를 가로지르는 말의 변죽은 아니었을까?

조안이 빈소가 마련된 서재 문턱에 선다. 영정 사진 속에 문혁이 웃고 있다. 미소를 입술에 물고 말할 때조차 그의 눈빛은 번들거린다. 쏘는 것 같은 투시력으로 상대를 제압했던 활촉 같았던 저 눈빛. 검은 타이, 검은 셔츠 검은 슈트인 채로. 희고 가늘고 긴, 드라큘라 백작을 떠 올린다.

조안이 호주머니에서 언니 순숙의 증명사진을 꺼낸다.

책상 유리판 아래 뒤집어 두었던 순숙 언니의 사진을 가져 왔어요.

영정 사진 액자 갈피에 꽂는다. 조안이 두 손을 모아 잡고 고개를 숙인다.

강 교수님, 부디 평안하세요. 날 쳐다본다면서 그 눈의 소실점은 먼, 순숙에게 가 머뭇댔죠? 순숙 언니에 대한 당신의 사랑은 지상에 존재하지 않는 지고지순한 순애보였어요. 삼백육십오일 내내 입었던 그 검은 슈트는 순숙 언니에 대한 깊고 간절한 애도라는 거 알아요. 그쪽 세상에서 두 분 만나길 바라요.

조안이 목례를 하고 물러선다. 쫓기듯 걸음을 빨리한다. 복도가 꺾어지는 구비에서 후딱 뒤돌아본다. 오금이 저리고 으스스 몸이 떨린다. 죽음이 두려운 게 아니다. 만남과 헤어짐은 인간이기에 치러야 하는 당위라고 누군가 말했지? 모든 만남은 원하든 원하지 않던 헤어짐을 전제로 한다는 사실이 뼛속까지 파고든다. 문혁과의 만남이 빛이었는지 폭우였는지 지금은 그 생각에서 벗어나야 한다. 거의 뛰다시피 경인의 방을 향해 돌진한다. 불시에 뭔가에 부딪힌다. 경인이 두 팔을 벌리고 서 있다.

조금 기다리지. 왜 혼자 가? 와락 꺼당겨진 몸이 스륵 무너진다. 팔이 쥔 것도 아니고 의지한 몸이 달려든 것도 아니다. 안은 팔과 기댄 몸이 서로를 붙안는다.

수건을 머리에 걸치고 나온 경인이 양말과 겉옷만 벗었고 낮에 옷 그대로다. 보기 좋다. 목욕가운이나 하의 바람으로 나타났다면 조안이 발끈했을지도 모른다.

막차가 있을까? 조안이 묻는다.

시계를 확인한 경인이 막차 있어. 왜 가게? 마른 목소리다. 낼 별일 없으면 자고 가. 이 밤중에 널 보내고 싶지 않아. 그 말이 혀끝에서 나불거린다.

저마다 다른 외로움

갈래. 조안이 안겨진 팔을 푼다. 순간 매듭같이 단단하게 죄어 온 그물망?

할 이야기가 있어.

그의 팔에 꺼당겨진 목이 가볍게 저항한다.

지난번의 실추가 날 옴짝달싹 못 하게 해. 경인의 목 쥔 목소리가 먼 북소리처럼 귀 밖에서 둥둥거린다. 그는 계속한다. 극복해야 앞이든 뒤든 속도를 낼 수 있을 것 같아. 조심스럽게 허리에 감겨 있던 팔죽지가 살을 파고든다. 그랬음에도 아기의 볼을 쓰다듬는 손길의 기척은 섬세하다. 다음 순간 입술과 몸이 겹쳐진 채 모재비로 넘어진다. 불을 끈 공간은 일시에 눈앞에 어른대던 사물을 지운다.

지난해 3월, 꽃샘 비 내리던 날. 강 교수가 주관하는 '현대 시의 허와 실'이라는 주제의 포럼에 가는 길에 경인이 그녀들하고 마주친다. 하필 강 교수 연구실 앞에서. 어색하고 민망해서 서로의 눈길을 피했을 것이다. 엉뚱한 해후네. 나래가 조안의 눈치를 살피면서 작게 속삭인다. 그날 밤, 경인이 신림동 2층 셋방, 나래와 세 들어 살고 있는 집으로 찾아온다. 비를 맞고 여섯 시간을 기다린 경인이 폭삭 젖어 있다. 비가 쏟아지는데, 여섯 시간이나 기다렸단 말이지? 왜냐고? 왜 그래야 했냐고? 물어야 했을까?

네가 밀어내면 난 설 곳이 없어. 여긴 벼랑 끝이야. 조안의 귓바퀴에서 윙윙거린다. 벼랑 끝? 벼랑 끝에서 뭔 일이 있었는지 기억해? 말은 소리가 되어 나오지 않는다. 그냥 목구멍 안에서 잦아든다.

그날, 비에 젖은 남자를 조안이 받아들인다. 몸이 얼음장이네, 데워 줄게. 젖은 옷을 벗기고 보송하게 마른 옷으로 갈아입히면서 그녀가 속삭인다. 혀의 틈새로 새어 나온 한마디, 처음이야. 모 쌤이 내겐 처음이야.

경인이 흠칫, 멈춤 상태로 굳어버린다. 귓가에 가득 넘실거리는 울림이 그의 입술을 깨문다.

하지 마. 순숙의 말이야.

딱 1년 전 이맘때다.

경인이 무슨 말을 하는지 알고 있다. 그래서 빤히 쳐다본다. 다음 말을 기다린다. 처음이라는 한마디에 걸려 자지러진 사람을.

춥지? 보일러가 고장 났어. 피식거리기만 해. 횡성의 칼바람에 단련된 탓인지 경인이 후덥지근한 공기에 길들여지지 않는다. 냉돌 바닥에서 그녀의 온기로 내장된 얼음을 녹이고 싶었을까? 포개진 채 넘어진 후에도 젓가락 두 짝처럼 나란하게 누워 있다. 조안이 숨을 고른다.

잘 때도 안대를 하고 자?

경인이 아니. 벗으면 흉해. 꺼먼 구멍이야.

조안이 금 안으로 경인을 불러들인 걸까? 안대 사건 이전인지 이후였는지 지나간 일들은 멀고 희미하다.

겹쳐진 맨몸 사이로 브래지어가 거치적거린다. 조안이 손을 뒤로 클립을 당긴다. 성급하고 서툴다. 단단하게 맞물린 클립은 저항일까? 그 와중에도 생각은 강을 건너고 산마루를 지나간다. 마침내 저항하던 클립이 풀어진다. 그것은 무엇을 가로막는 경계였을까? 그녀의 의식 속에서 맹렬하게 뒤척이던 어제와 내일이, 지금이라는 순간이 속절없이 휘발된다. 바람 부는 허허벌판이다. 풀기 없는 머리카락이 바람에 날려 얼굴을 덮는다. 몸이 하는 대로 맡긴다. 몸은 몸을 욕망한다. 자유의지로 그 남자를 가슴 깊숙이 품는다. 그것은 부드러운 손의 터치에서부터 전이되었을까? 아니다. 맨발이 맨발을 문댄다. 맨발의 간지럼이 그토록 치명적인 감촉인지 미처 알지 못했다. 닿는 순간 오그라든 심장이 쿵 내지른다. 발바닥에서 종아리를 타고 기어오른 전율이 가슴과 목덜미에서 궁극의 치사량으로 치달린다. 어느새 밀착된 둘의 심장이 좌우의 심 맥을 타고 세차게 쿵쿵거린다. 알알한 아픔이 허벅지를 파고든다. 살갑고 간지러운 석류의 파열이다.

조안이 작게 속삭인다. 모 샘이 처음이야. 서른 살의 노처녀라면 누가…….

순간, 멈춤! 파랑처럼 격렬했던 움직임이 일시에 정지한다. 가팔랐던 동작이 잠시의 막간일까? 조안이 기다린다. 팽배했던 그것의 수축은 급작스럽다. 왜지? 가슴 위에 엎드린 경인이 꼼짝을 안 한다. 속절없는 실추다. 절정도 사정도 생략된 채 시든 오이 꼭지처럼 오그라든 그것, 엎어진 채 거칠게 날숨을 들이키던 경인이 목 죈 소리로 뱉어 낸다.

미안해. 엎드린 채 웅얼거린다.

뭐가 미안해? 왜 그러는데? 하다가 조안이 입을 오므린다. 겹쳐진 얼굴 위로 흘러내리는 건 눈물인가 땀인가? 울고 있는 남자를 다독여야 할지 내버려 둬야 할지 그녀는 알지 못한다.

남자이기를 포기한다. 말라비틀어진 오이 꼭지처럼 실추한 살을 붙안고 그는 신음처럼 중얼거린다.

하지 마, 순숙일 흉내 내지 말랬지?

그래서 조안이 확인하고 싶다. 지금 경인이 안고 있는 상대가 조안숙인지 조순숙인지? 그는 거의 외마디처럼 부르짖는다.

순숙의 말을 흉내 내지 마.

이모가 빙판 층계참에서 굴러 내리던 날, 조안이 119가 아닌 경인에게 전화했다. 119가 진입할 수 없는 좁은 골목길이다. 가파른 계단 위 옥수동 꼭대기에서 살고 있을 때다. 경인이 달려와 이모를 업고 얼어붙은 계단을 내려갔다. 골반에 금이 가서 3주 동안 병원에 입원해 있는 동안 경인이 몇 번 문병 차 다녀갔다.

청정채소 같은 애네. 경인을 이모는 유기농 채소에 비유했다. 네가 사람 보는 눈이 있구나. 진중하고 생각이 반듯해 보여. 조안이 몇 번 보고 뭘 알아요? 했더니 이모가 한마디를 보탠다. 진심의 눈으로 보면 진심이 보여. 말을 할 때 눈을 마주하고, 상체나 고개를 흔들거리지 않고 손발을 한 시간 내내 그대로 잡고 있는 사람은 반듯해. 반듯한 인품이야.

이모가 말하는 그 반듯함의 이미지가 보탬이 되었을까? 아마도 조금은 그랬지만 이모의 한마디가 감정의 매듭을 태워버린 불꽃은 아니다.

조안이 달리 토는 달지 않았지만, 이모는 경인을 기억에 담아두고 있는 것 같다. 그래서 한 말이었을 것이다. 조안아, 순하게 살아. 너의 아빠가 평생 가꾸었던 무농약 청정 상추처럼 순하게 살아. 그땐 이모의 잔소리가 지겨워 돌아앉아 딴지를 부렸다. 이모가 세상을 떠난 이후에야 그 말의 참뜻이 가슴에 와 닿는다. 하지만 청정채소처럼 살 수 있을지 자신이 없다.

그는 늘 활 웃는다. 해바라기 같은 얼굴이다. 나래가 그의 웃는 얼굴을 대놓고 비아냥거린다. 피에로 같아, 하다가 때로는 구겨진 파지에 비유한다. 그때 조안이 맞아, 그 느낌이 나하고 겹쳐져. 비슷한 찌그러짐이다. 그건 어쩌면 잘못 찍힌 판화처럼 어스레하다.

밀레니엄 북스 교열 아르바이트는 늦은 시간에도 가능하다. 조안이 갈 때마다 경인이 나타났고 자주 그녀의 곁을 스친다. 조안이 무심히 눈을 치뜨는 순간 경인이 지켜보고 있다. 보고 있었어? 조안이 얼른 활자 속으로 눈길을 돌린다.

단둘이 따로 만날 기회가 없지 않았지만, 경인이 집적대지 않는다. 우정이 그런 경인을 두고 모 샘, 소심쟁이라며 사람들 있는 데서 핀잔을 날린다. 그렇게 세 번의 여름이 지나간다. 계절이 물레처럼 돌고 돈다. 경인이 헛발질을 한다. 뭔가 시작과 끝이 맞물리는 것 같은 두려움과 설렘이 반반이다. 손을 내민다. 엉거주춤. 그런 어설픈 몰골이 경인답다. 조안이 뿌리치지 않는다. 그날 그녀들이 사는 신림동 대문 앞에서 비를 맞고 서 있던 경인, 그는 천년을 살았다는 거북이 등피처럼 웃는 얼굴에 빗금을 그린 모습으로.

거기서 봐. 교보문고 남쪽 층계참. 경인이 작게 우물거린다. 마디진 말투와는 달리 녹슨 음조로 웅얼거린다. 보통 낼 시간 돼? 교보에서 볼까? 하는데 다른 어투, 다른 느낌이다. 그래서 조안이 그의 표정을 살핀다. 얼굴의 반을 가린 안대에 더부룩한 머리카락하고서, 머리 좀 정리해야겠다. 조안의 말에 그가 흉해? 하고는 고개를 돌린다.

광화문 교보문고 남쪽 층계참, 조안이 왼쪽 어깨에 걸치고 있는 천 가방을 오른쪽 어깨로 옮긴다. 약속 시간 5분 전이다. 스마트폰에 뜬 시간을 확인한 조안이 살짝 미간을 구긴다. 늘 먼저 나와 기다리던 경인이 보이지 않는다.

여기 교보문고 층계참, 어느 한날의 기억은 허벅지 안쪽에 새긴 문신처럼 또렷하게 남아있다. 12월 4일 첫눈 내리던 날, 뺨을 훑치는 눈바람이 시렸다. 안으로 들고 나가기를 반복하면서. 2분 전, 조안이 문을 열고 나간다. 눈발을 딛고 27개의 계단을 올라간다. 지상으로 오르는 마지막 층계참에서 조안이 앗, 손으로 입술을 막는다.

묵직한 클로스 백을 걸치고 뱅뱅이를 돌고 있는 남자, 두 팔 활짝 벌리고, 그의 둘레로 둥그레 타원이 공기를 가른다. 옷에도 얼굴에도 머리카락도 눈발에 가려 뿌연 그 사람, 조안이 어머, 모 쌤? 달려가 뱅뱅이 돌기에 합세했는지 말렸는지 기억은 멀다. 경인의 클로스 백 끈을 잡고 질질 끌려간다. 그만해. 사람들이 보고 있어. 했지만 그는 멈추지 않는다. 이윽고 뱅뱅이 돌기가 멈춰지는 순간 눈이 마주친다. 그의 동공 속에 조안의 치뜬 눈매가 살짝 찡그려진다. 그 조금 어릿대는 첫눈의 요지경을 사람들은 아직은 젊으니까, 하는 눈치를 흘리고 지나간다.

지난해 12월, 첫눈이 지상에 흩뿌리던 날이다.

길 건너편 우체국 정문이 가로수에 가려 희끗거린다. 십 분에서 삼십 분으로 시계 침의 속도가 빠르게 원을 그린다. 조안은 은근히 심사가 꼬인다. 지가 뭔데? 나뭇등걸에 목사리 묶인 망아지 마냥 나무 둘레를 맴돌면서? 느닷없다. 왜 갑자기 경인이 기억의 가리개를 제치고 기어 나왔는지 모를 일이다. 뭔가 마땅치 않을 때 뇌 속에서 부글거리는 거품을 몰아내는 그녀의 방식이다. 통굽 앵글부스로 딛고 선 포도를 팍팍 내지른다.

어, 조안 샘, 구두 망가져요.

조안이 소리 나는 쪽으로 고개를 돌린다. 웃음기를 베어 문 배우정이 짜리몽땅한 그림자를 끌고 건널목을 걸어오고 있다. 벗겨지기 시작한 희박한 머리카락이나 밋밋한 윤곽임에도 다부진 몸매에 활력이 느껴진다. 굵은 검정 테 안경이 그나마 희멀건 얼굴을 보완한 것 같다.

조안이 손을 흔들면서도, 연두가 초록으로 물들어가는 가로수의 짙은 푸름에 눈길을 빼앗긴다. 왜지? 같은 장소, 같은 시간에, 두 사람을 불러낸 모경인의 의도는 무엇일까?

조안이 묻는다. 모 샘하고 약속한 거 맞아? 곱게 눈을 흘긴다.

나보고 들러리 서라 고라? 두 분 데이트하는데 곁다리로 끼고 싶지 않은데.

배우정의 익살이다. 밉상스럽지 않다.

데이트는 무슨? 넘겨짚지 마. 조안의 말에 우정이 느물거린다. 이건 내 말 아니고 강산 동아리들의 여론이 그래요. 두 분이 '사이'로 진화한 지 오래전부터래요.

사이? 사이 같은 말 하고 있네. 한참 잘못 짚었어. 그녀의 가느다란 손이 좌우로 흔들린다.

배우정이 깍지 낀 손가락을 우두둑 분지른다. 뼈마디 관절이 비명을 지른다. 배우정이 조안을 보고 푸 웃는다. 습관이에요. 엄마가 못된 버릇이라면서 돌돌 만 신문지로 때렸어요. 아프진 않았지만, 잔소리에 넌덜머리를 냈어요. 엄마 눈이 내 등 뒤에 붙어 다녔으니까요. 그런데 이젠…… 말머리를 오므린다.

덩치만 큰 소년인가, 조안이 그의 너부죽한 손을 쳐다본다. 잡은 두 손이 다시 우두둑 거린다. 강산문방 모임에서 처음 만났을 때 궂은일은 제가 도맡아 하겠습니다. 꾸벅 허리 굽혀 인사하던 그는 참신했다. 어떤 처음도 시간의 때가 묻으면 색이 바랜다. 겸손이라는 너울을 쓰고 요령껏 대처하지 않았을까?

그때 곁에 서 있던 경인이 빙긋이 웃는다. 궂은일을 도맡아 해? 말은 예쁜데?

나래가 설명을 보탠다. 우리 모두 양평 중·고등학교 선후배야.

그랬구나. 그럼 배우정의 그 거창한 인사말은 저희끼리 웃자고 하는 말이네. 나래가 고개를 젓는다.

나 대표하고 모 샘하고 문혁이 오빠 동기 동창이고 우정인 3년 후배야, 그 사이에 내가 있지. 막강한 울타리야. 우린 한 번도 떨어져 살지 않았어. 강 회장이 잔소리는 하지만 아들의 주변을 잘 챙겨준 셈이야.

조안이 아, 그랬어요? 그래서 어울려 다녔구나. 고개를 끄덕인다.

배우정이 작은 목소리로 말한다. 모 쌤이 오붓한 식사 한번 하자더니, 헛말이었네요. 스마트폰도 꺼져 있고. 칫, 입바람 소리에 더운 김이 서린다. 금방 말을 돌린다. 모 샘 늘 좀 생각이 많아요. 아무것도 아닌 일로 밤샌다니까요. 우리 그냥 쳐들어가요. 약속 시간에 늑장 부릴 성격이 아닌데.

우리 그냥 강산문원으로 쳐들어가요. 그의 말에 조안이 뜻밖에 그러든지. 고개를 끄덕인다. 한 시간이나 지났는데. 혹시 강 회장한테 붙잡힌 거 아닐까? 벼락치기로 일을 만들잖아.

가보면 알죠. 차 끌고 나올게요. 몸을 날려 주차장으로 내려가는데 조안이 교보빌딩 1층 제과점으로 들어가는 게 보인다. 조안이 보기보다 잔정이 많다. 빵을 좋아하는 모 쌤을 만날 때마다 조안의 손에 제과점 봉투가 들려 있다.

차창으로 비친 조안의 실루엣이 휘어질 듯 가늘다. 클랙슨을 울리자 조안이 고개를 돌린다. 앵두껍질처럼 얇은 눈꼬리하고 입술 양 끝이 위로 향한다. 엄숙주의네, 배우정이 하는 말에 나래가 안 그래. 수다스럽지 않을 뿐이야. 할 말은 다 해.

그녀의 주변에는 본인의 의사와는 무관하게 절대 강자인 경인이 버티고 있다. 절대 강자? 그런 느낌이 들지 않았다면 거짓말이다. 경인과 은밀하게 각축전을 벌였던 문혁이 식물상태가 된 이후나 그 이전이나, 경인이 나래하고 동맹 관계를 선포한 후에도 조안의 둘레를 깔끔하게 벗어나는 것 같지 않다.

배우정이 이성 문제로 구부러지고 휘어지는 남자들을 보면 왠지 안타깝다. 연애나 결혼보다 우선 되어야 할 조건이 있다면 딛고 선 바닥이 탄탄해야 한다. 자기만의 책상과 의자가 먼저다. 연애는 유예한다. 연애에 목숨 걸기에 청춘은 너무 짧다. 우정이 주절거리면 모 샘이 정정한다. 병행해. 가지런하게. 다른 일은 척척 챙기면서 연애는 왜 미루는데? 뭔 콤플렉스 있어? 에그 모 샘, 그러는 형은 왜 기피하는데요? 결혼 말만 나오면 삼십육계잖아요. 나? 경인이 웃는 얼굴로 말하지만, 그 목소리가 허방을 딛는 것 같다. 동생들 죄다 짝지어 보낸 다음이 내 차례야.

막내가 고 1이라면서요? 기다리다가 백발 되겠는데요.

왠지 모 샘 안 나올 것 같아. 조안의 말이 갓길 헤매던 그의 의식을 당긴다.

맞아요. 왠지 느낌이 이상해요.

같은 날, 같은 시간, 같은 장소에 조안이 나올 줄은 몰랐다. 모 경인의 기발한 연출법이다. 우리 모두 함께하자고, 경인이 선후배 가리지 않고 어울린다. 펑퍼짐한 자세로, 강요하지도 윽박지르지도, 애걸하지도 않으면서. 수더분한 이미지가 보태졌을 것이다. 그가 만들어 내는 넉넉한 울타리에 모두들 속하기를 바란다.

우정의 고물차 아반태가 강변북로를 향해 바퀴를 굴린다. 그의 오른손이 허여멀건 한 이맛전을 손등으로 밀어 올린다. 손의 습관이다. 나이에 상관없이 대머리가 대세인 세상이다. 조안의 눈길을 따르던 배우정이 키득 웃으면서 그놈의 가발 누가 채 갔더라고요. 술김에 저당 잡힌 거죠. 해서 조안이 절로 웃음을 터뜨린다.

우정이 갑자기 그 말을 꺼낸다. 모 쌤이 활 웃고 지내지만, 그건 본 모습이 아닐 거예요. 강 교수에게 빚지고 있다는 강박에 시달렸어요. 강 회장이 걸핏하면 문혁에게 빌붙어 사는 비렁뱅이라고 하잖아요. 유고집도 그런 차원에서 쓰지 않았을까요? 그리고 덧붙인다. 혹시 말이에요. 조안 샘, 강 교수에게 빚진 거 없어요?

숨길이 모아진다. 무슨 말이야? 조안이 갑자기 명치끝에 전류가 흐르는 것 같다. 강 교수 그런 인간이었어? 그새 까발렸단 말이지? 경인의 동생 경철이 달려왔기에 문혁에게 아쉬운 돈 이야기를 했고, 3백만 원 돌려준 건 이미 1년이나 지난 일이다. 돈은 갚지 못했다. 학교 친목회에서 빌렸다고 했다. 문혁이 식물상태로 누워 있는 동안 이자라도 갚을 생각으로 안면이 있는 과의 조교에게 전화로 상황을 알아보았다. 1시간 후 조교가 알려 준 내용은 그런 일이 없대요, 강 교수님이 왜 돈을 빌려요? 심통스러운 목소리만 날아왔다.

돈을 좀 빌렸어. 그 말 누구한테서 들었는데?

강 교수가 나 대표한테 돈 이야기를 했고 주연이 강 회장 호주머니에서 돈을 꺼낸 거죠. 강 교수가 무슨 수로 갑자기 몇백만 원을 구했을 것 같아요. 조안 샘, 혹시 모 샘이 빌린 거 아닌가요?

조안이 아니라고 고개를 내두른다. 내가 3백만 원 빌렸어. 갚을 거야. 갚으면 되잖아.

그의 생각은 다르다. 조안이 이모가 세상 떠나면서 큰 집을 작은 원룸으로 줄였고 약간의 현금 유산까지 받았다는 말도 들었다.

혹시 모 쌤이? 설마? 산문집 출간은 우정이지 그게 빚일까?

우정이 시틋하니 받는다. 그런 우정 같은 건 없어요. 모 선배가 강 교수하고 동격이 아니죠. 강 회장이 그랬죠. 강산문방 식구들 모두 비렁뱅이라고요. 빌붙어 사는 것들이라면서도 콩고물을 뿌리는 건 순전히 아들 문혁의 울타리가 돼달라는 미끼 같은 거요.

조안이 조곤조곤 말한다.

배 작가 왜 그래? 그들의 관계가 수직이었든 좌우 대칭이든 우리가 빗대놓고 저울질할 수 없어. 내가 알아. 그들 사이에는 이해상관 같은 거 없어. 모 샘은 진심이었다니까.

배우정이 키득 웃는다. 진실요? 그런 구닥다리 단어를 들먹이지 마요. 자본주의 논리로 해석하면 간단해요. 주는 것만큼 받아내고, 받는 것만큼 주면 되는 거잖아요.

조안이 고개를 돌린다. 어긋난 대답으로 실랑이 칠 기분이 아니다. 요즘 들어 조안이 옳고 그름에 대해, 싫고 좋음에 대해 패를 가르지 않는다. 자신에게 집중한다는 방식을 선택한 지 오래된다. 각자 나름의 방식으로 살고 있다. 받는 것만큼 주고 주는 만큼 받으면 된다. 너무 야박한 논리일까? 가능하다면 조금 더 보태줄 수 있으면 그것으로 성공한 인생이 아닐까? 돈이든 마음이든.

배우정이 화제를 돌린다. 산문집 출간 말에요. 모 샘 작품이죠. 모 선배가 만복하고 나주연의 술수에 넘어간 거잖아요. 몇 푼 받자고 한 짓은 아닌데, 자꾸 씹으니까 모 샘이 뿔난 거죠? 모 쌤을 원고지 당 1만 원짜리 작가로 몰았단 말이죠?

조안이 한마디는 더 해야 할 것 같다. 당사자 없는 데서 남의 말 안 하고 싶지만, 나 대표가 좀 심했어. 모 선배 보고 뭐라고 했는지 알아? 남의 자서전이나 써주는 대필 작가인 주제에? 겨우 그거면서? 있지, 그 현장을 우연히 목격했어.

우정이 버럭 소리를 삼킨다. 현장인가요? 난 왜 빠졌죠? 내가 강산문방 해결사라는 거 몰랐어요? 올곧은 성품인데도 격한 감정을 감추지 못한다. 흑백논리가 분명했고 거짓과 위선을 보면 벌컥 하는 버릇이 있다. 그런 장점이 때로는 과격함을 동반한다.

나주연 대표가 으름장을 지르는 거야. 기자회견? 그딴 걸 왜 하는 건데? 모 선배는 꾸중 듣는 학생처럼 서 있고, 나주연이 검지를 깔딱거리면서 목소리를 높였어. 강 회장이 알면 벼락칠거라면서…….

조안 샘은 어쩌다가 쌈판에 초대된 건데요?

조안이 초댄 무슨? 말하는 대신 눈을 치뜬다. 코트 주머니에서 담배 가치처럼 돌돌 말린 노란 포스트잇을 내보인다. 배우정이 받아들고 새끼손톱으로 붙은 포스트잇을 편다.

– 잠깐 봐. 후문에서 기다릴게

조안이 그거야. 그래서 거기 세종회관 소강당 후문으로 갔었어. 뜻밖에 경인이 나 대표에게 묵사발이 되는 중이었어. 대필 작가인 주제에, 그 말이 경인에게 상처가 되었을 거야. 건드리면 안 되는 곳을 나주연이 찔렀지. 하지만 나주연이 건넨 마지막 말은 비난이 아니었어.

네 오리지널 작품을 써. 제대로 된 소설. 남의 인생 베끼기나 하는 게 작가냐?

틀린 말은 아니다. 어쩌면 경인을 바라보는 시선에 연민이라는 정서를 담고 있는지도 모른다. 네 작품을 써라, 단단하게 직립하라는 말, 누구에게나 건네는 조언은 아닐 것이다. 그런데 대필 작가인 주제에? 겨우 그거면서? 모경인의 자존감을 후벼 판 말이다. 그랬다고 해도 따귀를 후려친 경인의 손찌검은 한계를 넘어선 행동이다.

모 샘이 보기보다 감정적이야. 왜 폭력이냐고? 말로 할 수 있는데, 나 대표가 못할 말을 한 것도 아닌데. 경인에 대한 이율배반적인 감정이다. 그를 가름하는 잣대가 자꾸 흔들린다.

우정이 갑자기 핸들을 팍팍 내지른다. 대필 작가인 주제에? 겨우 그거면서? 그런 말 듣고 가만있을 사람 세상천지에 어디 있어요. 나 같았으면 정강이가 분질러질 정도로 조인트를 날렸을 거요.

조안이 차창을 내리자 매운 강바람이 아우성이다. 남과 북을 연결하는 다리가 너무 많다. 이러다간 강 위에 시멘트 포장을 할지도 몰라. 차창을 올린다. 차 안은 진공처럼 먹먹하다. 습기에 버무려진 공기가 엷은 어스름에 녹아내린다. 4월의 저물녘, 밤으로 건너가는 이 시간대를 모경인은 빛의 어간이라 한다. 문법으로 가려지지 않는 문장인데, 작가인 그는 즐겨 원고지에 펴 나른다.

우정이 말머리를 돌린다.

강 교수의 관을 강산문원으로 옮긴 건 알죠? 양재동 꽃시장을 싸잡아 아주 도리 했어요. 강 사장이 돈벼락을 날린 거죠.

조안이 사장이라고 하면 혼나. 회장이라고 해야 해. 언젠가 나래가 강 사장이 했다가 지팡이로 두들겨 맞았다니까. 애비의 급을 회장에서 사장으로 끌어 내려야겠냐? 괘씸한 것.

회장은 무슨 얼어 죽을! 흥분해서 쏟아낸 말이 발부리로 전이되었는지, 거칠게 밟은 액셀에 몸피가 들썩인다.

괜찮아요?

난 괜찮아. 배 작가는? 주고받는 말 사이로 강물이 출렁거린다. 훈김처럼 피어오르는 안개가 빗살무늬로 차창에 와 엉긴다.

우정이 투덜댄다. 강 회장이 제정신이 아닌 것 같아요. 무당굿거리를 하고 식물인간 상태인 아들 앞에 생일상을 차리고, 우리 강산문원 식구들만 보면 달달 볶아치고.

강산문방, 그러다가 쪼개졌다. 강산은 문혁의 필명이다. 처음에는 문천으로 했다가 문원으로 바뀌었다. 그렇게 변덕으로 날뛰던 강산글방은 문혁이 유학 가면서 조였던 벨트가 헤실헤실 풀린다.

배우정이 차의 속도를 줄인다. 조안이 볶아친다는 말에 토를 단다. 만복이 볶아친 건 모 쌤이야. 비렁뱅이라고 뒤통수에 대고 메다쳤지만 정작 마주 앉은 자리에서는 바로 눈을 쳐다보지 못했어.

우정이 말을 받는다.

강 교수가 성급하게 방방 댈 때마다 만복이 그랬어요. 경인을 봐라. 한 푼 없는 비렁뱅이지만 겉보기엔 있는 집 자손 같이 느긋하잖니. 낯짝만 준수한 게 아니라 행동거지도 침착하고 진중해. 그래서 네 곁에서 얼쩡거려도 그냥 두는 거라.

우정이 구시렁거린다. 능구렁이가 따로 없다니까요.

조안이 말을 잇는다. 강 회장의 자식 사랑하는 방법이겠지. 문혁이 식물인간 상태로 깨어날 가망이 없으니까 그 분풀이를 우리한테 퍼붓잖아.

우정이 고개를 끄덕이지만, 그 말은 목구멍 깊숙이 삼킨다. 조안, 네가 관건이었어. 문혁하고 경인, 넌 어디에도 속하지 않았지? 누구에게도 속한 척하면서, 삼각대 아니었어?

우정이 겨우 한마디만 내뱉는다. 트라이앵글 아니었나요?

그렇게 보였다면 그럴 수도 있겠구나 싶다. 조안이 다시 강변 쪽 차창을 조금 내린다. 나른한 오후의 강물은 등 푸른 생선처럼 엎드려있고, 버들에 실린 연두가 모시 발 같은 녹즙을 흘린다. 여름 문턱을 넘었는데도 강바람의 속살은 시리다.

우정이 꺼낸 말의 마무리를 한다. 우리 강산글방 동아리 모두가 삼각관계라고 했는데, 조안 샘이 어정쩡하게 굴었잖아요. 이쪽도 저쪽도 반반이었던 거 아닌가요? 나래 시인이 한마디로 직구를 날렸죠. 조안 샘이 양다리 걸치고 있다고요. 모두 물개박수를 날렸죠. 동의한다는 손짓 아닐까요?

제발 말 좀 곱게 해. 양다리가 뭐야? 난 누구하고도 얽히지 않았어.

배우정이 피식 웃는다. 양다리? 그런 말 나도 싫어요. 하지만 뭐, 한 번뿐인 생이잖아요. 사랑은 영원불변하는 목록 아니죠. 사랑하고 익숙해지면 헤어지고 이별하고 상처 주고 상처받고, 사는 동안 골목을 돌아들 때마다 사랑은 바뀌어도 자신의 매뉴얼은 지속 가능하대요. 나래 시인에게서 얻어들은 사랑 철학이죠.

그날 그 자리에 조안도 함께했다. 그래서 나래의 눈물 그렁했던 표정이 기억 속에 남아있다. 나래는 사랑 예찬론자이면서 사랑 비관론자다. 사랑은 그녀의 관심사 중에 일 순위다. 사람에게 집착하지 않는다면서도 사랑이라는 말만 나오면 화제를 붙잡고 늘어진다.

그거 알아? 사람들이 첫사랑을 영원히 가슴에 품고 산다고 말하지만, 그거 다 헛소리야. 첫사랑을 할 때의 청정하고 순결했던 자기 자신을 사랑하는 거야. 첫사랑 했던 대상을 그리워하고 못 잊어 피눈물 흘리는 게 아니란 말이지. 그게 사랑 진화론이랬어. 인생은 한 번뿐이고 연습은 불가능하지만, 사랑은 반복되는 학습이랬어. 시인의 사랑 철학이야.

우정이 쿡 웃는다. 반은 맞고 반은 틀렸어요. 조안 샘은 사랑 이야기만 나오면 진짜 어정쩡하게 내숭 문턱에 발을 걸친단 말이죠.

조안이 나래의 말을 다시 꺼낸다.

나래가 그랬어. 마음으로, 눈으로, 찍어둔 대상 앞에서 설레발 치면 백번 도루묵이래. 우선 저를 갈고 닦아서 보석을 만들어야 한대. 그래야만 비로소 제대로 된 상대의 눈에 박힌댔어. 나래 시인의 사랑은 서로를 연민하고 서로를 깊이 이해하고 다독이면서 사랑을 가꾸는 거랬어.

우정이 고개를 까닥 숙인다. 백번 지당한 말씀! 하지만 그게 쉬운가요? 그런 말 알아요? 사랑은 눈을 멀게 하지만 눈을 뜨게도 한댔어요. 나래 시인은 말로만 변죽을 울리는 것 같아요. 사랑에 매달려서 징징거리는 게 눈에 뵈잖아요.

조안이 그러게 말이야, 사랑이 생의 전부도 아니고 한 번뿐인 생을 그것으로 망가뜨리는 짓은 안 해야지. 서른의 교훈이야.

그때 지나가던 나 대표가 끼어든다.

조안아, 서른의 교훈이라는 네 말은 일반론이야. 나래 시인이 좋은 시를 쓸 수 있는 건 성숙된 단계를 수없이 건너뛴 고통에서 뽑아낸 명주실이라고. 상처라도 받을까 봐 빌빌거리는 너 같은 겁쟁이는 영원히 사랑의 미아일 수밖에 없어.

사랑의 미아인가요? 담담하게 주워섬기는 조안을 보면서 나주연이 한마디를 덧붙인다.

오늘이 남은 인생에 첫날이라는 걸 명심해. 그냥 주어진 선물이 아니라고.

우정이 입술에 침을 바른다. 그 말 나 대표님 오리지널 아니죠? 어디서 많이 들었는데요.

나주연이 들고 있던 수첩으로 에라, 입 좀 다물어 하고는 가볍게 우정의 등때기를 때린다.

차창을 열면 강바람에 실려 온 자우룩한 물안개에 비린내가 스민다. 두 사람은 동시에 눈을 맞추었고 동시에 고개를 주억거린다.

우정이 계속한다. 그거 알아요? 문혁의 산문인지 자서전인지 쓸 때 매일 강 사장이 들락거렸어요. 강산문원 입구에 경비를 세워 두고, 그건 감시 아닌가요?

조안이 오른손으로 왼쪽 가슴을 지그시 누른다. 정말 그랬을까? 모 샘이 원하지 않았다면 구겨 박혀 있을 사람이 아니잖아. 모경인 스스로 자제했을 거야. 문혁에 대한 우정이야. 순수한 봉사라고 생각해. 경인이 그런 사람 아니었어?

말하는 동안 조안의 가슴이 서서히 달궈지는 걸 느낀다. 맺고 끊어지지 않은 그들, 모경인과 문혁의 우정을 시기했고 질투했다. 너들 동성애자 그런 건 아니지? 두텁고 질기고 애착하는 뭐 그런 사이? 조안은 자신의 속물적인 시선에 쐐기를 박는다.

겨우 숨을 고른 후 조안이 한 마디를 건져 올린다.

모 선배 어렵게 살아도 비굴을 덧바르고 살진 않았어.

배우정이 금방 동의한다. 내가 모 쌤을 좋아하는 건, 사람 위에 사람 없고 사람 아래 사람 없다, 그 공명정대한 정신에 뽕 갔죠. 잠시 말을 끊었다가 우정이 다시 문혁의 이름을 들먹인다.

천재들은 좀 그런 것 같아요. 괴벽이랄까? 약간 사이코 기질요. 광기죠. 불같이 화내다가 금세 언제 그랬느냐는 식으로 싹 돌변하잖아요? 변덕이 죽 끓듯 했죠. 바람처럼 가볍고, 어린애처럼 까불고, 그러다가 갑자기 벼락치기로 엄숙주의로 변신하죠. 일관성이 없다는 게 바로 사이코의 전형 아닌가요?

조안이 고개만 끄덕인다. 그녀의 침묵이 자신의 말을 긍정하는 거라고 믿는 듯 우정이 한마디를 보탠다.

강 교수는 자긴 백 프로 완벽한데 주변 인간들은 모조리 푼수로 취급하죠. 말로 안 하지만 표정이나 동작에서 그런 게 느껴져요. 모 쌤에게도 함부로 하잖아요. 툭툭 치면서 네가 뭔 간섭이야? 날 가르치려 하냐? 네 주제에? 그게 뭔 말인지 알아요? 가난뱅인 주제에? 네 수준이라는 말 아닌가요? 모두의 정수리 위에서 있었죠. 아닌가요?

조안이 작게 고개를 끄덕인다. 내가 왜 모르겠어? 겸손하지만 그 겸손이라는 말 뒤에 가시가 있어. 오만이라는 가시. 모 쌤이 너무 납작 엎드렸어. 이제, 다른 말 하자. 맺는 말끝이 야무지다.

배우정이 한마디만 더하고요. 강 교수를 비틀자는 건 아니지만, 모 쌤을 손바닥에 올려놓고 공깃돌 돌리듯 해요. 모 쌤이 어머니 기일에 가야 한다고 하는데, 돈만 부치면 돼. 네가 참석하든 안 하든 죽은 사람은 귀신일 뿐이야. 그때 모 쌤이 처음으로 뿌리쳤어요. 우리 어머니 기일에 가지 말고 네 동료 결혼식 사회를 봐야 한단 말이지? 혁아, 내가 네 혀야? 네 입이냐? 네 발싸개냐? 문혁이 갑자기 벌벌 떨면서 기절하는 척했잖아요? 감히 나한테 대들어? 하면서요. 참, 기도 차지 않았다고요.

우정의 손이 핸들을 팍팍 지른다. 내 오장육부가 확 뚫린 거 있죠. 강 교수 곁에 우리 모 샘 같은 친구가 있다는 건 축복이죠. 강 교순 자기가 구심점이라고 뻗대고 있지만 내가 보기엔 모 쌤 둘레를 자전 공전하는 잔챙이에 불과했어요.

조안이 이제, 그만하자는 투로 손을 들어 제지한다. 그 손의 방향이 우정이를 향했다기보다 조안 자신을 꾸짖는 손의 동작 같다.

그러지 마

배우정이 강산문원 정문에서 유턴, 비스듬히 경사진 갓길에 정차한다. 주차할 때 그는 가야 할 방향으로 차머리를 돌려놓는다.

도망갈 준비부터 하네. 언젠가 강산문방 멤버들 앞에서 나래가 살짝 꼬집었다.

우정이 그냥 습관이죠, 했지만 모두들 나래가 던진 배수진이라는 말에 고개를 끄덕인다.

그때 문방의 반장격인 경인이 뚝 잘라서 우정을 비호하는 발언을 한다.

그게 주차 원칙이야. 배 작가의 용의주도한 습관 아닌가?

우정이 부러진 목소리로 투덜거린다. 아닌데요, 용의주도? 그랬다면 지금처럼 안 살죠.

경인이 웃음을 지운다. 지금 배 작가가 어때서? 장르 작가로 입성했잖아.

우정이 실쭉거린다. 장르 작가요? 작가는 무슨 얼어 죽을? 밥 먹고 살 정도는 돼야 말이죠. 라면 전문식당이 내 마지막 코스 같아요. 라면 하나는 끝내주잖아요. 다른 가게보다 싸고 맛있게 끓일 자신 있어요.

식당? 경인이 손사래를 친다. 식당이 글쓰기보다 쉬울까? 세상에 만만한 게 어디 있어?

말을 마친 경인이 되똑하니 서 있는 조안을 향해 동의를 구하듯 턱짓을 한다. 조안이 자신의 의견 같은 걸 내세우는 성품이 아니라는 걸 알면서도 경인이 늘 그녀를 화제 안으로 끌어들인다.

조안이 고개를 흔든다. 내 의견이 뭐 중요해? 눈으로 말한다.

2차선이지만 산자락에 가려진 막다른 길이여서 차의 왕래는 거의 없다. 마을의 성긴 불빛은 멀고 희미하다. 배우정이 안전벨트를 풀면서 앞 거울에 떠 있는 조안의 표정을 살핀다. 언제인가부터 좌우를 살피던 눈길이 그녀에게로 모아진다. 감정을 담은 시선은 아니다. 바로 그날, 문혁의 『푸름이 연두를 지우고』 출판기념회 하던 날 안경 쓴 그녀를 보던 순간부터였는지, 그 경계는 희미하다. 갑작스러운 바라기는 아니다. 글방 식구들이 모여 식사를 하거나 독후감 스터디를 하는 와중에도 그의 눈은 조안에게가 꽂혀 있다.

문 열어 줄게. 차 끌고 들어가. 조수석에서 내리는 조안에게 대문 열쇠를 건네려던 우정이 내가 열어요. 대문이 보기보다 무거워요. 우정이 운전석에서 내린다. 경비 아저씨 주말엔 근무 안 하시니까 대신 진도를 풀어 놨네요. 현관 앞까지 차로 가요.

조안이 조수석에 다시 타면서 작게 중얼거린다. 여긴 공동묘지 같아. 이런 데서 일 년 반이나 숨어 살았대. 가까이가 아니었다면 아무도 듣지 못했을 작은 목소리다.

우정이 열린 날개 문 사이로 천천히 차를 전진시킨다. 진도가 차창을 긁으며 뛰어들 것처럼 짖어 댄다. 우정이 운전석 유리창을 조금 열고 구야, 구야, 그만해. 쓰다듬는 목소리다. 그제야 짖어 대던 구야가 꼬리를 흔든다. 그거 알아요? 정든 개는 주인이 자기를 사랑하는 거 이상으로 주인을 사랑해요. 구야는 지금 배우정이 하고 열애 중이랍니다.

조안이 여긴 처음이라면서? 구야하곤 구면? 거짓말이 혀에 달렸다니까. 말하는 대신 눈길을 피한다.

본채 현관 앞에 정차시키면서 우정이 고개를 갸웃한다.

밖이 시끄러운데 모 쌤이 내다보지 않네요.

산자락에 잇대어진 너른 정원에 키 큰 나무들이 울울하다. 너른 간격으로 서 있던 적송들을 한군데로 모은 건 문혁의 제안이다. 큰 나무가 지붕 위로 솟구치는 건 안 좋아. 강 회장이 말렸지만, 아들의 고집을 꺾지 못했다. 옮겨 심은 덩치 큰 소나무와 잣나무 둥치에 짚을 둘러 묶었다. 그걸 보고 조안이 소나무가 상복을 입은 것 같네. 무의식적으로 한 말이지만, 어릴 때 부모와 언니를 잃은 조안의 어둔 정서가 함축하고 있는 말인지도 모른다. 배우정의 생각이 그렇다. 조안을 살피면서 다가온 직감 같은 것, 어디서 봤는지? 그 희미한 기시감이 그녀에게 눈을 머물게 했을 것이다.

우정이 가파르게 조안의 말을 헤집는다. 무슨 말이 그래요? 조안 샘, 흉한 이미지로 끌고 가지 마요. 조안이 고개를 흔든다. 나는 보이는 대로 말했어.

우정이 왠지 으스스 어깨가 떨린다. 상복 입은 소나무? 어디서 읽은 것 같은데? 기억을 더듬는다. 조안이 앞지른다. 제임스 조이스의 『더블린』에 그런 문장이 있어.

'눈 덮인 더블린이 하얀 수의를 입고 있었다.' 같은 문장은 아니지만 같은 이미지로 떠오른다. 조안이 독서를 많이 해서 자신의 것과 남의 것이 뒤섞여 있는지도 모른다.

우정이 대문을 닫고 구야에게 목사리를 건다. 조안이 경인의 작업실을 향해 몇 발자국 앞장서서 걸어간다. 흐릿한 조명등을 받고 걸어가던 조안이 갑자기 뒤돌아선다.

모 샘 작업실에 불이 꺼져 있어. 우리 만나러 시내 나간 거 아닐까? 조안의 걸음나비가 빨라진다.

우정이 투덜거린다. 우릴 바람 맞혔잖아요. 유감없이 한 방 날릴 작정인데, 조안 샘 어설프게 선수 치지 마요.

조안이 혼잣말로 속삭인다. 모 샘 약속을 어기는 사람 아닌데, 두 사람을 같은 장소로 끌어낸 이유가 뭘까? 핸드폰도 꺼져 있어.

모 쌤은 낮에도 불 켜놓고 사는데, 이상하네.

본채 서재에는 불이 대낮 같이 밝은 데, 경인의 작업실은 깜깜하다.

조안이 도어를 열고 희읍스레한 작업실에 한발을 드민다. 자귀나무에 가려진 외등은 멀다. 전등 스위치를 찾아 벽을 더듬던 순간 건들거리는 뭔가에 부딪힌다. 아앗, 움직이는 것, 굼틀거리는 것에 대한 조안의 강박이 내지른 비명이다. 두 손으로 입을 가리고 벽에 바짝 붙는다.

우정이 왜요? 전등을 켜요. 훌쩍 다가서면서 조안의 조금은 호들갑스러운 반응을 더듬는다. 어둠 속에 웅크린 그녀의 작은 덩치가 물가에 나온 거북등처럼 굳어 있다.

뭔데요? 왜요? 우정이 손더듬이로 전등 스위치를 올린다.

아 앗! 배우정이 방바닥으로 나동그라진다.

빛의 지렛대가 곤두서는 순간 백색 섬광에 까발려진 풍경이 발칙하다. 눈앞에서 건들거리는 맨발? 공중에서 자맥질을 치던 맨발이 배우정의 뺨을 훑치며 흔들린다. 아앗! 섬뜩한 차가움이, 살 속으로 벼린 칼처럼 파고든다. 순간 실눈을 치뜬 조안의 눈하고 마주친다. 두 손으로 눈을 가리고 있다. 의미 모를 새된 비명을 씹으면서 방구석으로 가 구겨 박힌다.

배우정이 바닥에 널브러졌던 몸을 일으켜 세운다.

모 쌤? 휜 소리가 그의 목구멍 안에서 버벅댄다.

길게 뻗어 내린 맨발, 구멍처럼 떠진 눈망울, 벌어진 입, 길게 빼 물린 혀, 늘어진 긴 팔, 대롱거리는 두 다리, 앞으로 꺾어진 고개, 살짝 당겨진 뺨의 근육, 우는 건지 웃는 건지 표정을 지운 얼굴은 푸리무리, 죽음의 그을림이다. 생이 죽음으로 가는 도정의 변색이다. 시간은 잠시의 유예도 허락하지 않는다.

모 쌤, 뭡니까? 만나자고 해놓고 이게 무슨 짓이냐고요?

입은 옷은 늘 그대로다. 청바지에 체크무늬 남방, 양말만 벗었다. 교보문고 봉투 속에 돌돌 만 양말과 수건, 왼쪽 눈에 하고 다니던 안대 몇 개가 포개져 있다.

우정이 투덜거린다. 이럴 작정으로, 우릴 이곳으로 부른 거잖아요. 그가 끌고 온 식탁 의자 위에 올라가 경인의 숙인 고개를 손으로 받쳐 든다. 그의 죽음을 손으로 확인해 보려는 듯 그 동작이 무겁고 조심스럽다.

멈춰진 시간이 길게 이어진다.

우정이 경인의 바짓가랑이를 안고 울컥댄다. 반동으로 쓸린 그것이 흔들거린다. 뜻밖에 힘이 실린 진동이다. 벽에 등을 대고 그가 스륵 무너진다. 힘살 빠진 정강이가 후물댄다.

얼핏 설치미술의 한 장면처럼 경인의 쭉 뻗은 몸피는 생생하다. 늘어진 손, 당겨진 고개, 헐거워진 매무새, 움직임이 거세된 정지 상태의 그를 보는 건 이물스럽다. 긴 팔과 너부죽한 손으로 어깨나 등을 쓸며 괜찮아, 괜찮아. 성급하게 마침표를 찍는 건 안 돼, 했던 사람이 스스로 했던 말을 실행하고 있지 않은가?

조안이 꼼짝하지 않는다. 우정이 자주 뒤돌아본다. 무슨 말이라도 해야 할 것 같다. 꼬질꼬질 말아 쥐고 있는 침묵이 신경에 거슬린다. 이유는 분명치 않지만 조 샘, 어제저녁 모 쌤하고 시간 같이 보내지 않았어요? 말 좀 해봐요. 무슨 기척 없었냐고요? 혹시 조 쌤이 뭔가 건드린 건 아닌가요? 물어봐야 한다. 무릎에 고개를 박은 채 방구석지에 오도카니 쪼그리고 앉은 조안, 무슨 말로 저 정중동을 깨울 수 있을까? 궁금했고 그 궁금증이 짜증을 불러냈지만, 그녀의 심기를 건들 생각은 없다. 왜 조안을 조심스럽게 대하게 됐는지, 함부로 집적대기 어렵게 만드는 그녀의 정중동에 매번 우정이 입을 다문다. 언젠가 경인에게 그런 말을 빗대놓고 한 적이 있다. 그녀의 속은 알 수 없다니까요. 겹겹 아닌가요? 경인이 혀를 찬다. 왜? 무슨 까닭으로 남의 속을 헤집으려 들어? 호기심이야? 관심이야? 그 이상? 배우정이 솔직하게 말한다. 내 성격 알잖아요. 그냥 궁금증이라고 해 두죠. 깊숙한 속내를 내시경으로 투사해 보는 취미요.

경인이 활 웃는다. 조안이 무슨 병아리냐? 감별하게? 그래서 웃었고 그래서 입을 오므렸을 것이다. 배우정이 스마트폰으로 정지된 피사체를 찍으면서 혼잣말로 구시렁거린다.

대체 왜요? 무슨 짓이냐고요? 그 말 밖에 할 줄 모르는 말더듬이처럼 같은 말만 반복한다.

조안이 마른 눈가를 손등으로 훔친다. 배 작가, 제발 좀 내려 줘. 너무 아플 거야.

신고해야죠. 경찰이 오기 전에 맘대로 손대면 안 돼요.

조안이 작게 구시렁거린다. 잠깐만 이대로 있어 주면 안 돼? 강 교수 묘비명이 어쨌다고 여기서 날밤을 새워? 싸구려 감상 때문에 목을 맸어. 작은 목소리가 잦아든다.

우정이 아니죠. 냉큼 반박한다. 싸구려 감상? 모 쌤을 싸구려 감상파로 몰아붙이면 안 돼요. 반듯하다 못해 각이 진 사람인걸요. 올곧게 살려고 노력했어요. 많이 힘들었지만, 다만…….

조안이 다만? 뭐가 어쨌다고? 그녀의 치뜬 눈매가 우정의 심사를 꼬집는다. 조안의 저런 깐깐한 태도가 경인에겐 목의 가시가 되었을지도. 그녀가 거느린 고요한 탯거리, 쫀쫀한 질문, 무관심으로 비켜 가는 담담한 태도, 엄청 거슬린다.

우정의 다문 입가에 그답지 않은 과묵이 서린다. 이런 모습으로 나동그라져? 패배자라고 세상천지에 나발을 불었어. 속으로 되뇌는 그의 달마같이 통통한 뺨에 실주름이 엉긴다. 내장에 구멍이라도 뚫린 것 같이 등뼈가 휘청댄다. 한날한시에 세상 떠난 부모의 장례식에서도 이렇게 참담하지 않았는데.

중학교 입학했던 가을 끝 무렵이다. 지리산 산청에서 열리는 약령시장에 약재를 산다며 부모님은 새벽에 출발했다. 배우정이 외할머니하고 단둘이 남았다. 따라가고 싶어 안달하는 아들에게 부친이 일렀다. 작은 차(티코)에 우리 가족 모두를 싣고 가기엔 너무 위험해서 그런다. 본디 운전은 너희 엄마 몫이지만 오른팔에 깁스를 하고 있잖니. 아빠 운전이 서툴러. 운동신경이 좀 무디다는 말은 안 한다. 부친의 예언은 적중한다. 빗길에 미끄러진 작은 차가 과속하는 관광버스 사이에서 납작 구겨진 현장 사진을 신문에서 보았다. 중학생 소년은 안경 속에 눈물을 감춘다. 그런데 나이 서른에 맞닥뜨린 모경인의 죽음 앞에서 그는 척추가 허물린 듯 바닥에 꼬꾸라진다. 열다섯에서 그만큼의 세월을 살아내는 동안 보태진 것은 고통을 담아내는 종지가 커다란 바구니로 바뀐 탓일까?

우정의 입술이 꽉 다물린다. 말을 하면 명치에 모아졌던 아픔이 목울대를 타고 괴어오를 것 같다. 우정이 건너온 스물아홉 살의 징검다리는 혼자라는 빈 자루에 외로움이라는 자갈을 메고 건넜다. 경인이 없었다면 여기까지 달려왔을지 알 수 없다. 만나기만 하면 경인이 묻는다. 배고프지? 호주머니 속에서 꺼낸 그것, 볶은 메주콩이다. 우리 아버지가 밭두렁에 심은 콩이야. 내가 올라올 때마다 한 데 박씩 볶아서 양파망에 넣어주셔. 볶은 메주콩은 습기를 먹어 눅눅하다. 우정이 보관하는 방법을 일러 줬다. 이거 바삭하게 두고 먹으려면 신문지에 싸서 양파망에 넣어 둬. 모 쌤이 피식 웃는다. 다 먹은걸. 이게 마지막이야. 빈 바지 주머니를 홀라당 까발려 콩 부스러기를 턴다. 우정의 속에서 뭔가 울컥울컥 치민다. 모 쌤하고 나누어 짊어지고 온 자갈 통을 이젠 혼자서 짊어 지고 걸어야 한다는 소슬함일까? 자조가 입술을 비튼다. 혼자 도망가요? 모 쌤, 남은 식구들은 어쩌라고요?

배우정의 눈앞에 횡성의 얼어붙어 있던 배추밭이 떠오른다. 출하 시기를 맞추지 못한 배추들은 첫 추위에 얼어붙는다. 외지에서 온 알바 생까지 곱절의 일당에도 구하지 못하면 배추는 그대로 폭삭 주저앉는다. 부르는 것이 값으로 둔갑하는 트럭들의 횡포를 누가 막을 수 있을까? 뽑지도 운반도 미뤄진 배추밭은 그대로 동토 속에 파묻힌다. 모경인의 동생 경철이 배추밭 고랑에 터버리고 앉아 넋두리를 토해낸다. 누군 팔자 좋아 서울 가서 작가님이 되셨는데, 흙 파먹는 두더지는 죽으나 사나 삽질이라. 경인이 아우 곁에 쪼그리고 앉아 미안 타. 조금만 기다려 주라. 경철아, 서울에 있는 대학에서 공부하게 해 줄게. 내가 비럭질을 해서라도 너 하나는…… 다하지 못한 말이 입안에서 퍼석댄다.

그만해요. 그 말은 골백번도 더 들었네요. 내 나이 서른인데, 늙은 대학생 언제 만들어 줄 거요?

경인이 입을 오므린다. 언제라고 약속할 수 없다. 지키지 못할 약속인 줄 알면서도 경철이 울화를 터뜨리면 미안하고 부끄러움이 뭉쳐 내장이 느글거린다. 토악질을 게워내는 메스꺼움은 누구도 아닌 경인 자신의 대책 없는 허영심이 만들어 낸 허방이 아닐까? 경철처럼 농사를 지어 식구들 배 곯리지 않고도 지방대학은 충분히 다닐 수 있는데, 그는 문혁에게 빌붙어 서울살이를 고집했다.

경인이 품에 안고 살면서도 어쩌지 못했던 식구들. 일곱의 아우들과 얼어붙은 배추밭과 횡성의 서리 바람이다. 가난 구덩이가 매번 모경인의 직진 행보를 가로막는다.

배우정이 한두 푼 아르바이트로 모은 통장을 탈탈 털어 건넨다.

모 쌤, 정신 줄 단단히 잡아요. 배추의 속고갱이는 살아있던데, 알바생들 두 곱 주고라도 구해요. 운반은 내가 이삿짐센터 트럭을 예약했어요. 배추는 비닐이나 담요로 덮어야 할 거요.

경인이 고개만 끄덕인다. 얼어붙은 배추밭을 쳐다보고 있었지만, 그 눈길은 멀고 아득하다. 농사지을 사람이 아니라고, 조안이 말한다. 우정이 퉁을 지른다. 누구는 농사가 적성에 맞아서 농사짓는 줄 알아요? 쐐기를 박는다. 상황이 되면 고깃배를 타든, 농사를 짓든, 벽돌공이 되던 처한 환경에 고분고분해야죠. 엄두가 안 나서, 소질이 없어서, 하는 식으로 기피 하고 몸 사리면, 태어나지 말아야 할 목숨이죠. 태어났으면 주어진 것에 적응하고 최선을 다해야 해요. 학부 시절, 공사판에 가서 벽돌을 날랐어요. 한 시간에 5천 원 받고요. 4시간 하고 나면 뼛골이 쑤셔요. 2만 원 번거죠. 반으로 하루를 살았고 그 나머지 반을 모아서. 다음 말은 입안에서 웅얼거린다. 그렇게 알뜰하게 모은 종잣돈을 모 샘의 횡성 배추밭에 부렸는데? 정작 당사자인 경인은 먼산바라기만 한다. 경인의 눈길은 얼어붙은 배추밭을 건너뛰고 가락시장 배추 더미 속에 납작 엎드려 있는 횡성 고랭지 농업이라는 팻말에도 꽂히지 않는다. 라면 발만 건져 먹고 남은 국물에 식은 밥을 말아 입으로 나르던 그의 우두망찰한 눈길은 누구도 붙잡지 못한다. 자신의 언저리를 훑어 내리는 대물림 받은 가난, 그 웅덩이 속에 가두어진 나약하고 비루한 자신을 겅중겅중 후려쳤던 경인. 한마디로 그를 꼭 찍어내야 한다면 그 말밖에 없을 것이다. 자기연민! 그가 모두에게 베푸는 배려나 자상함, 문혁을 향한 굴신 동작, 나 대표를 쳐다보면서 휘두르는 긴 두 팔과 헤픈 해바라기 웃음, 그 모든 동작과 정신의 서사는 본인 자신의 내부를 향하고 있다는 것을 알기나 할까?

술 한 잔 마신 날이면 우정이 모 샘의 등짝을 툭 친다. 모 샘, 힘내요. 어깨에 힘살을 실어요. 그 찌그러진 이마빼기나 좀 펴요. 정말 못 봐 주겠다니까.

그제야 경인이 우그러뜨렸던 어깨를 편다. 나보고 어쩌라고? 앞머리에 손가락을 넣어 쓸어내린다. 굵게 패인 주름 골이 가려진다.

경인의 두 살 터울 동생 경철이 크악, 침을 뱉으며 지나간다. 배우정이 무슨 버르장머리냐고 뒤따라가면서 한방을 지른다. 야, 너 뭐야? 건방지게?

뒤돌아선 경철이 허리춤에 두 손을 얹고는 부릅뜬 눈으로 배우정의 아래위를 훑어 내린다.

뭘 모르면 입 다물어요. 우린 형이 고시 공부하는 줄 알았다니까요? 2년만 하더니 4년으로 늘리더라고요. 내가 수능시험 끝자락에 붙은 채 뼛골 빠지게 땅을 파고 있었던 그해, 뜻밖에 형이 신문 한 장을 들고 온 거요. 신춘문예에 당선됐다면요. 고시에 붙은 게 아니라 신춘문예 당선 소식이었어요. 관절결핵을 앓고 있던 엄마는 그 자리에서 일어나지 못하고 그 겨울에 돌아가셨어요. 술 나발을 불던 아버지는 산송장처럼 자리보전하고 눕고요. 그런데 무슨 얼어 죽을 소설 타령이랍니까?

가족, 피붙이라는 칡뿌리에 묶여 옴짝달싹 못 했던 경인이 입에 달고 다니던 말은 미안해, 내가 못나서, 그 한 마디가 탄식처럼 입에서 토해질 때마다 우정이 쐐기를 박는다.

지난해 D 학원에서 프러포즈 받았던 논술 강사직은 왜 털어내요? 임시면 어때서요. 학원 강사가 처음부터 붙박이로 근무한 사람 있으면 나와 보라 해요. 모 샘은 구실이 너무 많아요.

횡성을 강타했던 폭설이 멎으면서 배추 뽑기와 운반이 순조롭게 진행된다. 반은 버리고 반은 건졌어. 우정이 네 덕이다. 경인이 입안에서 우물거린다. 고맙다. 우정아, 고마워, 너 아니었으면…….

우정이 손을 들어 경인의 말을 자르고 덧붙인다. 모 쌤, 나 혼자 한 거 아뇨. 문방 식구들이 모두 한 삽씩 거들었어요. 가난뱅이들의 협동이죠. 요렇게, 조렇게 보태진 거요. 가난만큼 질긴 연대도 없어요.

경인이 헉, 복받치는 날숨을 토해낸다.

우정이 지그시 쳐다본다. 모 쌤, 신춘문예 작가답게 좀 당당하게 굴어요. 아무한테나 고개 숙이지 말고요. 자존감을 가져요. 애송이 신문기자나 문예지 기자를 상대할 때도 쩔쩔매면서 겸손을 앞세우는데, 별로 예쁘지 않아요.

경인이 손사래를 친다. 운이 좋아서 당선된 거야. 달랑 단편소설 한편으로 소설에 달관한 것처럼 목에 힘주라는 거냐? 그리고 그게 생산적인 작업으로 이어지질 않잖아. 소설이 무슨 명주실 뽑아내듯이 줄줄 써지는 거라? 내가 게을러서 그런지 몰라도 단편 한 편 쓰는데 최소 4.5주나 걸려. 그렇게 애써 원고지를 메워도 지면 얻기가 하늘에 별 따기야. 경철에게 당해도 싸지.

쓴 침을 삼킨다. 탯줄에 걸고 나온 굴신동작이다.

유리창에 비친 나무 그림자가 잘게 흔들린다. 우정이 일어나서 블라인드를 여민다. 기대고 있던 등이 벽을 타고 내려앉는다. 그나마 평온한 얼굴인데요, 하려다가 그는 입을 오므린다. 오도카니 쪼그리고 앉은 조안의 동그란 어깨에 고드름이 슨 것 같다. 내리뜬 눈, 구부린 등피가 바위처럼 딱딱하다. 배우정이 끙, 외마디를 삼킨다. 등짝에 소름발이 엉긴다. 돌처럼 굳어 있는 조안의 모습이 죽음을 닮아있다. 정지된 물상이다. 얼음 조각이라면 녹을 것이고 눈사람이라면 한 시간을 버티지 못할 것이다. 두 시간 동안 조안이 꼼짝달싹 안 한다. 살아 숨 쉬는 사람이 어떻게 손가락 한 개, 머리카락 한 올도 움직이지 않을 수 있을까? 상실의 너울이 그녀를 둘둘 감고 있다. 평소 그녀에게서 내비치지 않았던 낯선 모습이다. 나약함이라니? 그녀답지 않다. 담백하고 고요한 탯거리는 그녀가 포장했던 다른 조안이었을까?

언젠가 조안이 눈물이 흐를 정도라면 슬프지 않은 거야, 진짜 눈물은 마음의 빙벽이 녹아내리는 물이거든, 하던 말이 생각난다. 저마다 눈물이나 슬픔을 해석하는 방식은 다르다.

조안이 어떤 장소, 어떤 관계에서도 속을 꺼내지 않는다. 속이 깊어서…… 두둔하는 나래를 두고 나주연이 살짝 비꼰다.

그게 문제라니까. 자신에게 집중하는 태도는 좋지만, 사람이 좀 헐겁고 유연해야지.

우정이 무슨 말을 하지 않았지만, 나주연의 말에 동의한다. 그녀의 감각은 독 묻은 비수 같다. 강산문방 누구도 그녀의 그 매서운 투시력에서 벗어나지 못한다. 몇 년 먼저 태어난 인생 선배의 진득한 후렴구에 모두 무임승차한다.

조안에게도 눈물이 있었던가? 땡볕이 자글대는 한여름에도 그녀의 고드름은 녹아내리지 않았는데, 우정이 갸웃대는 눈길로 조안의 자잘한 떨림을 멀거니 쳐다본다.

조안은 그의 눈길이 성가시다. 벽에 등을 기대고 세운 무릎에 고개를 파묻는다. 긴 단발머리가 양쪽으로 갈리면서 희고 가녀린 목덜미가 잘게 떨린다.

우정이 말을 아낀다. 모 샘의 죽음이 그의 내부에 가려졌던 과묵의 본질을 건드렸는지도 모른다. 저런 면도 있었네, 조안이 속으로 되작인다. 장르 소설로 훈련된 관조 법인지도 모른다는 생각에 조안이 고개가 절로 끄덕여진다. 늘 그랬던 것처럼 그녀는 기어오르려는 팽팽한 감정의 풍선을 지그시 끌어 내린다. 열 개의 손가락이 긴 머리카락 속을 헤집는다.

배우정이 조안 샘, 그거 알아요? 죽고 사는 건 신의 영역이래요. 하지만 내가 알아낼 겁니다. 모 선배를 죽음으로 몰고 간 인간을 가만두지 않을 거요. 키운 목소리가 짱짱하다.

조안이 숙이고 있던 고개를 쳐든다. 우정의 목소리에 뼈가 느껴졌기 때문이다.

모 샘 스스로 목을 맨 거 아니었어?

우정이 냉큼 말을 받는다. 자살은 자의든 타의든 그 원인이 관건이죠. 아직은 아무것도 속단할 수 없어요. 모 쌤 스스로 목을 맸는지? 스스로 목을 맸다면 목을 조르게 만든 어떤 동기나 계기가 있었겠죠. 자살을 유도했을지도 모르는 어떤 사람요.

말을 마친 우정이 자리를 털고 일어난다. 그 동작에 각이 져 있다. 뒷모습을 보인 채 서 있다가 주방으로 건너간다. 조안의 신경이 그의 동선을 따라가고 있다. 무익한 소모전일 줄 알면서도 그녀의 눈과 귀가 예민하게 움직인다. 때로는 뇌가 지시하는 방향하고는 반대되는 행위를 할 수 있다는 사실에 조안은 가벼운 어깨 떨림을 느낀다.

소란했던 하루다. 조안이 오늘 하루 동안에 일어났던 일을 되짚어 본다. 오늘 아침, 컵케이크에 생일 촛불 세 개를 꽂았다. 서른 문턱에 올랐다는 자각이 정강이를 타고 기어올랐다. 괜히 힘줄이 당겨졌고 숨쉬기가 가팔랐다. 나이를 의식하지 않고 살았는데. 지난해까지만 해도 그랬다. 봄이 그녀에게는 한시기의 마디처럼 다가왔다. 스쳐 지나가는 바람이 아니라 제 곁에 와 머문 먹장구름이다. 깨어나지 않는 문혁의 빈사 상태가 그랬고 조안이 '모 샘이 처음'이야, 그 한마디에 돌연 바닥으로 굴러 내린 경인의 추락이 그것이다. 그것의 실체는 재기 불능한 소품처럼 망가졌다. 그 순간 가엾게, 어떡해? 진정성 없는 단어들이 혀끝에 굴러 나왔다. 허방을 찍고 나동그라진 그를 다독이고 품어 주기에 그녀가 지닌 그릇은 너무 작다. 그녀는 아직은 아니야, 자신의 덜 여문 정서를 내세운다. 아직은 누군가를 위한 빈자리는 없다.

서른 살? 실감 나지 않는다. 뭔가에 매달려 속앓이했던 서른 해가 아직도 그녀의 안에 그림자를 드리우고 있다. 자신의 삶이 아닌 남의 삶을 살아온 세월이다. 쫓기는 나날이었다. 이모가 늘 말했다. 조안아, 네 코가 석 자다. 남 탓하지 마라. 사람은 제가 한 것만큼, 뿌린 대로 거두는 거라. 그 말이 울렁증이 되어 내장을 흔들었다.

컵케이크에 꽂은 가느다란 초에서 촛농이 눈물처럼 흐른다. 이깟 게 뭐라고? 입바람을 불어 촛불을 끈다. 바로 어제 경인이 불쑥 말한다. 네 주민증 몰래 봤어. 미안해. 나래에게 네 생일을 물었더니 나도 몰라, 하면서 네가 잠시 자리를 비운 사이에 지갑을 꺼냈어. 94년 4월 4일이네. 양력일 거야. 나하고 같은 해 출생했어. 나주연이하고 문혁이 오빠하고 모 샘이 90년생이고, 하는데 조안이 나타났어. 재빠르게 뒷정리를 끝낸 나래가 묻는다.

난 가을 생이야. 그래서 좀 차갑대. 조안인 생일 달이?

그날 조안은 순순했다. 난 토끼 달에 태어났대. 그런데도 양력으로는 4월이야.

4월 며칠? 했지만 조안이 생일 같은 거 챙기지 말기야. 하고는 입술을 다문다.

경인이 전역해서 복학했던 가을이었고 조안이 한의대학으로 편입했던 시기와 맞물린다. 복학생하고 편입생은 도서관이나 학생 식당, 교문 근처에서 우연히 마주치거나 스치기 마련이다. 그날, 겨울방학 끝 무렵, 오후 6시가 지나자 도서관 난방이 거물거물 식어간다. 영하로 곤두박질쳤던 매운 일주일이다. 도서관은 따뜻하다. 의자 등받이에 걸쳐 두었던 머플러를 손더듬이로 찾는데, 여기 떨어졌어요, 하는 목소리에 실려 머플러 뭉치가 눈앞으로 불쑥 내밀어진다. 눈과 입술과 두 뺨이 한꺼번에 열린 채 내

밀고 있는 긴 팔이 그녀 앞에서 흔들린다. 여기 있다니까요, 그 목소리의 느낌이 귀에 설지 않다. 조안이 눈과 귀를 한꺼번에 연다. 그 사람이다. 모경인! 발바닥이 부르트도록 찾아다닌 사람. 살아있으면 만나게 돼 있단다, 이모의 말이 떠오른 순간이다. 열네 살 계집아이의 가슴에 오롯이 간직했던 그는 한편 어둔 그림자로 새겨진 사람이기도 하다. 속으로 비명을 삼킨다. 알은체하지 않는다.

고맙습니다. 조안이 목례로 답을 건네며 손을 내민다.

국문과 모경인이라 해요. 저긴?

올해 한의대 편입한 조안이에요. 본명인 조안숙의 숙을 빼고 조안이라 개명한 것은 이모에게 입양되면서 부터다.

아, 외자 이름?

모경인이 스마트폰 시계를 불쑥 내민다. 영하 11도라는 숫자가 모니터에 뜬다.

조안이 주섬주섬 널린 책들을 숄더백에 주워 담는데 그가 혼잣말처럼 주절거린다. 의대 도서관은 저 위쪽 아닌가요?

고개를 끄덕였는지 어쨌는지 조안이 그냥 그의 앞을 스쳐 밖으로 나간다. 어스름이 깔린 교정에 살얼음 같은 북풍이 소용돌이치고 있다. 2023년 12월을 강타한 첫추위다.

교문을 나서는데, 목소리가 뒤따라온다. 춘데 여기, 잠깐 몸 좀 데우고…….

반말이었고 데운다는 표현이 나이를 먹은 것 같아 조안이 눈을 치떠 쳐다본다. 짧은 머리에 후줄근한 검정색 면 점퍼 때기를 걸치고 있다. 흔해 빠진 패딩이라는 보온 옷이 나돌고 있다는 것도 모를까? 참 소박하다. 날카롭게 솟은 코끝이 추위에 슬어 불그레했고 치아를 감춘 입꼬리에 미소가 매달려 있다. 떡볶이집 여닫이문으로 성큼 들어간다. 조안이 망설이지 않고 뒤따른다.

도서관 열성분자이신가?

보기와는 달리 삐딱한 어투다.

조안이 어묵하고 떡볶이를 주문한다. 왠지 그러고 싶다. 경인의 허술한 입성 탓은 아니다. 발과 손이 생각을 앞질러 움직인다.

다음은? 그렇게 어묵 국물을 얻어 마시는 만남이 지속되었지만, 서로에 대한 사적인 이야기는 안 하기로 조안이 선수를 친다.

알고 나면 시시해지는 걸요.

학기가 바뀌고 여름 방학 내내 조안이 도서관 개근을 하는 동안 그와 마주치는 날이 겹친다. 땡볕에 아스팔트가 물컹거릴 때조차 그들은 아이스크림이나 팥빙수 아닌 떡볶이집에서 어묵 국물을 나눠 마신다. 언제인가부터 나란하게 앉아 하나의 이어폰으로 음악을 듣기도 한다. 경인이 말보다 스마트폰 문자를 애용하는 편이다. 그런 날들이 겹쳐졌던 날, 조안이 아르바이트를 구해야 하는데, 말머리를 푼다. 의도적이다. 아르바이트는 거짓말이다. 경인이 조안에게 긴 두레박줄에 해당하는 존재다. 아직은 아니지만, 그의 언저리에 있을 그들의 건재한 지금이 궁금하다. 그래서 따라간다.

우연과 필연은 예기치 못한 풍경을 만든다. 그들은 건재했고, 여전히 어우러져 다닌다. 나주연, 강문혁, 강나래, 배우정에 모경인. 조안의 기억 속에 저장돼 있던 이름들이다. 2,3년 위거나 아래다. 그 한가운데 경인이 느티나무처럼 서 있다. 문혁은 국제

공인인증시험 센터인 SITC에서 몇 번인가 마주친 기억이 있다. 조안이 편입시험을 위해 토플 점수가 필요했던 시기다. 그해 문혁하고 같은 시험장에서 토플 시험을 응시했고 좋은 결과를 얻는다. 문혁이 유학을 떠났고 조안이 한의대 편입시험에 합격한다.

그때 경인이나 다른 멤버들도 우르르 몰려다니면서 영어 공부를 했던 것 같다.

그 누구도 조안이 양평군 쌍돈리에 살던 조안숙을 기억에서 불러내지 못한다. 숨길 까닭이 없지만 솔직하게 털어놓을 필요도 없다. 문혁이 살짝 고개를 갸웃거리며 아니, 그냥 눈에 좀 익어서 구시렁거린다.

생머리 긴 단발이 잘 어울렸고 이모의 주선으로 교정 수술을 받았다. 철 이른 화장으로 얼굴을 가꾸지 않는다. 또래들이 하는 펌이나 색조 화장도 하지 않는다. 어떤 친구는 화장 안 한 그녀를 두고 날 것의 냄새를 풍긴다며 수군거린다. 날것의 냄새가 뭐? 조안이 물어본다. 입질의 주동자로 보이는 A가 립스틱 바른 입술을 씰룩거린다.

네가 뭐 유기농 채소라도 돼? 상식이라는 기준값은 하고 살아야 해.

조안이 묻는다. 상식의 기준이 뭔데?

나이에 알맞은 실존을 만들어. 겉도는 건 똑똑히 바보들이나 하는 짓이니까?

팽이처럼 돌아서 가버린 그녀의 뒤통수에 대고 조안이 한마디를 던진다.

난 내 방식으로 살아. 내게 걸어둔 관심이 고맙긴 하지만, 너나 잘해.

2주일에 1번, 견지동에 있는 밀레니엄 북스에 가서 교열작업 아르바이트를 한다. 빼곡한 나날의 연속이다.

밀레니엄 북스 나 대표도 조안을 꼬집는다. 의대 공부가 벅차지 않아? 아무튼 용타. 공부하고 아르바이트도 하고. 연애도 하고. 소설 공부도 하고. 독종이 따로 없어.

나주연이 팩하게 굴지만, 틀린 말은 아니다. 몇 년을 더 보탠 연륜의 입에서 나온 말은 겉돌지 않는다. 행간을 놓치지 않는 그녀의 성실한 독서가 강산문방 식구들에게 본보기가 된다. 그렇다. 그런 존중감이 없었다면 밀레니엄 북스 교열 팀에서 뭉그적대고 있지 않았을 것이다. 나주연 대표의 배려에 힘입어 조안이 마지막 퇴고를 담당한다. 조안의 완벽주의를 신뢰한다는 나 대표의 안목이었을 것이다. 그럼에도 불구하고 조안이 바닥에 발이 닿지 않는다. 딛고 서 있는 바닥이 흔들린다. 서른 해 동안 공중에 떠 있었는지도 모른다. 오늘보다 내일을, 내일보다 1년 후 자신이 어디에 앉아있을지 골몰하는 동안 지금이라는 순간은 한 지점에 멈추지 않는다. 쏜살같이 지나간다. 잡을 수도 없고, 딛고 서 있을 수도 없는 순간의 이동이다. 지금은, 그렇게 단숨에 그녀를 스쳐 멀리 달아난다. 오래전에 읽었던 영국의 한 시인은 옥중 일기에서 이런 말을 끼적거린다. '시간은 진행하는 것이 아니라 고통을 축으로 회전하며 밀려오는 슬픔이라고.' 정말 그럴지도 모른다. 서른 해 동안 무엇을 했는지, 무엇을 얼마만큼 쌓았는지 아무것도 없다. 생각이 그 매듭에서 잘린다. 조안이 제 서러움에

복받쳐 가슴을 움켜쥔다. 탁상시계의 분침과 시침이 서로를 엇바꿔면서 지치지도 않고 돌고 돈다. 조안이 의자를 당겨 앉는다.

룸 메이드 나래는 올해 3월부터 2년제 대학 전임으로 자리 잡았다. 그래서 혼자의 시간이 많은 편이다. 그래서 다행이고, 혼자라서 쓸쓸하다. 혼자의 생일을 축하하는 의미에서 서랍 깊이 넣어둔 스웨터를 꺼내 입는다. 코트 안에 입은 베이지색 모직 스웨터는 언니 순숙이 손뜨개질로 만들어 준 것이다. 저기, 16년 전 언니가 묻혀두고 간 온기는 가셨지만 그 애잔한 느낌은 아직도 생생하다. 드라이클리닝이나 손세탁 한번 하지 않았다. 딱 한번 입어보고 내내 한지나 신문지를 펴 속에 넣어 보관한다. 볕살이 좋은 가을이면 맞바람 부는 창가에 걸어 말린다. 그런데도 좀이 슬었다. 움직이면 좀먹은 구멍에서 실이 풀린다. 매듭을 지으려 풀린 끝을 잡아당기자 주룩 풀린다. 그날, 급히 교보문고 안으로 들어가 스카치테이프를 사서 풀린 실밥에 붙인다. 경인이 약속장소에 나오지 않은 날이다. 그래서 배우정과 그의 작업실로 쳐들어갔다. 정교하게 짜깁기된 배반이다. 철저하게 준비한 죽음을 지척에 두고 지킬 수 없는 약속을 한 저의는 무엇일까? 문혁의 대리로 살다가 죽음으로 그와 등급을 겨루고 싶었을까? 어리바리 멍청이, 모경인. 그의 이름을 들먹이는 그녀의 입술이 하얗게 버캐가 슨다. 조안이 눈가에 물기가 차오른 건 경인 때문이 아니다. 세상의 죽음을 향한 조상일 뿐이다. 우정이 김이 피어오르는 머그잔을 건넨다. 연하게 우려낸 원두커피, 그런 와중에도 훅 끼치는 커피 향이 후각을 간질인다. 예기치 못한 간살이다. 머그잔을 들고 경인의 맨발을 보면서 조안이 마실게, 고마워. 입술만 달싹인다. 조안의 곁에 서서 지켜보고 있던 우정이 모 샘이 커피 하나는 고급으로 마셨군요. 나 대표가 꾸준히 공급했겠지요. 조안이 머그잔을 입술에 가져가면서 커피가 절실한 타이밍이었어. 배우정이 계속하려는 말을 조안이 휘어잡는다. 나주연의 이야기는 더 듣고 싶지 않다. 경인이 걸치고 다니는 속옷부터 모조리 나주연의 손을 거쳤다는 말이 문방 식구들 사이에서 떠돌아다닌다. 조안이 믿지 않는다. 나주연이 살뜰하게 챙겨주었다면 문혁이 출판기념식 하던 날 경인이 제대로 된 패딩 코트도 없이 허줄한 점퍼 때기 입고 있었을까?

나래가 귀띔을 하지 않았다면 끝내 알지 못했을 경인의 내숭이다.

모 샘 옷장 열어봐. 패딩은 물론 울 코트도 있어. 널 만날 땐 별도의 코디로 소박한 남자로 변신하는 거잖아.

정말인지 확인해 보고 싶어 강산문원 작가 방에 갔을 때 붙박이장을 열어 봤다. 단벌만 옷걸이에 걸려 있다. 허술하게 넘기고 싶지 않아 우정에게 또 묻는다. 우정이 손가락을 꺾으면서 꼬인 투로 모 쌤 옷들은 죄다 내게 불하했는걸요. 왜요? 뭐가 궁금하신가요? 느물댄다.

조안이 자신이 휘두른 싸구려 호기심에 심한 부끄러움을 느낀다.

우정이 커피 잔을 들고 조안의 곁에 와 앉는다.

모 쌤 너무 한 거 아닌가요? 혼자만 빠져나가면 돼요? 도망친 거잖아요. 우리 모두를 배신했어요.

한결 목소리 톤이 수그러졌고 살피던 눈길도 수굿해진다.

조안이 고개를 돌려고 우정의 눈을 쳐다본다.

내 생각은 좀 달라. 도망쳤다고? 글쎄? 내가 그의 자살을 정의할 만큼 그를 알지 못하지만, 한 가지는 분명해. 모 쌤은 자신이 탄 버스의 종착지가 어디인지 알지 못한 것 같아. 자신에게 집중해야 하는데, 제대로 된 작품을 써야 하는데, 노력했지만 이루지 못한 자신에 대한 자괴감이 있지 않았을까? 죽음을 앞당긴 이유 중의 하나겠지만.

우정이 긴 팔을 내두른다. 아니라니까요. 모 쌤은 자존심은 있는데 자존감은 부족했어요. 가족들을 부양해야 한다는 무게감보다 강 교수하고 얽힌 묵계에 발목이 붙잡힌 거 아닐까요? 오래전 강 교수가 저지른 잘못을 이불로 덮어주었고 모든 사람의 입을 다물게 했고 혼자서 그 웅덩이에 주저앉았어요. 진실을 말하지 못한 죄책감에 시달렸을 거예요. 자살이 분명하다면 그게 동기가 되었을 거예요.

조안이 묻지 않는다. 죄책감? 무슨 사건인데? 절로 알게 될 순간이 머지 않았는데 안달할 까닭이 없다.

조안이 경인에게 어떤 말도 어떤 행동도 어떤 질책도 하지 않았다.

문혁의 경우, 조안이 딱 한번 행동으로 보여 주었다.

캠프파이어를 했던 날, 조안이 체크무늬 스커트에 흰색 블라우스 교복 차림으로 문혁의 텐트로 쳐들어갔다. 마침 경인과 우정이 텐트 조립하는 데 집중해 있어 문혁이 혼자 있는 4인용 텐트는 썰렁했다. 교복 차림의 조안이 문혁의 텐트로 들어서자 일순 그는 동작을 멈춘 기계처럼 굳었다가 금세 거품을 물고 널브러졌다. 조순숙! 어 어 어, 외마디를 지르며 긴 몸피를 공처럼 말았다. 조안이 생수병 마개를 따고 그의 머리 위로 들이부었다. 천천히 문혁의 텐트를 걸어 나왔다. 체크무늬 스커트의 클립을 벗기자 바지 차림이다. 돌돌 말아 옆구리에 끼고 걸었지만, 부피도 무게감도 어스레 어둠 속에 스며들었다.

경인이 눈치 챘는지? 우정이 보고도 모르는 체했는지? 모두 입을 다문 채 조용했다.

조안이 말을 받는다. 그것도 이유 중의 하나일 수 있어. 문혁을 위해 진실을 숨겼다면 그것도 범법 행위잖아. 죄책감? 자살이 분명하다면 모 샘은 자신의 죽음으로 속죄를 대신하는 거라 착각했는지도 몰라. 하지만 그게 자살을 부추긴 전부는 아닐 것 같아.

우정이 턱을 쳐든다. 그럼 뭘까요? 자살이든 타살이든 모두 동기가 있을 거 아니에요? 모 쌤은 늘 허기져 있었어요. 결핍 아닐까요? 자신의 무기력한 대처에 진저리를 치곤했는데. 몇 년 같이 자취했지만, 속을 보이지 않으니까 알 수 없죠.

조안이 오그리고 앉았던 종아리를 길게 편다. 목에 두르고 있던 폴리에스테르 머플러로 발하고 종아리를 덮는다. 결핍? 배 작가가 잘 지적했어. 그냥 빈곤하고 결핍은 달라. 결핍에는 정신의 허기증 그런 게 포함된 거 같아. 빈곤은 말 그대로 물질적인 가난이지만.

우정이 고개만 끄덕인다. 지금은 아니다. 언젠가 펼쳐 놓고 이야기판을 만들어야 한다. 섣부른 행동으로 꼬리가 잡힐지도 모른다. 경인과 문혁이 그들 사이가 끈적거리는 접착제 같은 거였다면 그들 사이에 끼어 있었던 자신의 역할은 무엇이었을까? 그는 읽고 있던 책갈피를 닫듯이 생각의 중동을 자른다. 커피를 단숨에 입안으로 들이붓는다. 뜨거움이 혓바닥을 할퀴고 목구멍 속으로 갈퀴처럼 훑이고 지나간다.

왜지? 조안이 눈으로 묻는다. 우정이 묻고 싶은 질문이다. 자살이든 타살이든 동기와 목적이 있어야 가능한 행위다. 그는 입 밖으로 소리 내지 않았지만, 경인이 스스로 목을 매단 거라고 단정한다. 누군가 그의 죽음을 사주했을 가능성에 대해 이러쿵저러쿵 시비를 가리자고 설레발쳤지만 그건 아니다.

경인을 쪼개고 부수뜨린 갈등의 1순위는 조안의 말처럼 제대로 된 작품을 쓰지 못했다는 자괴감이 아니었을까? 그런지도 모른다. 한밤중에 소피가 마려워 눈을 뜨면 책상 앞에 등 구부린 경인이 앓는 소리를 낸다. 어디 아파요? 물으면 경인이 고개만 흔든다. 그늘진 눈자위가 푹 꺼져 있다. 노트북 모니터에는 한 줄의 제목 말고는 비어 있다. 한 줄도 못 썼다는 말이다. 그런데도 그는 활 웃는다. 구부러진 허리뼈를 추스르지 못한 채 입천장이 보이도록 활 웃던 그 가면 같은 얼굴은 역설이다. 그는 쓰지 못했다. 횡성으로 돌아갈 거야. 거기에 내 방이 있는 것 같아. 내 앉을 자리 말이야.

배우정이 퉁을 지른다. 가난자랑 좀 그만 해욧. 서울로 유학 온 학생들 대부분 가난한 집 애들이야. 가난을 딛고 우뚝 선 사람들은 죄다 시골 농부의 자식들이라고. 왜 시도하지도 않고 주저앉아요?

어느새 반말이 퉁퉁 튄다. 튀밥처럼 그 말의 비말이 사방으로 날아오른다.

배우정의 생각이 그렇다. 경인이 제 손으로 옭매듭을 하고 숨을 끊은 두 번째 이유에 대해서…….

굴욕감? 생각의 끝에는 언제나 그 단어가 떠오른다. 혐오와 수치감이 그를 몰아붙였을 것이다. 웃고 찡그리고 내뱉던 그의 된 숨소리를 그는 기억한다. 모경인은 자신의 죽음을 자신의 방법으로 시행했을 뿐이다. 하찮은 연민으로 그의 죽음을 미화하거나 슬픔을 과장할 이유는 없다.

조안이 기척을 죽인 채 도어를 열고 나간다.

배우정이 턱짓으로 그녀의 뒤통수에 대고 날린다.

조안, 네겐 진실이 멀지? 네 가슴에 숨겨둔 그 진실의 정체를 규명해 줄게. 잠깐만 기다려. 속내 말이다. 하지만 그 엄중한 진실에 그 자신도 한발을 걸치고 있다는 사실을 부정할 수 없다. 그래서 머뭇거렸고 그래서 먼 길을 에둘렀다.

도어를 열고 나가면 화강암 층계참이다. 어제 초저녁 그와 함께 나란하게 앉아있었다. 뭔가를 시도 했지만 실추로 덧난 무색한 시간을 잠시 어울렀다. 난 자격 없어. 쭈그러뜨리고 돌아앉은 그의 등짝을 조안이 토닥였다. 그게 그렇게 중요해? 대답을 듣자고 한 질문은 아니다. 굳어 있는 그에게 따끈한 차 한 잔이나 브랜디 한 모금이라도 마시게 해주고 싶다는 생각이 불현듯 그녀를 일으켜 세운다. 주방으로 건너가서 소형냉장고를 열어보고 찬장 여닫이를 살펴보지만 아무것도 없었다. 문득 우정에게서 들은 말이 생각난다. 모 쌤 요즘 술을 마셔요. 묵직한 숄더백에 소주 팩을 휴대하고 다닌다니까요. 책상 아래 벽에 기대있는 그의 가방을 열어본다. 들은 대로 소주 팩이 있다. 미적지근하다. 조금 전 메밀 차 마셨던 컵을 부신 후 소주를 따른다. 7부 정도 따른 소주 컵을 그의 손에 쥐여 준다. 조안이 남은 소주 팩을 들고 그가 들고 있는 컵에 살짝 부딪힌다. 수술한 눈엔 좋을 게 없지만, 때론 예외라는 것도 있어. 쪼금이야. 하고는 소주 팩을 입으로 가져간다. 쓰고 매운 액체가 목구멍을 타고 천천히 흐른다. 그의 손에 들려 있는 소주 컵이 기운다. 저러다가 엎어지고 말걸, 조안이 그의 손에서 컵을 앗는다. 그제야 그의 손하고 몸이 동시에 움찔한다. 내가 마셔. 받아든 컵을 단숨에 비운다. 소맷자락으로 입가를 훔치더니 작게 구시렁거린다.

그게 어쩌면 내겐 상처일거야. 동시에 삶의 뿌리이기도 하고.

조안은 그의 목소리 안쪽, 목구멍에서 새어 나오는 다른 소리에 귀 기울인다. 소리가 되어 나올 수 없는 비애가 혀끝에 매달려 신음하고 있다. 더 이상 어떤 말도 이어지지 않는다. 무슨 말이냐고? 구체적으로 말해보라고? 섣불리 건드릴 수 없다. 그가 벗어둔 옷가지를 주섬주섬 입었다.

가겠다고 했지? 옷 입어. 지금 가면 막차 탈 수 있을 거야.

조안이 풀리지 않는 정강에 힘을 싣고 일어나려 버둥거린다. 그가 팔죽지를 끄당겨 일으켜 준다.

골목이 어두워. 여긴 주인 없는 들개들도 있어.

어느새 평온해진 목소리다. 두 바퀴 자전거로 어둠을 밟는다. 조안이 그의 허리를 붙안았고, 그의 너부죽한 등때기에 고개를 기댄다. 서툴렀지만 강한 밀착으로. 전동차 역사 앞에 도착했을 때 경인이 그 말을 했다.

조안아, 이제야 깨달았어. 내가 이제껏 썼던 모든 글은 모래 위에 찍힌 갈매기 발자국 같은 거였어. 그런 말 있지? 짧은 두레 줄로 맑은 새미 물을 길 수 없다고. 내 두레 박 줄이 턱없이 짧아.

조안이 고개를 쳐든다. 모 쌤, 자신을 저평가하는 것도 일종의 자기애라는 거 알아요? 조급하게 판단하지 마요. 서둘지도 말고…….

그가 등을 보인 채 역사 안으로 성큼 걸어간다. 뿌리치는 것 같은 걸음나비로.

조안이 너야 말로 그래. 너무 옹송그리잖아.

조안이 금방 되받는다. 내가 어쨌다고? 아리송한 말은 그만. 딱 꼬집어서 말해요. 두루뭉술한 말투는 딱 질색이야.

경인이 활 웃는다. 얼버무리는 표정이다. 하회탈 같은 웃음을 덧바르고.

먼 길을 돌아온 기차는 목울음을 토해내면서 멈춘다. 조안이 다부지게 한마디를 떨군다.

모 선배, 요즘 'love your self' 방탄 아이돌의 노래 가사가 대세잖아. 처음 듣는 말처럼 신선해. 억지로 웃지 마요.

경인이 커다란 눈을 썸벅 거린다. 알아. 그럼 울까? 울어? 하더니 금방 미간에 골을 키운다. 내가 쓰고 있는 시나리오가 히트하지 못할 거라는 예감은 진작부터였어. 바꿔야 하는데, 잘 안 돼.

조안이 움직거리는 전동차에 오르면서 뒤돌아본다. 고개를 뒤로 젖히고 우두커니 서 있는 그의 헐렁한 면바지 가랑이가 바람살에 쿨렁거렸다. 그 속에서 시든 오이 꼭지 같이 오그라든 그것이 그의 패기를 움켜쥔 걸까? 그것 때문에 목을 맸을까? 조안이 고개를 사납게 내 두른다. 그건 아니지 싶다.

그는 오류에 집착한다. 그 어긋남의 대상은 문혁이 아니었을까? 세상 사람들이 만남은 인연이고 관계는 가꾸는 것이라 입을 모은다. 모경인의 저울대는 문혁에게 기울어 그 막강한 중력에서 헤어나지 못한다. 일방통행이다. 문혁과의 우정은 사실 쭉정이가 아니었을까? 쭉정이라는 말을 처음 들먹인 건 나주연이다. 그녀의 입에서 니들 쭉정이야, 했을 때 경인이 퍼렇게 질려 걸상에 털퍼덕 주저앉았다. 문방 식구들 누구도 의식하지 못했다. 조안이 그에게 눈을 걸고 있었기에 알아챘다.

필요에 의해서 서로를 지켰던 관계의 퍼즐들? 그래서 경인이 문혁을 직시하지 않는다. 곁눈으로 보면서 문혁의 눈치를 살핀다. 정작 눈치를 살펴야 할 문혁은 뻔뻔했는데. 그를 싸고돌았던 경인이 수치심과 혐오로 자신의 감정을 감춘다. 경인이 문혁의 천재를 존중했지만 문혁은 모경인의 빈곤을 경멸했고 그 끈을 유용하게 활용한다. 어쩌면 죄책감으로 반죽된 부끄러움은 아니었을까? 가책이라는 쇠고랑? 조안의 생각이 그 마디에 가 닿는다. 딱 그 지점에서 둘은 평등해 졌는지도 모른다.

서른셋의 죽음을 어떻게 항변할 수 있을지 조안은 알지 못한다. 바보 멍청이. 애면글면 보듬고 살았던 가여운 가족들, 칡덩굴처럼 얽혔던 강산 문우들, 그렇게 욕망하던 모든 것들을 팽개치고 혼자서 훌훌 날아갔다. 비겁쟁이. 그렇게 맥없이 포기할 줄은 몰랐다. 그의 죽음 앞에서 너무 가혹한 매김 질은 아닐까? 조안이 생각을 털어낸다. 죄다 쓸어 담고 갈게.

순간 조안이 번개처럼 떠오른 한마디를 던진다.

모 샘 그거 알아? 자기 연민? 그건 누구나 조금씩 지니고 있는 정서지만 모 쌤의 경운 그 구덩이가 너무 깊어.

그만큼의 흔적

배우정이 고개를 갸웃한다. 뭔가 이상하다. 이건 아니다, 라는 의구심이 뇌리에 찍히는 순간, 그의 감각 세포들이 금의 안 밖에서 뒤둥그러진다. 그가 금 그어둔 일상의 목록은 넓지 않다. 매일 만나서 일상을 나누는 강산문방 식구들이 전부다. 가나다 순서로 이름을 떠올려 본다. 강나래, 강문혁, 나주연 대표가 있고, 모경인에 조안 그리고 배우정 자신을 합쳐도 6명이다. 이제 강문혁과 모경인이 자리를 비우면 남는 사람은 넷이다. 산술적인 숫자놀음이 잠깐 그의 어수선한 뇌리를 정열 해준다.

그렇다면 금 밖에 서성거리는 강 회장과 임 기사의 존재는 금의 경계를 제멋대로 휘젓고 다니는 월권을 행사하지만 아무도 입 한 번 뻥끗하지 않는다.

강 회장에게 입의 혀처럼 잘 길들여진 임 기사의 역할은 만만찮다. 강산문원 전체를 총괄하는 집사이고 비서이며 승용차 기사까지를 겸한 처지다. 배우정이 금의 안팎을 살피다가 문득 임 기사 앞에서 생각이 멈춘 까닭을 헤아린다. 함부로 건드릴 수 없는 막강한 그림자 세력이다. 갑자기 모든 기능이 쇠락해진 강 회장의 자잘한 사생활까지 임 기사의 충심을 가장한 결정 논단이 배우정의 눈에는 위험한 요소로 작용한다. 나래나 나 대표까지 임 기사의 세련된 외모와 거침없는 달변에 현혹, 우정 비슷한 사이를 이어가고 있는 것 같다. 상관할 일은 아니지만, 이따금 불편한 장면이라도 목격하게 되면 자신도 모르는 사이에 미간에 골이 진다. 거의 매일 만나는데도 안녕하면 될 아침 인사가 스킨십으로 변주되는 장면은 아슬아슬하다.

배우정은 임 기사라는 존재감을 멀찌감치 밀어낸다.

스마트폰으로 현장을 요리조리 담고 있던 우정이 목소리에 추를 단다.

뭔가 이상해요. 자살 아닌 것 같아요. 조 샘, 알아요? 이 매듭은요. 옭매듭이라는 거죠.

조안이 무슨 매듭? 까치발을 세우고 올려다본다.

배우정이 설명한다. 옭매듭은 제 손으로 못 매요. 누군가가 목에 밧줄을 건 다음 여러 겹으로 옭아서 단숨에 당긴 거죠. 확신에 찬 목소리다.

옭매듭? 조안은 잘 모른다. 하지만 강산문원 식구들 모두 배우정의 날카로운 관찰력을 신뢰한다. 직업도 내림인 듯 경찰에 몸담았던 부친의 뒤를 이어 배우정이 경찰대학을 졸업하고 군 복무 이후 장르 소설 작가로 등단한다.

배우정이 망원동 카페 촌 들머리에 〈공인 사립탐정 배우정〉 간판을 단 것은 지난 2월이다.

새 정부가 들어서면서 공인 사설탐지법이 국회를 통과했다. 아직 사무실을 공개할 형편은 아니다. 책걸상 하나에 대기용 의자 2개만 들여놓았고 우선 작업으로 전화와 메일은 자동 연결했다.

외국에서는 오래전부터 민간조사원이 성업 중이었지만 한국에서는 사생활을 침해할지도 모른다는 우려로 민간조사원 제도를 허가하지 않았다. 하지만 세계적인 흐름을 거스를 수는 없었을 것이다. 신직업 육성이라는 취지로 공인 사설탐정 법을 허용한다.

배우정이 장르 소설을 쓰면서부터 경찰에 근무하는 친지의 도움을 받는다. 법률이나 경비, 사이버 등 다양한 분야에 걸친 정보 수집과 자격을 갖춰야 가능한 일이다. 지문 채취나 감식 기법, 도청탐색기법, 등 전문 과학지식을 갖춰야만 공인된 조사원으로 사설탐정 회사 설립이 가능하다. 학부 시절 심부름센터에서 아르바이트한 이력이 보탬이 되었을 것이다. 관조와 해체와 분석이라는 분야가 배우정의 적성에 맞을지도 모른다. 좋아하지 않으면서 생존만을 위해 전력투구해야 하는 직업은 배우정의 신조에 맞지 않을 것 같다.

옭매듭은요, 이렇게 죈 건 가위로 자르기 전에 풀 수 없죠. 매듭 가운데서 가장 강력한 매듭이 옭매듭이거든요.

자살? 조안의 생각에는 변함이 없다. 이 방에 들어선 순간, 길게 늘어진 경인을 발견했을 때 자살? 그 단어가 심장에 와 꽂히는 걸 느낀다. 왕가시가 목구멍 속에서 따끔 거린다. 손가락을 넣어 토를 부추겼지만, 목구멍 깊숙이 박힌 가시는 꿈쩍 안 한다. 경인이 늘 해바라기처럼 웃는다. 그 웃음 뒤에 가려진 그늘을 온전히 감추지는 못하면서. 나래도 비슷한 말을 한다. 웃는 얼굴인데 가만히 보고 있으면 슬픔이 더 도드라져.

배우정이 구시렁거린다. 절대 자살 아닙니다. 이건 전문가 솜씨라고요.

조안이 매듭은 모르지만, 밧줄의 내력은 알고 있다. 경인의 모친이 만든 삼으로 꼰 밧줄 이야기는 몇 번 들었다. 삼밧줄로 묶으면 절대로 풀어지지 않는다는 것을. 경인이 서랍 속에서 꺼내 봬준다. 어머니 유품 가운데, 내가 간직한 건 이것뿐이야. 어머니 손수 꼬았어. 내가 서울 올 때 옷을 챙겨 넣은 라면상자를 이걸로 꽁꽁 묶어 주셨어. 버릴 수가 없어. 가쁜 숨을 고른 후 말을 계속한다. 삼끈은 질기기도 하지만 악찰배기로 엮여. 사람 관계도 그렇고.

경인의 역설이다. 그는 그런 짜임을 좋아한다. 그의 어머니가 삼을 쪼개 길고 튼실한 밧줄을 꼬았다면서, 우리 어머니는 남해 작은 섬 처녀였어. 어쩌다가 아버지 만나서 육지로 승격한 거지.

조안이 육지로 승격? 왜 섬을 좌시하는 말 같네. 하자 경인이 웃는 얼굴이 일그러진다. 학부 때 그 섬, 화도에 가서 하계 봉사한 적이 있어. 20일 예정이었는데, 한 달 내내 비바람에 갇혀 보리죽만 먹었어. 물도 먹을 것도 화장실 휴지도 전기도 없는 세상을 상상해봐. 바다나 섬은 쾌청한 날의 판타지야

스마트폰에 담긴 사진들을 굴리다가 우정이 날숨을 머금는다.

봐 봐요. 불가능해요. 등산용 밧줄로 옭매듭을 묶었는데, 저건 모 쌤이 묶은 거 아니라고요. 오버 핸드 매듭 고리가 목에 걸려 있어요. 혹시? 그의 좌우로 흔들린다.

혹시 뭐? 짐작되는 인물이라도 있어? 조안이 바짝 다가선다.

누가 엿듣기라도 할 것 같은 조심성스러운 목소리다.

나 대표의 이름이 배우정의 혀끝에서 잘근 깨물린다. 가장 근접한 용의자 아닐까요?

조안이 아니라고 손을 흔든다. 용의자는 무슨? 아냐. 배 작가가 살인이라는 가설로 이야기를 풀고 싶은 모양인데 그래도 나 대표는 아니라고 봐. 그리 치밀한 성격 아니야. 그녀가 직접 옭매듭을 묶었다고? 말도 안 돼. 누군가에게 부탁했다면 모를까? 한 가지 분명한 건 경인을 죽일 정도로 사랑했을까? 나주연이 사랑에 목숨 거는 여자 아니야. 똑똑한 여잔 그런 주제에 자신을 걸지 않아.

우정이 그런 주제라는 건 뭐요? 조안 샘도 은근히 꼬였다니까. 하면서 샐쭉한다.

조안이 쳐다보던 눈을 오른쪽으로 돌린다. 거기 동작을 잃은 경인이 길게 늘어져 있다. 자살인지 타살인지, 들썩거리는 우정이 조금 오버하는 것 같다. 지금 우정이 관객이 하나뿐인 무대에서 북 치고 장구 치는 혼자의 연기에 불태우고 있다. 그의 각본이 궁금증을 끌어 올렸지만 조안이 티 내지 않는다.

우정이 힘준 목소리로 그 말을 반복한다. 모 쌤 스스로 목을 맨 게 아니라니까요. 확실해요. 내뱉는 목소리가 걱실거린다. 조안이 피곤하다면서 세운 무릎에 고개를 묻는다. 배우정의 타살설에 동조할 생각이 없다. 타살? 누가 왜? 겨우 남의 자서전이나 써주는 무명작가를? 동기와 목적이 있어야 하지 않을까? 생각은 더 이어지지 않는다.

우정이 같은 말을 되씹는다. 아무래도 나 대표 같아요. 모 쌤을 자기 남자라고 믿었는데, 나래 씨하고 약혼 소문이 나돌았죠. 치정살인 그런 말이 해당할지도 몰라요.

조안이 참다못해 고개를 쳐든다. 치정이 어쨌다고? 배 작가, 왜 그래? 나주연이 자기주장이 센 편이지만, 살인할 정도로 잔인한 성품 아니야. 그토록 모 선밸 사랑했는지도 의문이고.

우정이 투덜댄다. 그건 나 대표를 잘 몰라서 하는 말이죠. 모 쌤을 철저하게, 뼛속까지 장악했잖아요. 찔끔찔끔 돈 몇 푼 돌려주고는 밀레니엄 북스 5층 자기 집으로 모 쌤을 억지로 끌고 갔다고요. 어땠는지 알아요? 나하고 모 샘하고 자취하는 창전동 옥탑방에 쳐들어와서는 모 선배 책하고 가방을 모조리 쓸어 담아 갔죠. 덕택으로 나만 모 샘한테 한방 얻어터졌지만요.

우정이 남의 말 하듯이 덤덤하다.

글쎄…… 조안이 말을 꺼낸다. 모 샘하고 나래 시인하고 약혼설은 그냥 떠도는 낭설 아니었어? 나주연이 강만복의 재취로 호적에 입적된 뒤에도 모경인하고 관계를 정리 안 했어. 그걸 눈치챈 강만복이 질투에 눈이 멀어서 꼼수를 쓰지 않았을까? 독신으로 살겠다는 나래한테 모경인하고 약혼하면 유산 미리 주겠다고 큰소리쳤지. 나래는 아니라고 했어. 그냥 헛소문이야. 만에 하나 나주연이 사주했다면 임 기사가 하수인 역할을 담당했을지도 모르지만.

우정이 무릎을 탁 친다. 맞아요. 경인이 나래하고 약혼? 나 대표에겐 치명적인 가격이죠. 사랑 빼앗기고, 유산까지 미리 떼 주겠다는데, 나주연이 강만복의 호적에 올랐던 시기하고 딱 떨어지네요. 사랑 빼앗기고 유산 반 토막 나는데, 나주연이 가만있었겠어요? 경인에게 너 죽고 나 살자, 뭐 그런 속된 말이 적용되는 케이스라고 봐요.

어쩌면? 조안이 단언할 수 없다. 나래는 강만복의 친딸이 아니고, 두 번째는 나래가 사랑하는 대상이 경인이 아니라 문혁이라는 것, 아무도 알지 못한 사실이다.

나래를 입양하게 된 동기에도 이해타산이 따른다. 복덕방 동업자인 친구가 지병으로 세상 떠나고 아이 엄마가 버리고 간 나래를 강만복이 입양한다. 친구에 대한 의리 때문이라기보다 나래의 부친이 남기고 간 둔촌동 주공아파트 전세금이 입양을 서둔 빌미가 되지 않았을까? 그럼에도 불구하고 강만복이 걸핏하면 공치사를 남발한다. 나래야. 네 학원 대느라고 내 허리가 휘청했단다. 재수까지 했잖아.

6살인 나래가 세 살 많은 문혁을 졸졸 따라다녔다.

우정이 다시 툴툴거린다. 당연히 유산문제가 있죠. 나주연의 살의를 부추기기에 충분해요. 그거 몰랐어요? 대학교수로 살아갈 나래 씨하고 비교가 안 되죠. 육순 노인 강만복의 후처라는 게 나 대표에겐 치명적인 상표거든요.

조안이 반응이 없자 우정이 말을 계속한다. 또 있죠. 문혁의 유고 집 인세도 있잖아요. 하지만 결정적인 살인 동기는 경인에 대한 집착 아닐까요?

조안이 고개를 갸웃한다. 글쎄, 나 대표가 모 샘을 죽일 만큼 사랑했을까? 안 그래. 나 대표에게 거는 혐의는 그럴 수도 있고, 안 그럴 수도 있어.

우정이 우선 메모해야 할까 봐요. 모든 범죄의 단초는 내부에 있으니까요. 일차적으로 강산문방 식구들을 혐의 선상에 올려야 겠죠. 강만복, 나주연, 강나래, 나도 제외시킬 수 없죠. 조안 샘도 모경인의 죽음을 사주했거나 가담했을지도 모른다는 혐의를 완전 부정할 순 없죠. 말을 끝낸 우정이 조안의 얼굴을 흘끗 쳐다본다. 말간 무표정, 조안을 볼 때마다 선인장 가시 같은 느낌이 들지 않았다면 거짓말이다. 느낌표가 없는 여자, 감정이 거세된 무채색의 표정? 그런데 지금 그녀는 자신이 포장하고 다녔던 그런 초연하고도 담백한 이미지를 벗어던지고 있지 않은가? 그녀는 지금 백지처럼 하얗다. 무릎에 감춘 얼굴을 살짝 쳐들었다가 금세 숙인다. 모경인의 죽음 이전의 조안하고 죽음 이후의 조안이 배우정의 눈에는 다르게 보인다. 아리송한 감별이다.

우정이 말을 계속한다. 그 동기를 추적하는 것이 내게 주어진 숙제죠.

조안이 어깨에 실었던 긴장을 푼다. 은연중 촉을 세우고 있었을까? 왜 내 이름을 들먹이지?

조안이 턱을 쳐들고 묻는다. 내가 모 쌤의 죽음을 사주했을 거라고? 세상이 납득할 만한 증거를 제시해. 막연하게 어떤 직감이나 추측으로 하는 말이라면, 뱉은 말은 쓸어 담아야 할 거야. 그리고 나 대표 말인데 난 아니라고 봐. 죽일 만큼, 죽여야 할 만큼 모경인을 사랑해? 사랑이 그렇게 절박한 동기가 될 수 있을까? 한 남자에게 집착하는 정서는 아닌 것 같았는데. 어정쩡한 논리야.

우정이 잠시만요. 아직 내 말 안 끝났어요. 그가 말 머리를 돌린다. 아, 깜빡했어요. 임 기사요, 그는 모경인 쌤을 엄청 싫어했어요. 모 쌤이 순진한 문혁을 뒤에서 조종한다고 강 사장한테 고자질했죠. 또 하나는 모 쌤하고 절대로 같은 장소에 서지 않았죠. 160 정도로 짧았으니까요. 구두나 운동화 뒤축에 두꺼운 깔때를 넣어서 3.4 센티 넘게 신장을 키우는데 전력했어요. 그러니까 티 나지 않는 하이힐을 신고 다닌 거죠. 그런 열등의식이 때로는 살인을 촉발할 수 있어요. 범죄심리학에서는 살인의 동기가 열패감이라잖아요.

긴 말끝에 한숨 돌린 그가 결론처럼 한마디를 덧붙인다. 강 회장의 손발이잖아요. 이를테면 하수인이라고 봐야죠.

조안이 고개를 끄덕인다. 돈으로 엮일 수 있는 사람이야. 갑자기 생각났어. 요즘 나주연이 운전 안 해. 강만복한테 선물 받은 벤츠 500을 임 기사가 운전한다지? 익숙해질 때까지? 구실이야. 임 기사가 나주연의 구두를 신겨 준다는 말도 나돌아. 설키고 얽힌 고리야.

우정이 한숨 돌린 후 말을 잇는다. 막장 드라마가 따로 없네요, 젊고 팔팔한 임 기사가 괴팍한 강 회장에게 붙어사는 건 두둑한 봉급 때문만은 아닐 거예요. 임 기사가 눈독을 들이는 건 나래 시인이 목적인지도 몰라요. 그녀를 쳐다보는 눈빛이 간질거리잖아요.

조안이 반짝 고개를 쳐든다. 언젠가 나래가 숨을 헐떡거리면서 달려와 임 기사의 무례한 폭행에 가까운 태도를 타도한 적이 있다.

임 기사 완전 나쁜 놈이야. 날 화장실로 끌고 갔어. 더러운 걸레로 내 입을 틀어막고는 팬티를 벗겼어. 내가 몸부림을 치니까 그 자식이 뭐라고 했는지 알아? 오라비 방에 들락거리는 거 강 사장한테 이를 거야. 그거 알면, 강 사장이 널 쫓아내겠지. 넌 어차피 공깃돌 신세잖아. 지나간 배는 흔적을 안 남겨. 그러는 거 있지. 내가 쥐고 있던 스마트폰으로 그놈의 눈퉁이를 쥐어박고 뛰쳐나왔다니까.

배우정이 그 사건은 나래에게 직접 들었다. 임 기사가 강 회장에게 나래하고 문혁의 연애사를 고자질했는지 어쨌는지, 그해 갑자기 문혁의 유학설이 떠돌았다. 문리대 영문학과 수석으로 합격한 문혁이 대학 졸업장 없으면 모교의 교수 임용에 불리하다는 이유를 들이댔고, 그래서 유학은 잠시 유보되었을 것이다. 그러니까 문혁이 나래를 지켜 준 셈이다.

배우정이 웃음기를 걷어내고 말한다. 우리들 강산문방 식구들의 신상 털기에 소득이 없을 때 경찰에 떠넘겨야 할 거예요.

조안이 무심한 듯 한마디를 덧붙인다. 옭매듭인지 뭔지 난 잘 모르지만, 그걸 목에 걸어주고 자살을 종용했단 말이지? 배 작가, 애매한 날 걸고넘어지려는 속셈이 뭔지 말해봐. 은근히 기분 나빠지려고 해.

배우정이 침통한 목소리로 말한다. 확신은 없어요. 하지만 모 쌤 주변의 누구도 비껴갈 수는 없어요. 조안 샘이 어제저녁 모 샘의 마지막 손님 아니었어요? 무심하게 흘린 한마디가 깊은 상처가 될 수 있죠. 모 쌤이 조안 샘 좋아했던 건 모두 알고 있으니까요. 사랑이 실종되는 순간 젤 먼저 닥쳐오는 게 좌절이잖아요. 물론 여러 가지 이유가 보태졌겠지만 젤 밑바닥에는 실연의 고배라는 허물어진 벽돌이 모든 걸 일시에 무너뜨릴 수 있다는 걸 부정하지 마요. 누군가가요. 말끝을 실밥처럼 길게 늘인다.

조안이 턱을 쳐든다. 누군가가? 증거 있으면 내놔. 애먼 사람 걸고넘어지면 제바람에 당하는 수가 있어. 뜻밖에 칼칼한 목소리다.

배우정이 화제를 돌린다. 조안 샘, 그거 알아요? 나주연 씨하고 나래 시인이 한바탕 난타전을 벌였다는 사실요? 모 샘하고 나래가 약혼한다는 소문이 나돌면서 나 대표가 반쯤 미쳐있었죠. 강 회장하고 혼인신고는 했지만 한 침대에 들지 않은 상태였죠. 성북동 집 안방으로 옮기기 전이고요. 모 선배에게 죽기 살기로 매달렸어요. 모경인, 네가 안 된다고 하면 난 강만복한테 안 갈게. 무릎 꿇고 애걸복걸한 걸요. 내가 알아요. 문혁이 경인을 보고 우리 매제, 라고 불렀죠. 나래의 오빠니까 모 쌤을 매제라고 부르는 건 당연한 호칭이죠. 나주연이 거의 미쳐있었다니까요.

조안이 눈으로 묻는다. 모 샘하고 나래 시인이 약혼? 그게 문제이라는 거야? 누군가 의도적으로 퍼뜨린 헛소문 아니었어?

우정이 글쎄요, 하면서도 자신이 가지고 있는 정보를 사수하려는 의지를 내려놓지 않는다.

밀레니엄 북스가 견지동 5층을 쓰고 있었는데, 나주연 대표가 5층 살림방으로 나래를 불러올렸죠. 모 샘의 사진 액자로 온통 도배를 해놓고요. 나래가 발끈 한 건 목욕가운 입은 모경인의 사진을 보고 너들 같이 살아?

나주연이 직방을 날렸죠. 몰랐지? 모경인이 이런 남자라는 걸, 순진한 나래 시인 알았을까?

조안이 입을 연다. 나 사장 참 고약해. 나래는 왜 걸고넘어진

대?

그러게 말이에요. 말 안 되죠. 우정이 쿡, 웃는다. 파방 놓은 거죠. 데리고 놀던 애완견 남 주긴 싫은 거요. 강 회장 귀에 들어가면 약혼이고 유산이고 뭐고 거덜 나는 거잖아요.

우정이 이죽댄다. 나래 시인이 가만있었겠어요? 한 성깔 하는 여잔데.

어쩌다가 그날 그 시각, 조안이 속물적 사랑싸움을 엿보게 된다. 같은 건물 다른 장소에서.

그날, 아이보리색 트렌치코트로 코디한 나래 시인은 우아함의 극치였다. 아마도 나 대표의 괘씸죄가 발동한 동기가 되지 않았을까? 나 대표에게 딱 한 가지, 자신의 외모에서 불만 사항이 있다면 누리끼한 피부 톤이었을 것이다. 화장발로 포장했지만 유기농 투명 피부를 가진 나래 시인을 능가할 수 없었을 것이다. 나래 시인의 우아한 탯거리가 나 대표의 질투에 불을 질렀는지도 모른다. 나주연이 숨기고 살았던 질투의 비수를 들이댄다.

나래야 너 정말 맹탕인거 모르지? 여자한테 빌붙어 사는 비렁뱅이하고 잘 살아 질 것 같아? 정신 차려.

나래 시인의 커다란 눈이 휘둥그레진 채 잠시 말의 핵심이 무엇인지 곱씹는다.

나 대표가 갑자기 손에 쥐고 있던 남성용 팬티를 들고 가위로 싹둑싹둑 자른다. 경인이 입었던 속옷인지는 알 수 없다. 나래 시인은 담담하다. 반응하지 않는 나래 시인의 초연한 탯거리가 나주연의 정수리에 불티가 되어 날아올랐을 것이다.

나래야, 어쩔 수 없어서 약혼했다고? 경인이 근처에서 얼씬대지 마. 너도 뭐, 진솔 버선은 아니지만 말이야.

나래 시인이 단물 빠진 껌을 씹어 뱉듯이 한마디를 던진다. 잘 해봐. 넌 강만복의 후처 아니고, 정부야.

나래 시인이 들고 있던 빳빳한 광고 전단지를 나 대표의 얼굴에 대고 간댕거린다.

나 사장님 김칫국 먼저 마시지 마요. 강회장이 전 재산의 70프로는 문혁이 오빠의 소망대로 사회에 반환했다는 사실, 몰랐죠? 강만복이 그리 허룩하지 않아요. 너나 나나 그저 강만복의 부스러기 몇 조각으로 만족해야 해요. 더도 말고 덜도 없다더라. 믿기지 않으면 임 기사한테 물어봐요.

솔직히 경인의 존재는 나래 시인에게는 관심 밖이다. 경인에게 전력투구하는 나 대표의 혼자 사랑을 바라보면서 왠지 동질의 연민을 느끼지 않았다면 거짓말이다.

나래 시인의 오른손이 왼손 심장을 지그시 누른다. 심장 속에 켜켜이 쟁여둔 혼자 사랑이 그녀에게는 너무 소중하다. 가깝고도 먼 대상이다. 문혁을 향한 나래의 숨은 사랑은 그녀의 시혼詩魂에 이슬이었을까? 장대비였을까?

조안이 나래를 안고 다독인다. 사랑은 독감이래. 가슴속에 불을 지폈다가 어느 순간 싸늘하게 식는다지. 나하고 미장원 가서 펌도 하고 립스틱도 바르고 하이힐도 신어. 너 자신이 세상의 주인공이야. 문혁이 아니야. 사랑은 유통기한이 짧대. 들은 이야기야.

나래가 킁, 코웃음 친다. 사랑 도사 같네. 조안이 언제 연애 같은 연앨 해보기나 했어? 네가 뭘 알아? 사랑이 뭔지도 모르면서 변죽을 울려? 좀 웃긴다.

나래의 혼자 사랑은 문혁의 체온이 가시면서 탄식으로 마감된다. 내 운명, 내 사랑은 끝났어. 열병? 발화하는 열병도 있고 내열로 끓어 넘치는 열병도 있겠지. 골병든 속살을 냉찜질로 삭여야 할 것 같다. 나래 시인의 소동은 금방 잦아든다. 소리만 키웠을 뿐 눈물을 흘리거나 얼굴을 우그러뜨리지 않는다. 경인의 1년 칩거로 승인받지 못한 약혼은 지는 노을처럼 삽시간에 빛을 잃는다.

강 회장은요? 서성대는 그의 정강이에 힘살이 뻗쳐있다.

눈에 넣어도 아프지 않을 외아들 문혁인 죽었는데, 그 아들한테 빌붙어 살던 비렁뱅이 경인이 멀쩡하게 살아있다고, 그게 말되냐고? 두 다리를 터버리고 앉아 통곡하던 강 회장의 모습이 생생해요. 그런데 더 큰 충격이 강 회장을 난타했죠. 나주연하고 경인의 동거설이 귀에 들어가자 그는 거의 발광했으니까요. 수전노인 그가 나주연 앞으로 등기이전해준 견지동 출판사로 달려갔죠. 연락받은 나주연이 피신했지만 잔무로 남아있던 모 샘하고 내가 날아오는 골프채 세례를 받아내야 했어요. 그가 풀어내는 사설이 신파였다니까요.

이 개만도 못한 비렁뱅이들이 이젠 내 안방까지 쳐들어 왔단 말이지? 은혜를 원수로 갚으려는 이런 짐승들은 열 번 죽어도 마땅해. 모경인 이놈, 당장 살가죽을 벗겨야 해.

나주연이 애써 리모델링한 벽지나 가구들이 난장판이 되었고 닥치는 대로 휘두른 골프채에 얻어터진 물건들이 전쟁을 치른 듯 엎어지고 자빠진다.

뒤늦게 전해들은 나래가 킥킥거린다. 칠순 노인네의 질투가 이십 대보다 더 극적이었네.

질투가 아니라 집착이겠지. 질투나 집착이 나이하고 무슨 상관이야? 사람의 본성인데?

배우정이 얻어들은 이야기가 있다. 문혁이 모친을 정신병동에 가두기 전, 외출할 때는 커다란 마대에 엄마를 넣고는 노끈으로 자루 주둥이를 묶었대요. 택배기사하고 잠깐 서서 이야기하는 걸 보고는 연애질한다면서 발광을 했다죠. 어린 아들 문혁이 현장에 있는데도 강만복이 미치면 막무가내로 굴잖아요. 부자지간에 틈이 벌어진 계기인지도 몰라요.

집착도 병이야. 강만복이 모경인하고 나주연의 동거 사실을 알고도 그냥 지나칠 위인이 아니지. 모경인 죽이기에 영순위 용의자인도 몰라.

온전한 인간 아니야. 순진한 강 교수를 오염시킨 장본인이 모경인이랬어. 직접 모경인의 목에 밧줄을 걸었을지는 확신할 수 없지만, 주변에 돈으로 매수할 좀비들이 얼마나 많아?

배우정이 마주 맞은 손가락이 우두둑거린다. 임 기사? 임 기사가 모 샘을 무시했어. 명품가게 직원이 초라한 손님을 눈 아래로 보듯이 기사인 주제에 모 선배의 가난을 경멸했다니까요.

그러게. 주인 돈이 제 돈인 것처럼 착각하는 골빈 사람 많아.

배우정이 그 어설픈 해프닝의 한 장면을 꺼낸다.

문혁이 성북동 집에 안 가겠다고 버티던 날이다. 경인의 창전동 옥탑방에 와서 하룻밤을 지냈던 날, 강만복이 임 기사를 앞세우고 들이 닥친다. 그때 문혁이 라면 냄비에 코를 박고 먹는 중이다. 강만복이 뜨거운 라면 냄비를 모경인의 정수리에 들이 붓는다.

이 개죽 같은 걸, 문혁에게 먹여? 강만복이 지팡이를 휘두른다.

라면 발을 머리에 뒤집어 쓴 채 경인이 강만복을 쏘아 본다.

라면이 개 죽요? 회장님에게는 개죽인지 몰라도 라면은 이 나라 사람들이 먹는 국민 음식입니다.

말이 끝나기도 전에 노인의 지팡이가 내리친다. 경인이 머리를 감싸며 비명을 삼켰고 문혁이 붙잡는 임 기사를 밀치고 달아난다.

배우정이 도망친 문혁을 비겁쟁이라 이죽댄다. 암튼 비겁쟁이라니까. 저만 빠져나가면 되는 거야? 라면 냄비 뒤집어씌운 아비한테 사과하도록 했어야지.

세수를 하고 들어오던 경인이 손사래를 친다.

이해하는 쪽으로 생각해. 문혁이 어엿한 대학 교순데, 언제까지나 품고 살겠다는 건지 딱해. 우리 나가서 대학촌 근처 오피스텔이나 알아보자.

우정이 투덜거린다. 딱한 건 그들 부자가 아니라 모 쌤 같은데요. 오피스텔은 당사자인 문혁이가 제 발로 뛰어서 구하든지 말든지. 모 쌤은 상관 마요. 끼어들지 말라고요.

우정이 우두둑 손마디를 꺾는다. 강만복이 직접 죽이지는 않았지만 누굴 시켜서 죽일 수는 있죠,

조안이 걸상을 끌어다가 창가에 가 앉는다. 산자락을 타고 어우러진 검은 나무들이 술렁거린다.

임 기사를 두고 하는 말이지? 강만복이 그리 허술한 사람 아닌 것 같아. 지금은 임 기사가 입의 혀처럼 사분사분하지만 언제

비밀을 나발 불고 다닐지 어떻게 장담해? 빌미를 남기는 거잖아. 강만복이 보기보다 영악해. 맨손으로 몇백억을 모았대. 계산이 빠른 사람이야.

배우정이 고개를 끄덕인다. 그럼 누구 짚이는 사람 없어요?

조안이 손을 내젓는다. 난 자살이라고 봐. 더 이상 확대시키지 말자. 모 샘 스스로 목을 맸다면 그만한 동기나 이유가 있었겠지. 타살? 난 그렇게 생각 안 해.

배우정이 희미하게 웃는다. 바로 그거에요. 그래서 우리 강산문방 식구들끼리 그 미스터리를 풀어보자는 거 아닌가요? 신고하기 전에요.

조안이 고개를 흔든다. 모 샘의 갈피를 배 작가는 잘 모르는 것 같아. 속속들이. 하지만 느낌 그대로를 말할 이유는 없을 것이다. 각자 나름의 시각이 있으니까. 이미 세상을 버리고 도망간 허무주의자 모경인의 후일담을 그 시신 곁에서 말하고 싶은 기분도 아니다.

그런데, 고개는 왜 흔들어요? 할 말이 있다는 거잖아요.

창가에서 물러난 조안이 의자를 두고 맨바닥에 무릎을 세우고 벽 쪽을 향해 앉는다. 그것이 죽은 사람을 애도하는 자세인 것처럼.

견지동 밀레니엄 북스에서 강산문방 동아리 모임이 있는 날이다. 토요일 오후로 정한 건 조안의 시간을 배려해서였을 것이다.

지하 작업실 간이 주방에는 전기밥솥을 비롯해서 주방용 전열기들이 구색을 갖추어져 있다. 환기통은 별도로 설치했다. 음식 냄새가 배지 않도록, 냄새에 질색하는 나 대표의 입주 조건이다. 김치가 냄새의 주범이다. 김치가 없는 식사를 할 수 없다. 김치 요리는 일단 자기 집에서 초벌 요리한 찌개를 자기만의 용기에 담아 와서 전자레인지에 돌려 살짝 데워 먹는다. 그날, 김치찌개는 조안이 차례다. 참치통조림 두 개에 큰 두부 두 모를 넣은 오인분 찌개 냄비는 묵직하다. 늦은 점심에 저녁을 함께할 식사다. 식사 건을 두고 순번을 정하거나 반찬 타령을 하는 이는 없다. 자기 차례쯤 되겠다 싶으면 다음엔 내가 남원추어탕이나 육개장 끓일게요, 했지만 남자들은 전문식당에서 배달시키거나 직접 가서 해결한다.

조안이 아침부터 서둘렀다. 견지동 밀레니엄 북스 지하실은 밝고 쾌적하다. 글쓰기에 맞춤한 공간이다. 책상과 책상 사이에 설치된 칸막이로 그나마 자기만의 공간이라는 안정감을 준다. 한 공간이면서 칸막이로 분리되어 있다. 그 작은 칸막이가 주는 평온의 정서가 작업하는데 능률을 보태는지도 모른다.

조안이 들고 온 무거운 보따리를 부려 두고 출구를 등진 구석 자리에 가 앉는다. 그때 대각선상에 위치한 칸막이 저편에 인기척이 느껴진다. 조안이 살짝 미간이 구긴다. 늘 주말 오전 2.3시간은 혼자 차지했던 공간이다. 누구? 갑작스러운 방해가 신경에 거슬린다.

거기 누구세요?

해바라기처럼 활 벌어진 얼굴이 빨리 왔네. 칸막이 너머에서 불쑥 솟구친다. 경인이다. 웃는 얼굴? 그녀는 그때 처음으로 경인의 얼굴에 서린 묘한 웃음기를 본 것 같다. 해바라기처럼 온 얼굴의 미세한 근육이 활 벌어지거나 오므려진다. 활 벌어진 입술은 웃는데 치뜬 눈매엔 그늘이 서려 있다는 것을. 늘 웃는 얼굴이네. 언젠가 한 번 툭 건드리듯 물었다. 경인이 눈을 맞춘 채 대답한다. 그럼, 찡그리고 다닐까? 내 웃음은 긍정이야. 잘 될 거야. 괜찮아, 하는 얼굴의 말이지. 왜 헤퍼 봬서? 아뇨. 그냥 조안이 우물거린다. 속으로 모 샘이 거짓말, 자기 포장도 할 줄 아네, 싶다. 더 깊이 건들면 안 될 것 같다.

커피 할래? 미리 내려둔 커피를 따라 들고 경인이 책상 중앙에 놓인 8인용 테이블에 가 앉는다.

내가 방해했어? 따라온 커피 잔을 테이블에 놓는다. 여기 와서 앉으라는 간접 어법이다.

조안이 노트북을 덮고 커피가 놓인 테이블로 가 마주 앉는다.

조안아, 오늘 내 사는 실체를 한번 봐 줄래? 경인이 일어난다. 조안이 따라 몸을 일으킨다.

너른 공간을 적절하게 분할한 밀레니엄 북스 작업실을 경인이 한 바퀴 돈다. 한쪽은 강산글방 멤버들을 위한 작업공간이고 한쪽은 책을 보관하는 책 창고다. 경인이 그 사이참에 합판으로 된 쪽문을 민다. 조안이 머쓱 물러선다.

관속 같은 길고 좁은 공간에 책상과 침대가 틈새 없이 빼곡하다. 그럼에도 불구하고 그 좁은 공간에 한 줄기 빛이 새어들고 있는 게 아닌가? 천장 한구석에 댄 투명유리를 통해 햇살 한 줌이 푸슬푸슬 살비듬처럼 떨어져 내린다. 바로 1층 나주연 대표 사무실 바닥에 새로 설치한 투명깔때기 유리판에서 쏟아낸 빛의 방출이다.

나 대표의 지극한 배려다. 경인을 향한 수치로 환산이 안 되는 무한 사랑은 아니었을까? 그런데도 늘 좀 티격 거린다. 베풀면서, 넘치게 쏟아 주면서도 자기 스스로 연민과 공격을 되감는 스타일이다.

조안이 겨우 한마디를 끌어낸다. 나 대표, 애썼네. 방이 환해서 좋다. 아늑하고…….

경인이 두 손 갈퀴로 앞머리를 쓸어 넘긴다.

잠은 여기서 자. 나주연이 그리 헤픈 여자도 아니고 나 역시 아무 데서나 자지 않아. 동거라는 말을 굳이 거부하지는 않지만, 독립적인 동거도 있는 거야.

조안이 턱을 쳐들고 하아! 웃는다. 독립적인 동거? 작가라는 사람이 그런 말을 할 수 있어? 말장난이야. 내게 신상털기를 할 이유가 없을 것 같은데.

경인이 무슨 말이라도 해야 할 것 같아 입을 벌리는데 조안이 앞지른다.

이거 죄다 나 대표의 무료 봉사란 말이지? 조건 없는?

경인이 한 손을 홰홰 내젓는다. 내가 해줄 수 있는 건 딱 한 가지, 술친구나 말 친구야. 서로가, 모두가 외톨이잖아. 그 이상은 그냥 뜬소문이야. 내가 남자친구 노릇을 제대로 못 해.

그런 말을 왜 해? 내가 들어야 할 이유도 없고 듣고 싶지도 않아요.

조안이 일어나 자신의 자리로 되돌아간다.

거기 서. 사람이 말하는데, 달아나는 건 어디 식이냐?

그래서 조안이 발걸음을 멈춘 건 아니다. 그가 풀어내는 넋두리가 뭔지 궁금하다. 무슨 말이 하고 싶은데? 조안이 나오려는 말을 삼킨다. 경인이 조용이 뇌까린다. 같이 잠자지 않아. 시도해보았지만 내가 불능이야. 믿거나 말거나. 구구절절 변명하고 싶지도 않고. 나 사장, 불쌍한 영혼이잖아. 자신이 운전하는 차바퀴를 후진해 딸애를 죽게 만들었던 여자야. 나는 나대로 그녀는 그녀대로 몸이나 맘이 만신창이야. 서로를 아우르는 거야. 등과 등을 맞대고…….

그런 이야기는 조안도 알고 있다. 이십 대 중반 잡지사 기자로 근무했던 그녀는 헤어진 남자의 아이를 지우지 않고 출산한다. 미혼모에게 아이의 양육이 버거웠을까? 36개월 된 아이가 그녀의 승용차 바퀴에 짓뭉개진 사고가 났을 때 경찰에서 고의성은 아닌지? 그녀를 호출해서 심문한다. 그녀는 대답을 삼킨 채 테이블에 머리를 쥐어박아 피를 흘린다. 천 마디 말보다 제 차바퀴에 깔아뭉갠 딸애에 대한 아픔이 절절하게 녹아든 어미의 빠개지는 절규는 아니었을까?

경인이 걸상을 밀어내고 일어난다. 시간 빼앗아서 미안해. 더 이상 말을 잇고 싶지 않다는 모경인의 몸짓이 그렇다.

조안이 억양 없이 말한다. 나주연의 배려를 받아 챙기는 건 무슨 염치일까?

조안이 솔깃하다. 경인이 하는 말을 믿고 싶다. 나 대표에게 느껴졌던 쓸쓸함, 혼자를 못 견뎌서 누구라도 붙잡고 시간 돼? 이야기 좀 하게. 그럴 때마다 조안이 함께 한다. 소주잔을 빨면서. 그냥 말없이 CD를 틀거나 DVD를 보는 정도였지만, 곁에 누군가와 함께 나눈다는 의미에 매달리는 것 같다. 왠지 짠하다. 그런데도 입술을 뚫고 나오는 말은 곱지 않았다. 남자친구 노릇? 같이 밥 먹고, 그녀의 거처에서 샤워도 하면서 일상을 공유하는 거잖아?

경인이 벌떡 일어나 조안의 옆으로 다가선다. 맨발에 고무 샌들이다. 신중하게 느껴졌던 이미지에서 푸슬푸슬 먼지가 인다.

조안이 제 자리에 가 앉는다. 구십도 각도로 곧추세웠던 몸이 책상 위로 쏟아진다. 그들이 동거하든 사랑을 하던 자신하고는 무관한 일이다. 떠돌아다니는 말들은 실제보다 더 많은 디테일을 내포하고 있다. 나래가 호들갑을 떤다. 경인이 글쎄, 장보기도 하나 봐. 검정 비닐봉지를 들고 가는데, 긴 대파 잎이 봉지 밖으로 나와 건들거리는 거 있지. 나래는 보태거나 빼지 않는 성격이다.

조안이 경인을 맹목적으로 제멋대로 생각했던 편견을 많이 수정했다. 네모에서 둥글게 대패질이라도 했을까? 그건 아니다. 객관적인 시선으로 그를 대하고 싶다. 편견을 수정했다는 말이 모호하다면 살피고 분석했던 시각을 수정했다고 말할 수밖에. 많이 느긋해진 건 사실이다. 하지만? 이라는 단서가 따라다닌다.

맨발에 고무 샌들, 그 썰렁한 모양새가 시도 때도 없이 웃음을 방출하는 그의 이미지하고 겉도는 건지 어울리는 건지 아직도 조안에게는 숙제로 남아있다.

배우정이 좀 느닷없다. 사귀는 사이 아니었어요? 모 쌤이랑?

조안이 두 손으로 가위표를 만든다. 넘겨짚지 마. 다들 왜 그래? 아니라고, 메다치는 말이 마른 입술에 말려 일자로 다물린다. 사귀는 사이? 기습적인 질문이다. 그렇게 보였는지도 모른다. 꾸깃꾸깃 은박지에 뭉쳐 버렸던 기억 한 조각, 거위 털 같은 눈발이 쏟아지는 오후다. 경인의 문자는 뜬금없다.

—시간 돼? 긴급 상황이야. 보신각, 제야의 종? 같이 듣자

참 엉뚱하다. 그제도 어제도 만났고 문자를 주고받았는데, 제야의 종 이야기는 하지 않았다. 그게 뭐 긴급 상황이라고? 시간 되냐고 묻는 건 또 뭐야? 상습적이라니까. 경인이 그런 식으로 만남을 몰아치곤 한다. 모처럼 비어있는 오후를 방탄소년단의 '페이크 러브 fake love'를 들으려고 막 포장을 발라내던 중이다. 방탄의 CD는 문혁이 준 선물인데, 아직 포장도 뜯지 않았다. 문혁이 숨겨둔 갈피를 헤집을 것 같아 조안이 한 계절 동안 서랍 속에 재워둔 CD를 꺼낸다. '페이크 러브' 그 의미가 왠지 서늘하게 다가온다. 운명인 줄 알았던 사랑이 다만 거짓이었다니? 문혁이 건네는 먼 눈빛이 후렴구처럼 따라오곤 한다.

그때 스마트폰에서 휘릭, 문자울림이 조안의 얕은 숨을 깨운다. CD는 다시 서랍 속으로 들어간다. 조안이 광화문 약속장소에 도착했을 때 경인이 테이크아웃 커피 두 잔을 들고 서 있다. 커피는 따뜻하다. 아직 멀었어. 두 사람은 동시에 자신의 스마트폰을 들여다본다. 약속 시간보다 십 분이나 빠르다. 조계사 쪽으로 가다가 안국 사거리를 버리고 비스듬한 인사동으로 접어든다. 거리가 젊은이들로 술렁거린다. 조안이 우린 구닥다리 같네. 조금 겉돌아.

경인이 맞장을 뜬다. 삼십 대는 아저씨야.

조안이 아니라고 고개 흔든다. 한국 나이로 서른이지만 만으

로 하면 이십구 세야. 이십 대 끝물이지만 뭐 상관없어.

지난해 제야를 같이 하면서 경인이 올해가 마지막이겠지? 시무룩한 말투였다. 타종행사를 보기 위해 서울 사람들 모조리 거리에 쏟아져 나온 걸까. 모두 한 손에 종이컵을 든 채 밀치고 당기며 종각 가까이 가려고 안달이다. 인사동 네거리를 버리고 다시 종각 쪽으로 발길을 돌린다. 사람들의 아우성으로 종로 바닥이 들썩인다.

조안이 발돋움했지만 수많은 검은 두상들이 시야를 막는다. 그때 경인이 급하게 비운 종이컵을 조안의 컵에 겹쳐주고 두 손으로 조안을 번쩍 안는다. 조안이 스마트폰을 쳐들고 보신각종을 치는 사람과 두들겨 맞고 흔들리는 종을 스마트폰에 담는다. 조안이 불시에 종鍾 이야기를 한다. 쇠로 만들어진 종으로 살고 싶지 않아. 누군가 때려 주지 않으면 그냥 쇠뭉치로 살아야 하잖아. 바로 그 부분이 절취 선이라야 해.

경인이 묻는다. 조안아, 내가 네 보신각이니? 네가 내 종이냐?

누가 허벅지게 두들겨 패주면 그제야 둥, 하고 울어.

그래서 물었는데, 무슨 답이 그래? 조안이 겉보기보다 무거워. 하고는 조안을 내려놓는다. 조안이 커다란 숄더백을 들어 보인다. 책하고 코트가 무거워서 그래. 나 뚱보 아닌데.

웅성거리는 군중 속에서 그는 갑자기 차렷 자세로 직립한다. 사람들을 헤치고 나가려던 조안이 덩달아 멈춰 선다. 왜? 조안이 눈으로 묻는다. 그가 작게 속삭인다. 어우러져서 살자. 혼자선 살 수 없어. 네 의지의 수신자가 하는 말이야.

뒤늦게 나타난 배우정이 불쑥 끼어든다. 의지의 수신자? 그런 말장난 그만 해요. 모 쌤은 다 좋은데, 가끔 의지의 수신자 같은 아리송한 말을 애용한다니까요. 암튼 어디 들어가서 좀 앉아요. 곡주하고 빈대떡은 내가 쏠게요. 우리 모 쌤은 하루 두 끼만 먹어요. 버스나 지하철도 안 타요. 잠은 하루 4시간만 자고요.

보신각 타종을 같이 보자는 경인의 문자를 받은 즉시 조안이 우정에게 문자를 보냈다. 셋의 어우러짐이 둘보다는 자연스러울 것 같아서. 말수가 적은 경인하고 단둘이 마주 앉으면 왠지 엉기는 침묵이 조안은 불편하다. 배우정의 밉지 않은 넉살이 조미료처럼 자연스러움을 반죽한다.

우정의 등장에 경인이 어깨를 툭 친다. 이심전심이네. 민망한지 앞머리를 쓸어 올린다.

우정이 감정이라는 요상한 부위를 얼른 호주머니 속에 넣는다. 셋이 함께하는 마지막 날, 같이 할 수 있는 시간에 감사한다.

경인이 넌지시 딴지를 부린다. 검정색 폴더스웨터를 턱까지 끌어 올리면서 구시렁거린다. 난 목 댕기 같은 건 평생 못할 것 같아. 목이 당겨서 싫어. 목댕기는 호주머니 사정하고 비례하기도 하고.

우정이 흰자위를 굴린다. 모 쌤, 또 그러네요. 제발 바닥을 치지 말아요.

조안이 묻는다. 넥타이 매는 사람, 안 매는 사람을 굳이 가르는 이유가 뭔데? 상황에 따라서 맬 수도 안 맬 수도 있지 않아? 넥타이가 무슨 기준이라도 돼?

우정이 시틋하니 웃는다. 내 결혼식 주례를 모 샘한테 부탁할 건데, 그때도 목댕기 안 하고 등장할지 궁금하네요.

경인이 멋쩍게 우물거린다. 우정아, 네 결혼식 주례? 강문혁 교수를 두고 나를 끌어들인단 말이지? 그때 가면 네 생각이 바뀔 거야.

우정이 투덜거린다. 갑자기 왜 강 교술 들먹여요. 소설가 주례보다 대학교수 주례를 우위에 두는 사회적 통념에 난 동의할 수 없는데요.

3년 전 그땐 강문혁은 건재했다.

조안이 그들의 작은 실랑이 속으로 다가선다. 비약이 너무 커. 강 교수에게 주례 부탁은 무리일 것 같아. 그날도 어김없이 검정 타이에 검정 슈트 차림으로 등장하면 어떡해?

우정이 고개를 주억거린다. 맞아요. 하늘이 두 쪽 나도 강문혁이 고집하는 검은 상복을 벗기지는 못할 테니까요.

경인이 갑자기 스마트폰을 눈앞에 쳐든다. 문혁이 못 본 지 반년이 넘었어. 요즘 어떻게 지내는지 전화 한번 해 볼까? 그때, 경인이 쥐고 있는 폰이 달달거린다.

어라, 강 회장이 전화를?

같은 얼굴 다른 표정

캠프파이어? 경인이 앉자마자 강 회장이 캠프파이어를 해보는 게 어떨까? 당최 자식 얼굴 한 번 보기가 이리 어려워서야. 탄식처럼 뇌까린다. 강만복의 머리에서 나온 캠프파이어? 그 발상이 기발하다. 아직 강산문원 간판만 걸어둔 채 이래저래 미뤘던 준공 테이프도 끊지 않은 상태다. 땅을 굴려야 한다는 어떤 지관의 말이 강만복의 머릿속을 헤집었을 것이다. 마침 주말에 다니러 온 나래에게 넌지시 묻는다.

강산문원 개원식 전에 동네 사람들 불러서 국수라도 먹을까? 이 동네 터줏대감들이잖아.

나래가 식탁 끝자리에 엉덩이를 걸치고 앉는다.

어머, 정말 모처럼 좋은 생각 하셨어요. 달랑 국수 한 그릇은 너무 약소할 것 같아요. 쌀 한 가마 정도 떡도 해서 참석 못 하시는 어른들 댁에 나누어 드리는 것도 좋지 않을까요?

강만복이 성큼 동조하지 않는 데는 노인들 잔치에 아들 강 교수가 참석할지 확신이 들지 않았기 때문이다. 감각으로 다져진 나래는 금방 눈치를 챈다.

낮에는 어른들 잔치하시고 밤에는 불꽃놀이라도 하면 문혁이 오빠도 달려올지도 모르잖아요.

강만복이 무릎을 친다.

그래, 맞다. 진작 그 생각을 못 했지? 국수 잔치는 가을에 내 생일에 하고, 불꽃놀이를 먼저 하자꾸나.

나래가 불꽃놀이라면 우정이가 전문일걸요. 넌지시 말한다. 그래서 신새벽에 그들을 성북동 본가로 불러올린 것이다.

강 회장은 아들의 여름 방학을 기다리고 있다. 마을 주민들에게 개방하겠다는 도서관 테이프를 아들 문혁에게 일임하려는 의도다. 지역사회 인사들을 초빙한 자리에서 교수 아들을 공개하고 싶은 아비의 간절한 바람인지도 모른다. 느닷없이 캠프파이어를 들먹거린 데는 그만한 까닭이 있었을 것이다. 그는 한 세기 저편에서 는적댄 사람이다. 누구나 그 시대에 맞는 문화에서 한 발짝도 벗어나지 못한다. 지신밟기? 그렇다. 산자락을 끼고 있는 강산문원은 음기가 짙다는 풍수쟁이의 말이다. 땅을 밟아 주게나, 캠프파이어는 그 주제에 부응하는 놀이마당이 될 수 있을 것이다

강만복이 경인을 보자마자 우리 강 교수(아들을 교수라고 부른다) 강의실에만 갇혀 있으면 몸 상해. 한바탕 놀이마당으로 불러내야지.

공붓벌레인 아들을 끌어내 기분전환이라도 시켜 주고 싶어 안달하는 아비의 지극한 배려다.

강만복이 오른손 검지에 카드를 들고 간댕거린다. 필요한 물

품들 사들이고 경비로 써. 대단한 선심이다. 아들의 노는 모습이 보고 싶어 발뒤꿈치가 짓무르도록 중개사 길잡이를 하면서 벌어들인 피 묻은 돈이다. 그가 다짐한다. 영수증은 보관해야겠지.

경인이 무슨 의견을 내놓고 상의할 기분이 아니다.

경인이 앉은 자리에서 문혁에게 전화를 건다. 다행이 네 마디쯤 해서 문혁이 예, 강문혁입니다. 담담한 목소리가 건너온다.

강 교수, 얼굴 한번 보자. 이번 부처님오신 날 징검다리 연휴에 뭐 계획 있나?

문혁의 반응은 시큰둥하다. 나 일이 산더미야. 그럼 우리끼리 밥이나 먹지 뭐.

경인이 전화를 끊으려 하자 강만복이 계속 말하라는 손짓을 한다.

우리 연휴에 강산문원에 모여 캠프 한번 하자. 준비는 우리가 할 테니, 강 교수는 몸만 와.

문혁의 킥킥거리는 웃음소리가 건너온다. 나 지금 1교시 강의 준비해야 해. 다음에 보자. 끊어지려는 수화기에 대고 경인이 잠깐 기다려, 하고 강만복에게 수화기를 내민다. 달리 설명할 필요가 없다.

배우정이 그냥 강 교수 연구실로 쳐들어가요. 직접 만나서 설득해도 안 하겠다면 캠프고 뭐고 집어 던져요. 그래서 나선 걸음이다. 2호선을 타고 낙성대역에서 내려 셔틀버스를 두고 그들은 걷는다. 인문대학 건물까지는 2킬로가 넘는다네. 하면서도 우정이 앞장선다. 교문 앞에 버티고 서 있는 국립대학 간판 앞에서 그들은 약속이라도 한 듯이 멈춘다. 같은 또래인 강문혁이 이 거대한 지성의 탑 속에서 그 존재감이 우뚝하다. 경인이 등뼈에 힘살이 뻗친다. 의식하지 못하는 사이 굳은 몸피에 근육이 모아진다. 친구의 직장 앞에서 긴장이나 하는 무지렁이인가? 싶어 경인은 새삼스럽게 제 처지가 옹송그려진다. 자랑스러운 친구이면서, 비교 대상이 될 수 없다는 자괴감이 허술한 어깨를 찍어 누른다. 존중과 부러움이 반반인 우정, 그런 심리적 모순은 역설일까? 본능일까? 우정의 목소리가 그의 안에서 버르적거리는 열패감을 삽시간에 지운다.

이 근처 고시원에서 몇 달 살았는데, 이상한 동네라고요. 밤만 되면 머리 길게 기른 젊은 사내들이 닭 꼬치를 들고 어슬렁거리는 거 있죠. 모두 혼자서요. 후드 재킷 뒤집어쓰고요. 지겹더라고요. 거처를 옮겼어요. 구로동은 방값이 반값이던데, 그런데 그게 아닌 거 있죠. 구로동 문화라는 게 너무 요상한 거야. 밤만 되면 어린 여자애들이 거리를 점령해요. 군 제대하고 첫발이어서 이십 대 중반도 안 된 나를 애들이 아저씨라고 댓바람에 승격시키는 거 있죠. 1년 만에 퇴장했고요, 지금 형한테 빌붙어 살잖아요. 창전동이 제일 살기 편한 동네거든요. 오른쪽에 신촌을 끼고 왼쪽에 홍대를 안고 있잖아요. 1킬로 정도 떨어진 거리만큼 방값 싸고 인심 좋고 교통편하고…….

경인이 손을 내두른다. 그만 좀 해. 빌붙어 산다, 그건 강만복의 전용 세리프야. 밥은 네가 챙기는데, 뭘 빌붙긴? 공존공생 하는 거지.

우정의 오른손이 왼 손바닥을 툭툭 친다. 같은 생각, 같은 느낌일 때 우정이 하는 손의 습관이다. 경인은 그러는 우정의 직설적인 감정표현을 은근히 즐기는 편이다. 작은 공간을 공유한다는 건, 서로의 살 냄새나 소소한 습관을 수용할 수 있어야 가능한 동거다. 일주일에 세 번 이상 집 밥을 먹게 해주는 우정의 음식 바라지에 감동한 경인이 내가 친구 복이 좀 많은 편인가? 속내 말을 자주 중얼댄다.

경인이 가던 걸음을 멈추더니 누런 코르덴 재킷의 구김살을 툭툭 턴다. 그런다고 나달거리는 옷이 어떻게 되는 것도 아닌데, 우정이 흐흐흐, 웃는다.

형은 그게 탈이라니까요. 지나치게 강 교수를 의식하는 거죠? 제발 그러지 마요.

경인이 헤벌렸던 웃음기를 걷어낸다. 내가 뭘? 문혁일 의식한다고?

우정이 아닌가요? 갑자기 옷의 먼지는 왜 털게요? 무의식적인 동작이잖아요. 그게 바로 강 교수를 의식한다는 증거죠. 살짝 비트는 투다.

경인이 입을 오므리고는 먼산바라기를 한다. 허옇게 비어있는 시선이다. 우정이 모르지 않는다. 강 교수하고 만날 약속이 잡히면 경인이 이발 시기를 앞당겨 머리 정리를 하고 입고 갈 옷을 다림질하거나 세탁소에 맡긴다. 우정이 그런 경인을 보면서 저렇게 소심해서야? 혀를 차면서도 그의 자존심을 건드리는 말은 안 한다. 그냥 좀 안타깝다.

문혁이 질색할 거야. 강 회장이 아들을 위해서 강산문원에 헬스장을 만들고 체력단련 전문가까지 초빙했는데도 문혁이 한 번도 안 왔어. 그런데 캠프에 응할까?

우정이 툭 자른다. 왜 걱정해요? 캠프파이어인지 뭔지 하든 말든 우리가 끼어들 필요는 없다니까요. 그냥 말만 전해주고 가요. 제발 모 쌤? 하고는 고개를 쳐든다.

문과대학 현관 앞에서 서로의 눈길이 빠르게 교차한다. 좌우로 갈라진 어둑한 복도, 2.3미터 간격으로 교수들의 명패가 걸려 있다.

강문혁 교수 연구실. 틈새가 벌어진 도어 저편에 내부의 풍경이 설핏 내비친다.

우정이 앞장섰고 뒤따르던 경인이 손가락으로 퉁겨 노크 한다.

우정이 너스레를 부린다. 강문혁 교수님, 여기 누가 왔는지 한번 보세요.

책상 앞에 앉아 책장을 팔락팔락 넘기고 있던 강 교수가 들어와, 하고도 돌아보지 않는다. 그가 하는 말이 있다. 교수실이 열린 공간이라야 해. 책상이 출구 정면을 향해 놓지 않았어. 정면 바라기는 권위주의 속물적 배치거든.

북향을 향한 책상이어서 도어로 들어가는 사람에게 옆모습만 설핏 내비친다. 우정이 목소리를 들여보냈는데, 강 교수는 그 목소리의 주인공을 의식하지 못한 듯하다.

양쪽 벽 높직이 쌓아 올린 책장이 그들먹하다. 기역으로 구부러진 컴퓨터 책상과 검정색 회전의자에 책상 앞 공간에는 4인용의 소파가 놓였다. 중·고등학교 교실의 반 정도, 교수에게 배정된 공간이다.

분명 누군가 소리를 냈는데 잠잠하자 문혁이 그제야 뭐? 누가 왔다고? 고개를 돌린다. 왼손으로 안경을 이마 위로 올리고 오른손에 든 볼펜을 내려놓는다.

아이쿠! 이게 누군가? 우리 태산(강문혁이 제멋대로 부른다)님이 오셨네. 문혁 자신은 강이라면서. '강산문원' 현판은 강과 산의 조합이라고 한다. 문혁의 변죽이다. 우정이 속으로 변덕이 죽 끓듯 하는 거야, 했지만 말하지는 않는다.

문혁이 답지 않게 호들갑이다. 책상을 돌아 나온 문혁이 미국식으로 경인을 너부죽 끌어안는다.

산아, 넌 전화 한 번에 추를 달아? 그렇게 바쁜 거야?

우정이 끼어든다. 옆에 우정도 있어요. 그제야 문혁이 아차, 하는 얼굴로 우정의 등에 왼팔을 둘러 다독이면서 오른손을 내밀자 우정이 씰쭉거린다.

상대에 따라 포옹하는 강도가 다른가요?

으쓱 어깨 짓을 보이면서 고른 치아를 보이고 활짝 웃는 강 교수, 높고 우뚝한 콧날이 작은 얼굴을 분할하고 있어, 날카로운 인상이다. 그런 지적 이미지가 연구실이라는 공간을 배경으로 근접 못 할 카리스마로 작용하는지도 모른다.

강 교수가 우리 막내가 투정부리네. 하고는 긴 두 팔을 벌려 살짝 안은 우정을 일인용 소파에 앉히고 서 있는 경인을 끌고 가 3인용 소파로, 바투 옆자리에 나란하게 앉는다.

산아, 우리 얼마 만이냐? 전화 한번 누르는데 세금 붙어? 자주 연락하고 살자.

경인이 활 웃는다. 고른 치아를 보이고 분홍색 목청까지 내비치면서. 웃는 얼굴에 더 큰 웃음을 덧바른다. 그러는 넌? 전화번호 누르는 손가락이 고장 난 거냐? 소리 내어 말하지 않는다.

커피 할래? 문혁이 경인의 손을 놓고 일어난다. 나란하게 앉을 때부터 깍지 끼었던 손이다. 누가 보면 동성애자인가? 의심할 정도로 밀착된 스킨십이다.

우정이 보고도 딴지를 부린다. 강 교수님 목말라요.

문혁이 커피 머신 쪽으로 가면서 묻는다. 좋은 홍차가 있는데, 무슨 차로 할래?

우정이 내가 할게요. 일어나려는 걸 경인이 잡아 앉힌다.

커피 머신에서 한 잔씩 따라 냈지만, 문혁이 그 한잔을 경인 앞 탁자에 놓고는 자신의 회전의자에 가 앉는다. 우정에게는 네가 해, 하는 표정이다. 잘 만들어진 설치미술품처럼 그 조합이 어울린다. 경인이 흐릿한 눈길에 비해 위로 치뜬 우정의 눈은 날카롭다. 자신의 회전의자에 몸을 실은 강 교수가 의자를 돌린다. 친구들이 들고 온 용건이 무엇인지, 그냥 놀러 온 건지 묻지 않는다.

우정이 참지 못하고 말문을 연다. 이번 연휴에 뭐해요? 우리 강산문방 식구들하고 모처럼 캠핑하는 건 어때요?

경인이 설명을 덧붙인다. 사실은 강 회장님이 캠프파이어를 제안하셨어. 카드도 내놓으셨고.

문혁이 회전의자를 또 한 바퀴 더 돌린다. 캠프파이어가 뭘 어쨌다고? 그딴 거 어린애들이나 하는 거잖아. 설마 나보고 뭘 하라는 건 아니겠지? 니들끼리 놀아. 난 그냥 내버려 둬.

경인이 말한다. 널 연구실에서 끌어내 잠시라도 머리 식혀 주려고 애달아하셔. 키운 목소리에 힘살이 느껴진다.

문혁이 정색한다. 몸을 곧추세우고 눈을 가늘게 내린다. 경인아! 그놈의 강산인지 문화마당인지 하는 거 자체도 싫어. 캠프파이어가 도대체 뭐야? 초등학교 애들이나 하는 놀이잖아. 난 관심 없어. 내 주변에 바글거리는 여자들도 관심 없고.

경인이 갑자기 거기에 눈길이 꽂힌다. 유리문 책장 안에서 웃고 있는 조안, 그 조안의 허리를 감싸고 있는 문혁의 팔? 눈앞에 노란 막이 서리면서 숨결이 가팔라진다.

눈치 빠른 우정이 마시던 커피 컵을 내려놓고 일어난다. 사진요? 난 이 방에 들어서자마자 눈에 꽂히던데, 모 쌤은 둔치라니까.

우정이 서 있는 경인을 어깨로 툭 쳐서 밀어낸다. 흠, 조안 선배하고 강 교수가 나란하게 찍긴 했는데 표정이나 배경은 나란하지 않네요.

문혁이 변명하듯 말한다. 보면 몰라? 합성이잖아. 우정이 빠르게 찍어 내네.

조안의 어깨 위로 살짝 걸쳐진 팔의 한쪽이 잘려있다. 전자시계를 찬 문혁의 왼팔이다. 먼 데를 바라보는 조안이 활짝 웃고 있는데 카메라 뷰파인더에 시선을 고정시킨 문혁의 눈이 겉도는 인상이다.

우정이 넉살을 부린다. 조안 선배는 이런 식으로 크게 웃지 않는데, 뜻밖인데요? 경인을 보고 하는 말이다. 경인이 입술을 오므린다. 늘 덧바르고 다녔던 웃음이 입안으로 삼켜진다. 무슨 짓이야? 군소리 한번 내지르고 싶은데 소리가 되어 나오지 않는다.

우정이 사진을 등 뒤로 가리고 선다. 강 교수님, 어디서 찍은 겁니까?

문혁이 회전의자를 한껏 뒤로 제치면서 들고 있는 볼펜을 뱅글뱅글 돌린다. 검지와 엄지, 두 개의 손가락이 좌우로 엇갈릴 때마다 볼펜이 원무를 추듯이 회전한다. 어릴 때부터 문혁의 손에 들어간 모든 물건은 탁구공이나 커피 잔이나 심지어 지팡이 같은 긴 막대기조차 그의 손안에서는 뱅뱅이를 돌았다. 특별한 중력을 행사하는 두 개의 손가락이 마술을 부린다.

경인이 탁자를 짚고 몸을 일으킨다. 문혁의 연구실에 있는 집기들이 뱅글뱅글 돈다. 어느새 시침이 한 바퀴를 넘어가고 있다. 학생들이 와서 내방자를 확인하고는 꾸벅하며, 교수님 다음에 오겠습니다. 돌아선다.

강 교수 바쁜 모양인데. 우리 그만 가볼게. 우정에게 일어나라고 눈짓을 보낸다.

문혁이 돌리던 볼펜을 책상에 내려놓더니 그런 눈으로 뭘 하자는 거야? 하고는 쿡 웃는다.

합성한 거라고 네 입으로 말 안 했어? 겹쳐진 부분이 들떠 있는 거 안 봬? 조안이 왜 나하고 사진을 찍겠어. 그 사진 때문에 내가 한방 얻어터진 거 모르지? 조안이 나한테 뭐라고 했는지 알아? 포스트잇에 빨강 볼펜으로 humblebrag 라고 써서 던지는 거야. 겸손이라는 humble 단어에 자랑한다는 brag를 합성한 단어? 자기 과시, 겸손과 자랑이 반반이래. 아주 강 펀치였어. 정말 내가 그래 봬? 겸손을 가장한 교만이라니? 그래서 난 연애도 결혼도 못 할 것 같아. 같이 있어도 혼자이고, 함께해도 혼자일 바엔 그냥 홀가분한 혼자가 편할 것 같아.

경인이 긴 날숨을 조용히 토해낸다. 그랬어? 야박한 말이네.

하는 대신 우정이 그런 말 들어도 싸죠. 남의 사진에 자신의 사진을 덧댄 저의가 의심스럽잖아요. 내지르는 목소리가 투박하다.

문혁이 의자 등받이에 긴 몸피를 구겨 박았고 경인이 갑자기 나약해진 그의 실추가 민망하다. 문혁이 무슨 의도가 있어 그런 건 아닐 것이다. 자라지 못한 아이가 그의 안에 있는 건 아닐까? 늘 그런 생각이 든다. 어린 나이에 어머니 사랑에 굶주려, 그 빈 자리를 메우지 못해 까칠하게 굴었을 것이다. 주제넘은 연민인지도 모른다.

우정이 허리를 잡고 웃는다. 그런다고 연애나 결혼까지 못 해요? 특정한 대상에 집착했다는 증거죠. 마음을 열어요.

문혁이 몸하고 손을 동시에 흔든다. 아니. 여자들이야 많지. 하지만 날 견뎌주는 여자는 없어. 조안의 말이 맞아. 지금 이 자리에서 무슨 결혼관까지 늘어놓을 순 없지만 조안의 사진으로 오해가 있을까 봐 그녀하고 무관하다는 걸 밝히는 거야.

경인이 목울대가 쿨렁거린다. 커플링까지 줬다면서? 그 말이 튀어나올지도 모른다. 벌어지려는 입술을 더 무겁게 다문다. 조안이 문혁의 초대에 응하고 말고는 전적으로 그녀의 자유의지로 결정할 문제다. 그냥 곁에서 쳐다보고 서 있을 뿐이다. 왜지? 반문했지만 답은 나오지 않는다.

경인이 가자고 했던 말을 잊었는지 다시 소파에 가 앉는다. 배우정이 덩달아 주저앉는다. 뭔가 묘하게 어긋나고 있다. 그 까닭은 사진을 합성했다고 말하는 강 교수가 아니라 침묵하는 경인이라는 생각이다. 경인이 느슨하고 애매모호하다. 자신감이 없어서? 우정의 눈에는 비루해 보인다. 자신의 의중을 진솔하게 말해야 한다. 조안하고 사귀고 있어. 걸핏하면 조안일 불러내 호텔 라운지 카페나 식당에서 풀코스로 기죽인다지? 겉으로는 딴딴해 보이면서도 속은 희멀건 흰죽 사발이라는 비유가 가장 적절한 표현인지도 모르겠다. 우정이 그런 경인의 우유부단에 눈을 걸치고 있었다면 연민이었는지도 모른다. 우정은 그런 담담함을 덧바르고 앉아있는 경인을 새삼 촉을 세워 쳐다본다. 신중함이 아니라 의뭉함은 아닐까? 문혁과 키워온 우정을 다치지 않겠다는 불편한 침묵이다.

몇 년 동안 모경인하고 자취생활을 유지했던 건 그의 그런 유약함을 이용했는지 모를 일이다. 우정은 완벽한 인격이라든가, 진중하고 유순한 인품 같은 범주에 자신을 가두지 않는다. 하지만 상식이라는 사회적 금 밖으로 기웃대는 일은 하지 않는다. 어중간한 문턱에 발을 걸친 채 어떤 상황에서도 기울어지지 않으려 노력하는 편이다. 반듯한 저울대를 두 손에 쥐고 산다. 짧은 동안 많은 생각들이 우정의 의식을 관통한다. 연구실 회전의자에 앉아 볼펜을 굴리고 있는 문혁의 오만과 덩칫값도 못 하고 굴신 동작으로 바닥을 기어 다니는 경인을 보면서 우정은 자신의 값어치를 저울에 올려 본다. 딱 반반이다. 문혁과 경인을 부서뜨려 반죽하면 우정이라는 지성과 속물을 반반씩 탑재한 인성으로 직립할 수 있을지는 장담할 수 없다.

넌 뭐야? 문혁이 툭 건드린다. 그제야 배우정이 들고 있던 조안의 사진을 제 자리에 놓는다. 합성 같기도 하고 합성 아닌 것 같기도 하다. 자신하고는 무관한 일이다.

문혁이 찾아온 친구들을 버려둔 채 저 혼자 볼펜 돌리기에 열중했고, 소파 등받이에 푹 파묻힌 경인, 억지 미소로 덧바른 입술에 마른 거스러미가 슨 것 같다.

우정이 흡연실을 찾아 나간 사이 문혁이 엉뚱한 제안을 한다.

부탁이 있어. 경인이 말고 누구도 할 수 없는 일이야.

경인이 뭔 일? 턱을 쳐든다. 어느새 밝은 표정이다. 고른 치아가 살짝 보이는 엷은 미소를 머금는다. 앞에 마주 앉은 사람에 따라 웃음의 질감이 다른 거 아니냐고? 조안이 지적한 적이 있다. 그때 경인이 대충 우물거린다. 서툴러서 그럴 거야, 했는지 표정이 감정의 발화라고 단정하지 말자, 라고 했는지 기억나지 않지만, 그녀의 지적을 속으로 동의하고 있음이 틀림없다. 마주 앉은 사람에 따라 당연히 달라. 넌 안 그래? 왜? 지어낸 웃음 같아? 타고난 웃음이야. 그런 이야기로 앉은 자리가 불편했던 것 같다.

문혁이 뜸들이던 말을 한다.

내 스승님 케일 브라운일 박사 내외분이 암 진단을 받았어. 세계적인 언어학자시지. 그분에 대한 의리랄까, 은혜랄까, 보답하기 위해서 그분의 평전을 쓰고 싶어. 의욕은 있는데, 힘에 부치고 문장도 달리고. 경인아, 안 쓴다고 하지 마. 조건이 나쁘지 않아. 보통 자서전이나 평전은 수고비로 수천만 원이지만 이번 경우에는 그 세 곱절 이상 사례할 거야. 어차피 자넨 대필 작가로 안착한 상황 아닌가?

경인이 강 회장에게 받은 체크카드를 문혁의 책상 위에 꺼내놓는다. 문혁이 말한 평전 건은 염두에 없다는 태도다. 강 회장이 주신 체크카드야. 강 교수가 관리해. 캠프파이어에 필요한 경비.

우정에게 일임하던지, 알아서 해.

동문서답이다. 평전이나 자서전을 써 주었으면 하는 문혁의 부탁을 완곡하게 거절하는 경인의 딴지다. 경인이 탁자를 멀찌감치 밀어내고 일어난다. 이 방에 들어와서 경인이 일어났다가 앉는 동작은 서너 번이나 반복한다.

대필 작가란 말이지? 자서전 몇 편 썼다고 아예 대필 작가로 매도해? 경인이 날것을 씹어 목구멍 안으로 삼킨다. 안 쓰고 말지, 억 단위로 날 깔아뭉갤 작정이야? 속으로 한 말이다.

경인이 시선을 돌리자 문혁이 고개를 갸웃거린다.

못해? 안 쓸 거라고? 다른 사람 자서전은 줄줄이 쓰면서 내가 부탁하는 내 스승님 평전은 쓰고 싶지 않다는 거야? 왜 뭐가? 삐쳤냐? 문혁이 몸을 일으킨다. 맨발에 비닐 슬리퍼를 신었다. 탁자에 놓인 체크카드를 집어 들고 길게 팔을 뻗어 경인의 상의 주머니에 밀어 넣는다.

경인이 호주머니 안에서 꼼지락거리는 문혁의 손을 잡는다.

나 요즘 글 못써. 너 문장 존데, 네가 써. 아니면 우정의 문장이 압권이야. 설명하지 않아. 한번 생각해 봐.

문혁이 관둬. 네가 못한다면 됐어. 손사래를 친다.

우정이 열린 도어로 훌쩍 다가온다. 그때 경인이 우정의 등 뒤에 열린 도어 저만치에서 너울거리는 환시 같은 걸 본 것 같다. 가끔 그렇다. 서리 맞고 시든 횡성의 배추밭이 눈에 들어온다. 사람을 구하지 못해 일 년 배추 농사의 반밖에 거두지 못해 빚더미에 올라앉은 동생 경철의 깡마른 얼굴. 형아 야, 나 그만 콱 데져버릴까 봐. 난 안 돼. 팔자로 타고 난 가난인걸. 젊은 놈이 팔자

타령이나 하고…… 경인이 그러는 동생 경철을 한 방 먹인다. 그 길로 경인이 무서리로 얼어붙은 횡성의 배추밭에 가서 마구 짓밟는다. 분하고 억울하고 아프다. 경인이 짓밟은 건 얼어붙은 배추가 아니다. 대필 작가라고 후치는 한마디에 빌빌대는 자신의 비루함이다. 내가 못나서, 대책 없는 내 어리바리, 싸구려 센티멘털에 징징대는 날 것의 정서, 씻어낼 수 없는 촌스러움, 촌놈, 그게 나야. 죄다 내 탓이야. 낙서한 A4용지를 구겨 휴지통에 버린다. 지나가던 조안이 휴지통에서 폐지를 주워 손 다림질을 한다. 따끔한 한마디를 던진다.

모 쌤! 제발 이러지 마요. 자신을 존중하지 않으면 세상의 모든 것이 다 하찮게 뵌다는 말 몰라요? 자의식이 너무 과해요. 그래서 자꾸 자신을 후비고 비틀고 분석하는 거죠. 자기 연민에 과부하가 걸린 탓입니다.

그때 경인이 돌발적으로 소리를 지르면서 도어를 꽈당 닫아 붙이고 나간다.

네가 뭘 안다고 주절대? 네 오지랖이 지겨워.

조안이 뜨끔 한다. 도어 밖으로 튕겨 나간 그의 뒤를 따라잡는다. 모 쌤, 미안해요. 그냥 나온 말인데, 지나쳤어요. 금방 사과하지 않으면 안 될 급박한 상황을 그나마 무사히 넘긴 꼴이다.

경인이 가던 걸음을 멈추고 뒤돌아본다. 소리 질러서 내가 민망해. 조안이 던져 준 말 검지로 심장을 가리키면서 깊이 담아둘게. 하고는 큰 걸음으로 조안으로부터 멀어진다.

배우정이 뭔가 어색한 분위기를 눈치 챈다. 뭔 일 있어요? 우리 모 쌤을 건들지 마요, 강 교수님.

경인이 눈을 씸뻑 거린다. 햇볕 때문이다. 서창으로 들이친 조춘의 빗긴 햇살이 열린 도어에 걸려 뭉그적댄다.

확답을 들어야 한다. 문혁이 끝내 캠프파이어에 참석 못 한다고 고집하면 강 회장에게 체크카드는 반납해야 한다. 우정이 우리 한번 가 봐요, 연구실에 붙박여 꼼짝달싹 안 하는 이유가 뭔지요? 캠프파이어는 해도 그만 안 해도 그만이다. 강만복의 부탁을 거절할 수 없었을까? 그것이 전부가 아니라면 문혁이 근무하는 연구실이 궁금했는지도. 단순히 유치한 호기심 이상이다. 서른 초반에 책상과 의자, 자기만의 연구실을 확보한 강문혁, 그와 같은 세월을 살아온 자신의 위치를 자각할 필요가 있었을까? 비교 대상은 아니지만, 자신의 삶하고 대입하는 버릇을 감출 수가 없다. 아비의 자원이 뒷받침 해주었으니까, 십 대 애들이나 하는 생각이다.

왜 자꾸 작아지는지, 무거운 몸통에 비해 졸아드는 사고의 그릇은 나날이 깎이고 졸아든다. 더 이상 대패질할 부위도 없이 얇아진다.

우정이 캠프는 어쩔 거요? 느물거린다. 우리 입장 곤란하게 하지 마요. 껄끄러운 목소리는 상대의 비위를 긁을 때 상체를 건들대면서 하는 버릇이다.

문혁이 히죽 웃는다. 소년 같은 순수에 덧칠된 맹한 표정이 살가죽에 피어오른다. 저것도 연기일까? 그 두개의 상반된 표정이 경인을 헷갈리게 만든다.

캠프파이어? 문혁이 돌리고 있던 볼펜으로 포스트잇에 뭔가 휘갈겨 쓴다.

– 조건, 강 회장 입장 불가

문혁이 들고 있는 볼펜을 간댕거린다. 너 기억나? 중학교 운동회 날, 청백 군 장애물 경기할 때 그분이 운동장 한가운데로 카메라 들고 뛰어나왔어. 체육 선생하고 학교 경비 아저씨들이 호루라기를 불면서 몰려와 끌고 나갔지. 부끄러워서 난 쥐구멍이 어디 있는가, 두리번거렸어. 내 귀에는 아직도 그 호루라기 소리가 들려.

경인이 알았어. 그게 조건이란 말이지? 그렇게 보고할게.

우정이 불퉁한 목소리가 달려든다. 그래서? 캠프파이어에 참석할지 안 할지 분명하게 해줘야죠. 우리도 시간이 남아도는 백수건달 아니거든요.

문혁이 번쩍 쳐든 손을 휘둘린다. 형편에 따라 못 갈 수도 있단 말이지. 딱히 안 간다고 단정한 건 아니야.

경인이 형편에 따라야 한다는 강 교수 말이 틀린 건 아니지. 말을 끊은 경인이 소파에서 일어난다. 입술을 달싹이면서.

우정이 저 답답이, 왜 우물거려? 강 교수가 뭐야? 문혁은 냉큼 너라고 하는데 경인이 깍듯이 강 교수라고 부른다. 우정이 스발, 토가 치민다. 문혁에 대한 역겨움이라기보다 경인의 꿀린 자세에 심사가 꼬인다. 기어이 한마디를 배배 꼬아서 던진다.

강 교수님, 지금 실수하고 있는 거 알아요? 우릴 백수건달 취급하잖아요. 손님이 왔으면 소파에 같이 와서 앉아야 하고 모 선배가 강 교수라는 호칭을 사용하면 강 교수는 모 작가라고 불러야 하는 거 아닌가요? 우쭐대긴. 끝에 말은 입안에서 우물거린다.

문혁이 의자를 밀어내고 솟구치듯 몸을 일으킨다. 이 자식이 여기가 어디라고 시비를 해?

우정의 두 팔이 허리띠를 잡고 한걸음 바투 다가선다. 덤벼봐, 만만찮은 탯거리다.

경인이 우정의 팔을 잡고 비튼다. 왜 이래? 신성한 연구실에 와서 뭔 시비야? 사과해.

문혁이 부들부들 떨리는 몸통을 책상에 의지해 목 쥔 소리를 낸다. 우정, 네가 막가파라는 거 진작 알았지만……. 순간 양장피로 된 두툼한 책이 휙 날아가 우정의 발등을 치고 떨어진다. 우정이 입술을 질근 깨물었지만, 경인에게 붙잡힌 팔을 뿌리치진 않는다.

경인이 교통순경처럼 두 팔 쳐들고 한가운데 버티고 서 있다.

그만 좀 해. 왜? 너들은 만나기만 하면 으르렁 거리냐? 여전히 불밤송이야.

불밤송이라는 말이 셋의 입을 동시에 다물게 한다. 쌍돈리, 산비탈에 밤나무가 지천이다. 추석 무렵의 태풍은 막무가내로 밤송이를 훑어 내린다. 빡빡 깎은 사내애들의 머리통에 불밤송이가 직통으로 떨어진다. 따끔, 뜨끔, 그악스러운 밤 가시가 연한 머리통을 찌르고 박는다. 모닥불에 밤 가시가 화르르 타오른다.

자리를 털고 일어난 건 우정이다.

가요, 형. 캠픈지 뭔지 참석 여부는 가족끼리 해결하라고 해요. 우린 빠져요.

그때까지가 문혁의 지성이 인내한 마지노선은 아닐까? 불밤송이로 잠깐 쌍돈리를 태우던 모닥불은 일시에 잿더미로 삭는다.

뭐야? 캠픈지 뭔지 가족끼리 해결하란 말이지? 나쁜 자식, 우정 너 같은 날라리 인생이 휘젓고 다닐 장소가 아니야. 어디 와서 행패야?

문혁이 말과 동시에 손에 쥐고 있던 것을 확 집어 던진다. 책에 이어서 두 번째 가격이다. 뱅뱅이 돌리던 볼펜이 우정의 안면을 치고 후룩 바닥으로 떨어진다.

우정이 벌건 잇몸을 드러내고 히죽 웃는다. 그래, 날라리 인생이 얼마나 멋지게 날라리 치는지 보여 주지. 말끝을 꿀컥 삼킨 우정이 바닥에 내리꽂힌 볼펜을 두 손 가득 주워들고 한 개씩 던진다. 적중률이 정확하다. 체력에 관한 한 우정을 능가할 사람이 없다. 아마추어 마라톤 대회 선두주자라는 라벨이 아직도 유효하다. 경인이 막아섰고 문혁이 책으로 방패삼으며 이 자식, 까불어. 바락바락 소리 지른다.

문혁이 경인이 앞으로 달려든다. 이봐, 저 새끼가 날 물 먹이는데 가만있냐? 저런 건 왜 데리고 다녀? 네 품위 손상된다. 벌겋게 달궈진 관자놀이에 혈관이 불거진다.

경인이 무슨 말을 하려는데 우정이 가로막고 나선다. 문혁이 앞에 버티고 선 우정이 카디건의 단추를 푼다. 날라리의 폼이 어떤 건지 봬주겠다는 똥배짱을 퉁기는 자세다.

한번 때려 봐요. 맞아줄게. 대학교수면 다요? 그래봤자 지식 소매상 아닌가요? 쥐꼬리만큼 아는 걸 매시간 반복하면서 원맨쇼 하는 거잖아요. 아닌가요?

문혁이 허연 거품을 입술에 물고 바닥에 퍼질러 앉는다. 저런 개망나니. 경인, 너 저런 날라리를 데리고 와서 함부로 날 갈구게 하냐? 똑같은 놈들. 그러고는 벌러덩 나자빠진다.

경인이 문혁의 까무러치기는 행동이 설지 않다. 부친하고 무슨 이야기를 하다가 제 주장이 꺾이는 순간 벌렁 나자빠지곤 한다. 생리적인 지병인지 습관성 발작인지는 알 수 없다. 공교롭게도 여학생 두 명이 들어오다가 오마나? 손으로 터져 나오는 비명을 오므린다.

문혁이 모재비로 나뒹군 채 태아같이 구부린 자세다. 그래서 지켜보는 사람마다 해석이 다르다. 간질이나 지병으로 까무러칠 경우 대체로 큰 대자로 나자빠진다고 했고, 의도적으로 혼절을 가장했을 때는 새우등 자세를 고수한다는 말이다. 지금 문혁은 후자의 상황을 연출하고 있다.

경인이 달려가 문혁을 등 뒤에서 부추겨 안는다. 우정이 들고 있던 물컵을 입에 대주자 문혁이 푸하, 마신 물을 뿜어낸다. 여학생들이 물러가자 우정이 연구실 도어를 닫는다. 2.3분 남짓 기묘한 정적이 연구실 안을 가득 채운다.

경인이 우정을 보고 사과해. 낮으나 힘준 목소리로 말한다.

우정이 수긋하니 고개를 끄덕인다. 강문혁 선배님! 내가 성질 부렸어요. 담부터 조심해야죠. 우리 쌍돈 마을 선후배는 아무리 미워도 떨어질 수 없어요.

잠깐의 소동이다. 맨바닥에서 뭉그적대던 문혁이 머쓱하니 몸을 일으킨다.

경인이 괜찮아? 너무 무리하지 마. 강의가 있다고 했지? 우린 그만 가볼게. 한 손은 악수를 한 손은 상대의 등을, 웃음기 버무린 얼굴이다.

우정이 우리 갈게요, 하고는 한마디를 던진다. 자칭 지성인은 말하고 행동이 일치하지 않지만, 지혜로운 보통 사람은 행동으로 실천해요. 조금 전 닫았던 도어를 활짝 열고 나간다.

모 쌤, 저거 연기하는 거죠. 천재의 탁월한 방어막 같은 거요.

경인이 입술에 검지를 세운다. 문자 쓰지 마. 방어막은 또 뭐야?

복도는 희미한 형광 불빛에도 어슴푸레하다. 우정이 목소리를 비튼다.

모 쌤, 봤죠? 여학생들이 나타난 순간 발딱 솟구치던 순발력요. 암튼 기발하다니까.

경인이 우정의 말에 동조하지도, 문혁을 비호 하지도 않는다. 비난할 생각도 없다. 제각각 사는 방법이야. 경인이 말을 끊고 우정을 지그시 쳐다본다. 그거 알아? 우리가 백번 죽었다 태어나도 강문혁을 뛰어넘을 수 없어. 노력도 노력이지만 타고난 천재잖아.

우정이 숨찬 목소리로 대거리한다. 강만복의 유전자가 그리 우월할까요?

경인이 모계가 있잖아. 너무 똑똑해서, 감당이 안 되니까 정신병원에 구겨 박은 거 아닐까? 만복이 일주일에 한 번 병문안을 간댔어. 면회가 허락 안 되면 병실 밖에서 온종일 앉아있었다지. 사랑 아닐까? 집착인지도 몰라. 지금 아들한테 그 짓거리를 하고 있잖아.

우정의 입에서 그 한마디가 냉큼 뱉어진다. 애증이죠? 피의 사설 같은 거, 우리 사람들(한국)이 좀 지나친 감이 없지 않지만요.

경인이 문득 동생 경철이 생각이 난다. 경철의 전화를 받을 때나, 예고 없이 들이닥쳤을 때 솔직히 반갑지만은 않다. 또 왜? 하는 부담감이 앞서지 않았다면 거짓말이다. 강 회장 부자의 경우도 색깔만 달랐을 뿐 애증이 만들어 낸 그림일 것이다. 지나치게 애착하는 아비나 그 속물성에 진저리치면서 멀찌감치 비켜 서 있는 문혁의 정서를 십분 이해한다. 딱 하나의 단어로 풀이한다면 경인이 입안에서 씹는다. 소통 부재? 그렇다. 부자지간에 공감 에너지가 말라서 소통의 내용이 불편해졌다면 말이 될까?

어긋난 만남

인문대학 건물 모퉁이를 막 돌아갈 때다. 경인이 주춤하더니 갑자기 돌아선다. 앞장서 걸어가던 우정이 아이쿠, 이게 무슨 일입니까? 두 팔을 활짝 벌리고 달려간다.

그녀들을 여기서 만날 줄은 몰랐다.

우정이 저기, 나래 시인 맞죠? 근데 같이 오는 여잔 분은, 아이코, 조안 샘이 여긴 어쩐 일로? 목소리가 한풀 꺾어진다. 경인이 먼 시선 끝에 붙잡히는 그녀를 발견하는 순간 돌아섰을 것이다. 마주친 장소가 그렇다. 문혁의 연구실 앞이다. 외길이다. 못 볼 것을 본 것도 아니고, 조안이 못 올 곳을 온 것도 아니다.

그녀들의 동작이 한발 빠르다. 어머나, 여긴 어쩐 일이래? 빠른 걸음으로 바짝 다가온 나래의 보름달 같은 얼굴이 생글거린다.

우정이 들썩인다. 그러는 그쪽들은 어쩐 일인데요?

나래의 눈하고 입술이 동시에 살짝 꼬인다.

오늘 현대 시 포럼 〈시인의 밤〉 이야긴 들었지? 강 교수의 '현대 시' 특강에 '파스테르나크'의 시 낭송도 있을 예정인데, 그래서 두 분이 왕림하신 거 아냐? 내가 먹거리도 한 보따리 들고 왔는데, 왜 벌써 퇴장해?

입술을 다문 조안의 눈이 경인에게 걸려 있다.

우정이 어라, 강 교수 우리한텐 그런 말 없던데요, 유감이네. 하고는 저만치 현관 층계참에 서 있는 강 교수를 향해 손나발을 분다.

왜 우릴 따돌려요? 온몸을 흔들거리는 큰 액션과는 달리 우물거리는 목소리는 희미하다.

조안이 화사하다. 베이지색 트렌치코트에 하이힐을 신었다. 늘 뭉실한 납작 구두나 운동화를 애용했는데, 오늘 코디는 맞선 보러 나가는 새치름한 아가씨 분위기다. 하이힐 하나 챙겼을 뿐인데 도시풍의 세련미가 그녀의 소박한 이미지를 확 바꾼다.

영문학과 원생들이 주축이 된 시 낭송 행사에 나래 시인이야 당연히 행사의 중심이겠지만, 동행한 조안이 할 수 있는 역할은 무엇일까? 친구 따라 강남 간다는 식으로 얼버무리겠지. 경인이 만나자고 할 때마다 시간 없어, 미적대던 그녀가?

나래가 조안의 팔짱을 끼면서 내가 끌고 왔어. 행사 도중에 환자가 생길 수도 있잖아. 하고는 덧붙인다. 의사들도 인성을 길러야 해서, 조안의 마른 영혼에 자연 치유적인 시혼을 처방하기 위해서 강제 납치한 거야.

그럼에도 조안의 말은 엉뚱하게 곁길로 샌다. 하이힐 굽으로 경인의 랜드로버를 툭 치면서 모 선배한테 이사한다고 문자 넣었는데. —나 내일 이사해요. 시간 나면 팥죽 먹으러 와요. 답신도 안 했으면서? 눈길을 마주치지 않으려고 발길질만 한다

경인이 문자를 봤지만, 그때 그는 횡성 눈밭을 기어가고 있었다. 춘분날의 폭설이었다. 횡성 등마루를 오르던 대형 트럭들이 삼중 충돌로 뒤집어진 채 도로를 가로막았고 10센티나 쌓인 눈더미에 발목이 붙잡힌 들판엔 칼바람만 불었다.

매년 춘분날이면 아버지는 목욕 재개하고 볍씨를 침종한다. 무슨 의식을 치르듯 그 손놀림이 정성스럽다. 졸망졸망한 동생들이 무릎을 꿇고 앉아 아버지의 엄숙한 등짝을 바라본다. 방구들에 이불을 감고 자리보존 했던 어머니가 세상 떠난 지 7년이 지났는데도 아버지는 어머니의 광목 치마로 앞가림을 하고 앉아 볍씨를 심는다. 이 사람아, 퍼뜩 일어나서 골뱅이 된장국 안 끓이나? 내사 배가 고파 더 몬 하겠다. 이불 속으로 두 발로 기어들며 아이들 보는 데서도 안고 뽀뽀를 한다. 그렇게 금실이 좋았던 부모들은 해거리로 동생을 만든다. 누군가 퉁을 지른다. 횡성 마른 땅에 무슨 놈의 볍씨여? 부친의 입이 많은 말을 담은 채 벅벅댄다. 골 깊은 화전 밭은 손바닥만 하다. 물을 대고 잡초를 골랐지만, 햇볕도 물도 벼가 자라기엔 턱없이 모자란다. 부친의 지극정성이다. 나락 한 가마니를 타작하는 날이면 부친이 목청을 돋운다. 너희들 먹일 쌀 아니다. 할아버지 할머니 제사 모시고 남은 쌀은 너희 어머니 빈 뱃구레를 채워져야 해.

경인이 매년 무슨 일이 있어도 춘분날이면 아버지 곁에 꿇어앉아 볍씨 심는 행사에 참여한다. 조안이 이사 간다고 하던 날이 바로 꽃샘바람에, 폭설이 강타했던 그날이다. 세상 떠난 아버지를 대신해서 경인이 볍씨를 심는다. 사흘 밤을 지내고 서울 와서도 그냥 침묵만 고른다. 세상만사가 나른했고 세상천지가 까마득

한데, 조안의 문자가 귉작댔지만, 저만치 밀쳐둔다.

사정을 알고 있는 우정이 보기 딱했다. 힘들면 힘들다고, 횡성에 다녀오느라고 이사 돕지 못했다고 그냥 말해요. 속으로 끙끙대는 거 정말 보기 싫어요.

경인이 손 갈퀴로 머리카락을 쓸어 올린다. 해명하고 변명해야 할 사이도 아닌데 뭘? 지금 미안해야 할 사람은 조안이 아니라 경철이야. 경철이 서른이 되었지만, 아직 장가도 못 갔어. 누가 농사꾼한테 시집간대? 그게 제일 안타까워.

경철이 손에 잡히는 연장들은 날이 구부러지고 휘었다. 횡성의 자갈밭은 경철이 일구었다. 땅 주인에게 삼 할을 주고 나머지로 인건비하고 운송비에 이것저것 발라낸 수익으로 식구들 입에 풀칠도 어렵다. 뼈만 앙상한 모친의 해거리로 불러오는 임신을 바라보는 경철의 입은 부어터진다. 식굴 자꾸 불리면 어쩐대요? 경철의 서른 해가 녹슨 연장들과 함께 흙살에 묻힌다. 발열은 아니었을까? 경인이 매번 뒷감당하면서도 군소리 한마디도 못 한다.

경인이 많은 궁금증이 머릿속에서 와글거린다. 이사 도와주지 못했네. 말하려는 데, 나래 시인, 성북동 집에서 왜? 나왔어요? 우정이 선수를 친다. 대답은 나래 대신 조안이 말한다.

나 대표가 성북동 집에 입주했어. 우리 나래 시인이 눈칫밥 먹게 생겼어?

그렇게 된 거구나. 경인이 고개만 끄덕인다.

경인이 아무래도 문혁이 말한 평전을 써야 할 것 같다. 목돈을 받는 조건이라면 뿌리칠 이유가 없다. 거절한 건 얄팍한 감정의 헛발질이다. 나 대표에게 빌린 돈은 매년 보태지고 있다. 관악 캠퍼스가 이고 있는 하늘에 꺼먼 구름장이 엉기기 시작한다.

경인이 잠깐, 전화 좀 하고. 문혁에게 문자를 찍는다.

– 평전 자료는 메일로 보내

횡성 배추밭과 동생들의 구김살 진 얼굴만 일렁거린다.

금방 날아온 문혁의 문자에 경인이 심사가 편치 않다.

– 좋았어. 자료 당장 보낼게. 영역은 내가 해야 하니까 작업에 속도는 내줘야 할 거야. 근데, 조금 버텨도 사례는 오르지 않아

인문대 중앙현관 층계참에 긴 그림자를 거느린 문혁의 두 팔이 흔들린다. 대충 5미터가 넘는 거리지만 서로의 표정이 생생하게 읽힌다. 문혁의 표정은 조금 전 내뱉은 말하고는 다르다.

솔직히 조안일 좋아하지만, 결혼으로 이어질 가망은 없어. 사랑 병에 내 생을 송두리째 투자할 생각도 없고. 난 그냥 멀리서 바라볼래.

우정이 느물거린다. 제발, 강 교수님, 그 추상적이고 형이상학적인 말로 미거한 대중을 설득하려 하지 마소.

말 도중에 여학생들이 대형 마트 비닐봉지를 들고 들어오는 바람에 말의 중동이 잘린다. 저녁 행사에 필요한 준비물? 그제야 경인이 아, 그랬군. 왜 조안이 온다는 말은 하지 않았을까? 그 생각으로 머릿속이 뒤죽박죽, 동지 팥죽처럼 끓어 넘친다.

눈치 빠른 우정이 어색해지려는 장면에 돌을 던진다. 우린 다른 선약이 있어 이만 물러갑니다. 두 분 즐거운 시간 가지시길.

경인이 문자가 떠 있는 스마트폰을 우정에게 보여준다.

– 캠핑 건은 메일이나 문자로 알려 줘. 하지만 꼭 참석할지는

그때 가봐야 해

잠깐의 해프닝으로 마감되었지만, 거절에 대한 언급은 없다. 미안해, 한마디면 될 일인데. 경인이 헛바람 빠지는 입술을 꾹 다문다.

우정이 아직도 흥분이 가시지 않아 씨근거린다. 강 교수 약간 사이코야. 매번 뒤둥그러지는 감정에 우리만 골탕 먹는다니까.

경인이 풋, 웃는다. 사이코까지는 모르겠는데, 문혁의 졸도 연기는 이제 많이 세련된 것 같다. 격하게 화를 내고, 격하게 멜랑콜리 하고, 요구 사항이 있을 때마다 발작적으로 몸을 비튼다. 간질인가? 했지만 그 병명을 누구도 거론하지는 않는다. 문혁이 눈을 까뒤집고 벌러덩 쓰러지면 강만복이 아가, 우리 아들, 내가 잘못했다. 네가 하고 싶은 거 다 해라. 문혁의 발작은 모든 욕구의 화수분이 된 지 오래다. 거짓인 줄 알면서도 떼를 쓰면 원하는 것을 얻어낼 수 있다는 방법론이 그의 뇌에 입력돼 순수했던 본성에 빗금을 그었는지도 모른다.

우정이 투덜거리다가 탁, 침을 뱉는다. 무슨 짓이야? 그는 팔죽지에 엉기는 경인의 손을 거세게 털어낸다. 낙성대 지하철 정거장에 도착해서다.

대접받자고 온 건 아니지만, 참 야박하네요. 우리 앞에서 거들먹거리기나 하고.

경인이 인정할 건 인정해야 해. 문혁인 노력하는 천재야. 시험 때면 새벽 3시까지 얼음물에 세수해가면서 공부했어. 내가 졸면 내 옷 속에 얼음을 쑤셔 넣고는 너 공부하러 왔지 잠자러 여기 왔어? 깡다구를 부렸지. 내가 지금 쉬운 영어 소설을 그나마 해독할 수 있는 건 순전히 문혁이 덕이야. 동급생 과외를 한 셈이지. 솔직히 난 공부할 처지도 아니었지만, 열심히 하지도 않았어. 문혁이가 내 영어 과외선생이야. 지금 문혁이 누리고 있는 그 회전의자는 공짜로 얻어걸린 게 아니란 말이야.

우정이 시틋하니 웃는다. 그만 해요. 천재면 괴팍해도 된다는 논리잖아요. 문혁이가 모 선배의 영어 선생이었다면, 모 선배는 문혁의 수학 선생, 아니 인생 스승 아닌가요? 문혁이 형, 공분 좀 했지만 순 망나니였잖아요. 쥐나 개구리나 뱀 같은 걸 학급 애들 도시락에 집어넣거나 운동복에 쑤셔 박거나 오만 개망나니 짓거리한 거 후배들도 다 알아요. 어쩌면 왕따 문화의 시조가 있다면 강문혁일 거요. 공부 못하거나 말 더듬거리는 급우를 놀리고 패거리로 왕따 시킨 거 모 쌤도 아니라고 하진 못할 거요. 못된 짓거리는 혼자서 다 했죠. 급우만 놀렸어요? 새내기 선생이 부임하면 못 잡아먹어서 발광했잖아요. 지금도 기억나요. 류일순인가 하는 음악선생은 1년을 못 채우고 사표 내고 나갔는데 그게 다 문혁이 때문이란 거 모르는 애들 없어요. 가냘픈 음악선생이 오르간 뚜껑을 여는데 죽은 쥐 3마리가 튕겨 나온 거죠. 그것도 썩어 문드러진 쥐에서 구정물이 줄줄 흘렀어요. 그런데도 교장은 한마디 못했죠. 강만복이 돈으로 교장의 입을 틀어막았으니까요. 다른 애들 같았으면 2주 정학 처분은 약과 아니었을까요? 하지만 선생님들이 공부 잘하는 문혁일 싸고도는 데 누가 건드려요?

우정이 말을 끊고 경인을 쳐다본다. 내가 너무 심한 건가? 너무 몰아붙인 건가? 그런 생각의 와중에서도 그 말이 불쑥 튀어나온다. 모 쌤, 왜 강문혁 앞에서 쭈그러들어요? 친구라면 대등해야죠. 졸개처럼 굴잖아요. 그 말은 대놓고 할 수 없다.

경인이 이발 시기를 놓쳐 더부룩한 머리카락에 손가락을 넣어 긁는다. 그거 알아? 문혁인 어린애처럼 완전 순결해. 강만복이 같은 속물 인간의 자식이라고는 믿어지지 않아. 그런 순수가 노력이나 조작해서 만들어진 게 아니지. 태생적으로 타고난 빛이야.

경인이 말을 보태지 않는다. 이해관계? 그런 거 아니다. 문혁의 순수하고 진솔한 면에 방점을 찍는다. 우정 이상의 존중감인지도 모른다. 문혁의 지구력과 파고드는 노력과 천재성은 5천만 인구 가운데서 0.1프로의 확률이 아닐까? 인정해야 한다. 수평적인 우정의 관계로 논할 수 없는 비범함이다. 문혁 앞에서는 상식의 흐름이 멈춘다. 도도하고 당당하다. 경인은 문혁이라는 청정한 그늘 뒤에 한 점 허수아비처럼 웅크리고 서 있는 자신을 의식한다. 작은 나무에 조랑조랑 매달린 대추나무 꼴을 한 자신하고는 비교 대상이 아니다. 그런데도 뜬금없이 저울대를 들이민다. 당찮은 오지랖이다.

모 쌤이 그러니까 더 까불잖아요. 제발 그만 좀 해요. 나 정말 열 받는다니까. 우정이 또 끓어오른다.

모퉁이를 돌자 편의점이다. 경인이 우정의 등을 민다. 가게 앞 빨강 파라솔이 기운 햇살에 썰렁하다. 차고 거친 바람이 길모퉁이를 돌아 편의점 앞 도로에 부려놓는다. 맥주 캔을 들고 걸상에 앉은 우정이 우리가 꼭 동네 아저씨들 같아요. 하더니 좌우를 살핀다. 아직은 편의점 파라솔 아래서 캔 맥주를 마실 배짱이 없는 모양이다. 벌건 대낮에.

경인이 동네 아저씨가 따로 있냐? 아저씨라는 호칭 속에 우리도 포함돼 있어. 어느새 맥주 캔이 콸콸 부어지고 있다.

문혁이 거들먹거리는 게 비위 상해? 그럼 너도 그런 자리를 확보해.

우정이 도리질을 한다. 우린 불알친구, 아니 선후배잖아요. 윈 눈꼬리 시어서 못 봐줘요. 강문혁이 너무 난체했다고.

내비 둬. 비운 맥주 캔을 우그러뜨린다.

형, 왜 그래요? 강 교수가 뭡니까? 불알친구 좋다는 게 뭐요? 이런 식의 조합이라면 강산 문방인지 문원인지 난 탈퇴할 거요. 내 성격 알잖아요.

경인이 눈을 치뜬다. 삐딱한 시선으로 세상을 재단하지 마. 말은 그렇다. 약발 없는 짓거리 그만둬, 누군가를 의식하는 따윈 그만해. 네 자신을 존중하고 지키고 가꾸고 그런 생을 살아. 그의 안에서 구시렁댄다. 찔린 가슴에 피가 맺힌다.

등받이 없는 편의점 걸상을 경인이 밀어낸다. 그만하자. 입꼬리를 올려 저승 가는데도 등급이 있더라. 몇 시간에 태워질 수의가 천만 원대를 넘는 것도 봤어. 중국 삼베 수의는 그나마 준수해.

우정이 피식 웃는다. 수의 같은 게 왜 필요해요? 난 평상복 입고 갈래.

맥주 캔 납작 굴리기는 우정의 전공인데, 경인이 어느새 후배의 장기를 흉내 내고 있다. 형, 딴청, 그만 부려요.

맥주 캔 하나로 마무리될 기분 아니다. 모퉁이를 돌아온 꽃샘바람이 봄날의 어스름을 풀어낸다.

4호선 지하철이 사당역에 정차했을 때 경인이 몸을 일으킨다. 나 먼저 내릴게. 낼 보자. 우물거리며 사람들을 헤치고 나간다. 4호선과 2호선 환승역인 사당역은 붐빈다. 우정이 같이 가요? 하는 몸짓을 해 보였지만 경인이 아니라고 손을 젓는다. 이수역 총신대학 근처 원룸에 거처를 옮긴 뒤 아무에게도 공개하지 않았다. 대학 근처지만 왠지 원룸 값은 저렴하고 근접한 생활여건이 편리하다. 일주일에 2일, 화·수요일에 교양강좌 일반 국어를 강의하고 있다. 신학대학 학생들 대부분 졸업 이후 직업의 향방이 목자의 길이라 종교 역사 다음으로 국어를 중요한 과목으로 다지는 모양이다. 교환교수로 이태리로 날아간 선배는 개신교로 안내해준 대부이며 동문이다. 두 학기지만, 학생들의 강의 평가로 계약 연장이 가능한 케이스라고 선배가 귀띔해 준다. 경인이 K 대학을 졸업하고 대학원을 이수하면서 지방에 있는 2년제 OO 예술대학에 시간강사로 출강한다. 신춘문예 출신 작가라는 경력도 보탬이 되었을 것이다. 4년제 대학에서 강의를 맡은 건 이번이 처음이다.

경인이 홀가분하게 총신대학 근처로 옮겨올 수 있었던 것은 우정의 타이밍과 일치했기 때문이다. 우정이 부모로부터 물려받은 중국인 학교 근처 연희동 집으로 옮기는 시기와 맞물린다. 우정이 모 쌤 같이 살아요, 몇 번 권했지만, 그제야 경인이 출강하게 된 상황을 털어놓는다. 진작 말하지 않은 건 겨우 1년 시한인데 자랑한 입김이 식기도 전에 물러나야 할 것이기에.

중간 거리쯤에 방을 얻었어. 총신대 근처, 사당역에서 10분 거리여서 교통이 편리해. 이수역에서 7호선 타면 대방역 다음이 고

속터미널역이거든. 그리고 덧붙인다. 네가 와서 같이 살아주면 좋지만 강요하진 않을게. 우정이 아니라고 손을 내젓는다. 내 생활 근거가 강북에 있기 때문만은 아니고, 정신적으로 독립해야 할 시기잖아요. 모 쌤에게 너무 의지해서 살았던 것 같아요. 만남이나 헤어짐이 산뜻하다. 우정이 넉살을 부린다. 내가 자주 들락거리면 구박이나 하지 마요.

경인이 한 삽을 더 퍼 올린다. 주말엔 밥 먹여 줄 거지?

우정이 오른손으로 왼편 가슴을 지그시 누른다. 왼편 가슴에 띠를 두른 그 딴딴한 엮임이 손끝에 와 닿는다. 우정이라는 흔한 단어로 그 올곧은 심사를 표현할 수 없다.

사당역 출구를 나와서도 경인이 한동안 우두커니 서 있다. 조안이 나래하고 신림동 단독주택 2층을 빌려 같이 산다고 한다. 왜 하필 신림동이냐고 경인이 무심하게 물었다. 나래가 대답 대신 저기, 하고 검지로 가리킨다. 문혁이 근무하는 대학이다. 경인이 그랬군, 하면서도 뭔가 마뜩치 않다.

조안이나 경인 역시 문혁의 사정거리 안이다. 문혁이 대학에서 제공한 독신자 아파트하고 경인이 임시로 옮긴 총신대 원룸하고의 거리는 바로 지척이다. 경인이 사당동에 원룸을 얻은 거나 신림동으로 이사한 조안이 아무리 비비적대도 문혁의 날개 속으로 편입된 거나 다르지 않다. 문혁이 의도하지 않았지만, 쇠붙이를 당기는 자석이 되어 모두를 끌어당긴다. 그랬음에도 마음의 마디는 더 멀어진 느낌이다. 거리 두기를 시도한 건 경인 자신인지도 모른다. 문혁의 영역에서 벗어나고 싶다는 무의식적 열망이 그의 안에서 뒤척거렸음에도 문혁의 근처로 거처를 옮겼다. 자기 모순이다. 태평양을 건너가 있을 때조차 경인의 일상 깊숙이 관여했던 문혁이다. 문혁의 조언은 딱 한 가지. 너 자신에게 집중해. 가족들한테 너무 매달리지 마. 각자 제 살길을 찾아야지, 네가 어정쩡하게 발 걸치고 있으면 죽도 밥도 안 돼.

경인이 고개를 흔든다. 가족은 내 존재 이유야. 가족을 들먹이지 마. 강성 발언에 문혁이 약간 비아냥대는 눈치다.

문혁이 한마디를 덧붙인다. 경인아, 너 자신을 돌봐. 1순위가 너 자신이고 다음이 가족이야. 네가 건강해야 가족도 있고 사랑도 있는 거야.

경인이 되받는다. 생각해 줘서 고맙지만, 그만해. 과부하가 걸린 모경인의 뇌는 사유를 밀어낸다. 경인은 자기 인생에서 자신은 맨 뒷전이다. 친구에게도 그랬고 가족에게도 그렇다. 우정과 사랑은 별개의 감정이다. 그런데도 그 경계가 흐릿하다. 사람들하고 어울리면서도 마음의 격류는 곁가지에 머물러 기웃댄다. 조안 보다 문혁이가 1순위라고 하면 우정이 웃을까?

문혁이 작게 중얼거린다. 시야가 너무 좁아.

경인이 고개를 끄덕인다. 그런지도 몰라.

문혁이 귀국해서 처음 마주 앉아 차 한 잔 마시면서 꺼낸 화제다. 강산문방 멤버들이 문혁을 환영하는 자리다. 문혁이 또 경인의 가족 이야기를 들먹인다.

산아, 네 누이동생 결혼식에 참석 못 해서 미안해. 늦었지만 축하금 받아주라. 하고는 봉투를 내밀었고 경인이 지난 일에 무슨 부조냐며 밀어낸다.

문혁이 한마디만 더 할게. 내가 듣기로는 이번에 혼인한 네 누이가 26살이고, 막내가 고3이라지? 그럼 두 살 터울이라니까 나머지 다섯 명의 동생들은 모두 창창한 20대잖아. 왜 너 혼자서 야지 굿을 해? 제 밥벌이는 제각각 해야지. 큰아들이면 네가 평생 먹여 살릴 거야? 미국에서는 이십 대에 대학 입학하면 모두 아르바이트해서 독립하더라.

우정이 대뜸 받아친다. 젠장, 미국하고 우린 다르잖아요.

문혁이 우정을 쏘아본다. 넌 좀 빠져.

오늘도 문혁이 우정에게 넌 빠져. 끼어들지 마. 하는 식으로 밀어낸다.

신림동? 한 번도 안 가본 동네다. 경인이 스마트폰을 열고 서울 지도를 검색한다. 신림동을 향해 밤의 등마루가 아득하다. 경인의 온몸이 두들겨 맞은 듯이 욱신댄다. 멍이다. 문혁의 연구실에서 조안의 사진을 봐서 그런 건 아니다. 대필 작가? 그게 뭐 어때서? 한때 바닥을 치던 굴욕감이 없었다고는 못한다. 이제 무슨 말을 들어도 별로 삐걱대지 않는다. 아직도 산비탈 어디쯤 굴러내리고 있는지도 모른다. 신림동행은 일정에 없던 일이다. 조금 전 조안을 문혁의 연구실 앞에서 마주친 순간 퍼뜩 떠올랐다. 희미했던 관계의 구도를 분명히 할 필요가 있다고. 에둘러서 겅중대지 말자고, 삼류 대사 같은 우린 사귀는 사이라고 나래 앞에서 천명하고 싶다.

오늘, 그녀가 가슴속으로 들어와 불씨를 댕긴 까닭이다. 몇십 년 같이 살을 맞대고 살아온 사이도 아닌데 미칠 것 같이 그립다.

조안을 만나야 한다. 사당동에서 신림동까지 멀지 않은 거리다. 조안이 '시인의 밤'을 끝내고 귀가할 즈음이라면 서너 시간의 말미가 있다. 어디 커피숍에라도 들어가서 아이패드로 글쓰기라도 할까, 했지만 경인이 그냥 걷는다. 활자가 눈에 들어올 것 같지 않다.

24시간 편의점에서 산 투명 우산이 바람을 이기지 못해 쿨렁댄다. 우산 같지도 않은 그걸 집어 던지고 속속들이 비에 젖고 싶다. 지금 그는 타오르는 불길을 꺼야 한다. 평소 그가 보여 주었던 신중함은 한갓 허울이었을까? 결핍이라는 피해의식이 비 내리는 어둔 길바닥에서 허우적거리는 서른셋의 남자를 메다치려 한다. 그는 비닐우산을 접어 공중에 대고 후려친다. 지나가는 사람들이 웬 미친놈? 그런 눈길로 스쳐간다. 조안이 빗대 놓고 말한다. 어쨌다고? 왜? 남의 시선을 의식해? 자기식으로 살면 돼. 경인이 퉁 질린 목소리로 말한다. 혼자 사는 거 아니잖아. 어떻게 사는 게 자기 방식인데? 흠, 코웃음을 삼킨다. 내 허술한 주파수는 거기까지야. 조안 넌 몰라도 돼. 궁색한 말이다. 오른쪽 뇌 속에 가득 차 있는 문혁, 왼쪽 뇌를 갉작거리는 조안, 그들이 경인의 일상을 조종한다. 우정이라는 이름으로. 경인 자신이 만들어낸 무의식의 복병이다.

조안이 무심하게 말한다. 중심을 잡아. 어떨 때 보면 뭔가에 사로잡혀 있는 것 같아. 왜지? 경인이 입가에 스멀대던 웃음기를 지운다. 번번이. 뭔가에 사로잡힌 것 같다는 조안의 말이 정수리를 찍는다. 벼린 쇠붙이의 느낌이 그러할까? 비슷한 말을 어릴 때 많이 들었다. 부친이 찌그러진 양은 주전자를 휘두르며 이놈의 자슥 뭐에 씌어서, 혼이 빠진 겨. 횡성 구비길 휘돌아 친 바람 갈퀴가 사납다. 뒤뚱거리며 산자락을 기어오르는 경운기에 대고 경인이 소리친다.

저 이만 가볼게요. 내일 모레가 학력고사 시험이에요.

마파람에 실린 첫눈이 희끗거린다. 고랭지 배추밭에 오르는 경사는 가파르지 않다. 늘 브레이크가 말썽이다. 수능을 치르는 내내 덜덜거리는 경운기 소리가 귀청을 쫀다. 예감이었을까? 한밤중, 동생이 널브러진 부친을 싣고 경인이 빌붙어 살던 강만복의 문간방으로 달려온다. 유학 간 아들의 친구인 경인을 강만복은 떼거리 비렁뱅이들이라고 대놓고 으르렁댄다.

떼거리? 틀린 말이 아닌데도 그 말의 촉수가 경인의 심장을 벼린다. 떠돌이, 아버지를 한마디로 대신하는 단어가 있다면 단연 떠돌이다. 한 손에 호미를, 한 손에 우그러진 양은 막걸리 주전자를 든 채 멍때리고 서 있던 아버지, 정강이까지 접어 올린 바짓단. 예비군 바지는 일 년 열두 달 흙살에 찌들어 벌겋다. 배추밭 고랑을 누비면서도 눈은 먼 데를 더듬는다. 아이가 묻는다. 아버지, 맨날 어딜 봐요? 그가 손마디만 한 자투리 담배를 커다란 손에 만두피처럼 오므리고 라이터를 켠다. 라이터는 서너 번에 한 번꼴로 불이 인다. 그의 입에서 느미럴, 욕지기와 함께 힘껏 빨아댄 담배 연기를 삼켰고 그러는 그의 목울대는 주름을 잡고 쿨렁거린다.

아딜 보냐고? 그냥 보는 거다. 내 눈이 저기쯤 해서 끊어지잖니.

저기쯤 해서요? 거기가 어딘데요? 몸을 일으킨 아이가 손차양을 하고 두리번거린다. 저기요? 저긴 모퉁이잖아요? 담배 연기

속에 그의 얼굴이 감실거린다. 석양이 곱지만 금방 사그라져. 젊은 한때 시인이 되고 싶어 활자에 빼앗겼던 부친의 청춘. 경인이 소설을 썼으면 했을 때 그의 감은 눈가에 물기가 차오른다. 그거 해서 먹고 살겠느냐? 헛발질하지 마라. 농부 같지 않던 농부가 넘어진 솟대처럼 길게 뻗었을 때 그의 지친 몸피는 차라리 편안해 보인다. 부친의 발은 바닥을 딛지 않는다. 착지 못 한 인생이다. 흙살을 파는 농부의 발이 땅바닥을 딛지 않고 허공을 밟고 허우적댄다. 죽어서도 무덤 속에 갇히는 걸 참아낼 그가 아니다. 저기 모퉁이 너머에 무엇이 있는지 경인이 아직도 아뜩하다. 따뜻함이 전해지던 유골함을 건네받아 구멍 낸 비닐봉지를 바지 주머니에 넣고 자전거로 달린다. 저만치, 모퉁이 너머로 아버지를 보내고 싶다. 부친의 몸은 앙상하다. 그 몸을 경인이 염습을 한다. 한때 장례사 집에서 하숙할 때 호기심으로 염습하는 과정을 배운다. 저승의 문턱을 넘어가는 시신을 씻기고 마른 옷을 입히는 광경은 엄숙하다. 학부 다닐 때 아르바이트로 장례 일을 한다. 보수가 다른 일에 비해 두 배가 넘는다. 어제도 그제도 밤늦은 시간 시신을 닦고 염습을 했다. 늙고 쪼그라든 산수(팔순) 어르신이다. 손끝에 만져지는 기묘한 서늘함에 매번 소스라친다. 잠시의 거처인 관속에 입관하고 나면, 이생이 아닌 것 같은 아득함이 피로를 몰고 온다. 경인이 매번 삼배로 두루마리 쳐진 자신의 시신이 입관되어 화장터 불구덩이에서 활활 타는 상상에 진저리를 친다. 그는 헐떡거리는 자신을 다독인다. 나는 죽음을 집도하는 영혼의 전도사야. 거의 매일 그가 접하는 죽음이 말 없는 그를 더 깊고 무겁게 만든다. 죽음은 그의 곁에서 속살거린다. 끝이 아니야. 삶과 죽음은 하나의 연속성 상에 나란하게 있는 거다. 죄지은 놈은 이생에서 다 치르고 가야 해. 아니면? 아니면 뭐요? 보태지고 쌓여 눈덩이처럼 커져. 앞뒤 사방이 가로막혀.

경인이 입속에서 말을 씹는다. 내가 살고 있는 지금이 저승인지 이생인지 말 좀 해봐. 타이레놀을 먹으면 잠시 잠깐이야. 가물거려. 몸보다 마음이 더 헐렁해져.

우정이 오가며 얻어들은 말이 있다.

있잖아요. 시간의 막장이라는 시공이 있다죠? 만병통치약이라는 평온이라는 실낙원이 있을지도 몰라요. 이생의 문턱을 넘어야 말이죠.

실없긴. 경인이 중얼거리면서도 그 말이 실없이 주절댄 말이 아니라는 걸 알고 있다. 드러눕고 싶다. 노숙하는 어른들의 심정이 십분 이해된다. 맞대고 싶지 않은 얼굴들, 보기만 하면 돈타령하는 식구들의 칭얼거림을 피할 수만 있다면 시멘트 바닥인들 어떨까? 누가 보든 말든 사지 늘어뜨린 채 빗물에 젖은 도로바닥에 누울 수만 있다면? 그런 용기도 배짱도 없으면서 대상이 분명치 않은 누군가를 향한 탓이나 원망을 오른손 검지 모아 제 심장을 꾹 콕, 다진다.

신길 3길 70. 경인이 24시간 편의점에 들러 포스트잇에 적힌 주소를 아르바이트생에게 보여 준다. 어디쯤인가요? 학부 새내기쯤으로 뵈는 학생은 문밖까지 나와 손가락으로 요리조리 골목을 가리킨다. 고마워요. 나도 한때 편의점 알바를 했어요. 쉽지 않던데요. 정산과정에서 늘 돈이 비던데요. 아르바이트도 적성에 맞아야 할 것 같아요. 알바생이 빙그레 웃는다. 할아버지 가게지만 일당은 착실하게 챙겨야죠. 제가 손해 보는 알바는 안 해요. 돈에 구멍이 나도 절대 내 돈으로 메꾸진 않아요.

계산대 구석에 놓인 밀크초콜릿 한 개를 산다. 알바생이 말한다. 비 오는 날엔 단 게 젤이죠. 외로울 때도 초콜릿이 위로가 되더라고요.

경인이 초콜릿 포장을 열고 반으로 잘라 아랫부분을 아르바이트생에게 건넨다. 입에 들어간 반쪽의 초코가 점심을 거른 위 속으로 급하게 빨려든다.

숫자로 표기된 주소로 바뀐 탓인지 집 찾기가 어렵지 않다.

경인이 우산을 비스듬하게 들고 스마트폰을 꺼내 든다. 강만복의 전화번호를 열었지만, 목소리를 건넬 기분이 아니다. 경인은 자신을 결박하고 있는 사슬을 쓰레기 수거함에 던져 버린다. 결박하고 있는 사슬? 그는 자신에게 묻는다. 가난일까? 대책 없이 보채는 식구들일까? 아니라고 고개를 흔든다. 그럼 뭐야? 금방 대답이 되어 나오지 않는다. 조안을 찾아가는 길이다. 서로가 좋아서 맞불이 댕긴 연인 사이도 아니면서 이 비 오는 밤중에 골목을 헤집고 다니는 것도 결박된 자아 때문은 아닐까? 비로소 하나의 명징한 대답이 떠오른다. 결핍? 그 단어가 머릿속을 그득 채운다. 단순 빈곤이 아니다. 그 단어가 은유하는 안과 밖은 다르다. 말 그대로 빈곤이 물질적인 가난이라면 결핍은 정신의 항목이 첨부된다. 정신의 빈곤? 경인이 찢어진 우산을 접는다. 찬 빗줄기가 두피 속을 파고든다.

스마트폰을 꺼내 들고 강만복에게 문자를 찍는다.

– 강 교수가 신학기라서 눈코 뜰 새 없이 바쁘지만, 캠핑도 재미있을 거라면서 환영했습니다

경인이 스마트폰을 호주머니에 집어넣고 속으로 중얼거린다. 그냥 가버릴까? 기다려? 약속한 것도 아닌데, 모 쌤, 스토커야? 반격할지도 모른다. 돌아섰지만 발이 떨어지지 않는다. 늘 뭔가를 기다린다. 이를테면 기다리는 인생이다. 경인이 눈뜨는 아침마다 스마트폰을 열고는 지금 통화 괜찮아? 신호음이 울리면 말 한마디 못하고 전원을 꺼버리는 소심쟁이. 세상의 남루를 뒤집어쓰고 사는 정신의 비렁뱅이로 살고 있다. 강만복이 깨우쳐 준 경인의 정체성이다. 그런 말 듣고도 문혁의 주변을 어슬렁거린다. 그래서 어깨가 구부러졌을까? 그 구부러짐이 수치심을 포장하는 연출법이라는 걸 자각하면서도 이제 길들여졌다. 딱 거기까지다.

우정이 이따금씩 툭 건드린다. 모 쌤, 생각이 넘 많아요. 다들 그만큼 살고 있는데, 왜 모 쌤은 세상의 근심을 혼자서 짊어진 것처럼 어깨를 우그러뜨리고 다녀요?

정직한 지적이다. 그런데도 경인이 흰자위를 굴린다. 너나 잘해.

우정이 모 쌤, 구제불능이야 하고 뛰어나간 건 동생하고 통화하는 소리를 들었기 때문이리라. 막내가 수능시험을 망쳤다면서 한밤중에 전선을 타고 목소리를 보낸다.

형 나 망했어. 재수할래. 지방대학에 가서 뭐해? 취직도 안 되는 졸업장 필요 없어. 형, 1년만…….

재수하겠다며 1년만 도와 달라는 막냇동생의 절절한 목소리, 한 방에서 개기는 우정이 통화하는 내내 손을 흔들어 보인다. A4 용지에 매직으로 크게 써서 통화하는 경인의 눈앞에 드민다.

'재수 1년에 얼마나 드는지 계산해 봐요. 일단 수능 성적이 나오면 그때 결정하도록 좀 다독여요. 같이 흥분해서 울고 짜고 하니까 열아홉 살의 철딱서니가 서울 학원에 목을 매는 거죠. 철없는 동생이나 능력 없는 형이나 참 딱도 하요.'

경인이 밤새 방구석에 처박혀 꼼짝 안 한다. 동생의 서울행을 막아야 한다. 딱 잘라서 서울행은 단념하도록 설득하지 못한다. 우물거리는 사이 스마트폰의 배터리가 방전된다.

우정의 말을 듣고서야 동생의 서울 재수에 드는 비용 문제가 떠오른다. 어릴 때부터 서울이 궁금해서 안달했던 동생이다. 경인이 방전된 스마트폰을 충전시켜 놓고 집 근처 편의점에 가서 공중전화로 동생을 불러낸다. 받지 않는다. 대신 여동생의 목소리가 건너온다. 00휴게소에서 아르바이트하는 여동생이 집안 살림을 챙긴다. 팔 남매 중에 제일 반듯하고 현실감각이 뛰어난 여동생이다. 고등학교 가겠다고 암상을 피우는 다른 언니들을 제쳐두고 야간 고등학교에 다니면서 휴게소 일을 하고 있다.

알았어요. 오빠. 지방대학이라도 오감하지. 오빠가 애들을 서울 병 전염시켰잖아. 야무진 한방이다.

서울 병이란 말이지? 경인이 쓴 침을 삼킨다. 억울했지만, 변명하지 않는다. 경인이 명치에 매달린 묵직한 체증을 손으로 쓸어내린다. 말이 좋아 시간강사다. 교통비하고 사교비(연말연시에 교수 댁 방문)를 제하고 더구나 방학에는 홀쭉한 봉투도 나오지 않는다. 전임으로 승천하기 위한 디딤돌이 너무 높고 멀다. 실력이나 서열을 앞서는 확실한 구매력은 재력이다. 그 바닥에선 단순 굴신 동작은 먹히지 않는다. 모든 걸 포기하고 횡성으로 내려가 낮에는 흙살을 파고 밤에는 애물단지 소설 작업을 하면 될 일이다. 가족들하고 저녁 밥상머리에 앉아 곡주 한 잔 마시면 될 일이다. 우정이나 사랑, 발목을 잡는 지난날의 헛발질조차도 흙살에 묻는다면 목구멍에 차오르는 숙제의 부담이 덜어지지 않을까? 실속 없이 변죽만 울리는 대학 강사? 작가라는 화사한 허울이 발목을 잡고 있다.

빗줄기는 더 거세진다. 경인이 젖은 청바지 밑단을 접어 올린다. 온몸에 고드름이 슨 것 같다. 단독주택들이 좁은 골목을 사이에 두고 다닥다닥 붙어있다. 나래와 조안이 세든 이층집은 나지막한 언덕에 잇대어 있다. 낮은 시멘트 담을 돌아가자 이층으로 오르는 별도의 나선형의 계단이 있다. 이층은 깜깜하다. 비 때문에 어둠살이 더 두텁다. 연시 등이 매달려 있는 장방형의 대문 차양 아래에 서서 경인이 스마트폰을 꺼내 든다. 액정 화면에 후룩 떨어지는 빗방울, 밀어 올리자 새벽이 와 있다.

12시 21분, 21일, 어디선가 읽었다. 21이라는 숫자는 행운과 위험이 겹쳐지고 갈라지는 시점이라 한다. 병아리가 알에서 깨어나는 기간이 21일이고 꿀벌의 애벌레가 번데기를 거쳐 태어나는 기간이 21일이라고 한다. 어르신들께서 신생아의 외출을 허용한 날짜이기도, 성인식을 치르는 것도 21살이다. 금기와 허용이 그 숫자 갈피에 켜켜이 잠재돼 있다는 사실에 경인이 고개를 끄덕인다. 지금 경인이 남의 집 대문 문턱에 서서 조안을, 아무 사이도 아닌, 혼자만의 그리움을 안은 채 기다리고 있다. 염치없는 방문이라는 거 알면서도 발걸음이 떨어지지 않는다.

남의 집 대문 문턱에, 내일로 건너가는 어간에 발을 걸치고 서 있다. 폭우 쏟아지는 밤, 잘하는 짓인가? 자문자답하면서도 온종일 입안에 다져두었던 헛웃음이 터지려 한다. 잘하고 있는지 잘못하고 있는지 따지고 싶지 않다. 지금만큼은 마음이 시키는 대로 하고 싶다.

강 교수가 주축이 된 '시인의 밤' 행사라면 한두 시간에 마감되지 않을 것이다. 2차에 3차를 거치려면 온전히 밤을 새울지도 모를 일이다. 나래가 대차게 가로막겠지만 조안에게 한마디만 물어보면 된다. 그 절박한 한마디가 무엇인지 경인의 머릿속에서 엉키고 설 킨다. '이야기 좀 해.' 그 말 말고 무슨 말을 할 수 있을까? 강 교수 사랑해? 온몸이 와삭거린다. 자정 넘긴 밤의 한고비에, 적절한 질문일까? 참 생뚱맞다. 무슨 대답을 기대하는 걸까? 그래서 사랑한다고 하면 어쩔 건데? 혹시 아니라고 하면 또 어쩔 거야? 문혁 연구실 책장 속의 사진을 보는 순간부터 머릿속에 불덩이가 이글거린다. 한 팔은 허리를 조였고 한쪽 팔은 어깨를 끌어안았더군, 언제부터 그런 사이였어? 이런 질문이 가능한지 경인은 입안에서 곱씹는다. 질투라는 싸가지가 그의 안에서 담금질되고 있다.

흠뻑 젖은 옷이 피부에 달라붙는다. 몸이 떨리는 건 추위 탓만은 아니다. 마음이 더 춥다. 여기서 조안을 기다리는 건 좋은 생각이 아닌 것 같다. 그는 빗줄기 속으로 걸어 나간다. 그때 어머, 모 작가? 여긴 웬일? 나래의 낭랑한 목소리가 날아와 귀청에 꽂힌다. 경인이 입꼬리를 당기지만, 굳은 뺨은 실룩거릴 뿐이다.

나래가 경인의 팔소매를 잡는다. 폭삭 젖었네. 어쩐 일이래?

조안이 비를 맞고 대문 기둥에 붙어 서 있는 검은 둥치를 보는 순간 경인이구나, 대번에 알아챘다. 놀랍기도, 반갑기도 한 마음 뒷자락에는 곤란하잖아, 민망함이 보태진다. 조안이 망설인다. 이 밤중에 돌려보내야 할지, 방으로 들어가자 해야 할지 생각이 헷갈린다.

나래가 조안을 돌아보고 어쩔까? 묻는 얼굴을 한다. 조안이 한 발 물러설 수밖에 없다. 자신이 결정해야 할 사안이 아니다.

나래가 잠깐 올라가. 몸을 좀 덥혀야겠어. 경인의 등을 밀고 올라가지 않았다면 그냥 보내 버렸을지도 모른다. 룸 메이드의 주도권은 나래가 쥐고 있다. 나래가 보증금을 냈고 약소한 월세는 조안이 내고 있지만, 방 계약을 할 때부터 사람들은 주체와 객체의 차이를 알아본다.

경인이 맥없이 중얼거린다. 갈게. 네 얼굴 봤으니까 이제 됐어.

되긴? 몸이 얼었어. 잠깐 데우고 가. 모경인의 왼쪽 팔을 부축해준 나래의 배려다.

조안이 방을 옮긴 지 2주, 나래 시인하고의 룸 메이드는 처음이다. 강만복의 집 별채에서 살던 나래가 갑자기 방을 얻어 독립하면서 조안에게 우리 같이 살래? 혼자는 무서워. 제안한다.

왜? 저택을 버리고 나왔는지는 조안이 알고 있다.

헤벌어진 신림동은 바람이 세다. 오래된 단독주택엔 베란다라는 구조를 생략한다. 층계를 오르자 좁은 골마루가 현관 역할을 한다. 방과 방 사이참 좁은 공간에 화장실과 샤워 룸이 있고 그 옆에 급조한 것 같은 간이 주방이 있다. 음력설을 지난 이 무렵의 바람이 살을 엔다.

경인이 두 팔에 힘살을 뺀다. 겨드랑이를 잡혀 나선형 층계참을 올라간다. 구두 밑창이 바닥에서 헛돈다. 늦었는데……. 왜 갑자기 환자가 되고 싶었을까? 경인은 그녀들이 이끄는 대로 몸을 맡긴다. 의자 등받이에 몸을 기대고 두 팔을 길게 늘어뜨린다. 어떤 상황에서도 자신이 주도해야 했던 시간의 마디들이 뒤엉키다가 흐트러진다. 가파른 언덕배기를 가족이라는 수레를 끌고 올라야 하는데, 수레를 잡은 손목에 힘살이 빠진다. 뼈마디만 으스러진 게 아니다. 우울증도 유전하는 걸까? 서른세 해 동안 반은 아니고 반은 응달 속에서 살았다. 어딘가 좀 기댔으면, 의지할 수 있는 무엇인가가? 너무 절박하다. 다 자란 남자가 누구에게 기대고 싶은가? 참 웃기는 넉살이다.

조안이 나래를 보고 속삭인다. 떨고 있어. 아스피린 있지?

나래가 급하게 몸을 돌려 주방 찬장에 둔 구급상자를 들고 온다.

달달하고 부드럽고 맑은 목소리. 여긴 별천지군. 조안의 방인가? 아늑하고 청결하고 따스하다. 김이 나는 하얀 머그잔을 든 그녀의 손, 생강차야. 티백이지만, 몸을 덮여줄 거야.

조안이 그의 손에 아스피린 2알하고 따스한 머그잔 손잡이를 쥐어 준다. 경인이 의자 등받이에 기대있던 상체를 반듯하게 세운다. 훈김에 버무려진 생강 향이 향기롭다. 그가 깊숙이 들이마신 것은 맵고 상큼한 생강 향이 아니다. 조안에게서 맡아지는 은은한 풀꽃 냄새다. 그가 기억하고 있는 풀꽃 냄새는 횡성 배추밭 둔덕에 심은 콩잎에 밴 이슬 냄새다. 아니, 은빛 억새에서 나는 야생의 냄새인지도 모른다. 강인하면서도 겉보기엔 수굿함을 지닌 사람, 횡성의 배추밭 고랑에 휘어질 듯 무성한 억새를 손으로 꺾으려다가 살갗이 베여 피가 밴 적이 있다. 강함과 약함을 까칠함과 신중함이 버무려진 이미지라고나 할까? 무색무취한 순수의 냄새. 지상에서 맡아지는 냄새는 아니다. 조안이 차양에 매달린 빗방울이거나 고드름이라고 여겼던 그녀가 눈앞에 서 있다. 경인이 깊이 숨을 들이마신다.

마셔요. 한 김 나갔으니까 데지 않을 거야.

경인이 눈을 들어 조안을 쳐다본다. 책상 옆구리에 기대선 조안이 헐렁한 회색 스웨터 속에 몸을 감추고 있다. 너 왜 이래? 어쩌자는 거니? 경인이 마른 입술을 핥는다. 그의 안 어딘가에서 불티가 인다. 불길이 번진다. 격렬하고 치명적인 발화다.

조안이 말갛게 치뜬 눈매로 그의 기척을 누른다. 침대 위에 개켜져 있던 것들을 걷어내고 서랍장에서 꺼낸 흰 시트로 개비한다. 참 신통하게 조용한 동작이다.

경인이 입안에서 곱씹는다. 맑고 고요한 사람, 이렇게 휘감기는 대책 없는 나를 어쩌면 좋니? 여기에 네가 있는데…… 그의 입에서 된 숨이 터져 나온다.

조안이 담담한 얼굴로 하던 일을 마저 마무리한다. 새 수건으로 베개를 말아 핀으로 고정시킨다. 노크 소리가 나고 나래가 담요하고 잠옷을 조안에게 건넨다. 환자용 잠옷이다. 문혁이 매일 갈아입는 환자복은 나래가 세탁 다림질해서 입힌다. 담당 간호사가 병원 규칙에 어긋나는 일이라 금했지만, 나래의 간곡한 부탁을 누가 뿌리칠 수 있을까? 그렇게 마련한 여분의 환자복을 경인에게 건네준 것이다.

나래가 병원용 잠옷을 주면서 속까지 젖었잖아. 벗고 이거라도 입어. 하고는 조안과 같이 나간다.

갑자기 오한이 몰려온 건 젖은 속옷 때문이 아니다. 문혁이 연구실 책장 속에서 웃고 있던 조안이 몰고 온 거센 얼음 바람이다. 경인이 몸에서 발라낸 젖은 러닝과 팬티, 양말까지 돌돌 말아 가방 속에 구겨 넣고, 가방은 책상 아래 밀어 넣는다.

보송한 잠옷은 비를 맞고 기다린 여섯 시간의 보상이다. 여긴 조안의 침실이고, 그녀의 공간에 아무런 방해 없이 입성했다. 폭우가 만들어준 선물이다. 조금 열어둔 방문으로 작은 소곤거림이 새어든다. 눈가에 실린 졸음기는 달아나고 조안이 주고 간 말들만 생생하다.

소곤대는 말들. 그의 고막을 후비며 들리던 목소리, 저건 나래 시인의 말. 아프면 아프다고 해야지. 억지로 참는 것도 병이야?

조안의 결 고운 목소리. 맞아. 비명을 삼키잖아. 나래는 시인이라서 그 표현이 적절해. 다시 나래의 책망하는 것 같은 말. 힘들면 좀 쉬어가면서 아프다고 하면 좀 덜 할 텐데, 소 같아. 언덕길 올라가는 소 말이야. 조안이 목소리가 살짝 휘어진다. 어쩌면 나래 시인은 말도 예쁘게 해. 내 말이 그거야. 꾸역꾸역 미련퉁이야. 소리는 멀어진다.

조금 전 방을 나갈 때 조안이 당부한다.

금방 따스해질 거야. 생각 같은 거 하지 말고 그냥 편하게……

지나가는 말처럼 건성이다. 하지만 그건 허락일 수도, 용인한다는 기척이기도 하다. 이유가 무엇이든 데리고 온 남자에게 자신의 온기가 묻은 이부자리를 덮고 몸을 데우라 한다. 다시금 뜨겁고 세찬 물마루가 경인의 몸통을 치고 오른다. 오랜 세월 그를 헛발질하게 만들었고, 그 지난했던 젊음에 재갈을 물렸던 녹슨 자물쇠가 덜커덩 풀리는 순간이다. 하지만, 그의 오른팔이 아니라고 손사래를 친다. 조안을 만나면 왜 머리가 아닌 가슴이 먼저 덜커덩거렸는지 알 수 없다. 정수리에 퍼부어지는 불꽃이다. 훅, 입바람을 불어 날아갈 불티가 아니다. 몸을 태우고 영혼까지 송두리째 태울 뜨겁고 아린 불길이다.

도어를 닫고 나온 조안이 벽에 등을 기대선다. 부슬거리는 빗줄기가 낮은 지붕 위로 부옇게 내려앉는다. 골목 끝에서 건너온 외등은 멀고 희붐하다. 이런 시간에 이층 난간에 서서 밤을 지켜보기는 처음이다. 일상의 스케줄이 흐트러진다. 갑자기 밀어닥친 재난이다. 하루를 일주일을 한 달을 일 년을 조안이 계획한 스케줄대로 산다. 스스로에게 다짐한 일상이다. 많은 곁가지를 잘라내고 정리했는데, 밤의 방문자가 일렬종대로 서 있는 펴즐을 툭 걷어찬다.

하필 거기서 마주칠 건 뭐야? 입이 말라 목소리가 잠긴다. 조안이 주방 입구에 엉성하게 엉군 갈대발을 제치고 들어선다. 전등은 켜진 채로다. 조안이 생강차를 들고 모경인의 방으로 간 사이 나래가 살피러 나와 본 걸까? 분명히 전등을 끈 기억이 나는데, 기척은 그렇게 남는다. 나래하고 살면서, 겨우 3주에 접어드는 동안 마주한 엇박자에 조안이 고개를 젓는다. 화장실에 벗어두는 슬리퍼의 방향(한쪽에 가지런하게) 주방에서 사용하는 고무

장갑을 걸어두는 습관의 차이(손바닥 면을 위로 걸어두기), 설거지가 의래 조안의 몫으로 떠안겨진 데는 그녀의 책임도 있을 것이다. 식사가 끝날 때쯤이면 나래는 수저를 걸쳐둔 채 슬그머니 일어나서 화장실로 들어간다. 조안이 설거지를 다한 뒤에 또 그렇게 기척 없이 자신의 스케줄로 건너간다. 개성일 것이다.

가스 불을 켜고 물 주전자를 올린다. 갈증을 입에 담은 채 잠들 수 없다. 차라리 보송한 맨 정신으로 책이라도 읽어야 할 것 같다. 컵에 여과지를 구겨 넣고 커피 한 스푼을 내린다. 약한 비율이다. 두 스푼 담아야 제대로 된 에스프레소 맛이 난다. 커피는 나래의 애호품이다. 조안이 커피를 좋아했지만, 집에서 커피를 내릴 정도의 커피 마니아는 아니다.

왜 하필 거기서 마주쳤을까? 문혁의 연구실 앞이었고, 모두들 구겨진 얼굴들이다. 조안이 그러는 자신의 어리바리가 미심쩍다. 누구하고도 아무 사이가 된 기억은 없는데, 강 교수와 경인, 두 사람을 일정 거리를 두고 대했는데, 저만치 서서 지켜보았을 뿐인데. 오랫동안 조안이 한 발자국씩 그들의 울타리 안으로 걸어 들어갔지만 일정 거리는 유지하고 있다. 만개를 기다리는 꽃 봉의 씨앗처럼 바람과 눈비와 무서리 치는 추위를 받아낸 세월이다. 조안이 딛고 선 바닥에 착지해야 하는데, 한 치의 흔들림 없는 완벽한 착지를. 딛고 서 있는 비탈진 경계가 언제 허물어질지 알 수 없다. 헛발질이다. 그들의 일그러진 삶의 모서리가 조안의 눈을 멀게 했을까? 안개 막에 가려진 그들 누구도, 별로 행복해 보이지는 않는다. 겨우 의자 하나 차지한 문혁 역시 기우뚱거리며 꼬챙이 같은 몰골이다. 풍화된 백골처럼 여리다. 서른의 남자가? 목에 걸고 다니는 검은색 목댕기가 가는 목덜미를 조이기라도 하는 걸까? 곁에 웅크리고 주저앉은 경인의 몰골은 더더욱 볼썽사납다.

꽃샘 비에 젖어 대문 기둥에 서 있던 경인, 왜 그렇게 애처롭게 다가왔는지 모른다. 혹시 연민이라는 아리송한 감정은 아닐까? 조안이 주춤한다. 타인을 연민의 시선으로 보기 이전 먼저 해야 할 일이 있다. 자기 자신을 허용하고 자신을 가엽게 여기는 연민이 우선돼야 한다. 아직은 아니라는 생각이다. 조안숙은 한의대 편입을 위해 악전고투했다. 체력과 시간과 집중력이 관건이다. 조안에게 가장 취약한 부분이라면 체력이다. 단잠을 위한 수면제가 아닌 각성제를 먹고 하루 4시간으로 버텨야 했던 피로가 산더미처럼 보태졌을 것이다. 하지만 단잠 타령이나 할 상황이 아니다. 그들하고 대등한 위치로 자신을 끌어 올려야 한다. 속물적인 생각인지 그 근처에서 사유는 끊어진다. 복수는 대등한 위치에서만 가능하다. 평생 공부하면서 열 손가락 짓무르도록 컴퓨터 자판을 두드릴 작정이다. 그 결정에 도달하기까지 수많은 고비와 갈등이 발부리에 차인다. 비로소 서른한 살, 2월, 한의대 대학원 학위과정에 등록한다. 번데기의 탈각작용이다. 조안이 오늘 문혁의 현대 시 포럼에 참석해서 뜻밖에 시 한 편을 낭송한다. 감기의 후유증으로 잔기침이 끊이지 않는 나래를 대신해서. 파스테르나크의 시를 낭송한다. 그런 사정이 없었다면 조안이 자신의 공부와 무관한 이런 모임에 참석할 이유가 없었을 것이다. 나래가 오전 내내 용각산 캔디를 입에 물고도 불쑥불쑥 잦아드는 잔

기침에 맥을 놓는다. 아무래도 안 되겠어. 낭송하는 도중에 기침이 참아준다는 보장이 없잖아. 문혁이 오빠의 행사를 망칠 수 없어. 조안, 네가 대신 낭송해. 무엇보다도 보리스 파스테르나크의 초기 시작인 이 '길'이라는 시는 우리 모두에게 촛불과도 같은 은유를 담아내고 있거든.

길

둑으로, 골짜기 아래로, 그러다가 곧장 모퉁이를 돌아
길이 꿈틀대는 리본이 되어 멈추지 않고 앞으로 뻗어 나간다.
구불구불 포장길이 진창에 빠지지도 먼지를 일으키지도 않고
원근의 모든 법칙에 따라 길가 들판 너머로 달려간다.
– 중략

과연 삶이란 오직 그렇게 줄곧 위로 그렇게 멀리 돌진하는 것이다
무수한 환상을 지나 장소와 시간을 지나 장애와 도움을 지나
삶도 목적지를 향해 질주한다.
– 중략

삶의 목적은 모든 것을 겪고 모든 것을 이겨 나가는 것이다.

– 보리스 파스테르나크, 1957년

앞줄에 앉아있던 학부 학생들이 속살거린다. 목소리가 찰떡이야. 혀에 감겨. 번지지 않는 목소리가 시의 운율을 지상으로 끌어올려요.

강 교수가 스마트폰을 흔들면서 한마디 거든다. 녹음을 했어.

나래의 멀건 동공에서 주룩 흐르는 눈물, 괜찮지 않아. 터져 나오려는 소리를 삼키느라 나래의 입술이 살짝 실룩거린다.

처음이야

한 모금 마신 커피가 혀끝에 슨 버캐를 밀어낸다. 밤에 마시는 커피가 이토록 달 줄은 몰랐다. 두 손으로 감싼 머그잔이 따뜻하다. 조안이 등받이 없는 걸상에 몸을 내린다. 미처 그 생각을 못했다. 책상 위에 포장지도 뜯지 않고 쌓아둔 문혁이 보내준 월간지나 우편물들을 치우지 못했다. 스마트폰도 두고 나왔다. 잠든 기척이 나면 들어가 치울 생각이다.

조안이 나래가 펴둔 이불 속으로 들어간다.

나래가 아픈 사람 곁에 좀 있어 줘라. 널 기다린 거잖아. 쳐들린 이불자락을 끌어당긴다.

오늘 문혁이 오빠가 한 말이 내 심장에 꽂혔어. 아직도 여기가 아려. 나래가 조안의 손을 끌어다가 제 왼편 가슴에 얹는다. 후당거리지?

나래는 문혁이라는 이름만 들먹여도 손이 절로 심장을 그러쥔다. 그녀 혼자만의 무한 그리움이다. 된 숨을 몰아쉬는 나래 이마로 흘러내린 머리카락 몇 올이 더운 숨길에 흔들린다. 앞 가리마

양쪽에 새로 자란 검은 색 머리가 염색 기간을 넘긴 연갈색 머리하고 돋으라지게 구분된다. 펌은 안 하면서 나래는 까만 머리가 촌스럽다며 두 달에 한 번씩 염색을 한다. 머리 정리는 조안에게 부탁한다. 1센티만 잘라 주라.

조안이 참견을 한다. 염색을 왜 해? 까만 머리가 흰 얼굴을 돋보이게 해. 나 대표가 보라색으로 염색한 머리가 예뻐?

앞가르마를 옆 가르마로 옮기자 염색 경계가 많이 흐릿해진 상태다.

조안이 이모하고 같이 사는 옥수동 셋방을 나래에게만 공개한다. 나래의 가출은 심심찮게 반복되었고 조안의 이모 집에서 이삼일 버티다가 잡혀가곤 한다. 문혁이 유학한 후 나래가 문혁의 방 침대에서 잠자는 걸 강복동이 메다친다. 냉큼 일어나지 못해? 오라비 방에 와서 네 허접한 인생 보따리를 풀어헤치느냐? 이유가 될 수 없는 이유로 나래를 몰아친다.

이모는 실밥을 묻히고 다닌다. 미싱공이라는 직업을 광고하고 다니는 모양새다. 나래가 하루 이틀 머물다가 간 뒤끝은 깔끔하다. 뒷말이 없다. 조안의 이모가 미싱공이라는 말도 옥수동 꼭대기 지하 방에 산다는 말도 퍼 나르지 않는다. 나래는 필요 없는 말을 입에 담지 않는다. 보관해야 할 말은 귀로 듣지 않고 가슴으로 먹어버린다. 나래의 묵직한 심중을 조안이 소중하게 간직한다. 서로를 지켜 주기 위한 배려가 우정이라는 울타리를 만든다.

나래가 이불을 통 채로 안고 조안을 밀어 낸다. 가봐. 덩치만 큰 머슴애잖아. 경인이 그냥 맹탕으로 여기까지 왔을까?

조안이 무슨 말인지 모르지 않는다. 하지만 경인이 지금 미안해하고 있을지도, 마음을 다진 후에, 가도 늦지 않을 것이다. 가랑잎에 불붙는 나이 아니다. 아직은 덜 마른 청솔가지 타는 매운 연기를 뿜어낼지도 모른다. 서둘 건 없다.

조안이 '시인의 밤' 행사에서 문혁이 한 말을 되새긴다. 이제 생각났어. 강 교수가 니체의 '초인'이라는 화두로 말을 시작했지? 자기를 극복할 수 있는 의지, 세계 속에서 자신의 결함, 자신의 운명, 자신의 열패감까지도 수용하고 극복할 수 있는 초인적 삶이 관건이라고. 매일, 매시간 닥쳐오는 고뇌와 기쁨을 그대로 받아들이고 이 순간만을 충실하게 실천하는 데 진정한 삶의 가치와 구원이 있다고 했어.

나래가 어쭈, 그대로 읊네. 그러면서 웬 딴지? 돌돌 말고 있는 이불을 널찍하게 편다.

조안이 하던 말을 계속한다. 난, 강 교수의 마지막 말이 좋았어. 영원회귀는 순간이라는 출구를 향해 직진할 수 있는 자기 긍정의 운명이라고. 니체의 운명애 아모르파티가 우리를 여기 함께 하는 시간을 만들었다는 말, 강 교수가 다음 말을 잇지 못했어. 계속되는 박수 소리 때문에. 그 순간 난 영원회귀의 문을 열고 들어간 느낌이었어. 감동이었어.

갑자기 나래의 어깨가 와삭거린다.

언젠가 문혁 오빠가 그랬어. 우린, 자기하고 난 이루어질 수 없는 사이래. 누구하고 무엇을 위해 노력하는 세상은 자기 것이 아니래. 불행하게 살다 정신병동에서 죽어간 어머니, 그 어머니를 메다친 부친에 대한 증오가 자신을 돌 인간으로 만들었대. 세상의 어떤 사이도 인정할 수 없고 어떤 진실한 관계도 지속 가능하지 않대. 그런 말 이해 되냐?

조안이 가만히 고개만 끄떡인다.

나래가 푸념을 계속한다. 문혁이 오빠가 경인을 들먹이는 거야. 그 사람이라면 네 모두를 송두리째 감당할 수 있을 거라고. 그래서 내가 말했어. 그만두라고. 내가 싫으면 그냥 내버려 두라고. 내가 모경인과 얽히든 배우정하고 얽히든 어떤 백수하고 야반도주를 하던 오빠가 무슨 상관이냐고? 했더니 갑자기 퍼렇게 질리는 거 있지.

조안이 울컥 가슴이 치민다.

그런 식으로 해석하면 안 돼. 강 교수가 널 얼마나 아끼고 있는지 난 느낄 수 있어. 오늘 강 교수가 헤어질 때 뭐랬니? 조안아, 우리 나래 잘 살펴 주라. 나래는 보호자가 있어야 해. 풀솜같이 여린 아이야. 얼마나 연약한지 손만 대면 부스러져. 나래가 누구하고 같이 살든지 나래는 내 가족이고 내 동생이고 내 벗이야. 우리 둘을 양팔에 안고 네 이마에 내 이마에 입술을 대고 뽀뽀하던 강 교수 눈가가 그렁했어.

그때 나래가 울음을 쏟아냈고 강 교수가 돌아서면서 말했다. 모두 내 가족이야. 내가 지상에서 의지하고 애착하고 나누고 싶은 가족은 너희가 전부야. 그 말이 날 감동시켰는데, 나래 네가 갑자기 상통 깼잖아.

나래가 목소리를 키운다. 그래 내가 비틀었어. 오빠 그게 말되냐고? 엉터리야, 억지야. 나한테서 도망치려는 구실이라고. 내 말이 끝나기도 전에 문혁 오빠가 잠깐 다녀올게 하고는 완전히 사라졌잖아. 딱 한 잔으로 지금을 끝내자고 제 입으로 약속해놓고, 도망쳤어.

조안이 입을 다문다. 무슨 말을 해도 나래의 신경을 긁을 뿐이다. 문혁의 말은 추상적이고 모호하다. 예쁜 단어를 골라가면서 강약으로 조절한 목소리는 설득력을 지닌다. 하지만 이해하기를 바라는 태도가 아니다. 협공해오는 나래의 애정 공세를 완곡하게 거부하는 말이다. 운명애라는 니체의 말을 빌려서 얼버무린다.

나래는 그러나 금방 질퍽대던 감정의 부레를 감춘다. 단호하다. 그런 통제력이 시를 쓰게 만드는 씨앗인지도 모른다. 단숨에 자신의 안으로 갈무리한다. 속이야 어떻든 더 밝고 화사하게 치장한다. 옷도 화장도 표정까지 눈에 번쩍 뜨일 만큼 화려하게 변신한다. 나래가 안고 있는 처세의 기술이다. 나래의 그런 면을 좋아하고 부러워하지 않았다면 룸 메이드로 함께 살자는 제안을 거절했을 것이다.

조안이 모 선배 보고 올게. 하고 이불자락을 걷고 일어난다.

나래가 머리맡 탁자에 둔 보온병을 가리킨다. 보리차는 나래가 고수하는 건강 비법이다. 누구한테 무슨 말을 들었는지 늘 따스한 보리차를 안고 다닌다.

경인이 누워 있는 방문 앞에서 조안이 잠시 머뭇거린다. 보리차는 거추장스러운 친절이 될 수도 있다. 그가 마음에 없었다면 자신의 방에 들이는 일은 하지 않았을 것이다. 나래가 권했어도 그럼 나래 방을 양보하든지, 했을 것이다. 그녀는 경인에게 다가가려는 마음을 바짝 쥔다. 경인이 한 발짝 다가서면 그만큼의 보폭으로 물러서기를 반복한다. 얄팍한 심리작전은 아니다. 경인이 왠지 조금 허둥대고 허술해 보이는 모습을 볼 때마다 마음 한 귀가 들썩인다. 빈 구석이 많은 사람, 강한 체하지만 속속들이 설익은 풋감 같다. 안쓰럽게 다가왔다면 연민이었을까? 그래서 어쩌자는 생각은 없다. 그가 포악하고 간교한 인간이었으면, 마음 속에 옹이 지고 있던 그 무언가를 살포할 수 있을 것 같다. 수굿하니, 삶의 변두리에서 멈칫거리는 모경인. 조안이 지니고 다녔던 날 벼린 꼬챙이를 호주머니 속으로 넣는다. 연민이라는 단어를 써놓고 볼펜으로 뭉갠다. 그 이상도 이하도 아니다. 현실에 뿌리박지 못하고 휘청대는 그를, 생존의 중심이 아닌 주변부에서 멈칫거리는 그의 어리바리가 왠지 그녀의 날 벼린 촉수를 뭉실하게 대패질한다. 생각하는 마음하고 그를 대하는 행동이 어긋나기도 한다. 그것이 변덕인지 이중성인지 깊은 속내는 감춘 채 우두커니 서 있다. 경인이 다가와 더운 숨결을 보낸다. 눈앞이 잠시 흔들렸지만, 난 아직이야. 밀어내기를 반복한다. 조안에게 우선 순위는 학업이다. 의존적인 위치에서 매달리는 여자이고 싶지 않다. 전 세대 여성들이 자주 범하는 가부장에게 기생하는 삶은 살고 싶지 않다. 전업주부가 경제적 가치로 환산될 경우를 들먹였지만, 다만 이론일 뿐이다. 연애나 결혼이라는 리어카도 공동체라는 기구로 끌어가야 한다.

조안은 아직 생존이라는 거대한 실체의 한끝도 붙잡지 못한 상태다.

방황하는 조안을 보고 이모가 한탄한다. 안숙아, 정신 차려라. 동네 병원에 가서 임시 간호사직이라도 얻어. 어렵게 한의대 졸업해도 여자 한의사에게 오는 환자는 없어. 내 말이 야박하게 들리지?

야박하게 느껴진다. 약이 오른다. 나 공부하잖아요. 지지난해 이모가 세상을 떠난 뒤 조안이 맨발로 땅을 딛고 선다.

그 무렵 누군가에 의해서 조안의 내부에서 옴지락거리던 뭔가를 끄당겨 올린다.

밀레니엄 북스 나 대표가 그 목적을 향해 돌진하려는 조안의 발목을 접질리게 만든다. 포도주 담그기다.

지난해 추석 전날이다. 소형 봉고에 포도를 싣고 와 목 터지게 외치는 것을 보고 있던 나주연이 5층 살림방에서 내려간다. 포도 장사가 부슬비를 안고 어둠이 내리는 골목길 한복판에 서서 목청을 지른다. 떨이 포도 한 상자(5킬로)에 일만 오천 원에 들여가세요. 포도 장사 사내는 다리 하나를 절룩거린다.

나주연이 여섯 상자 전부를 말끔하게 떨이한다. 절뚝거리는 포도 장사가 울며 겨자 먹기라며, 구시렁거린다. 포도 상자를 지하까지 운반해 주는 동안 경인이 컵라면에 뜨거운 물을 부어 들고 나간다. 경인이 운반은 우리가 한다며 라면이나 드시고 가라고 등을 민다.

나 대표가 한 상자씩 나누어 주면서 누가 맛있는 포도주 담는지, 두고 보자고 벼른다.

나래와 우정이 설탕하고 담글 용기 사러 동대문 시장으로 행했고, 경인이하고 한 팀이 된 조안이 포도 씻기하고 알갱이 따는 작업을 맡는다. 흐르는 물에 포도를 씻고, 큰 대야가 없어 올망졸망한 다반에 키친페이퍼를 깔고 포도를 들이 붓는다.

배우정이 사 온 다섯 개의 유리병은 각자 앞으로 안겨졌고 황설탕이 배당 된다. 중부시장에서 사 온 빈대떡하고 만두로 저녁을 때우면서 모두 포도주 담그기에 열중한다. 설탕의 함량은 각기 다르다. 경인이 설탕을 질펀하니 퍼 담는다. 자기 병에 이름과 날짜를 적어 구석에 보관한다. 20일 동안 유리병 아가리로 허연 거품이 괴어오른다.

경인이 불쑥 발효醱酵 라는 단어를 들먹인다. 포도가 포도인 자기 성분을 버리고 발효라는 과정을 거쳐 와인으로 승격하는 거지.

나래가 경인의 미흡한 설명에 한마디를 보탠다. 헤겔이 그랬어. 물질 속에 있는 불의 성분이 본질을 상실하면서 열이 되고 알코올이 되어 거품이 인다고. 와인만 그런 건 아니잖아. 치즈나 요구르트, 청국장 김치 모두 발효 식품이야.

발효? 조안이 속으로 생각을 되작인다. 죽음이라기보다 자신의 형체를 무화시켜 다른 물질로 환원되는 과정을 발효라고 한다? 그때 문득 하나의 뾰족한 금속 꼬챙이가 머릿속을 긋고 지나간다. 인간의 감정은 발효될 수 없는 걸까? 발효라는 단어가 가진 수만 가지 함의가 조안의 안에서 들끓기 시작한다. 조안이 경인에 대한 선입견이나 편견의 잣대를 내려놓은 것도 그 무렵이다. 허룩할 정도로 겸손하고 그러면서도 팽나무 같은 우뚝함을 지닌 남자. 팽나무를 떠올린 건 나무에서 풍기는 강함과 부드러움, 자생적으로 풍기는 향과 그것들이 버무려진 이미지다. 그가 지닌 유순하고 담백한 여백에도 애착이 간다. 그랬음에도 아니라고, 마침표를 찍게 했던 그것? 아직은 아니다.

효소는 시간에 의해서 또 다른 자아로 변종되는 길고 마딘 과정은 아니었을까?

경인이 담요 자락을 걷어내고 몸을 일으킨다. 이마에 얹었던 얼음주머니가 녹아 물이 흐른다. 조안이 얼른 받아 다반에 놓는다. 경인이 의자로 옮겨 앉는다. 그녀가 들고 있는 머그잔을 받아 든다. 잠시 소리 없는 동작이 무거운 공기를 휘젓는다.

머그잔을 두 손으로 감싼 채 그가 서 있는 조안을 쳐다본다. 경인이 민망해하는 얼굴이다.

어떡하지? 내가 좀 급해.

조안이 오른손 검지를 입술에 세우고 한 손으로 그의 어깨를 누른다. 화장실이 좀 불편해. 1층에 하나뿐이거든. 잠깐 기다려. 하고 나가더니 플라스틱 대야를 들고 온다. 여기서 처리해. 괜찮아, 하고 나간다. 대야바닥에 신문지가 깔려 있다.

경인이 난감하다. 그런다고 1층으로 내려가 물 내림 소리로 주인댁 사람들의 잠을 깨울 수 없다. 나선형 계단을 타고 내려가 좁다란 앞마당에서 노상 방뇨라도 해야 하는 걸까? 바로 주인댁 내실 앞인데? 대야에 소변을 지려? 생각만 해도 오금이 저린다. 옆방에 있을 나래는 잠이 들었을까? 생각이 생각을 키우는 동안 아랫도리가 터질 것 같다. 비를 맞고 기다렸던 여섯 시간, 방에 들어와 두 시간을 합치면 배뇨의 마지노선을 넘긴 셈이다.

그는 무릎 사이에 대야를 끼고 꿇어앉아 그것의 뿌리를 바짝 붙인다. 플라스틱 대야를 치고 튕길지도 모를 소리는 바닥에 깐 신문지가 흡수한다. 그가 대야를 들고 일어나는데 문이 열리고 조안이 앗아 든다. 2층에 화장실은 없지만, 개수대는 있어. 대야를 든 조안이 복도 끝으로 잽싸게 돌아간다.

개수대로? 말도 안 돼. 그가 조안의 옷소매를 잡는다. 내가 할게.

돼어. 조안이 개수대로 가 수돗물을 틀고 대야를 부신다. 뜻밖에 잰 몸놀림이다. 물소리를 내지 않으려고 대야의 가두리를 호스에 바짝 대고 물을 흘린다. 대야 바닥에 깔았던 신문지는 흐르는 물에 씻어 차곡차곡 접어 쓰레기 규격봉투에 넣는다. 그가 키친페이퍼를 뽑아 든다. 그녀가 돌아서는 순간 바투 서 있던 경인이 앞을 가로막는다. 젖은 손의 물기를 닦는데 그녀가 그를 돌려세우고 등을 민다. 까치발로 골마루를 지나 조안의 방으로 드밀어진 경인이 한순간 자제력을 팽개친다.

그것은 불시에 당겨진 발화가 아니다. 심장 깊숙이 쟁여두었던 불씨가 기름 먹은 종이처럼 타오른다. 조안이 붙잡힌 팔을 밀어냈지만, 거센 뿌리침은 아니다.

조안아! 내가 좀 기대도 되겠니? 경인이 무릎을 꿇은 채 서 있는 조안의 정강이를 와락 당긴다.

조안이 그의 뒷 목덜미에 손을 댄다. 열기가 만져진다. 미열이 묻어있다. 누워. 조안이 그를 일으켜 세웠고, 뭔가에 덮씌워 진 채로 둘은 겹쳐진다. 그의 오른손과 그녀의 왼손이 으스러지도록 깍지 낀 채 뭔가를 톡 건들면 터질 것 같은 풍선처럼 가쁜 숨으로 서로를, 아직 녹지 않은 살갗에 슨 팽팽한 긴장감을, 만지면 부스러질 것 같아 그렇게 조심스러웠을까? 그렇게 몸과 몸이 포개지는 발화 직전 그의 입술이 그녀의 입술을 막는다. 조안이 도리질 치면서도 타오르는 불씨를 털어내지 않는다. 못한 게 아니라 안 했다는 말이 옳다. 겹쳐진 몸과 몸이 세상의 벼랑으로 내던져진다. 경인의 손놀림이 헛돈다. 상대를 아끼는 마음이 손의 부산함을 털어냈을지도. 하지만 한순간이다. 만개하지 않은 꽃봉이다. 브라자의 클립을 풀면서 조안이 작게 속삭인다.

모 샘이 처음이야. 서른의 처음이 믿겨져?

순간, 멈칫? 해와 달, 바람, 지구의 자전과 공전조차 멈춰지는 순간이다.

아쉬웠고…… 미진했고…… 그리고 그뿐이다.

강산문원

〈강산문원〉 문혁이 현판 앞에서 택시를 정차시킨다. 산자락에 잇댄 뜨락의 경계에 쥐똥나무 울짱이 빽빽하다. 어슷하니 여린 날개 문 틈새로 본채와 별채 사이에 가리마처럼 화강암 징검돌이 잘 고른 잔디밭을 두 쪽으로 가른다. 양쪽 차양이 날갯짓하듯 상큼 쳐들린 한옥 두 채가 기역으로 배치되었고 그 대각선상에 세워진 3층 벽돌 건물 지붕도 청기와를 얹어 고전적인 풍미를 자랑한다.

'강산도서관' 지역사회에 개방한다는 세세한 시간 일정이 도서관 들머리에 붙어있다. 도서관 책꽂이를 채우기 위해 일주일 내내 책 실은 트럭이 넘나든다. 전국 곳곳 뒷골목에 흐트러져 있는 헌책방을 도리 했다는 이야기는 우정이 보태준 소식이다.

문혁이 잠깐요, 택시기사를 향해 기다려 달라는 손짓을 한다. 되돌아갈지도 모른다. 혹시 부친이 와 서성거린다면 이 유치찬란한 놀이마당에 한발도 걸치고 싶지 않다. 이유 같지도 않은 이유인지도 모른다. 그는 일상의 생활권에서 백 미터 밖으로 나도는 행보를 좋아하지 않는다. 홈쇼핑이나 택배가 있기에 대면하지 않은 편리함이 게으름을 자초하는지도 모른다. 오늘 강산문원까지는 먼 출행이다. 내키지 않는 걸음이다. 모처럼 경인의 부탁이어서 억지로 온 걸음이다.

부친은 어렵다기보다 그냥 불편하다. 하나뿐인 자식이라는 것도, 자식 사랑이 유별한 분이라는 것도 모르지 않는다. 잘해야지, 하다가도 만나면 뒷걸음친다. 아직도 품안의 자식이라 당신의 뜻대로 지시하고 조종하려 든다. 어머니의 인생을 저당했던 애증의 채찍을 자식에게도 휘두르려 한다. 그 모든 부당함에도 제일 거슬리는 건 그에게는 상식의 기준이 없다는 점이다. 돈이 기준을 깔아뭉갠다. 돈이 전부인 인생이다. 부모와 자식 간에도 그 기준은 유효한 것 같다. 자애와 효성이 적절한 비율로 서로를 견디게 해줘야 현상 유지라는 무난한 그림이 완성된다.

문혁이 남의 집에 처음 온 사람처럼 두리번거린다. 경인이 마중 나와 있겠지, 하는 기대감은 일시에 무너진다. 문혁이 출발 전에 경인에게 전화를 넣었다. 만나서 같이 가자, 했더니 돌아온 답은 택시 타고 와. 내가 좀 바빠. 자질구레한 일들이 많아. 거절하는 말도 경인의 입술을 거쳐 나오면 살갑다. 4월인데도 남한강 주변 기류는 습하고 차갑다.

문혁이 스마트폰으로 경인을 불러낸다. 강산문원 간판은 보이는데 경인아, 네 얼굴은 안 뵈네.

경인이 이런 엄살, 중얼대며 목책으로 울타리를 친 바깥을 내다본다. 정차한 노란 택시의 뒷문이 열린 채 문혁의 아이보리색 코르덴바지 오른쪽 다리만 바닥을 딛고 있다.

경인이 캠프파이어 참석 여부를 물었을 때 문혁이 한 가지를 딱 짚어 제안한다. 어르신들은 근처에 얼찐대지 않는다는 조건, 분명하게 말했다. 부친의 그림자라도 서성대면 택시를 돌려 도망갈 작정인가?

제집에 오면서 마중은 무슨 얼어 죽을? 경인이 실없이 중얼거린다. 날 그만 부려 먹어라. 그랬음에도 벙긋 벌어진 입술에 미소가 어린다.

문혁이 감색 점퍼 안에 남색 체크무늬 차림이다. 아이보리색 고르덴 바지하고 네이비블루의 조합이 잘 어울린다. 한 치수 헐렁한 입성을 고집하는 것은 뼈대뿐인 몸피를 가림하려는 의도일까, 그래서 더 지적인 품위까지 아우른다.

두 남자의 구두 부리가 마주치는 순간 끌어안고 서로의 등을 토닥인다. 주변의 눈총에도 불구하고 그들만의 소통 방법이다. 재네들 혹시 브로맨스? 덩치 큰 애들이 말이야.

경인이 본채를 중심으로 니은으로 구획된 너른 안마당으로 문혁을 안내한다.

누가 보면 내가 이 집 주인인 줄 알겠다.

문혁이 나란하게 걸어가던 경인을 살짝 떠다민다. 옷이 그게 뭐야? 아이돌 같잖아. 차림새가 비슷하다. 경인이 갈색 바탕에 오렌지빛 격자무늬 남방 차림이다. 아이보리색 점퍼의 지퍼를 목깃까지 끌어 올린 건, 안에 입은 체크무늬 남방을 가리기 위해서일까? 조안에게서 선물 받은 남방이라는 말은 둘 다 약속한 듯이 말하지 않는다. 지금 나래가 있었다면 또 한마디 거들었을지도 모른다.

오빠야, 아이돌처럼 같은 이미지로 코디한 거야? 체크 남방으로?

문혁이 얽혀드는 생각의 가닥을 접는다. 누군가에 의해서 경인과 문혁이 비슷한 안경에 같은 무늬 옷을 입게 만들었을까? 의도된 조합일까? 문혁이 생각을 털어낸다. 그렇지 않아. 경인이 늘 같은 말만 되풀이한다. 우리에겐 내성이 필요해. 언제까지나 격자무늬 콤플렉스에 갇혀 있어야 하냐? 면역이 필요하다니까.

그러거나 말거나 어긋난 팔로 서로의 어깨를 두른 두 남자가 나란하게 걸어가고 있다. 만개한 봄날, 젊은 두 남자의 실루엣이 강산문원의 너른 공간을 가득 채운다. 경인을 자작나무에 비유한다면 태깔 고운 은사시나무의 이미지는 당연 문혁이라는 나주연의 비유법은 그럴듯하다. 거긴 어느 쪽인데요? 우정이 짓궂게 느물거린다.

자작나무든 은사시나무든 그 개성이 다르잖아. 어느 하나를 취하고 버리는 선택이라면 안 하고 싶어.

문혁의 도시적인 때깔에는 날이 서 있다. 우뚝한 콧날이 받쳐주지 않았다면 자칫 여자를 연상케 하는 고운 선을 에둘렀다. 언젠가부터 문혁이 턱과 코에 수염을 기른다. 그가 변명하듯 말했다. 면도가 싫어. 차가운 금속이 살갗에 스치는 것도 싫고, 무엇보다도 앳된 거죽을 보완하고 싶은 게 수염 기르는 이윤지도 몰라.

그가 경인에게 수염 기르기를 은근하게 권유한다. 한번 시도해 봐. 면도하기보다 가위질이 편한 거 있지. 경인이 고개를 흔든다. 내가 수염 기르면 시츄(강아지) 같지 않을까? 그는 이웃집 아저씨 같다는 편안한 이미지가 싫지 않다. 두 남자가 만들어 내는 한 치의 차이, 준수함과 예리함에 대해서, 넉넉함과 날카로움에 대해서 여자들은 자기 나름의 잣대로 플러스와 마이너스로 매김질한다

두 남자의 등장으로 캠프파이어 진행에 가속이 붙는다.

우정이 구야 (2살배기 진도)에게 목사리를 끼우다가 고개를 쳐든다. 시야 끝에 흰 자락이 설핏 어른댄다. 조안이다. 천천히 대문을 들어서면서 두리번거린다. 우정이 구야를 끌어안은 채 측백나무 뒤로 바짝 당겨 앉는다. 수선스러운 마중이나 배웅을 그녀가 달가워하지 않기 때문이다. 그녀하고 한방에 살고 있는 나래가 하는 말이다. 그냥 들고 날 때 남의 눈에 거치적거리고 싶지 않을 뿐이라는 본인의 말도 덧붙인다. 조용한 기척이다. 말없이 손을 흔들거나 고개를 끄덕거려주는 품새가 보기 좋다.

날개 문으로 들어선 조안이 키 큰 목련 나무 아래서 걸음을 멈춘다. 북서향이어서 늦게 피고 늦게까지 남아있는 목련, 살을 저미듯 쓸어내는 강바람에 툭 툭 떨어진다. 조안이 허리를 구부려서 발부리에 떨어진 목련을 집어 든다. 바람에 떨어진 꽃봉을 들고 요리조리 살핀다. 지지난 주 경인이 꺾어다 준 만개하기엔 아직 먼 목련 가지를 볼 때보다 고개가 한참 수그러져 있다. 우정이 궁금하다. 도대체 무슨 생각이 저다지 골똘할까? 매번 고개를 갸웃거리게 만드는 그녀의 신중함이다.

불쑥 나타난 우정이 조안 샘 반가워요. 손을 흔든다.

조안이 들고 있는 목련 꽃봉을 내민다.

배 작가. 여기 꽃봉 좀 봐봐. 붓 같지 않아? 털옷을 입었어. 꽃을 피우기 위해서 한겨울 추위를 견뎌낸 생존전략이었을 거야.

우정이 말을 받는다. 겨울나기 꽃눈 말고도 잎눈이 촘촘해요. 자연의 질서죠.

숨을 고르는 조안의 수그러짐이 지금 낙화한 목련을 들고 있는 손끝에 가 닿은 듯하다. 꽃봉은 제각각 낱개로 흩어지고 속대만 남은 목련의 끝물은 흉물스럽다.

우정이 속으로 중얼거린다. 조안 샘 그만 해요. 그 말을 듣기라도 한 듯이 그녀가 움직인다. 조안이 오늘도 아래위 하얀색 트레이닝에 하얀 후드 재킷 차림새다. 후드를 벗고 달라붙은 머리카락에 손가락을 넣어 부풀린다. 흰색 트레이닝복에 흰 운동화, 본채에서 걸어 나오던 문혁이 조안을 보고 달려들듯이 다가온다.

조안이 왔어? 서구식 포옹이 문혁의 인사법이다. 불온한 스킨십이 아닌데도 주변의 시선을 당긴다. 경인이 두 사람의 만남을 멀거니 쳐다보고 있다. 흰색으로 기억되었던 조안, 처음 나타났던 날에도 흰 팬츠에 하얀 블라우스를 입고 있었는데, 흰색 옷 때문에 한바탕 입에 오르내렸다.

나 대표가 이죽댄다. 백색이 뭐 어쨌다고? 놀고들 있네.

나래가 넘 그러지 마요, 옆에 있는 사람들 토 나오려고 해요, 하는데 문혁이 왜들 트집이야? 미간을 구겼고, 경인이 자리를 털고 일어난다.

우정이 우리 문방 식구들 시간관념 짱이네요. 나 대표님은 5분의 권위를 포기 못 하는 분이죠. 농담에 버무린 말이다.

그때 진하게 도색한 밴이 스륵 굴러온다. 나 대표가 평소 몰고 다니던 검정색 SM 3를 두고 밴을 렌트한 모양이다. 운전석 문이 활짝 열리면서 길쭉한 종아리와 빨강색 하이힐이 땅을 딛기 전 준비운동이라도 하듯이 상하좌우로 흔들린다. 속속들이 비치는 투명 코트다. 안에 입은 형광 연둣빛 원피스가 몽환적인 이미지로 다가온다. 그것도 의상의 반열에 오르는지 모르지만, 몸의 굴곡이 얇은 비닐 껍질을 뚫고 알알이 내비친다. 요즘 배우들이 화보에 입고 나오는 투명비닐 의상이다. 오늘의 여왕은 단연 나주연이다.

와우! 스타트렉에서 방금 내린 우주인 같아요. 우정의 솔직한 촌평이다.

나주연이 샐쭉 눈을 흘긴다. 우주인 같단 말이지? 식상한 평이야. 오늘의 코디는 이게 전부가 아니거든, 기대해도 돼. '애프터눈' 준비하랬잖아?

우정을 보고 하는 말이다.

스마트폰을 뒷주머니에 넣은 문혁이 나 대표를 향해 한눈을 찡긋한다.

사무실 옮겼다죠? 왜? 몰래 도망갔어요? 밤 고양이처럼 살짝?

나 대표가 부친의 호적에 입적되면서 문혁이 함부로 건네던 반말을 비스듬 올린다.

응, 율곡로, 소격동으로 옮겼어. 거기가 본디 내 바닥이잖아. 골목에서 골목으로 걷다보면 북촌과 서촌이 어우러지는 골목 풍경이 좋아.

우정이 끼어든다. 그런다고 좋은 견지동 사무실 두고 갑자기 이사를 해요? 기왕 움직일 생각이었다면 강남으로 옮겼어야죠.

나 대표가 입은 다문 채 콧김만 날린다. 강남? 맞는 사람도 있고 안 맞는 사람도 있어. 죄다 강남 병이 들어 온 나라가 들썩이지만 뭘 몰라서 그래. 아파트값은 오를지 모르지만, 거기서 골병 드는 사람 많아.

우정이 몰아친다. 풍수에도 도통하신 건가요?

풍수? 도통이랄 것까진 없지만 전혀 무시하진 않아. 풍수는 건강하고 직결된다지. 위치하고 방향, 산과 물 등등. 세종대왕 근처가 내게 맞대. 북촌하고 서촌 딱 한가운데잖아. 소격동.

문혁이 풍수 이야기는 그만하고 집들이 언제 하는지 말해요. 궁금해 죽겠네요.

나 대표가 고개를 끄덕인다. 좋은 소식이 있어. 지하실이 널찍하고 깨끗해. 작업공간이 필요한 사람에게 빌려줄게. 다만…….

조안이 금방 말을 받는다. 다만? 뭔가요? 나 대표님?

잡담이나 바둑, 술타령 같은 건 금지 한다는 조건이야. 조안이 넌 좀 따지는 경향이 있는데, 그런 되바라진 태도는 사절이야.

조안이 눈을 치뜬다. 저가요? 되바라져요?

나 대표가 새쭉 입술을 비튼다. 안 그래? 물어봐. 그게 바로 네 자아의식이라는 거야.

경인이 입을 꾹 다물었고, 우정이 두 팔을 활짝 벌려 그녀를 안고 뱅뱅이 돈다.

견지동 사무실을 완전히 떠난 건 아니야. 그 건물에 입주한 고만고만한 간판들이 너무 질척거려서 싫어. 개별 화장실이 없는 것도 불편하고 드나드는 사람이 너무 많아. 하루 종일 북적거려. 누구라도 원하면 2년 입주 반값으로 대여해 줄게.

누군가의 목소리가 바람살에 실린 가랑비처럼 서로의 틈새로 스민다. 우리 강산문방이 공동으로 빌리는 건 어떨까? 교통이 좋으니까 각자가 틈새 시간에 들러서 공부하면 땡이야.

잠깐의 간격을 두고 말을 꺼낸 당사자가 토를 단다. 임대료하고 관리비는 누가 내준대? 조건 없이 빌려준다는 밀레니엄 북스 지하실에 낙착하는 걸로…….

경인이 그 사무실이 탐이 난다. 재수하고 싶다는 막내하고 1년만 버티면 될 것 같다. 그런데도 성큼 용단을 내리지 못한다. 아니, 엄두가 나지 않는다. 빈약한 수입에 비해 눈덩이같이 부푼 지출에 대한 부담감이 입을 다물게 했을 것이다. 먼 곳에 던져둔 시선 끝에 갸웃이 고개를 비튼 조안의 하얀 얼굴이 떠 있다. 비어있는 사무실하고 재수한다는 동생, 그리고 말간 눈을 치뜬 채 바라기하고 서 있는 조안 하고는 아무 연관이 없다. 두서없이 되감기는 필름일 뿐이다.

조안이 마분지 상자의 테이프를 뜯는다. 캠핑에 필요한 도구들이 차고 넘친다. 테이블을 조립하는데 지켜보고 있던 문혁이 다가온다. 이런 건 남자들이 잘해. 조안은 자리 배치나 해주면 존데.

바람이 불어 조안의 긴 단발머리가 앞으로 쏠리자, 문혁이 검지로 그녀의 흐트러진 머리카락을 뒤로 넘겨준다. 무슨 의도가 묻은 손길이 아닌데, 모두의 시선이 일시에 날아와 꽂힌다. 조안이 따끔해서 고개 돌렸고, 문혁이 눈을 내리깐 채 한 발짝 뒤로 물러선다.

나 대표가 작게 속살거린다. 재네들 저런 사이었어? 돌아선 나래가 잘근 입술을 깨문다.

조안이 그런 눅눅한 낌새를 뿌리친다. 자리 배치요? 그냥 자유롭게 앉아요.

문혁이 절레절레 고개를 흔든다. 언제 어디서나 누구의 옆자리인가가 중요해. 내가 해볼게.

문혁이 누가 보든 말든 상관하지 않는다. 그는 자신의 감정을 포장할 줄 모른다.

경인이 문혁의 옆구리를 툭 건드린다. 적당히 해.

문혁이 하던 일을 멈춘 채 경인을 쳐다본다. 적당히 하라고? 내가 젤 싫어하는 말이야. 세상에 적당히가 어딨어? 기면 기고 아니면 아닌 거야. 어정쩡하게, 주먹구구식, 어물쩍, 이런 것들을 싸잡아 뭐랬다고? 중용? 중용 같은 말 하지 마. 중용은 세상을 향한 균형 잡기야. 적당히는 어물어물, 은근슬쩍 해도 그만 안 해도 그만, 인간성을 비트는 일종의 속임수야. 극단적으로 말하면 속임수가 내포된 말이지.

경인이 고개를 끄덕이면서도 표정은 그게 아니라며 살짝 일그러뜨린다.

극단적인 해석은 사절이야. 꼭 내 옆자리에는 누가 앉아야 하고, 누구 옆엔 앉기 싫다는 식으로 이 몇 안 되는 문우들을 고르고 버리고 해야겠냐?

문혁이 오른손을 들어 경인의 말을 제지한다.

알았어, 제발 그만 좀 해. 넌 네 방식으로, 난 내 방식으로, 저마다의 방식으로 해.

4월 저물녘 강변 마을의 꽃샘바람은 쌀쌀하다. 나래가 달려들어 조안의 헐렁한 스웨터를 벗긴다. 노인 같아. 조안이 다시 스웨터를 뺏어 입으면서 추워, 강바람이 맵네. 하고는 단추가 없는 스웨터 앞자락을 두 손으로 여민다. 그때 경인이 그녀의 손을 본다. 순간 하나의 영상이 떠오른다. 그녀의 왼손 새끼손가락 끝마디에 붙은 물사마귀? 경인의 기억 속의 소녀는 새끼발가락에도 새끼손가락에도 물사마귀를 달고 있었다. 그것이 어쨌다는 말인지? 경인이 물사마귀로 연상되는 하얀 소녀를 다시 뒤돌아본다. 조안을 마주할 때마다 헷갈린다. 오래전 가슴속에 묻어둔 그녀의 이미지하고 너무 닮았다. 웃을 때 입꼬리에 매달린 녹두 알만한 보조개나 긴 눈에 속 쌍꺼풀진 눈매를 대할 때마다 등때기에 소름발이 인다. 설마? 그 소녀일까? 16년을 가로질러 걸어온 희고 가늘 한 막대기? 물기 담은 눈이 아래를 향해 내리뜬다. 눈시울에 묻은 푸릇한 그림자, 그것이 슬픔인지 애처로움인지 알 수 없다. 분간 안 되는 자잘한 떨림은 마주한 사람의 마음을 훔친다. 눈빛 속에 수많은 단어들이 감실거린다. 설마? 아니라고 고개를 휘두른다. 문혁이 알고 있을까? 경인이 그 서늘한 기억의 조각을 얼른 감춘다. 지금은 발설할 때 아니다. 중얼거리며 돌아서는 경인이 문득 턱을 쳐들고 하늘을 쳐다본다. 거세게 깃을 치고 날아오르는 새의 군무를 본 것 같다. 선홍빛 알알한 빛의 타래다. 풀어진 실타래처럼 구름밭을 긋고 번진 불꽃의 광휘는 일순간이다. 양평의 노을은 대문 앞을 서성거리다 미련 없이 돌아서는 손님 같다. 회색 어스름이 녹아내린다. 산을 보듬은 물의 마을은 그래서 더 고즈넉하다. 산과 강이 서로를 두 팔에 품고 있는 풍경이다.

경인이 잠깐이야. 작게 중얼거린다. 맥없이 나른해진 어깨에 추임새라도 넣듯 움찔거린다.

문혁이 경인의 어깨에 한쪽 팔을 얹은 채 와우, 하늘이 타는 것 같아? 장관이네. 나긋한 목소리다.

그러니까, 여기 강산문원에 가끔 들러. 네 집이잖아.

조안이 그들의 묘한 교감이 피부에 와 닿는다. 서로를 다독이고 서로를 부추기는 모습이다. 문혁이 포스트잇에 매직으로 갈긴 이름표를 조안에게 건넨다. 우정이 잽싸게 이름표 적인 포스트잇을 앗아간다. 내가 해요. 우정이 돌아가면서 등받이 없는 철제걸상 바닥에 이름표를 붙인다.

무작위로 붙일 겁니다. 오늘 캠프에 초대해주신 강 교수의 기발한 제안입니다. 단 식사 후에는 자유 이동이 가능해요.

문혁이 작게 중얼거린다. 우정이 저 새끼, 미운 짓은 골라가면서 하는 거 있지.

경인이 눈을 치떠 문혁을 제지한다. 잘하고 있잖아. 더 이상 뭘 잘해?

나주연이 하아, 헛바람을 날린다. 캠핑 좋아하네. 이건 완전 가든파티잖아. 나쁘진 않지만, 왠지 촌스러운 거 있지.

우정이 두 팔을 벌리고 으쓱한다. 삼십 대 캠핑은 이런 거요. 신진파와 고전파의 중간 단계쯤 될까요? 제발 따지지 말기요. 무슨 말이라도 하려고 버성기던 나주연의 입술이 다물린다. 우정이 무심하게 던진 서른 살이라는 숫자가 모두의 의식을 건드렸을지도. 내가 서른 살? 방금 깨달은 것처럼 서로를 살피는 눈가에 불안이 스멀거린다.

경인이 희미하게 웃는다. 동갑내기지만 두 달 먼저 난 조안을 깍듯이 선배라고 부르는 막내 우정이 지난 2월 서른 문턱을 넘었다. 서른 살의 넉살이다. 경인의 입안이 서걱댄다.

걸상 양쪽에 경인과 나래를, 맞은 편 자리 한가운데 나 대표, 그 곁에 우정이 조안의 이름을 붙인다. 나주연이 지나가다가 살짝 건드린다. 강 교수 자리는 어디야?

뜻밖에 자리 배열은 재미있다. 문혁이 싱글거린다. 내가 오늘 호스트잖아. 바비큐 담장이니까. 어디든 끼어 앉을 수 있는 특권을 누려도 되지 않을까?

화덕 근처를 맴돌던 문혁이 빈 걸상을 끌어다가 조안 곁에 앉는다. 경인이 걸상의 틈을 벌린다. 그럴 줄 알았어, 경인이 웃던 입술이 작게 다물린다.

나래의 긴 눈꼬리가 살짝 비틀린다. 결국, 그런 거네. 캠프에 무슨 앉는 자리까지 정하고 그래? 그냥 화톳불 가장이에 둘러앉아 고기 먹고 소통하는 것이 캠프 하는 거잖아.

우정이 두 손을 겹친 채 우두둑 거린다. 그렇게 해요. 힘든 일은 시켜만 주소. 막내한테 맡겨요. 경인이 길게 팔을 뻗어 우정의 등을 토닥인다.

뭔가 껄끄럽다. 서로들 만나고 싶어 서로의 시간을 어르다가 정작 만나면 바위에 부딪힌 포말처럼 서로를 으깨거나 부서뜨린다. 바람이 불고 빗긴 노을에 드러누운 긴 나무 그림자가 캠프장 둘레를 너울처럼 감싼다.

이어 붙인 테이블에 하얀 폴리에스틸 식탁보를 덮은 건 조안의 아이디어다. 냅킨을 놓고 야외용 플라스틱 포크 나이프를 보고 나주연이 비아냥거린 가든파티 본색이잖아.

우정이 1인용 텐트를 끌고 가 분수대 앞에 놓고 엉너리를 부린다. 우리 선배네 일산 매장에서 한꺼번에 렌트했어요. 신제품이라 대여한 가격이 좀 세요.

텐트는 본채와 별채로 이어지는 정원의 끝머리에 세운다. 배우정이 4인용 텐트 1개, 2인용 텐트 3개를 키 큰 목련 나무와 백일홍, 자귀나무 아래 적당한 간격을 두고 내려놓는다. 각자가 알아서 자기 텐트를 세우는 것으로 규칙을 정한다.

문혁이 선수를 친다. 먼저 차지하는 사람이 좋은 입지를 차지해. 분수대 앞, 여긴 내 자리야.

배달 온 직원이 4인용 텐트 조립을 시범으로 보여 준다. 크라운 시트를 바닥에 깔고 그 위에 이너텐트를 펼친다. 직원들까지 동원한 건 우정의 입심이 발휘된 특별 서비스다.

입이 함박 벌어진 문혁이 4인용만 해주기로 했으니까 자기 텐트는 스스로 조립해야 돼. 1등 한 팀에게는 선물이 있어. 으스대듯 어깨를 들썩인다.

무슨 선물? 어디 뒀어? 나래가 커다란 종이박스 속을 기웃거린다.

배달 온 기사가 설명한다. 듣는 이도 있고 안 듣는 이도 있다.

회사 로고가 전면을 향하도록 놓습니다. 잘 보세요.

배달 온 직원이 뚱한 목소리를 질러 산만한 주변을 집중시킨다.

쟈크가 보이는 부분도 앞에 둬야 하고요. 다음에는 텐트 자립을 도와줄 풀세트 조립해서 슬리브에 넣습니다. 설명하면서 손이 빠르게 조립을 진행한다.

풀대를 끼운 다음 각 사각 면 끝에 있는 풀 훅을 풀에 끼운 후 사각 면을 팩 다운해요.

말보다 손이 빠르다. 고정 버클을 풀에 끼워 고정합니다. 플라이 덮고 버클 끼우고 팩 박으면 완성됩니다. 다들 한번 해보시지요.

정중앙 4인용의 지층 매트에 바람을 넣는다. 출장 직원의 봉사는 거기까지다. 그는 흐트러진 물건들을 주워 담아 가볍게 퇴장한다.

우정이 많이 해본 솜씨다. 배낭여행의 베테랑이라던 문혁이 바람 타는 텐트 자락을 잡고 실랑이를 치는 동안 우정이 나주연의 2인용 텐트까지 가뜬하게 조립한다.

네 개의 천막 한가운데 테이블과 걸상, 바비큐 화덕이 차지한다.

바람그늘 나무

건듯 해가 기울자 바람 끝이 서늘하다. 한여름에도 안개 발에 휘감긴 강산 마을의 저물녘은 스산하다.

우정이 참나무 장작을 꺼내 세모꼴로 어긋나게 포갠다. 구멍 뚫린 메타노이(캠핑용 장작의 일종)는 나무라기보다 숯에 가깝다. 알코올로 분사된 메타노이는 대번에 불꽃을 피워낸다. 희붐한 밤의 자락에 고즈넉했던 캠프장은 일시에 타오른 불꽃으로 만개한 장미원을 떠올린다.

점화되는 순간 북이라도 울려야 하는 거 아닌가?

두 팔을 만세 하듯 높이 쳐든 문혁이 우정을 밀쳐내고 집게발을 앗아든다. 이건 내가 전문이거든. 누구도 그의 장난기를 못 말린다. 토기 화로 앞에 쭈그리고 앉아 문혁이 불을 댕긴다. 손놀림이 익숙하긴 하다.

기름 먹은 불꽃이 날개처럼 피어오른다. 모두들 화톳불 가로 모여 앉는다.

문혁이 넘 멋지다. 깨금발로 폴싹댄다. 덩치만 큰 소년이 따로 없다.

불의 강이야. 불붙인 막대기를 들고 우정이 덩실덩실 춤을 춘다. 예정에 없던 막대기 불춤이다. 나래가 잘게 빠갠 나무에 불을 붙여 조안에게 건넨다. 세 사람이 양손에 든 여섯 개의 불 봉이 어우러져 뱅뱅이를 돈다. 봉화만큼 크고 화려하진 않지만, 막대불은 어둠 발을 휘젓는다.

경인이 화톳불에서 잘 익은 참숯을 바비큐 화덕에 옮긴다. 석쇠가 달궈지기를 기다려 락에 든 고기를 꺼내 굽기 시작한다. 장보기는 우정하고 나래가 담당했다. 소고기하고 돼지고기가 반반, 구워서 기름종이에 포장한 생선 두 마리, 밀폐 용기에 담은 야채가 고기보다 많다.

조안이 야채들을 바비큐 화덕 가장이에 늘어놓는다. 가지, 양파, 감자 브로콜리까지.

배우정이 나주연의 차 트렁크를 열고 아이스박스를 꺼내 온다. 나주연이 차에서 내릴 때 내 아이스박스를 기대해도 좋아, 으스대는 투로 예고했다.

아이스박스 뚜껑을 연 우정의 입이 딱 벌어진다. 다들 와 봐요. 이건 완전 마술 상자야. 김밥이잖아. 샐러드에 하겐다즈(아이스크림의 일종)까지, 어이쿠 이건 망고에 청포도야.

종이 도시락에 담긴 김밥이 먹음직하다. 나주연이 공치사를 곱씹는다.

이건 왕 할매 김밥이야. 아무데서나 안 팔아.

고기보다 탄수화물에 중독된 여자들에겐 김밥이 먼저다.

나도 김밥이야. 주말마다 김밥 사 먹느라고 돈 좀 썼지. 문혁이 김밥을 손으로 집어 먹는다. 고기 굽는 냄새가 연기와 함께 골을 누빈다. 문혁이 손사래를 치면서 바람이 좀 불어 줘야 하는데, 동네 분들에게 미안해서 어쩌지?

경인이 대문 열자. 열어두면 지나가다 들어와 같이 하면 존데.

우정이 두 손으로 가위표를 짓는다.

어설픈 봉사는 안 하는 것만 못해요. 낼 당장 마을 회관에 고기 좀 넣어 드려요.

문혁이 미간을 구기고 대문 쪽을 자주 살핀다. 호스트를 자처한 그의 안절부절은 모두에게 금방 전이 된다. 문혁이 낯가림이 심하다. 믿는 사람과 믿지 못하는 사람, 좋아하는 사람과 싫은 사람의 구분이 흑백처럼 선명하다. 호의적이지 않은 사람하고는 말을 섞지 않았고 곁을 주지도 않는다.

문혁이 갑자기 손가락을 입에 넣고 휘파람을 분다. 벌어진 입과 눈이 놀라움으로 펑 뚫려 있다. 무슨 일이야? 모두 문혁의 시선을 따라가다가 앗! 비명을 지른다. 한복으로 갈아입은 나래가 사분사분 걸어오고 있다. 날개옷 입은 요정 같다. 아래위 아이보리색 치마저고리에 허리춤에서 흘러내린 꽃 매듭이 긴 옷고름을 타고 늘어진다.

우정이 손나발을 분다. 와우, 나래 시인 찐 아름답네요.

치마 길이가 일정하지 않다. 밑단 뒷자락이 길게 끌리는 대신 앞에서 겹쳐진 치마 길이는 무릎 선까지다. 그 절개된 치마 주름 사이로 희고 곧은 종아리가 설핏설핏 드러난다. 감춤과 드러남의 엇박자가 만들어낸 매혹이다.

우정이 엄지를 쳐들고 나래 시인님이 이렇게 고운 줄 몰랐네. 아름답습니다. 두 팔을 커다랗게 펼치고 보듬는 시늉을 했지만, 그 손이 어디에도 닿지 않는다.

조안이 예뻐, 찐 예뻐! 두 손 엄지 척을 한다. 그런 와중에 나래의 시선은 문혁의 등에가 스멀거린다. 한 번쯤 돌아볼 만한데도, 예쁘다는 한마디쯤 보탤만한 상황인데도 문혁이 돌아선 채 경인과 속닥거리고 있다. 조안이 그들의 딴지가 얄밉다. 그래서 소리를 지른다.

밀당이 필요한 분들은 조용히 퇴장하시든지…….

그제야 경인이 앞을 가로막고 선 문혁의 어깨너머로 고개를 기웃거린다.

저기…….

경인이 검지로 가리킨다. 선홍빛 불꽃 막대기 하나가 사분사분 걸어온다. 나주연의 변신이다. 긴 선홍빛 시폰 머플러, 머플러 한 장으로 변신이 가능하다. 그녀의 탁월하고 섬세한 감각이다. 공간이나 시간에 따라 어떤 소도구를 사용해야 하는지 그녀는 알고 있다.

뭔가 조금 서먹했던지 문혁이 화덕 앞으로 다가선다. 와우, 우리 동창 예쁘다. 손사래를 친다. 나 대표를 두고 한 말이다. 갑자기 조안이 한발을 내민다. 나래 시인은 눈에 안 봬요? 춥다면서 화덕 앞에 주저앉으려는 나래를 조안이 일으켜 세운다.

나래 시인이 오늘 밤, 완전 퀸이야. 하면서 나래의 손을 잡고 둘레를 한 바퀴 돈다. 아이보리색 오간지 너울이 꽃봉처럼 벌어진다. 조안이 나직한 목소리로 속삭인다. 나래야, 서 있어야 해.

펑퍼짐 주저앉으면 아름다움이 반감되거든. 요즘에는 스스로 빛나지 않으면 아무도 안 봐 줘요.

문혁은 고개를 돌렸고 대신 경인은 한복이 넘 잘 어울려. 평소에 이런 분위기를 고수하는 건 어떨까? 어렵겠지? 하고는 물개박수를 날린다.

화덕 앞에 둘러앉는다. 옹기종기, 그러자고 하지 않았지만 시린 강바람에 울타리를 만들었을 것이다. 앞쪽은 후끈한데 등때기는 시리다. 나래가 조안이 어깨에 두르고 있는 풍성한 스웨터 앞자락을 당기면서 파고든다. 자기 품이 따스해. 조안이 작게 속삭인다. 품이 아니라 스웨터겠지. 곁에 있던 경인이 들었는지 나래의 말을 받는다. 스웨터가 따스한 게 아니라 온기를 나눈 거잖아. 나래의 가늘고 긴 눈길이 흘끗 경인의 옆얼굴을 긋는다.

우정이 연기 나는 불판에서 고기를 굽고 있다. 문혁이 종이 접시에 익은 고기를 다반에 받쳐 화덕 앞으로 날라 온다. 구야(진도)가 또 야지를 부린다. 조금 전 경인이 도서관 뒤로 개집을 옮겨 두었는데도 소란스러운 사람들을 진도는 견디지 못한다. 개 짖는 소리가 시끄럽다. 고기 냄새 맡은 들고양이들이 야광 눈빛을 세우고 어둠 속에 숨어 있다. 경인이 개밥을 들고 뒤란으로 돌아가는데 사람의 기척에 놀란 고양이들이 휙 몸을 날린다.

나래가 탄식처럼 뇌까린다. 난 여기 강산 마을이 별로야. 으스스 해. 곁에 있는 조안에게 동의를 구하는 눈빛이다. 조안이 고개만 흔든다.

안 그래.

나래가 긴 화덕 젓가락으로 한곳을 가리킨다. 왜 아니래? 저기 봐. 바람에 쓸려서 나무들의 등뼈가 훤하게 뵈잖아. 허리 구부러진 노인 같아.

한쪽으로 쏟아질 듯 구부러진 나무들. 구야가 잠잠하다. 바람소리가 밤의 정적을 쓸어낸다. 구야한테 다녀온 경인이 화덕 앞에 끼어 앉는다.

나무들이 일제히 절하고 있지? 바람 회초리에 얻어터진 등짝이 절로 구부러진 거야. 바람그늘 나무……. 나하고 비슷한 것 같지 않아? 오른손 엄지로 자신을 가리킨다.

나래가 긴치마 자락을 잡고 살랑거린다. 누구? 누가 바람그늘 나무래? 바람이 소리를 지운다.

조안이 나래를 보고 말한다. 바람그늘 나무? 죄다 시인이 된 것 같네. 저렇게 등뼈 휘어진 나무들을 바람그늘 나무래.

나래가 한마디를 덧붙인다. 모 쌤이 그러잖아. 바람그늘 나무가 자길 닮았다고. 글쎄 듣고 보니까 그럴듯해.

나주연과 경인, 문혁은 동갑내기들이라 말을 놓고 지낸다. 그 어우러짐이 조안은 늘 좀 부럽다. 꼬챙이 같은 문혁이 호박 덩굴 같은 경인의 사이참을 나주연이 가늘면서도 질긴 명주실로 꽁꽁 동여매고 있다.

조안이 경인의 옆얼굴을 지그시 쳐다본다. 바람그늘 나무? 그런 것 같기도 하다. 엄살인지도. 광대처럼 웃음으로 덧바른 얼굴에 연극 대사처럼 읊조리는 부자연스러운 어투로 자신의 속내를 감추는 모경인. 자칭 바람그늘 나무라고 얼버무린다. 그러는 그의 진실은 무엇일까? 겸손과 배려, 그 선을 넘지 말아야 하는데, 바람에 휘어지는 나뭇가지처럼 휘청대는 그의 굴신 동작이 때로는 비루함을 업고 있는 것 같다. 말하는 투가 그렇고 살짝 숙인 어깨선이 그렇고 주변의 모두에게 골고루 던지는 관심과 친절이 그렇다. 그의 인사법은 특별하다. 나이 어린 사람에게도 일단 일어서서 두 손으로 악수를 하며 눈을 맞추었고 말끝을 높인다. 누군가 무거운 가방을 들고 있으면 내가 들어 줄게, 손을 내민다. 문혁이 그런 그를 두고 콧방귀를 날린다.

우리 경인이 하인 의식이 투철하단 말이야. 나한테만 친절한 게 아니라 그 친절을 골고루 배급하는 거 있지?

경인이 활 웃는다. 웃는 얼굴인데도 눈빛에 가물거리는 그늘이 그의 뒤틀린 것 같은 언행의 질서를 가지런하게 만든다.

나래가 화제를 돌린다. 모 쌤하고 조안이 비슷한 점이 바로 그거야. 두 사람 다 입을 싹 닫잖아. 자신의 생각을 풀어내지 않아. 내가 한마디로 조안을 규정해 볼게. 괜찮지? 조안은 조가비 같아. 끓는 물에 삶아야 입 벌리는 조가비. 모 쌤은 더 뚱딴지고.

뚱딴지? 문혁이 고기 굽던 집게발을 흔든다. 우리 경인을 중상하지 마라.

나주연이 물개박수를 친다. 맞아. 아주 딱이야. 역시 시인은 달라.

조안이 고개를 쳐들고 서 있는 나래를 쳐다본다. 조가비가 어쨌다고? 나긋한 말투와는 달리 쳐다보는 눈빛은 날카롭다.

나래가 팽이처럼 한 바퀴 제 둘레를 돈다. 길고 아삭한 주름치마가 우산처럼 벌어진다.

모 쌤이나 조안이 거느린 침묵은 어떤 의미에선 폭력보다 단단해. 하지만 피해를 끼치지 않으니까 모두들 잠잠한 거야.

경인이 불쑥 나선다. 침묵을 폭력에 비유하는 것 자체가 폭력 아닐까? 우리 나래 시인님, 예쁜 말만 골라하셔.

문혁이 집게발을 쥔 채 다가선다.

나래야, 왜지? 경인에게 미운털이라도 박혔어? 괜히 걸고넘어지는 건 관심이겠지?

나래가 손사래를 친다. 모 쌤한테 무슨 유감? 무슨 관심? 그런 거 없어. 모 쌤은 내 근처에 있는 가장 튼실한 이웃이고 친구야. 그냥 지나가는 말인데, 너무 심각하게 해석하지 마요.

조안이 되직한 투로 말한다. 끓는 물에 삶아야 입을 벌린다고? 적절한 비유인지도 몰라. 그 말을 듣자마자 내 입이 더 다물어지는 거 있지.

그제야 나래가 아차, 실언했음을 깨달은 듯 조안을 끌어안는다. 취소할게. 백 번 취소.

조안이 화제를 돌린다. 검지로 어둠살에 묻혀 가는 산등성이를 가리킨다. 바람그늘 나무래. 바람에 쓸려 한쪽으로 구부러진 나무들이 자신을 닮았대나? 모 샘, 엄살이 좀 심해.

모두들 합세한 사람들의 눈이 일제히 조안의 헐렁한 스웨터 자락을 잡아당긴다.

고기를 굽고 있던 우정이 나만 빼놓고, 언짢은 얼굴을 들고 네 사람 사이로 끼어든다.

나주연이 목소리를 키운다. 경인이 그랬어. 저항할 수 없으면 그냥 구부리고 살라고? 어림없어. 치아가 망가지면 임플란트로 대체하고, 눈이 나쁘면 안경 쓰고, 귀가 어두우면 보청기로 귀에 꽂고 살아. 그렇게 보태가면서 사는 거야. 순응? 좋아하네. 말짱

헛소리야.

분위기가 갑자기 서늘해진다. 조안이 두께를 더해 가는 침묵을 헤집는다.

난 동의해요. 순응, 좋아요. 선택 가능한 인생도 있지만, 처음부터 선택이 불가능한 출생이나 유전자 외모나 성향 같은 건 절대 불변이잖아요. 자신의 방법으로 개척하는 인생이 어디 쉬운가요? 그냥 수그리고 사는 게 낫죠.

나주연이 끼어든다. 딱 한 마디만 할게. 조안아, 네가 순응해서 산다고? 개가 웃겠다. 세상이 죄다 순응해도 넌 아니야.

조안이 한마디를 툭 내뱉는다. 맘대로 해석해요. 난 나 대표님 공깃돌이잖아요. 적정선만 넘지 마세요.

나주연이 화사하게 웃으면서 조안의 팔을 살짝 꺼당긴다.

적정선이라? 어려운 말이네. 기왕 말이 나왔으니까 한마디만 보탤게. 네 무표정에 색깔을 입혀. 생기 없고 냉소적인 얼굴에 말이야. 아직 새파랗게 어린 여자가? 겉늙었어.

나래가 폴싹 까치발로 뛴다. 어머머, 그 말이 내 말인 거 있죠. 풀이해보면 비밀 보관 사물함 같다는 생각 오래전부터 했는데.

경인이 양팔을 벌려 문혁하고 우정의 어깨를 보듬는다. 쳐다보지 마. 여자들이란 누군가의 시선을 느끼면 더 왕성해지는 경향이 있어. 저거 봐. 일부러 우리 들으라고 큰소릴 질러.

문혁이 크고 선량해 뵈는 동공을 굴린다. 난 질색이야. 저 강파른 목소리는 누구 거야? 쇳소리잖아. 목소리는 교양의 척도라는데, 정떨어져.

우정이 킬킬거린다. 내가 고기 더 굴게요. 여자들 입씨름의 주제는 결국 우열 다툼이잖아요. 그래봤자 궁극의 아름다움을 갖춘 조안 샘을 누가 허물어요? 자아, 모두들 캠프에 열중합시다.

우정이 경인에게 잡힌 팔을 내려놓고 일어난다. 그때 경인의 눈가에 흔들림이 잡힌다. 벌어진 커튼 틈새로 칼 빛처럼 엷은 줄기가 새어 나온다. 제발, 날숨에 버무려진 된 숨결이 터져 나온다.

문혁이 경인의 팔을 거세게 잡는다. 저기 뭔가 있어. 내가 가 볼게.

경인이 시틋하니 고개를 돌린다. 내가 순시할 땐 쥐새끼 한 마리도 없었어. 그새 누가 왔는지 모르지만, 신경 좀 꺼라. 날카로운 새김질이다. 그럼에도 눈가에 스치는 흔들림의 정체가 불안을 보탠다. 경인의 고개가 본채를 향해 꼬이듯 돌아간다. 커튼 한 겹 가리개 너머 강만복의 야차 같은 눈망울이 지켜보고 있을 것이다. 경인이 저도 모르게 어깨의 얹히는 한기를 느낀다.

경인이 바로 몇 시간 전에 문혁에게 우리들만의 안전지대야, 했지만 그 약속이 지켜질지는 알 수 없다. 불안하다. 경인이 불안으로 기울이는 분위기를 우회전시킬 필요가 있다. 겨우 여섯 명인데 두 패로 갈라진다. 화덕 앞에 둘러앉은 여자들은 틈을 보이지 않는다.

마침 우정이 기타를 꺼내 들고 나온다. 경인이 엎어질 듯이 달려가 기타야 고맙다, 덥석 안는다. 두 사람에게 반반으로 걸쳐진 기타가 제바람에 퉁 울린다. 일시에 눈과 귀가 모아진다. 우정이 나래 시인, 노래 한 곡 부탁해요. 하는데 나주연이 먼저 손을 내민다.

누가 먼저랄 것도 없이 익숙한 멜로디가 흐르자 노래가 터져

나온다. 가수 황치열의 '아버지!'

나래에게 붙어 다니는 만물박사라는 별명이 무색하지 않다. 노래나 악기나 제대로 하는지는 몰랐지만, 아마추어 수준이 아니다. 우정이 스마트폰으로 나래의 신청곡을 펴 나른다. 우정의 허스키한 목소리가 합세했고 나주연이 자신의 폰을 보면서 합류한다. 문혁이 마이크를 경인에게 주고는 화덕 앞으로 의자를 끌고 가 앉는다.

'아버지'가 급류를 타고 울린다.

한 걸음 다가갈 수 없었던 내 마음, 알아주기를 얼마나 바라고 바랐는지.

눈물이 말해 준다. 점점 멀어져 가버린 쓸쓸했던 뒷모습에 내 가슴 다시 아파온다.

가사에 실린 기갈 찬 음계가 물수제비 되어 멀리멀리 번진다.

문혁이 갑자기 퉁을 지른다. 그 노래밖에 몰라?

'아버지'라는 절절한 대명사가 문혁의 귓전을 스쳐 간 총알이었을까? 갑자기 번쩍 쳐들린 문혁이 손사래를 친다. 아버지의 2절이 이어진다. 어스름 깔린 정원에 외등이 불을 물었고 불티 날리는 아궁이가 발갛다. 술은 하지 말자고 모두 동의했는데도 여기저기 혀 꼬부라진 목소리가 빙글빙글 피어오른다. 술꾼 우정의 음모가 확실하다. 위스키 병이 경인을 거쳐 나래 시인으로 돌고 돈다. 모두들 후물거린다. 나른한 앉음새에 알코올로 풀어진 혀가 제멋대로다.

나주연이 갑자기 한쪽에 앉아있는 조안을 향해 긴 셀카 봉을 깔딱거린다.

나와, 조안, 네 호박씨를 까발려.

나래가 조안을 싸고돈다. 조안인 박수부대로 남겨 둬. 노랜 내가 해. 나래가 레퍼토리를 한 보따리 풀었고 우정이 노래방 목록을 뒤적거린다.

화톳불이 기세 좋게 타오른다. 경인이 한손에 부지깽이를 들었고 왼손에는 장작을 든다.

문혁이 천천히, 열기가 고루 번져야지, 화기를 조절해. 하고는 일어나 조안을 끌어당긴다. 동요라도 불러.

표적이 된 조안이 엉거주춤 몸을 일으킨다. 마이크를 받아든다. 피할 수 없다.

그냥 내 식으로 부를게요. 나래 시인 부탁해.

각자가 자신의 스마트폰을 들고 노래를 부른다. 방탄소년단의 '러브 유어 셀프'다.

조안의 가늘고 나직한 목소리가 밤의 허공을 누빈다.

사랑은 자기 자신을 사랑하는 것으로 출발한다.

자기 자신을 사랑하지 못하면 남도 사랑할 수 없다.

경인이 조안이 곁으로 다가와 합세한다. 나주연이 경인의 어깨에 기대섰고 우정이 저만치 비켜 서 있던 문혁일 끌고 와 경인이 곁에 세운다. 여섯 명의 어깨동무가 떼 창으로 이어진다.

자기애를 이기적 욕심으로 오해하진 말자.

자기 안에 가두는 것이 아니라 오히려 전체와 근원에 통한다.

방탄소년단의 아우러진 목소리가 만개한 불꽃이다. 하나 되는 순간이다. 그러거나 말거나 어깨동무로 서로를 안고 '러브 유어 셀프'가 서로의 가슴을 헤집는다. 뜨겁고 세찬 소용돌이다. 다시 처음부터 반복 떼 창이 울려 퍼지고 나주연이 커다란 동공이 불을 물고 조안을 돌아본다.

조안이 내숭바가지. 네 목소리 찰떡이잖아. 이 노래하고 딱야.

조안이 웃는다. 노랜 행복한 사람들의 몫인 줄 알았어요.

갑자기 나래가 활 벌어지는 치마를 잡고 뱅뱅이를 돈다.

노랜 만인의 살풀이야. 공명정대하게 나누어 가질 수 있는 소리의 창조물이잖아. 가수가 질러대는 가열한 음조에 피의 냄새가 나. 목청만 긁어내는 게 아니라 내장까지 바락바락 긁어내잖아. 노래는 슬픔의 근원에 닿아있어. 그래서 아리고 아픈 가슴에 공명해. 노래는 단연코 만인의 위안이야. 공생 공명하는 유일한 매개라고 할 수 있어.

우정이 조안 샘 노래 첨 들어 봐요. 성량이 클 필요가 없다니까요. 엄지를 들고 조안의 앞으로 다가서서 난 아마도 그대의 팬이 될 것 같아요. 너스레를 부린다.

나래가 두 사람을 제치고 앞으로 나선다. 암튼 방탄 애들 대단해. 천재야. 그 작사 했다는 정국이라는 애는 완전 시인이잖아.

우정이 마무리한다. 리듬도 좋지만, 가사가 한몫했어요. 지금을 살고 있는 또래 세대들의 공감에 불을 질렀으니까. 날 사랑해, 내가 소중해, 불침 같은 말이잖아요. 짱이라니까요!

경인이 들고 있던 마이크를 내려놓는다. 역시 세대차인 가봐? 우린 황치열의 '아버지'가 더 울림이 큰데. 요즘엔 2년의 간극이 옛날의 20년하고 맞먹어.

폭죽이다. 동시다발적인 외침이 불티에 묻어 날아오른다. 빛의 지렛대가 허공을 가로지른다. 나팔꽃 모양의 방사형 꽃비가 후룩후룩 떨어진다. 폭죽은 계획에 없었는데, 나래의 깜짝쇼다.

와우! 누구 아이디어야? 멋져.

문혁이 두 팔을 벌리고 조안을 향해 돌진한다. 조안이 소름 돋은 팔죽지를 가슴으로 끌어당긴다. 당연히 나래 시인이지 누가 이 찬란한 행위예술을 발현하겠어? 모두 둥그레 묶음이 돼 끌어안고 뱅뱅이를 돈다.

불꽃의 만개다. 나팔꽃이 지천이다. 찬란한 빛의 줄무늬가 어둔 허공에 수많은 꽃비를 흩뿌린다. 빛의 알갱이들이 서로를 부서뜨리고 비빈다. 부스러진 분진들이 사랑으로, 미움으로 버무려진 그들의 머리 위로 빛의 폭포 되어 흘러내린다.

구부정하게 돌아선 경인이 핸드폰을 꾹꾹 누른다. 주소와 이름을 대고 폭죽 신고를 하는 중이다. 펑펑, 불꽃이 공중을 휘돌며 불비가 되어 흩날린다. 와우! 함성이 불티가 되어 허공에 빛 사래를 흩뿌린다.

경인의 좁은 미간에 골 주름이 곤두선다. 잠깐, 조용해. 폭죽놀이는 경찰에 신고 해야 해.

문혁이 툭 분질러지는 목소리로 말한다.

진행은 우정에게 일임한 거잖아. 내 신명에 깽판 치지 마.

전화에서 지금 무슨 소리냐고? 신고가 먼저인지 폭죽을 터뜨린 것이 먼저인지에 대한 시비가 아닌 확인 절차가 길다.

죄송합니다. 신고가 늦었습니다. 보이지 않는 대상을 향해 경인이 고개를 꾸벅한다.

문혁이 누가 그러거나 말거나 폭죽을 쳐든 손이 한 바퀴 허공을 맴돈다.

좀 기다려 주면 안 돼? 신고 전화 거는 걸 보면서 폭죽을 날려?

문혁이 키들거린다. 소심쟁이, 그렇게 걱정되면 내일 아침까지 속 끓일 게 뭐야? 지금 당장 달려가서 무릎 꿇고 빌어.

경인이 손을 털고 일어난다. 어딜 가? 문혁이 소리친다. 경인이 돌아보지도 않은 채 손 씻고 올게. 구실이다. 한 바퀴 돌아봐야 할 것 같다.

소소한 거스러미다. 파장의 조짐이다. 우정이 입맛을 쩝쩝 다신다.

문혁이 폴짝대며 불비를 쏟아낸다. 소년처럼 방방 대면서, 오로지 그 일에 열중한다.

나도 하나, 우정이 나래에게 손을 내민다. 두 사람이 주고받는 손에 모아진 시선들이 화톳불을 받아 이글거린다.

나래가 고개를 바짝 뒤로 당긴다. 저기 봐. 후룩후룩 꽃의 눈물이야. 미움이나 증오나 원망을 태워 분사해. 재로 환치되는 순간이야. 그래서 아름다워.

우정이 시인의 각혈이네. 한마디 한마디가 넘 멋지다.

조안이 눈을 치떠 나래를 본다. 여자들의 평균치 신장을 넘는 자신의 큰 몸피가 거추장스럽다며 수그리고 다닌 어깨선이 조금 처져 있다. 저 쳐짐은 겸손을 표상하는 구부러짐인가, 나래하고 길을 걸을 때 조안이 그녀의 팔짱을 낀다. 내가 의지하고 있나 봐. 속으로 같은 말을 되씹곤 한다. 그럼에도 불구하고 나래의 주변을 살핀다.

조안의 관심사는 문혁과 경인을 비롯한 그들, 양평 동아리들의 일상이다. 어떻게 살고 있을까? 그들이 누리고 있는 일상의 작은 조각들이 행복이라는 너울을 들쓰고 깊숙이 감추고 있는 먼 기억들.

조안이 시간이 남아돌아서 그들하고 어울리는 것이 아니다. 하루 24시간을 가루처럼 쪼개고 부서뜨려 매달 마지막 토요일은 강산문방으로 향한다. 환자하고의 대담 에세이라는 듣도 보도 못한 엉뚱한 장르를 외치면서 그들 문방의 일원으로 과감하게 입성한다. 호랑이굴에 들어가야 했던 그녀의 속내는 브라자 클립 속에 감춘 채. 불순한가? 귀가하는 발걸음마다 그녀는 스스로에게 질문한다. 아직 모든 것은 가려져 있다.

나래의 말처럼 끓는 물에 넣어야 입을 여는 조가비처럼, 조안이 '아직'이라는 멈춤 상태로 지켜본다. 그들은 막역한 사이로 지낸다. 부럽다. 때론 입바람을 불면서도 서로를 감싸 주는 애착의 밀도가 부러움을 산다. 난 왜 어울리지 못할까? 나래가 그런다. 조안이 넌 빙벽 속에 갇혀 있는 불새 같아. 널 가둔 마녀가 언젠가 녹여주면 날아오를 거야.

조안이 작게 웃는다. 시인의 말은 추상적이야. 영화를 너무 많이 봐서 환상하고 현실이 헷갈리는 거지? 말을 하고는 금방 입을 다문다. 몸의 습관인지도 모른다. 불꽃놀이 뒤편에 서서 타인의 뒷모습을 훔쳐보고 있는 조안, 겸손과 결핍 사이에서 얼마나 타당한 일상을 살고 있는지 갑자기 마음이 오그라든다. 모두들 어떤 지점에 이르면 발을 멈추고 망설인다. 문혁 같은 완전체에 가까운 인물도 자주 발끈해지면서 감정을 태운다. 그 대상이 조안일까? 모두들 고개를 갸웃거린다. 그럴 수도 있고 안 그럴 수도 있는데, 믿는 쪽이 더 많은 것 같다.

문혁이 조안 곁에 가 선다. 늘 조안의 언저리를 벗어나지 않는 문혁, 우정이 닭살 돋은 팔죽지를 문댄다. 조안이 한 개 얻은 폭죽을 던지려고 높직이 한쪽 팔을 쳐든다.

멀리 던져. 지금 서풍이야. 마파람으로 던지면 네 얼굴에 명중하는 수가 있어.

문혁이 조안의 팔을 잡고 휙 돌려세운다. 조안의 팔이 번쩍 쳐들린다.

하트야! 불꽃 사랑, 하늘의 사랑, 하늘의 강이야. 저마다 제소리로 읊조린다.

해바라기처럼 웃고 있던 경인의 입술이 지그시 다물린다. 눈가에 실리는 조안의 옆모습을 흘끔 쳐다본다. 가늘고 긴 목이 뒤로 젖힌 채 피어오르다가 후루루 떨어지는 불의 지느러미를 따라 잔잔하게 움직인다. 연약한 흐름이다. 누구를, 무엇을 조상하는 그늘일까? 경인이 엉뚱한 생각을 접어 호주머니 속에 집어넣는다.

불꽃 너울이 바람을 따라 술렁거린다. 장막처럼 드리운 희끄무레한 어둠살을 뚫고 피어오른 불의 춤이다. 대낮같은 밝음이 강산문원을 속속들이 물살처럼 번진다. 밝음을 가로지른 울울한 나무들이 허리를 꺾고 휘어진다. 밤의 풍경에 길들여지지 않은 나래가 너무 음산해. 조안의 팔에 매달린다. 비 묻은 바람이야, 하는데도 나래는 늑대 우는 소리 같아. 조안에게 잡힌 몸을 흔든다.

모닥불이 탁탁 불티를 날린다. 불기운으로 벌게진 허공이 영산홍 꽃비처럼 발그레하다. 둘러앉은 이들의 얼굴에도 비에 젖은 화판처럼 촉촉하다. 바비큐 화덕을 비스듬히 등지고 앉는 조안의 얼굴이 연시 빛으로 발그레하다. 술 한 방울도 안 마셨는데, 벌겋게 달아오른 경인의 얼굴을 보고 정말, 술꾼 같다며 입을 오므린다. 조안이 살그머니 자리에서 일어난다.

문혁이 우정을 보고 웬 양주야? 막걸리로 한다고 하지 않았어? 조곤 대는 목소리다. 나래의 주사가 늘 좀 분위기를 들쑤신다. 문혁이 처음부터 술은 삼가자고 엄포를 놓았는데도 옹골찬 후배들은 듣는 둥 마는 둥 회피한다. 나래가 기분 좋은 날이면 소주를 머그잔으로 해치운다. 나래가 들고 있던 양주병을 찔끔 흘린다. 양주 마신 장작불이 화들짝 긴 혀를 날름거린다.

경인이 나래가 안고 있는 양주병을 빼앗는다. 좀 내려놔. 팥죽처럼 끓고 있어. 나래가 긴 혀를 빼문다. 그래서 어쨌다고? 자리를 박차고 일어난다. 뭔가 한바탕 저지려는 듯 그 몰아친 기세가 등등하다. 그때, 칼로 살을 베는 듯 날카롭고 새된 비명소리에 모두 후다닥 고개를 돌린다. 달이 없는 4월의 밤은 깊었고 캠프파이어 근처만 환하다.

풀장이야. 경인이 날쌔게 몸을 날린다. 풀장 가장이에 서 있는 희끄무레한 외등이 물 위에 둥실 떠 있는 풍선을 흔든다. 망사에서 걸러낸 것 같은 엷은 빛무리 속에서 나 좀 꺼내 줘, 누군가 허우적거린다. 어머, 조안이야. 나래가 소리친다. 문혁이 옷 입은 채로 뛰어들었고 뒤따라 풍덩 뛰어내린 경인의 긴 몸피가 물속에서 자맥질을 친다. 우정이 랜턴을 찾아들고 천천히 걸어간다. 풍선 묶음을 들고 있는 조안이 위험하지 않다는 걸 알기 때문이다. 풍선이 구명조끼 역할을 할 텐데, 하지만 상황은 다르다. 희고 큰 풍선 속에 7개의 작은 색색의 풍선이 들어 있고 큰 풍선을 에워싼 빨·주·노·초·파·남·보 일곱 색의 작은 풍선들이 제각각 흩어져 있는 것이 아닌가? 풍선 묶은 조임 밴드가 실팍했는데, 어떻게 풀어졌는지, 그 와중에도 우정의 뇌는 왜? 라는 의구심이 작동한다. 낱낱이 풀어진 풍선들이 풀장 수면 위에 꽃잎처럼 나풀거린다.

우정이 자귀나무에 풍선을 매달 때 조안이 지켜보고 서 있다. 법륜 프로젝트 풍선 전문 가게에서 맞춤 제작한 키스 텀 풍선이다. 조안이 스마트폰으로 찍는다.

끝나면 조안 샘 가져가요. 했더니 조안이 싫어. 나만의 풍선을 주문할 거야. 유튜브에서 본 것 같아. 풍선이 예술이네.

우정이 풀장 가두리에 앉아 두 개의 랜턴을 비춘다. 검은 수면이 심하게 쿨렁거린다. 경인이 늘어진 조안을 끌고 풀장 난간으로 기어오른다. 나래가 허우적대는 경인의 등에 두 팔을 대고 버티지만, 별로 도움이 되는 것 같지 않다. 겨우 물가로 올라선 경인이 조안을 안고 화덕 앞으로 달려간다. 우정이 쿡 혀를 차고 몸을 일으키려던 순간 수면이 허우적댄다. 랜턴을 휘둘러본다. 그제야 문혁이 맨 처음 풀장으로 곤두박질치던 장면이 생각난다.

문혁이 형! 우정이 랜턴을 켜둔 채 물속으로 뛰어든다. 수직으로 곤두선 문혁이 풀장 바닥으로 미끄러져 들어간다. 우정이 수면위로 고개를 쳐들고 소리친다. 여기요, 모 쌤, 하고는 다시 물속으로 몸을 숙인다. 역부족이다.

경인이 화덕 앞에 조안을 내려놓고는 우정의 소리를 찾아 두리번거린다. 나래가 저기…… 하더니 한달음에 뛰어간다. 문혁이 오빠야!

물먹은 문혁을 옆구리에 끼고 나오던 우정이 풍덩 뛰어든 나래하고 부딪쳐 다시 물속으로 가라앉으면서 곤두박질친다. 수심 2미터가 넘는 풀장의 반환 지점이다.

우정이 문혁을 안고 물속에서 벅벅거리고 있다. 혼자서는 어림없다. 경인이 풀장으로 뛰어든다. 늘어진 문혁의 좌우 양쪽 팔을 잡고 물 위로 기어오른다. 그때 우정의 눈에 그것이 보인다. 검정색의 가느다란 끈이 문혁의 목에 걸쳐져 있는 것을. 가늘고 긴 검은 끈이 물살을 따라 흐느적거린다. 물 위로 끌어올려진 문혁이 뱀? 희미하게 웅얼거리며 사지를 버둥거린다. 물을 토하면서도 뒤틀린 사지는 오그라든다. 문혁의 심장을 움켜쥐게 만든 건 다리에 쥐가 나서가 아니다. 차고 시리고 찰진 그 검은 끈이 문혁의 숨을 틀어막았는지도 모른다.

경인의 눈에 공포가 서려 있다. 우정을 바라보는 눈에 어떻게 좀 해 봐, 하는 구조요청이 깜박이고 있다.

우정이 풍선을 묶었던 노끈이야, 접착력이 있어 떨어지지 않네, 하면서 문혁의 목에 감긴 그것을 떼 낸다. 부댓자루처럼 늘어진 문혁이 무겁다. 문혁은 자신의 몸에 무슨 일이 일어나고 있는지 모른 채 맥을 놓는다. 화덕 앞까지 경인과 우정이 문혁을 부축해 가서 눕힌다. 그새 몸을 말린 조안이 스웨터를 걸치고 화덕 가장이에 쪼그리고 앉아 있다.

경인이 속으로 웅얼거린다. 도대체 무슨 일이야? 습기 머금은 어둠살이 자작거린다. 더 깊고 아리게, 지그시 누른 가슴에서 무언지 모를 부스러기가 푸슬푸슬 흘러내린다. 고개를 흔드는 경인. 그러다가 생각난 듯이 일어나 담요 몇 장을 들고 와 문혁의 몸을 감싼다.

문혁아 괜찮아. 눈 떠봐. 풍선 묶었던 밴드야 경인이 목에 걸고 있던 검정 끈을 흔들어 보인다. 시체처럼 늘어진 문혁의 입술에 대고 경인이 숨을 불어 넣는다. 발 빠른 조치를 한 탓인지 물을 괴어 내고 숨을 불어 넣자 문혁이 눈시울이 자잘하게 움직인다.

나란하게 선 외등이 은행나무의 연둣빛 너울을 풀어낸다.

우정이 119 호출할까요? 경인에게 묻는다. 그새 정신이 들었는지 문혁이 하지 마. 손을 내젓는다.

나래가 커다란 보온병을 들고 온다. 종이컵에 따른 커피를 나눈다. 경인이 문혁의 상반신을 안고 종이컵을 입에 대준다. 한 모금 마신 듯 안 마신 듯 입술만 축인 문혁이 다시 모재비로 꼬부라진다.

추워서 그래. 우정이 양주병을 들고 온다. 이게 특효약이야. 종이컵에 따라 경인에게 건네고 또 한잔을 따라 조안에게 준다. 담요를 들쓰고 있던 조안이 고마워, 받아든 컵을 두 손으로 감싼다. 그제야 경인이 조안을 돌아본다. 괜찮아? 묻자 조안이 고개만 끄덕인다.

문혁이 고개를 흔들면서 커피에 술 한 방울 넣어 줘. 해서 모두 웃는다. 고비를 넘긴 것 같다. 해프닝이다. 모두 비운 커피 산에 양주를, 커피보다 양주가 단연 인기다. 알코올이 체온을 끌어올린다.

잠깐의 소동은 양주 한 모금으로 수그러든다.

문혁이 비스듬히 일어나 앉는다. 아까 그거 뭐랬지? 내 목에 감겼던?

경인이 우정을 보고 눈을 세운다. 빠른 회복이다. 풍선 묶었던 끈? 근데 그게 왜 엉겨 붙어?

우정이 킥킥대며 웃는다. 테이프야. 벌룬 프로젝트 풍선 전문업체에서 만든 테이프의 일종인데, 꼬아서 만든 노끈이 풀어지는 걸 막기 위해서 약간의 접착 스프레이를 뿌린다고 들었어요. 요즘 파티 풍선이 꽃보다 더 인기 있다니까요.

문혁이 두 팔을 어긋나게 잡고 부들부들 떤다. 느낌이 있지, 꼭 뱀 같았어.

경인이 흘러내린 담요 자락을 당겨 주면서 심상하게 말한다. 상상력이 너무 비약했어. 한여름에도 그 동물은 사람 곁에 오지 않아. 그리고는 화덕에 장작을 더 넣는다. 활 타오른 불길이 화덕 주변의 어둠을 몰아낸다.

감기 들겠어. 나래가 조안을 끌고 텐트로 들어가면서 속삭인다. 문혁이 엄살에, 경인이 절절매는 거 봤어? 꼭 머슴 같아.

조안이 안 그래. 간단하게 뿌리친다. 강 교수가 허약하니까,

모 쌤의 보호 의식 아닐까? 하고는 뒤돌아본다. 화덕 앞에 모여 있는 네 사람, 지금 그들이 주고받을 화제가 혹시 가늘고 검은 노끈에 관한 것은 아닐까? 누가 했지? 우정의 빗긴 눈길이 설핏 지나간다. 뭐야? 켕기는 거라도 있어? 하는 눈빛이다.

기우는 한밤의 솔바람 소리가 놀이마당을 쓸고 지나간다.

문혁이 양말 발로 일어난다. 내가 한 바퀴 돌아보고 올게. 넌 여기 있어.

기척을 죽이려는 행동이다. 조금 전 풀장에서 벅벅대던 문혁이 아니다. 그 잠깐의 실추를 만회하려는 걸까? 경인이 엉거주춤 따라 일어나려다가 도로 주저앉는다.

보고 있던 우정이 모 샘요? 불러 놓고 그의 시선은 문혁에게 끌려간다.

경인이 고개를 끄덕이며 몸을 일으킨다.

야식 담당을 자처한 우정이 4인용 텐트에서 부스럭댄다.

잠깐의 시차를 두고 경인이 문혁의 뒤를 따라나선다. 넌 여기 있어, 동행을 거부했던 조금 전하고는 달리 문혁이 경인의 발부리에 랜턴을 비춰준다. 정문초소 뒤에 감추어지듯 설치된 간이 화장실로 향한 건 눈을 피하려는 조심성이다. 키 큰 자귀나무와 후박나무가 몸피를 가려준다. 본채의 차양 그늘이 깊다. 어둠에도 겹이 있는 걸까? 비 묻은 구름이 별을 가린다. 본채의 뒤란을 한 바퀴 돈다. 고르게 전정한 향나무 군락이 산자락과 집 마당을 경계 짓고 있다.

경인이 재빨리 별채 부엌문 기둥에 설치된 비밀번호를 누르고 들어간다. 어스름 너울이 스산하다. 왠지 불안하다. 누군가는 어둠을 칠흑에 비유한다. 지금 경인의 눈에 비친 어둠은 칠흑이 아니다. 회색빛에 버무려진 엷은 어둠이다. 사물들이 어슷거린다. 어딘가에 숨어 있을 강 회장이 문혁과 마주칠 확률은 반반이다. 숨어서 아들을 엿보려는 강만복의 관음증이나 그것을 거부하는 문혁의 발작적인 결벽증은 치유 불가능한 지병이다. 그 사이에 경인이 샌드위치 꼴로 끼어 있다.

문혁이 피를 토하듯 그 말을 했을 때 경인이 휴지 한 장을 뽑아 쥐여 주었을 뿐이다.

질질 끌려 다녔어. 난, 아버지 호주머니 속에 든 호두알이야.

경인이 손을 들어 문혁의 말을 자른다. 자식 사랑이잖아. 좋게 생각해.

문혁이 목소리를 내린다. 어머니를 병원에 가둬 놓고, 그 여자가 낳은 자식을 사랑한다고? 얼마나 숨이 막혔으면, 얼마나 힘들었으면 벽에 머릴 찧어 목숨을 끊었을지 생각해 봤냐? 내 엄마 정신은 말짱했어. 정신병자가 자살하는 케이스는 없어.

경인이 설핏 스치는 풍경에 붙잡힌다. 병원에 안치된 문혁의 모친 빈소에는 강 회장 혼자 앉아있다.

경인이 거듭 말한다. 문혁에게 연락해야죠? 공부도 중요하지만, 친모의 장례에 못 오게 하는 건 도리가 아닙니다. 나중에 원망 듣습니다.

만복이 아니라고, 넌 입도 뻥긋하지 말라고 손사래를 친다. 일없다. 네가 관여할 일 아니다. 공연히 공부하는 앨 꼬드겨서 비행기 타게 했다간 널 가만두지 않아.

경인이 한참 뒤 문혁에게 줄여서 한마디를 했다. 그때 강 회장이 나한테 어땠는지 알아? 살아있는 오리를 들고 와서 내 앞에서 목을 따고 그 피를 내 입속에 들이부었어. 자기 아들 문혁을 오염시키는 악종이래. 숨이 안 끊어진 오리가 내 가슴에 구겨 박혀 숨을 할딱거렸다고.

문혁의 팔이 길게 뻗어와 경인을 안는다. 내가 대신 사과할게. 그런 분인 걸 어쩌겠어.

아직도 내 귀에 짱짱해. 뭐라고 했는지 알아? 문혁에게 빌붙어 사는 비렁뱅이……. 그 두 개의 단어, 빌붙다와 비렁뱅이가 내 심장에서 콸콸 쏟아내는 피를 지혈시켜줬어. 경인이 그 말을 되작인다. 나 빌붙어 사는 비렁뱅이야.

조안이 그런 비슷한 말을 한다. 왜 빌붙어 살아? 언제까지 문혁이 그림자로 살 거야?

경인이 자신이 들먹인 비렁뱅이를 냅다 집어던진다. 각성을 일깨워 준 조안의 한마디다. 이제 그렇게 살지 않을 것이다. 흙살에 굴러 두더지처럼 살아도 비굴을 덧나게 하지 않을 거라면서도 문혁을 보면 마음이 달려간다. 그러다가 언젠가부터 마음의 골이 조안에게 흘러가는 걸 느낀다. 고랑을 파서 물길을 만들듯이.

경인이 그녀에게 묻는다. 너 지금 웃는 거야? 우는 거니? 그녀의 결 고운 살갗이 설핏 구겨진다.

조안이 담담하다. 웃음이나 울음이나 같은 정서 바구니에서 나온 거잖아. 그냥 버릇이야, 했지만 속으로는 시답잖은 감정의 보풀이라고 되뇐다.

경인이 말을 잃는다. 더 이상 그녀의 내면으로 전진할 수 없으리라는 생각이 발목을 잡는다. 경인의 생각은 그렇다. 나이는 어리지만, 성숙의 질량이 자신보다 한 발짝 앞서 있다는 것을.

그 시간 조안이 그들의 움직임에 눈을 걸고 있다. 그들은 약간의 간격을 두고 현장을 떠난다. 기대한다던 캠핑 야식을 팽개치고 집 안으로 들어가는 기척이다. 용건 없이 움직일 두 사람이 아니다. 그래서 4인용 텐트를 본채에 가장 가까운 후박나무 아래 세웠을 것이다. 커튼이 여며져 있었지만, 집안 동태를 엿볼 수 있는 거리다.

우정이 외친다. 2번 텐트에 라면 끓여요. 허브차도 있고 요거트도 있대요.

조안이 나주연에게 라면 안 드실래요? 물었지만, 6시 이후 물 한 모금 안 마시는 그녀의 생활습관을 알고 하는 말이다. 그럼 저 먹고 올게요. 자연스러운 탈출이다.

라면의 매콤한 냄새가 침샘을 자극한다. 하지만 지금은 아니다. 조안이 2번 텐트를 두고 본채를 향해 움직인다. 살림채 장지문을 연다. 별도의 출구다. 곤두선 2개의 시침이 11에 겹쳐진다. 유리창 너머로 캠프장의 불꽃이 물살처럼 흔들린다. 강만복이 커튼 뒤에 몸을 가린 채 창밖을 바라보고 서 있다. 이게 무슨 청승? 스스로 한탄하면서도 아들을 훔쳐보는 기묘한 호기심을 자제할 수가 없는 모양이다.

강 회장이 아들에게 전화를 넣었다. 조용히 앉아서 너희들 노는 거 구경만 할 거다. 다른 간섭할 생각 없어. 그때 문혁이 한마디로 팩하게 자른다. 아버지, 제 나이가 서른 하고도 셋입니다.

제발 내버려 두세요. 초등학교 애들 운동회가 아니잖아요.

강만복이 그런다고 단념할 생각은 없다. 조안에게 전화를 넣는다.

조안이 강만복의 전화를 받은 건 캠프파이어 이틀 전이다. 자네한테 부탁이 있어. 자네들 캠프 하는 거 좀 볼 수 없을까? 문혁에게는 비밀로 하고.

조안이 알았습니다. 적당한 장소를 확보해 두겠습니다. 하루 뒤 다시 문자를 넣는다.

– 강 회장님, 캠프장 전경이 잘 보입니다. 책장 뒤, 비밀반닫이를 밀고 들어오시면 거기 강 교수를 위한 헬스기구들이 비치되었고, 뒷문은 여닫이 손잡이가 없어 아무도 몰라요. 제가 미리 안쪽 고리를 열어 둘게요. 불꽃놀이의 절정은 10시 전후가 될 겁니다. 조안 드림

조안이 그냥 좀 우울하다. 캠핑 현장에는 5시 어름에 나타났지만, 정말은 오전 2시에 도착했다. 캠프장에 늦게 도착한 건 산자락에 난 별도의 후문을 외돌아 강만복과 미리 만났기 때문이다. 조안이 택시에 싣고 온 커다란 코스트코 백에서 무릎 덮개 담요와 망원경, 와인과 치즈까지 준비한다.

똑 부러진다니까, 강 회장이 미리 준비해 둔 봉투를 조안의 후드 재킷 호주머니에 넣어 준다.

조안이, 회장님 늘 챙겨 주시네요. 감사해요. 고급 아르바이트다. 시간이나 힘 안 들이고 보통 아르바이트의 몇십 배 넘는 수고

비를 챙길 수 있다. 범법행위가 아닌 이상 조안이 아르바이트 종목에 까탈을 부리지 않는다. 오늘 강만복이 제시한 아르바이트의 조건은 그녀의 호기심을 자극하기에 충분하다. 어쩌면 세상에 태어나서 처음 보는 풍경을 구경할지도 모른다. 누군가 호기심은 오르막 경사 길을 올라가게 만드는 에너지라고 한다. 조안이 그따위 작은 동력을 얻으려고 이딴 짓거리를 한 것은 아니다.

조안이 창가로 다가가서 틈새 난 커튼을 여민다. 탁 트인 정원은 불의 얼룩으로 술렁거린다. 아직도 타고 있는 화톳불과 텐트 입구에 조롱박처럼 매달린 알전구가 일정 간격으로 도열 해 있고 석등의 불빛이 습한 기류에 버무려져 몽환적 분위기를 이룬다. 가운데 세워진 4인용 큰 텐트 앞자락이 열려 있고 라면 면발을 건져 올리는 우정의 구부정한 뒷모습까지 선명하게 보인다. 문혁하고 경인이 보이지 않는다.

노인이 안달이 난다. 어디 간 거야? 우리 문혁인 안 뵈네.

조안이 얼른 둘러댄다. 강 교수는 텐트 안쪽에 자리 잡았을 거예요. 어디서든 가운데를 차지하잖아요. 여기선 안 뵈네요. 지금까지 잘 보셨잖아요. 강 교수 오늘 내내 입을 다물지 않던데요.

강 회장의 두툼한 입술이 벌렁거린다. 풀장에서 일어났던 잠깐의 소동은 못 본 것 같다.

그래, 조안이 네가 수고해 준 덕에 구경 잘했다. 우리 강 교수 잘 놀더구나.

조안이 작게 속삭인다. 강 회장님, 커튼을 크게 열면 밖에서 보이잖아요.

커튼을 완전히 여미자 두터운 어둠이 손끝에 만져지는 듯하다.

어쩌라고? 그가 내키지 않은 목소리로 말한다. 그때 한쪽 벽면에 설치한 모니터 가득 캠프파이어 영상이 떠오른다.

창턱에 쪼그리고 앉았던 그가 정강이를 펴고 일어난다.

불 켜면 안 돼요. 레이저 모니터를 설치했지만, 이중 커튼이어서 밖으로 빛이 새나갈 염려는 없어요.

그의 입술이 씰룩거린다. 근데, 강 교수가 어디 갔어? 안 뵈네.

조안이 무릎담요를 덮어 주면서 말한다. 여기 가만 계셔야 해요. 눈치를 채면 강 교수가 달려올지도 몰라요.

조안이 준비해온 와인과 치즈에 소금기 적은 칩을 종이 접시에 담아 내놓고 일어난다.

임 기사가 오늘 모친 제사 지내고 조금 늦게 도착한댔어요. 저한테 부탁한다는 문자를 보냈더군요.

조안이 버성긴 커튼 자락을 바짝 꼭 당긴다, 먼발치로 걸어오는 두 사람의 긴 그림자가 급하게 스쳐 지나간다. 그들 둘은 본채를 에둘러야 했고, 조안은 미리 열어둔 본채의 분합문으로 가볍게 진입했기 때문에 한발자국 빨랐다.

엉거주춤 서성거리던 그가 잽싸게 다가와 여며진 커튼 자락을 살짝 들치려 한다.

조안이 두 팔을 펼치고 가로막는다. 여기 서 있으면 밖에 그림자가 비치잖아요.

조안이 몸으로 버팅 긴다. 그의 육중한 몸피가 머쓱하니 한발 물러선다.

서재 뒤에 설치한 작은 공간은 은밀한 내실같다. 책장이 여닫이 구실을 하도록 만들어진 일종의 비밀 공간이다. 가둬진 공기는 매캐하다. 이중창 바깥에는 나무 덧창이 설치됐고 안에는 중후한 자동 커튼이 외등의 희미한 빛마저 가린다.

경인이 랜턴으로 사방을 훑어본다. 책상 위에 있던 갓등을 책상 아래로 내려놓고 전등 스위치를 올린다. 구석구석을 훑어본 경인이 다시 전등을 끈다. 널찍한 홀 한가운데 양면으로 조립된 책장이 벽면을 가득 채우고 있다.

경인이 입고 있던 면 스웨터를 벗어 문혁의 어깨에 두르고 소매 양쪽 끝자락을 묶어준다.

형 노릇 그만해, 했지만 문혁이 수굿하니 받아낸다.

뜻밖에 실내 공기는 따뜻하다. 누군가 보일러를 가동시켰다는 증거다. 문혁이 전등 스위치를 올리려는 걸 경인이 제지한다. 켜지 마. 밖에서 환히 보여. 랜턴 있잖아.

빛 무리는 어스레하다. 그들은 책장 뒤에 설치된 반닫이를 연다. 투명비닐로 덮어 둔 헬스 기구들이 방 네 구석에 빼곡하다.

문혁이 내가 봤어. 움직이는 걸 봤다니까. 다진 목소리에서 쉿내가 난다.

누군가 숨어 있을지도 모른다는, 그 누군가는 부친 강 회장이다. 문혁의 강박증이다. 아들을 마음대로 휘젓지 못해 안달하는 아비나 그 아비의 영역에서 도망가려는 아들의 뿌리침은 보편적인 상식을 뒤엎는다. 문혁이 진정한 지성인인지 경인도 확답할 수 없다. 그 발칙한 상황을 경인이 외면한다. 지성적인 것과 지성인이라는 사이에는 눈에 안 보이는 가림막이 존재한다. 그 경계에 경인이 두 팔 버리고 서 있는 꼴이다. 경인 스스로 오지랖이야, 했지만 그 근처를 어정대면서 서른 고비를 지나고 있다.

경인이 문혁의 등을 밀어낸다. 우리 나가자. 텐트가 얼마나 멋스러운데, 왜 여기서 얼쩡거리냐? 경인이 현관방 중간 여닫이를 열고 발걸음을 옮긴다. 문혁이 양다리로 버틴다.

이제야 생각났어. 기와를 얹고 치장했지만, 이 집 구조는 양철지붕이었던 옛날 본채를 그대로 확장했어. 골방이 있을 거야.

네 집이니까. 경인이 더 이상 만류할 생각은 없다. 강만복의 간절한 당부가 귓가에 와 스멀거린다. 우리 강 교수한테 무조건 협조해야겠지. 객소리 하지 말게. 내 아들 곁에서 꺼지라고 했던 그 입에서 애잔한 목소리가 고장 난 보일러처럼 식식거린다. 강 교수에겐 말하지 말게. 내가 여기 있는 걸 알면 깨 방정을 떨 거야. 아들에게 강 교수라는 호칭을 쓰면서 깨 방정 운운하는 건 앞뒤가 다른 강만복의 민낯은 아닐까? 강 회장이 말한 깨 방정의 실체는 그렇다. 강산문원을 사유화하지 않겠다는 약속이다.

아버지 약속하셨어요. 전 학생들 가리키고 그냥 공부하는 서생으로 조용히 살고 싶어요. 재벌 2세들처럼 별장놀이나 하는 속물 아니거든요. 실제로 재벌도 아니죠. 부동산 바람을 조금 탄 거잖아요.

강산문원이 한 개인을 위한 공간이 되어서는 안 된다는 문혁의 논리다. 아버지 강 회장이 정말 자신을 위해 마련한 문화공간이라면 지역사회를 위해 공개해야 한다고 우긴다. 야산을 합쳐 만여 평의 땅에 본체인 한옥 2채 말고도 3층짜리 현대식 건물이 들어섰고 경인을 위해 자투리 뒷마당에 들어선 별채, 작가의 방은 개인 문학관을 흉내 낸 것이다.

강 회장이 아들의 눈치를 보면서 우물거린다. 집은 비워두면 헐어. 내가 와서 살다가 강 교수가 방학 때 오면 교대하면 안 될까?

문혁이 미간을 사납게 구긴다. 떼거리로 몰려다니는 그 노래방 아줌마들하고 야지 굿판을 벌이겠다는 거죠? 약속이 틀리잖아요. 강산문화원은 제게 운영권을 주신다고 하셨죠? 도서관은 개방하기로 해놓고 안채에서 노랫가락이 흘러나오면 그 풍경이 안 봐도 뻔해요.

강 회장은 승복한다. 알았다. 그런 일은 없을 거라.

문혁이 갑자기 쉿, 입술에 검지를 세운다. 거긴 손대지 마. 경인이 몸을 날려, 궤 앞을 가로막는다. 반동에 밀려 문혁이 비틀거린다. 검칙한 궤가 입구 통로를 가로막는다. 높이가 90센티 넓이가 1,2센티 되는 궤는 제주도 산이다. 말리는 경인을 밀어내고 문혁이 그것을 밀어낸다. 책장하고 궤가 동시에 뒤로 물러나면서 눈앞이 확 트인다. 통유리 너머로 캠핑장 광경이 대형 TV 모니터처럼 열린다. 이 집 어디서나 외부의 풍경을 끌어들일 수 있게 설계된 것 같다.

봐, 벽장(붙박이장)이라니까. 감쪽같아. 문혁이 두 팔을 쳐들고 소리 없는 환성을 지른다.

그때, 칼로 베는 것 같은 새된 비명소리가 문 틈새로 새어든다. 엇! 조안의 목소리? 두 사람은 서로의 눈을 쳐다보았고 동시에 몸을 날린다. 경인과 문혁이 여닫이로 된 문을 박차고 들어갔을 때 보지 말았어야 할 하나의 풍경과 맞닥뜨린다. 골마루 바닥이 깨진 사기 파편들로 흐트러져있고 그 너머로 야시시한 풍경이 두 눈을 후빈다. 둔부까지 흘러내린 트레이닝팬츠를 거머쥔 조안, 강만복의 활짝 펼친 두 팔이 그녀를 뒤에서 폭삭 꺼당긴 백허그 모습이 랜턴의 동그란 불빛 속에 떠 있다.

우정이 경인과 문혁의 움직임에 신경 줄을 걸고 있다가 그림자처럼 움직이는 그들의 뒤를 밟는다. 문의 틈새로 조안의 모습이 보인다. 1인용 소파를 옮기려는 듯 강만복이 마주잡고 있다. 조안이 질질 끌던 소파가 손에서 버성겨 떨어지면서 비명을 내지른다. 내 발가락? 강만복이 달려가 조안의 뒤에서 허리를 구부리고 자지러지게 내 발가락을 외치는 그녀를 굽어본다. 어디? 발 좀 봐, 하는 순간 공교롭게도 뭡니까? 문혁의 목소리가 달려든다.

갑자기 불이 꺼진다. 어둠 속에서 불퉁한 문혁이 무슨 짓입니까? 무슨 짓? 오열하는 목청에 분노를 씹어 삼킨다. 그제야 우정의 눈에 하의가 반쯤 흘러내린 팬츠의 허술한 입성이 눈길을 끈다.

조안이 두 손으로 왼쪽 발을 움켜쥔 채 아프다며 비명을 씹는다. 희끄무레한 빛 속에 미완성 판화처럼 뭉개진 풍경이다.

지팡이를 휘두르는 노인이 마구잡이로 날뛴다. 억울하기도 했을 것이다. 내가 뭘 어쨌다고 작당을 해서……. 억울하다는 노인의 넋두리다.

경인이 스위치를 눌러 불을 켠다. 문혁이 두 손으로 얼굴을 가렸고 경인이 다가가서 조안의 발부리에 느슨하게 늘어진 팬츠를 끌어 올려준다. 설명이 필요 없는 폭행 현장이다.

문혁이 부친 만복을 향해 돌진하면서 전등 스위치를 내린다.

강만복이 재빠르게 몸을 피하면서 지팡이를 거머쥔다. 손에 놓지 않는 오동나무 지팡이다.

문혁이 뭡니까? 무슨 짓이죠? 길길이 날뛴다. 창틀에 비치된 커다란 화분을 들고 노인을 향해 메다친다. 강만복이 더 빠르다. 구구 팔팔이라는 신종어가 그의 일상을 지배하고 있다. 체력으로 단련된 노인은 살진 돼지를 떠올린다. 남한강을 끼고 양평 사거리를 지나 양평 들꽃수목원까지 일정한 보폭으로 매일 만 보를 걷는다. 팔과 허벅지에 근육이 살아서 꿈틀거렸고 그런 자신의 젊은 건강 나이를 자랑한다. 그는 아들 문혁을 깡다구같이 말라서, 사흘에 피죽 한 그릇 못 먹는 허깨비야. 속이 까맣게 탄다.

아들의 느닷없는 출현에 그는 부아가 치민다.

왜? 내가 못 올 곳에 왔단 말이냐? 못 볼 것을 봤단 말이냐? 괘씸해서 욕지기가 터져 나온다.

이놈의 자식, 내가 뭘 어쨌다고? 아비만 보면 눈을 부라려?

문혁이 깨진 화분 조각을 쳐들고 왼 손목에 대고 그으려고 한다. 내가 콱 죽어 버리면 되죠? 창피해서 못 살아요. 무슨 짓을 한 거냐고요?

강만복이 벌벌대면서 달려든다. 아니 내가 뭘 어쨌다고? 아비 앞에서 죽겠다고 협박 공갈이야?

경인이 달려가 덮쳤을 때 이미 문혁의 왼쪽 팔목에서 흘러내린 선홍의 핏줄기가 바닥에 줄줄 흐른다. 흥분한 강만복이 지팡이를 높이 쳐들고 경인의 등짝을 내려친다. 막무가내로 휘두른 지팡이가 닥치는 대로 깨부순다. 경인이 문혁의 피 흘리는 손목을 거머쥔 채 손에 잡히는 그것, 풀장에서 건진 검은 띠로 손목을 친친 감싼다. 경인이 그 검은 끈을 호주머니에 넣어둔 거였다.

문혁이 재빠르게 몸을 뒤집는다. 이제 강만복의 지팡이는 경인이 아닌 아들 문혁의 등판을 향해 날아간다. 희끄무레한 어둠 속에서 허공을 난타하는 지팡이 소리만 짱짱하다. 욕설에 버무려진 강포한 지팡이의 난타전이다.

강 회장님, 진정하세요.

강만복의 지팡이가 과녁을 향해 날아간다.

이 씹어 먹어도 모자랄 악종이 주둥아리를 나불거려? 모경인이 노옴, 네가 사단이라는 걸 몰라?

침에 버무려진 쇳소리를 질러 대면서 지팡이가 공중을 가른다. 후려치는 지팡이가 적막을 깨부순다. 신명 오른 무녀의 살풀이춤과 다르지 않다.

한구석에 서 있던 가녀린 그림자가 어둠 속에서 그림자처럼 조용히 퇴장한다.

누군가 퍽 날숨을 토하면서 널브러졌지만 노인의 지팡이 질은 멈추지 않는다.

몰골사납게 왜 이러세요? 부끄러운 줄 아세요.

누구의 목소리인지 강만복의 청각은 그 식별을 거부한다, 비렁뱅이 경인의 지분대는 몰골만 머릿속에서 들끓는다.

경인이 몸을 날려 문혁의 앞을 가로막는다.

이놈의 자슥, 문혁에게서 떨어지라고 경고했을 텐데, 더는 못 참아.

지팡이 든 노인의 장대한 실루엣이 어슴푸레한 잔광 속에서도 돌올하다. 문혁이 맨손을 휘두르며 바락바락 외친다. 이게 무슨 짓이냐고요? 정말 창피해요.

강만복의 긴 지팡이가 반닫이 위에 진열된 것들을 일시에 휩쓸어 낸다.

내가 뭘 어쨌다고? 이것들이 작당해서? 헐떡거리는 강만복의 숨소리는 이미 사람이기를 거부한다. 강만복은 억울하다. 조안이 눈앞에서 살랑거렸지만, 눈길을 준 기억은 없다. 오해의 빌미가 있었다면 그것은 순간의 오차다. 편한 걸상을 끌고 오는 그녀를 도우려고 강만복이 그녀 뒤에서 힘을 실었다. 조안의 흰색 트레이닝 바지가 걸상 모서리에 짓눌려 꺼당겨졌을 것이다. 조안이 아얏, 내 발…… 발을 감싸 안고 주저앉는다. 조안이 강만복과 함께 옮기려던 1인용 소파 다리에 발등이 찍힌다. 아얏, 비명을 지른다. 강만복이 많이 다쳤나? 어디 보자고 엎드린 게 죄라면 죄다. 그때다. 문이 벌컥 열리면서 문혁이 들이닥친다. 느닷없고 어이없다. 무슨 짓입니까? 문혁이 깨금발을 뛴다. 강만복의 정수리에 불이 지펴진다. 머리꼭지가 활활 타오른다. 이것들이 생사람 잡는 거네. 작당해 서리. 요망한 것들이. 강만복이 거품을 씹어 뱉는다. 들고 있던 지팡이가 제멋대로 휘둘린다. 그 휘둘림의 한가운데 문혁이 꼼짝 안 하고 서 있다. 지팡이가 휘돌아 칠 때마다 어둠의 등치가 내지르는 비명이 으스러진다.

경인이 만복을 몸으로 덮친다. 지팡이를 뺏으려는 경인과 노인과의 사투는 오래 걸리지 않는다.

어르신, 자중하세요. 제가 문혁하고 어울리는 게 그렇게 못마

땅하시다면…….

순간 눈 속을 찌르는 날카로운 통증, 불화살에 쏘인 걸까? 경인이 손으로 눈을 감싼 채 털퍼덕 바닥에 엎드린다. 안경을 치고 가열 차게 날아든 뭔가가 손끝에 만져진다. 바늘로 찔린 듯 욱신거린다. 유리 파편인가? 왼손으로 눈을 막고 일어서려는데 또 강만복의 지팡이가 등때기를 후려친다. 경인이 깜깜한 나락으로 굴러 내린다.

그가 늘 손에 쥐고 다니는 지압 호두알로 모경인의 안면을 강타한다. 예상은 적중한다. 비렁뱅인 주제에 언제나 활짝 웃는 모양새가 그에게 거슬린 것이다. 웃음을 비렁뱅이인 녀석이 헐값에 도용한다는 생각에 비위가 뒤틀린다. 웃음은 행복에 비례하는 거야. 너 같은 비렁뱅이는 우그러뜨리고 다녀야지. 강만복의 웃음 철학이다. 그런 녀석이 지금 그 뻣뻣한 몸피를 쭈그러뜨린 채 비명을 질러댄다. 통쾌하다. 이놈의 자슥, 부자지간을 이간질하는 비렁뱅이 놈, 꼬리가 길면 거덜 나는 겨. 그가 천천히 문을 열고 나간다. 아들 생각은 뒷전이다. 우라질 놈, 경인에게 꽂혀 있는 감정이 눈을 멀게 했을 것이었다. 문밖에서 사태의 추이를 지켜보고 있던 우정의 등장에도 강만복은 의식하지 못한다.

우정이 전등 스위치를 올린다. 난장판이다. 눈을 감싼 채 화장실 문턱에 엎어진 모경인을 일으킨다. 모 쌤 왜? 안경은 벗겨졌고 왼쪽 눈에 이물질이 꽂혀 있다.

모 쌤, 눈 비비면 안 돼. 눈에 뭐가 꽂혔어요. 119 부를게요. 조금만 참아요.

갑자기 문혁이 목소리를 지른다. 불 꺼. 우정이 스위치를 내린다. 어둠이 피의 자국을 덮는다. 아비와 아들의 난투극은 붉은 선혈로 마감된 모양이다.

우정이 경인을 부축해 일으킨다. 힘살이 빠진 길고 늘어진 몸피가 무겁다. 배우정이 경인의 허리에 팔을 감고 질질 끌고 나간다. 안 될 것 같다. 마침 나래를 선두로 여자들이 몰려온다.

미쳤어. 다들 미쳤다니까. 우정이 스마트폰으로 119에 신고하는 데 문혁의 오른팔이 휙 쳐들리더니 스마트폰을 채뜨린다. 관둬. 우정, 끼어들지 마.

우정이 큰 소리로 떠든다. 모 쌤의 상태가 심각해. 눈두덩이 꽈리만큼 부었어. 유리 조각이 동공에 박힌 거 같아.

널브러졌던 문혁이 배밀이로 기어온다. 손 떼 봐.

우정이 그러는 문혁을 밀쳐낸다. 모 쌤한테 손 떼. 그런 일은 없겠지만, 만약에 모 샘 눈에 문제가 생기면 내가 가만 안 둬. 너들 부자 모두 미쳤어.

본인의 의사와는 무관하게 그들 부자의 가운데 끼어 있던 경인이라는 샌드위치는 나날이 그 형태의 모서리를 헐어내면서 납작, 졸아들고 있다. 맥락 없는 헛바람이 경인의 얼굴을 훑친다.

비릿한 피 냄새보다 핏줄로 엉긴 인간의 애증이 빚어낸 살의 전쟁이다.

휘어져도 구부러지지 않아

동공을 찌르는 통각의 강도는 더해간다. 눈을 뜰 수가 없다. 각막 수술을 두 번이나 받았다. 실명할지도 모른다는 불길한 말이 떠돈다. 호두알로 강타할 때 깨진 안경 유리 파편과 호두 부스러기가 눈으로 들어갔다고 한다. 응급처치를 했지만 상처 난 각막은 이식수술을 해야 한다. 경인이 수술을 거부한다.

우정이 모 쌤, 왜 그래? 눈 없이 어떻게 살아? 수술비는 내가 책임질게. 걱정하지 마. 수술 일정 잡혔다니까.

그날 밤, 경인이 병원에서 도망친다. 붕대를 감은 채 무궁화호를 탄다. 기차를 타기 전 서울역 대합실 약국에서 진통제 타이레놀을 두 통이나 구입한다. 눈 속에 모래 한 줌이 들어간 것 같이 찌르고 볶아친다. 언젠가 식초를 눈에 들이부은 적이 있다. 못난 놈, 가족을 부양할 능력이 없는 인간은 죽어 버리자고. 두 눈 멀쩡하게 뜨고 살면서 제대로 된 소설도 못 쓰면서, 식초를 부었는데도 눈은 멀쩡하다. 문혁이 웃는다. 빙초산이라면 모를까, 보통 식초로 뭘? 어쨌다고? 쇼했네.

한밤중에 당도한 횡성의 오두막집, 경철이 엉덩방아를 찧는다. 눈은 왜 그랬냐고? 머위를 으깨어 죽을 끓여 주면서 경철이 형아, 여기서 나랑 농사짓고 살자. 짬짬이 소설 쓰면 돼. 어르고 추스른다. 경인이 맥없이 고개만 끄덕인다. 다른 때 보다 수굿해진 경인이 진통제를 먹고 따뜻한 아랫목에 몸을 부린다. 여기가 본디 내 자리였어, 중얼거리는 소리를 경철이 들었는지 호들갑스럽게 반응한다.

형아, 잘 생각했어. 형이 여기 안주하면 난 가락시장에서 장사할 거야. 가락시장 배추 도산매하는 정 사장 딸 명순이 하고 결혼할지도 몰라. 가끔 아버지 대신 트럭을 몰고 오던 명순이 알지? 마음이 예뻐. 스마트폰을 쳐들고 웃고 있는 여자 사진을 내민다.

경인이 눈물이 줄줄 흐른다. 목소리가 나오지 않는다. 눈물이 말이었고 말이 눈물이다.

그때 우정이 나래하고 조안을 대동하고 횡성 오두막으로 들이닥친다.

경인이 고맙다는 말 대신 양반다리로 앉은 채 머리가 바닥에 닿을 때까지 숙인다. 고개를 들었을 때 바닥이 흥건하다.

강 교수가 심각해요. 의식이 없대요. 입원했던 초기에는 모 쌤을 많이 찾더니 이젠 깜깜해요. 강 사장이 애걸하던데요. 문혁일 깨우려면 경인이 있어야 한대요. 그나저나 내일 각막 이식수술 예약한 날이잖아요. 강 사장이 수술비 대준댔어요. 환골 탈퇴한 거죠. 올라가요.

마침 하지 감자 출하 철이어서 가락시장 명순이 내려와 있다. 늘 시무룩해 있던 경철의 입이 함박만큼 벌어진다. 형 수술받아.

우리 결혼식은 교회에서 간단하게 올릴 거야. 9월 11일에. 명순이가 원한다면 가락시장에서 한 번 더 식 올릴 거예요.

우정이 나선다. 축하해요, 경철 씨. 결혼식이라면 강산문원 정원이 제격이지만, 가락시장도 멋있어요. 내가 축복 한 바구니 싸들고 갈게요.

경인이 또 주룩 눈물이 흐른다. 눈물이 관골하고 코 사이를 타고 내린다. 정작 본인은 눈물이 흐르는지 의식하지 못하는 것 같다.

명순이 김이 무럭무럭 나는 하지 감자 한 바구니를 들고 온다. 보리차하고 휴게소에서 일하는 경인의 누이동생에게 들러 사 왔다는 진미 채를 버터에 살짝 볶았다. 진미채하고 감자의 조합이 맛있어 웃었고, 결혼할 젊은 한 쌍의 오손도손 속삭이는 모습이 예뻐 웃음꽃을 피운다.

경인이 또 울컥한다. 늘 그늘에 쌓여 침침 어둑한 오두막에 웃음소리가 질펀하게 울린다.

우정이 렌트한 봉고에 경인을 태운다. 명순이 자정 넘어야 고속도로가 트인다고 한다. 경인이 두 사람만의 호젓한 시간이 필요할 것 같아 내키지 않았지만 친구들의 등쌀에 몸을 움직인다.

병원으로 실려 간 문혁 부자의 상태는 의외다. 강 회장이 링거를 맞는 와중에 주삿바늘을 빼고 벌떡 일어난다. 문혁은 토막 난 나뭇등걸처럼 숨죽인 모습이다.

문혁아, 나야. 눈 좀 떠봐. 문혁이 꼼짝을 안 한다.

경인이 문혁의 맥락을 찾아 뒤적인다. 허약한 체질이지만 정신력은 강인하다. 문혁의 뼈마디 앙상한 손을 잡고 경인이 말한다. 눈 좀 떠봐. 문혁아. 여기 우리 강산 식구들 다 와 있어.

아주 잠깐 동안 잡힌 문혁의 손이 움찔한 것 같다. 경인에게 보내는 신호였을까?

경인이 그의 귀에 대고 속삭인다. 빨리 털고 일어나자.

잠시의 기척이다. 경인이 잡은 손을 흔들고 꼬집었지만 다시는 아무런 반응을 보이지 않는다. 모두의 생각이 비슷하다. 캠프파이로 뒤숭숭했던 날 밤, 그 방에서 일어난 사투 장면은 제각각의 장소에서 제각각의 시선으로 목격한다. 강산문방 식구들은 스스로의 입에 재갈을 물었고 침묵은 묵계가 되어 서로의 뒤통수만 쳐다본다. 문혁 스스로 청교도적인 도덕관으로 일상을 평정하는 사람인데, 그날 밤, 부친이 조안을 폭행했을 거라는 지레짐작으로 사지가 오그라든다. 그 아리송한 장면이 폭행의 빌미를 불러내기에 충분했으니까. 수치심과 혐오감으로 반죽된 최악의 감정이 문혁의 영혼에 빗금을 그었을지도 모른다.

나래가 된 숨에 버무려 중얼거린다. 우리 불쌍한 문혁 오빠!

마지막으로 조안이 문혁에게 말을 건다. 잠꾸러기님, 일어나요. 모두 쳐다보고 있는데, 모두들 서 있는데, 두 다리 뻗고 누워 잠자는 경우가 뭐예요?

조안이 갑자기 목이 멘다. 문방 식구들이 네가 한번 불러 봐. 재촉해서다. 그래서 다가간 건 아니다. 실제로 의식이 있는지 연극을 하는 건지 궁금하다.

문혁이 얇은 눈시울이 움찔거리는 것 같다. 미미한 기척이다. 지켜보고 있던 강산 시구들 모두 앗, 환호를 깨문다.

복도에 있던 강만복이 휠체어를 밀고 들어온다. 우리 문혁이 눈 떴어?

나래가 호들갑을 떤다. 어머, 오빠가 울어? 그쵸? 의식이 없다면 저런 슬픈 표정을 만들 수 없어. 속은 말짱한데…….

지그시 감은 눈시울에 물기가 번진다. 벌어져야 할 입술은 지그시 다물려 있는데, 의식을 내던져버린 육신에서 가장 먼저 헤프게 벌어지는 부위가 입술이라고 하는데, 입과 눈이 동시에 벌어지면 의식을 완전히 잃은 상태다. 문혁이 울고 있다. 입은 다물었고 감은 눈에는 눈물이 흐른다. 눈을 뜨고 귀를 열고 감각을 되돌리고 싶지 않은 것일까? 정지된 상태로 언제까지 버틸지 짐작할 수 없다.

조안을 덮치는 아비의 노추한 모습을 두 눈으로 직시했는데, 부끄럽지 않을 자식이 있을까?

문혁이 흐리멍덩한 의식의 한 모서리에 수천만 개의 바늘이 꽂히는 걸 느낀다. 조안의 등 뒤에 거미처럼 엉겨있던 부친의 몰골은 추악하다. 뼈가 갈리고 살이 뭉크러진다. 조안은 문혁이 영혼에 간직하고 있는 목숨의 씨알이다. 그래서 애걸하지도 지분대지도 잦은 전화도 문자도 함부로 끼적이지 않는다. 조안이 있어, 깨어나는 아침마다 축복처럼 달콤한 숨에 안도한다. 소중한 사람이다. 문혁이 자주 책상 위 낱장 일력에 끄적거린다. 불멸이라는 단어를. 책상 달력을 만들어 준 학부 학생이 묻는다.

불멸을 넘 남용하시는 건 아닌가요? 교수님.

문혁이 고개를 끄덕이지만 무슨 말은 하지 않는다. 문혁에게 조안은 그런 존재다. 그날 부친에게 등을 붙잡힌 모습은 순백에 쏟아진 구정물이다. 문혁이 치가 떨리고 피가 마른다. 수치심이 등골을 파고든다. 심장 깊숙이 박힌 창날을 뽑아낼 수 없다. 뽑아내는 순간 피를 쏟고 죽을지도 모른다. 아직은 삶이 고프다. 그녀가 있어 가득 찬 나날이 만져졌고 느껴졌고 세상의 소리를 들을 수 있었는데.

조안이 거름 막은 아니었을까? 언젠가 문혁이 문자메시지로 그런 말을 보낸다.

– 조안, 넌 내 방풍막이야. 햇살 가리개이고 망창이기도 해. 세상의 모든 불순물을 걸러내는 여과지야. 무슨 말인지 알아? 넌 내게 그런 사람이야. 나를 살게 하는 숨이야.

조안은 그 메시지에 딱 한 줄의 문자를 보낸다.

– 날 너무 부풀리지 마요. 난 그냥 보통사람인데요

처음 만났을 때 조안이 문혁을 말끄러미 쳐다보았다. 눈 한번 깜박이지 않고. 그 눈이 시려서 문혁이 먼저 눈길을 돌린다. 첫 만남인데, 그녀의 눈이 말을 건네고 있는 것 같다. 새롭고 독한 슬픔이 눈 속에 박혀 있다. 그 말간 눈이 문혁의 심장을 벤다. 그리움인지 기다림인지 우정인지 사랑인지 그냥 좀 모호하고 어정쩡한 채. 한 가지 분명한 건 조순숙의 환영이 아니라 조순숙 그 자체로 다가온다. 얼굴도 목소리도 걸음걸이조차 순숙의 모습 그대로다. 그녀에 대한 미안한 죄책감은 날이 갈수록 덧쌓인다. 흔들바위에 매달려 날 잡아줘. 죽고 싶지 않아. 간절하게 속삭이던 그 목소리가 밤마다 꿈마다 찾아와 그의 고막을 헤집는다. 거기에 생각이 미치자 문혁의 안에서 시퍼런 메스가 발버둥 친다. 벼랑 바위에 매달려 있는 순숙의 손을 놓친다. 제 몸뚱이가 끌려가지 않으려는 마지막 결단이다. 좋아한다고, 너 없이는 못산다고 나불댔는데, 마지막 순간 문혁이 절벽의 가두리에서 중력으로 꺼당긴 팔을 움츠린다. 혼자만 살아남는다. 오랫동안, 16년이라는 긴 세월 동안 검은 목댕기로 숨통을 압박해 왔던 그 질긴 죄책감을 조안이 빤히 쳐다보고 있다.

어쩔 건데요? 묻는 눈빛으로 그를 직시한다. 문혁이 그 눈을 피한다.

어느 날, 경인의 수첩 속에서 불쑥 나타난 조안의 사진? 문혁이 눈과 입술을 비튼다. 경인이 재빠른 손놀림으로 새치름해 있는 조안을 호주머니 속에 구겨 넣는다. 순간 문혁이 날카로운 대못 하나가 심장을 관통하는 걸 느낀다. 대못은 사랑의 다른 신호다. 맵고 아린 모스부호 같은 것. 그에게 사랑은 아름답지만은 않다.

문혁이 묻지 않는다. 그 사진 어디서 났어? 직접 받았냐고? 그의 안에서 궁금증이 안달한다. 경인이 조안을 좋아한다는 말은 우정이 주야장천 불어대는 나발 소리로 진작 알고 있다. 어울리는 커플이잖아요. 극장에 나란하게 앉아있는 걸 나래가 발견했대요, 그게 데이트죠. 데이트가 뭐 별건가요?

경인 이야기만 나오면 우정이 들썩거린다. 문혁이 담담하게 말한다. 걔네들 데이트하든 안 하든 나하곤 상관없어. 그래서 어쩌라고? 그런 정보는 다른 데 가서 팔아먹어, 했지만 속에서 피가 역류하듯 눈앞이 깜깜하다. 늘 생각한다. 사랑 따위에 목매지 않을 거라고, 경인에게는 터놓고 말한다. 네가 조안이 좋아하는 거 알아. 걜 아프게 하지 마.

문혁은 들고 있던 볼펜을 팍팍 내지른다. 문득 못박이는 것 같은 동통에 눈을 치뜬다. 볼펜으로 마구 다져진 왼손 등에 멍이 들어 퍼렇다.

문혁이 중환자실에서 일반병동으로 다시 중환자실로 옮겨지는 반복의 악순환이 이어진다. 환자의 상태를 말하는 주치의 노 박사의 어눌한 말투가 일말의 희망을 뭉갠다.

환자 자신이 고삐를 단단히 잡아야 하는데, 의욕 부진, 의욕 상실 상태가 아닌가 합니다.

문혁의 주치의는 뜻밖에 심장 내외 과나 순환기 내과가 아니다. 나래가 미는 휠체어를 타고 들어가던 강회장이 진료실 문패를 보는 순간 소스라친다.

나래야, 어째서 정신신경과야? 잘못 온 게 아니냐?

뒤따라오던 임 기사가 나래를 대신해서 해명한다.

처음에는 심장내과 담당 선생님이 진료해 주셨고요, 일반병동으로 이동하면서 정신신경과로 주치의가 바뀌었어요. 아무튼 신경과 권위자이신 노재순 박사의 말씀을 들어 보세요.

노 박사는 뜻밖에 말을 한다. 강문혁 환자 이야기를 들었어요. 내 자식 놈하고 하버드에서 '마음 나누기' 심리그룹 멤버로 말 친구를 했다더군요.

강만복이 의자를 밀어내고 몸을 솟구친다. 뭔 말씀인지 도통 모르겠습니다. 내 아들 강문혁 교수가 뭐요? 마음 나누기 심리상담 멤버라고요? 그런 일은 없어요.

노 박사 입술에 물고 있던 희미한 미소가 지워진다.

지금 환자는 완전 뇌사상태 아닙니다. 환자 자신이 삶에 대한 의지가 있으면 회복 가능하고, 의지가 없다면 회복이 불가능해요. 그러니 말을 나눌 수 있는 친구나 신부님이나 스님이나 그런 분하고 마음을 터놓도록 주선해야 해요. 그래야 말문과 함께 마음도 활짝 열리게 돼요.

강만복이 두 팔을 높이 쳐들고 마구 흔든다.

미치고 환장하겠네. 내 아들 강 교수가 무슨 정신병자처럼 말씀하시는데, 잘못 짚었어요.

나래가 호들갑 떠는 강만복을 끌어다 앉힌다. 박사님 말씀 끝까지 들어요. 가족도 모르는 비밀이 있을 수 있죠. 오빤, 외국에서 혼자 지냈잖아요.

컴퓨터 모니터에 떠 있는 진료 기록을 읽어 내리던 노재순 박사가 담담하게 읊어 내린다.

마음속 깊이 상처가 있어요. 언제 어디서 이 상처를 만났는지, 그걸 캐내야 해요. 대체로 이런 사람들은 자신은 특별하다고 생각하지요. 그래서 작은 수치감이나 모욕도 가책이나 상처가 될 수 있어요.

강만복이 철제 걸상을 끌어당긴다. 내가 미쳐. 내 아들 강 교수가 무슨 얼어 죽을 가책? 병원을 바꾸든지, 주치의를 바꾸든지?

강만복이 타고 있던 휠체어를 밀치고 일어나려다가 뒤둥그러진다.

나래가 노 박사를 향해 깊숙이 하리를 숙인다. 죄송합니다. 박사님. 아버지의 무례를 용서해주세요. 충격이 너무 커서요.

극심한 스트레스 장애가 환자의 의식을 난도질했을 것이다. 며칠 사이로 깨어날 수도 있지만, 그 확률은 일천만 분의 일이라고 한다. 몇십 년 정지된 상태로 이어질 수도 있다는 결론이다. 정신적인 후유증은 회복이 불가능하다는 노 박사의 최후통첩이다.

강만복이 아들의 병상 철제 난간을 붙잡은 채 바닥에 퍼질러 앉는다. 이러시면 안 된다고 모두 달려들어 일으켜 세우려 했지만, 그를 끌어낼 수 없다. 결국 남자 간호사들이 동원되었고 복도로 옮겨진다.

문혁의 상태는 호전될 것 같지 않다. 중환자실에서 19개월, 주렁주렁 연명기기를 코와 손등과 허리에 매단 채 눈만 번하게 뜨고 있을 뿐 의식은 깜깜하다. 대신 강만복은 휠체어에 의지하면서도 의식은 또렷하다. 두 다리가 체중을 버텨내지 못한다. 백설이 내린 머리카락에 이중 턱이 쪼그라든다.

중환자실에서 일반병동으로 옮기던 날 나래가 강경한 태도로 문혁의 병상을 차지한다.

물수건을 갈아대면서 몸을 닦고 약을 챙겨 먹이고 온갖 정성을 기울인다. 눈 뜨고 볼 수 없을 정도의 지극정성이다. 그런데, 의식의 끈이 간댕거린다고 생각했던 문혁이 나래의 물수건이 엉덩이 쪽으로 향하는 순간, 식물상태로 누워있던 환자라고 상상도 할 수 없는 상황이 벌어진 것이다. 모재비로 눕힌 몸통이 반항하듯 휙 돌려치면서 코에 끼운 산소 줄을 꺼당겨 던진다. 나가떨어진 산소 호흡기를 나래가 다시 환자의 코에 부착시키려는 순간 그 일이 벌어진다. 꼼짝달싹하지 않았던 환자의 오른팔이 쳐들려 나래가 들고 있는 호흡기로 어딘가를 후려친 것이다. 비명을 삼킨 나래가 한 발자국 물러선다. 그녀의 안면을 강타한 호흡기는 바닥으로 떨어진다. 병실 밖에 서 있던 강산문방 식구들이 경인의 등을 병실로 떠밀었고 반격을 당한 나래가 울컥대는 모습으로 병실을 뛰쳐나간다.

경인이 죽은 듯이 누워있는 문혁의 귀에 대고 속삭인다. 문혁이 반응하지 않지만 듣고 있을 거라는 자신의 예감을 믿는다. 경인이 병상에 엎드린 채 같은 말을 되씹는다.

문혁아, 네가 한 말 잊었어? 나보고 자신을 존중해라, 자신을 아끼라, 자신을 위로해라. 자신을 너무 할퀴지 말라고 충고했지? 그랬는데, 넌 지금 뭐 하고 있어? 넌 너무 자신을 학대하고 있어. 네가 목에 감고 다녔던 검정색 타이, 검정 옷, 상복 아니었어? 그만하면 됐어. 그리고…… 잠시 숨을 고른 후 기어이 그 말을 꺼낸다.

조안에게 직접 물어봤어. 그날, 불꽃놀이 하던 날, 아무 일도 없었대. 문혁이 자네가 착각한 거야. 소파를 옮기려다가 의자 굽도리에 새끼발가락이 찍혀 비명을 질렀대.

설명이 부족했을까? 조안에게 들은 그대로 한자도 빼지 않고 전달했는데, 문혁은 반응하지 않는다.

주렁주렁 매달린 생명줄을 피해 손을 잡으면 미미한 온기가 경인의 가슴골을 누빈다. 일광의 대낮 같은 밝음이 오그라지고 탈색된 병상의 모든 사물을 잔인할 정도로 내리 쏜다. 환자의 꺼진 눈망울이나 앙상한 팔죽지에 꽂혀 있는 고무관들, 혈색을 잃은 두피 속으로 투사된 빛의 소나기가 병실에 적막을 일깨운다.

경인이 문혁의 담당 의사인 노 박사를 찾아간다. 일대일 면담이 쉽지 않다. 환자 문혁의 상황은 보호자에게 통고했다는 간호사의 전언이다. 다음 날 회진 시간에 경인이 강만복을 대신해서 병실에서 기다린다. 노 박사는 딱 한 마디뿐이다. 기억을 되살릴 수 있도록 곁에서 말을 해주세요. 매일 어려우면 돌아가면서 하든지 녹음테이프를 만들어 들려주도록 해요. 그 방법이 최선이고 최후입니다.

경인이 강만복에게 노 박사에게서 들은 말을 그대로 전한다.

강만복이 지그시 입술을 깨문다. 그럼, 시간을 정해서 교대로 병실을 지켜야 할 게야. 자네한텐 따로 할 일이 있어.

나래가 오후 4시까지 병실을 지키고 늦은 7시부터 경인이 병실 당번으로 정한다. 한낮의 두어 시간 강만복은 자기 차례라고 우긴다. 강만복이 아들 문혁의 회복을 포기했는지 경인에게 유고집 출간을 밀어 붙인다.

자네가 해줘야 해. 인간적으로다 안 그런가?

경인이 강산문원 작업실에 구겨 박힌다. 아무래도 시력 문제가 심상치 않다. 재수술을 받아야 한다던 의사의 말을 들었어야 했는데, 고집을 부린 결과 통증이 가시지 않는다. 병원에서 처방해준 약이 떨어지면 우정이 약국에서 살 수 있는 진통제를 구입해 준다. 물 대신 술 하고 진통제로 버티는 경인의 나날을 우정이 싫은 소리 들으면서 말리고 다툰다. 그러니까 수술을 받아. 왜 억지를 부려? 진통제로 언제까지 버틸 수 있을 것 같아? 그러다가 중독돼. 우정이 잠깐 자리를 비우면 경인이 진통제를 찾아 방구석까지 뒤적거린다. 그런 날이면 어김없이 다투었고 그럴 때마다 경인이 막말을 쏟아낸다. 날 내버려 둬.

우정이 이런 모습을 조안이 보면 좋아할까? 마약쟁이가 따로 없네. 비틀어도 그 당장뿐이다. 온종일 노트북에 매달려 지낸다. 문혁의 산문집 집필은 그렇게 안대를 하고 진통제를 먹으면서 작업한다. 오후 7시만 되면 부스스 자리를 털고 일어난다. 문혁에게 가 봐야지.

마주 앉아 있는 것처럼 경인의 목소리는 살갑다.

문혁아, 지난여름 기억나? 31도의 열대야가 서울의 밤을 태웠지. 옥탑방의 슬래브 지붕이 타는 것 같았어. 그런데 네가 한밤중에 들이닥친 거야. 휘청거리더라. 잠을 못 잤대. 택시를 타고 한강 고수부지로 갔잖아. 네가 그랬어. 그것들이 연구실까지 쳐들어 와. 눈만 감으면. 아비하고 딸년이 번갈아 가면서……. 문혁이 말하는 딸년이란 순숙을 두고 하는 말이다.

경인이 한 팔로 문혁의 어깨를 보듬는다. 피곤해서 그래. 공부도 쉬어 가면서 해.

문혁이 가볍게 경인의 손을 뿌리친다. 연구는 무슨 우라질 연구? 내가 미쳐가고 있는 거야. 강의실 문을 열고 들어가면 거기 맨 앞자리에 그녀가 앉아있어. 밥을 먹을 때도 잠을 잘 때도 내 곁에 찰싹 붙어있어. 내 육신을 옴짝달싹 못 하게 친친 감아.

경인이 그의 등을 토닥이면서 말한다. 신경을 누그러뜨려. 강교수가 너무 여려서 그래. 숙면해야 하는데, 나하고 병원에 가자.

문혁이 버럭 소리를 지른다. 정신병원에 가자고? 네 눈에 내가 미친놈으로 봬? 이봐요, 차 세워요. 날 정신병원으로 끌고 가려는 거지? 차 세우라니까.

택시기사가 고개를 돌려 쳐다본다. 문혁이 엉거주춤 몸을 일으켜 기사의 목덜미를 잡아챈다.

차 세우라니까. 귀먹었어?

경인이 택시 기사에게 고개를 숙인다. 죄송합니다. 저흰 한강으로 바람 쐬러 나온 길입니다.

한강 고수부지는 사람들로 북적거린다. 더위를 피해 나온 소시민들이다. 경인이 맥주하고 안줏거리를 사 들고 갔을 때 문혁이 보이지 않는다. 방죽 머리 가두리에 사람들이 웅성거린다. 뭔가 조짐이 이상하다. 경인이 뛰어갔을 때 안전요원이 물먹은 문혁을 질질 끌어내고 있다. 눈이 많았던 탓에 금방 발각돼, 물먹은 후유증은 없다. 기분전환이라도 될까 해서 간 한강이 자살을 부추길 줄은 몰랐다.

경인이 문혁 곁에 나란하게 눕는다. 하늘에 별이 총총하다. 저만치 강의 하구 쪽 하늘이 비구름을 보듬은 채 컴컴하다.

혁아, 귀신같은 건 없어. 네 마음에 그늘이 깊어서 그래. 그들이 눈앞에 얼찐거리면 냅다 메다쳐 버려. 네가 너무 착하고 순해서 앙탈을 부리는 거라.

문혁이 트림을 괴어 올리면서 경인을 향해 옆으로 눕는다.

그런 말 하지 마. 누군가의 가해로 한 집안이 망가졌는데, 모른 체 하라고?

모른 체 하지 않았어. 그녀의 이모에게 할 만큼 하셨어. 하긴 그의 부모님들 모두 세상 떠난 후지만.

문혁이 또 헛구역질한다.

그까짓 게 무슨 소용이야? 사람이 죽었는데? 경인아 너 많이 속물화된 것 같다. 돈이면 다야?

경인이 몸을 일으킨다.

맥주로 입가심하면 개운해질 거야. 마개를 딴 캔 맥주를 문혁에게 건넨다.

산 사람 이기는 귀신은 없어. 피하거나 움츠러들지 말고 무시해버려. 묵살해. 벌건 대낮에 날뛰는 귀신은 없어. 혁이 넌 오천만분의 일의 확률로 선택된 S 대학교수야. 경인이 숨을 고른 후 한마디를 보탠다. 솔직히 요즘 내 느낌을 말할게. 네가 요즘 날 대하는 뭐랄까? 매우 이성적이고 냉혈한 같은 태도를 그들에게 방사하라고. 친구인 경인에게는 곁을 주지 않으면서 귀신 타령이냐? 그건 네 모순이야. 번번이 날 피하잖아. 전화도 안 받아. 너하고 나 사이에 틈새가 벌어졌어. 넌 연구실에 처박혀 꼼짝을 안 하고, 메일을 주고받는 횟수도 줄어들었고, 한번 얼굴이나 보자고 문자를 보내면 연말에 봐. 신정 휴가도 있고 구정 휴가도 있잖아. 하고 날 내치잖아. 난 많이 서운했어. 한편으로는 등짐을 덜어낸 듯 홀가분했다면 날 욕할래? 간격을 두는 동안 생각이 정리되었는지도 몰라. 대학교수하고 대필 작가? 옹졸한 잣대일까?

하지만 딱 하나의 지점에서 둘은 마주하고 있다. 날줄과 씨줄의 접합점이거나 바둑돌의 성패를 가름하는 딱 한 수의 포석, 그 엇갈리는 지점에 젓가락 두 짝처럼 나란하게 서 있다. 그 부분에서 둘은 마주쳤고 같은 생각, 같은 아픔, 같은 질량의 가책을 나누었을 것이다. 어쩌면 그 한 토막의 지울 수 없는 과거의 기억에 둘은 칡뿌리가 되어 얽혀 있는지도 모른다. 우정을 연명하는 가느다란 종이 사슬 같은 것. 평전을 부탁한 은사의 자료를 인터넷으로 보낼 때 덧붙인 한마디가 경인의 마음을 긁는다. 하지만 잠깐이다. 문혁에게서 문자나 연락이라도 오면 금세 다림질하듯 마음이 가지런하게 펴진다. 경인이 가끔 그런 자신이 가볍게 느껴진다. 속 빈 강정인가?

문혁이 한 모금 마신 맥주 캔을 든 채 나직한 소리로 말한다.

경인아, 날 좀 살려 주라. 환청인지 환각인지 눈앞에 얼찐거려. 그것들이. 네가 와서 좀 어떻게 해 봐.

경인이 같은 말을 되씹을 수밖에 없다. 꿈이잖아. 귀신같은 건 없어. 설령 있다고 해도 귀신이 살아있는 사람을 이기지 못해. 마음 줄을 당겨. 잠을 자야 하는데, 수면유도제라도 먹어.

수면유도제 따위론 세 시간도 못 자. 눈하고 귀가 멍들었나 봐. 아니 내 오감에 비늘이 돋은 것 같아. 이러다가 미칠 거야.

허튼소리. 혁아 너 그 굴속 같은 보스턴에서도 5년이나 버텼어. 마음 굳게 먹어.

경인이 문혁이하고 비슷한 꿈을 꿨지만, 그 이야기는 하지 않는다. 문혁이 1년 전부터 신경과 약을 먹기 시작한다. 그나마 겨우 서너 시간. 문혁이 잠을 설친 날이면 제대로 된 강의도 못 한다고 한다. 그렇게 버텨온 문혁이다. 캠프파이어 하던 날의 그 참사가 없었다면 그냥, 그냥 힘들어도 견디면서 현상 유지는 하지 않았을까? 경인의 생각이 그렇다.

문혁의 서른세 살 되는 생일에 강산글방 문우들이 모인다. 담당 간호사는 물론 강산 멤버 각자가 번갈아 가면서 간호사실에 가서 간절하게 부탁한 결과다. 어떤 소리도 도어 밖으로 새어나가지 않는다는 절대 정숙이 관건이다. 저희들 한번 믿어 주세요, 조안의 다소곳한 태도가 한몫했는지도 모른다.

생일 케이크하고 강만복을 위해서 전복죽을 사들고. 1인실이라고 해서 별다른 시설은 없다. 보호자를 위한 별도의 매트리스 한 장이 1인실에 주어진 특혜다. 휠체어에 앉아있는 강만복은 온종일 꾸벅거린다.

나래가 병상 식탁에 케이크를 올려놓고 큰 초 세 개와 작은 초 세 개에 불을 붙인다. 평소 같았으면 와우, 야호를 연발했을 문혁, 지금은 정지된 상태의 무기질에 불과하다. 나래가 작은 소리로 생일 축하 노래를 부른다. 조안이 따라 불렀고 이어 모두의 입술이 크고 작게 우물거린다. 노래가 아니라 울먹거림이다. 문혁의 병상 아래 꿇어앉아 두 손을 모은다.

혁아, 눈 좀 떠 봐. 여기 친구들이 왔어. 오늘 네 생일이잖아.

바로 그때, 금속 바퀴 음과 함께 길고 단단한 막대기가 생일 케이크로 날아온다. 나래가 케이크를 안은 채 엎어졌고 경인의 등때기를 후려친 지팡이가 문혁의 코에 연결된 산소 호흡기와 링거 줄이 툭툭 잘려나간다. 지팡이가 앞뒤 없이 태질한다. 강만복의 눈에 불이 켜진다.

거지발싸개 같은 인종들아, 당장 꺼져. 너들이 우리 강 교수를 죽였어. 냉큼 내 눈앞에서 꺼지라고.

흥분한 노인의 턱이 벅벅거린다. 이놈의 자슥! 여기까지 와서 주접을 떨어? 당장 나가라. 내 손에 맞아 죽기 전에 냉큼 나가라고.

부들부들 떨리는 노인의 쇳소리가 희디흰 병실의 벽과 천장을 치고 굴러 내린다. 복도를 지나가던 간호사가 달려왔고 의사들까지 몰려든다. 강만복의 지팡이는 멈추지 않는다. 문혁의 침대를 붙잡고 꿇어앉은 경인의 머리 위로 가차 없이 휘둘린다. 우정이 달려가서 휠체어를 밀어 넘어뜨렸고 그제야 공중을 내리치던 지팡이가 나가떨어진다. 광란의 한마당이다. 경비들이 달려와 모두 복도로 끌고 나간다.

경인이 안 하던 짓거리를 한다. 술에 절어 산다. 소주 팩을 챙겨 든 숄더백이 무거워 아래로 축 늘어진다. 각막 1차 수술 후 일주일에 한 번 안과를 다니면서도 술을 놓지 않는다.

모 쌤이 술독에 빠진 이율 알 것 같아. 조안의 말에 배우정이 고개를 쳐든다.

수치심 아닐까? 경인이 십여 년 넘게 문혁하고 어울려 다니는 동안 강 사장에게 들었던 빌붙어 사는 비렁뱅이라는 말에 스스로 굴복한 것 같아. 문혁이 모 쌤에 관한 한 맹목적이었어. 모든 지불을 문혁이 자청했으니까. 그건 단순한 우정이 아니라는 생각이 들어. 뭔가에 대한 보상은 아니었을까? 우정이 고개를 흔든다. 비약하지 마요, 조안 샘.

조안이 말을 계속한다.

내 기억이 틀림없어. 그들은 주고받았어. 두 사람은 어느 한 지점에 얽혀 있었는지도 몰라. 경찰서에 불려 간 그 둘은 각기 다른 방에서 형사하고 독대했어. 무슨 말이 오갔는지는 비밀이었어. 하지만 경인이 문혁을 지켜준 것은 사실이잖아. 그녀가 손을 뿌리쳤어요. 강문혁이 그녀의 손을 잡고 안간힘을 썼는데도 그녀가 부르짖었어요. 내 손 놔. 손 놓으라며 뿌리쳤다고요. 거짓말이잖아. 거짓말로 문혁을 지켜 준 거야. 경인이 한마디만 실토했으면 문혁의 오늘이 있기나 했을까?

우정의 두툼한 입술이 배틀린다.

그날의 진실은 그날로 증발됐고요, 증거도 증인도 사라진걸요. 호미로 흙살을 파지 말아요. 수치심 때문에 목에 밧줄을 거는 사람은 없어요.

있어. 모경인의 야윈 인성은 아마도 수천만 번 혀를 자르고 싶었을 거야. 그래. 그게 부끄러웠겠지. 난 알아. 그가 살아내기 위해 친구의 비행을 발설하지 못했을 거야. 그게 목에 걸린 왕 가시는 아니었을까?

열여섯 살의 순숙이 하얀 포대기를 들쓰고 시체실에 누워있다. 파종한 인간이 누구인지 모두 입을 다문 채 쉬쉬한다. 이모가 경찰에 고발하겠다며 엉너리를 부렸지만 강만복의 돈의 위력 앞에서 모두들 후물거린다. 한참 후 이모가 억척스럽게 돈을 받아냈다는 사실을 조안이 뒤늦게 알았다. 세월이 지난 후 무슨 말끝에 이모가 실토한다.

어떡하니? 살아야지. 청·평화시장 미싱공으로는 네 교육비를 당해낼 수 있었겠니? 조안아, 네가 잘되면 그게 복수인기라. 순숙이 몫까지 네가 살아야지.

한때 그런 이모를 미워하고 원망했다. 더러운 돈으로 내가 공부했다고요? 바락바락 대들었다. 이모가 울었다. 그래 더럽고 치사해. 나도 안다. 가난하게 사는 게 더럽고 치사하단다. 넌 그걸 딛고 일어서. 그런 언니 순숙의 몸값으로 조안이 의과대학을 다닌다. 그들을 찾아 안 가본 학교가 없고 안 가본 동네가 없다. 허탈해하는 조안을 이모가 다독인다. 언젠가는 만나게 돼 있어. 안달복달하지 마라. 세상은 넓고도 좁고 좁고도 넓어. 마음에 가두고 있으면 언젠가는 만나게 돼 있다고. 그 말이 맞다.

누가 대필 작가를 죽였을까?

누가 오신 모양인데요? 우정이 의자를 밀치고 일어난다. 활짝 연 도어 저만치 나 대표의 발 빠른 걸음나비가 성큼 들이닥친다.

뭐가 어쨌다고? 한밤중에 사람을 불러내고 야단이야?

우정이 전화번호를 찍은 지 한 시간도 안 된다. 방안의 광경을 한눈에 훑어본 나주연이 뒷걸음치다가 벽에 부딪쳐 주저앉는다. 말도 안 돼, 개똥밭에 굴러도 살아야 한다고, 살아있다는 것만으로도 축복이라고 방방 대던 모경인이 목을 매? 세상에나?

나주연이 길게 늘어진 경인의 굳은 몸피를 살짝 당긴다.

우정이 안돼요. 그러지 마요. 절차가 있어요.

나주연이 의자에 앉으려다가 해뜩하니 고개를 돌린다.

조안? 쟤가 왜 여기 있어? 들어올 때부터 조안을 보고 놀라는 눈치다.

조안이 세운 무릎에 고개를 박은 채 꼼짝 안 한다.

나주연이 우정에게 잡힌 팔죽지를 뿌리친다. 조안이, 네가 왜 여기 있어?

우정이 조안 대신 입을 연다. 모 쌤이 두 사람에게 같은 장소 같은 시간에 약속해 놓고 나오지 않았어요. 그래서 내가 내친김에 강산문원 작업실에 가보자고 해서 왔더니 이 모양이지 뭡니까? 경찰이 개입하기 전에 우리들만의 윤곽을 그려보자는 심사로 전화 드렸어요.

그녀가 매니큐어로 덧칠한 두 손을 테이블 위에 가지런하게 포개 놓는다.

그래서? 자살인데, 경찰은 왜?

우정이 울컥하는 표정이다. 자살인지 아닌지는 경찰에서 확인하겠죠. 신고하기 전에 우리 강산문방 식구끼리 먼저 신상 털기라도 해보자는 거죠.

그녀의 미간이 구겨진다. 신상 털기? 배 작가, 네가 뭔데? 남의 신상을 털어? 웃긴다니까. 경인의 죽음을 목격했던 순간 자지러질 것 같던 표정은 삽시간에 사라지고 우정을 향해 눈꼬리를 치켜세운다.

우정이 입을 다문다. 말은 주고받아야 맛이고 탁구공은 맞받아 때려야 공 구실을 하겠지만, 그녀의 말꼬리를 잡아서 이길 자신이 없다.

아직 아무 말도 안 했는데요? 우정이 버티는 강공은 자존감 받아치기다. 그녀의 말을 그대로 넘길 수 없다. 우정이 눈을 걸친 채 이죽댄다.

한밤중에 달려오면서도 잘 차려입으셨네요. 어디 클럽 나들이 가시는 차림이군요.

나주연이 화사하다. 겨자 빛 트렌치코트 안에 무릎 위로 댕강 올라간 미니스커트, 찰싹 몸에 감기는 검정색 레깅스가 그녀의 나이를 무색하게 만든다. 한밤중에 급보를 받고 달려온 차림새가 아니다.

그녀가 테이블 끄트머리 의자에 다리를 꼬고 앉아 묻는다.

배 작가야, 그래서 뭐 알아낸 거라도 있어? 목을 맸잖아.

우정이 아직 아무것도 확실한 건 없어요. 자살인지 타실인지요.

무슨 말이 그래? 타살일지도 모른다고? 너 장르 소설 쓰더니 완전 사람 구겼네. 목맨 사람보고 자살 아니래? 내가 납득할 수 있게끔 설명해 봐.

우정이 이마를 쓸어 올린다. 머리카락 한 올도 없는 민 대머리를. 자주 손이 가서 머리통을 긁적인다. 그가 툭 한마디를 던진다. 모 선배하고는 좋아하는 사이 아니었나요?

나주연이 눈을 치뜬다.

사적인 질문은 삼가 해. 배 작가, 네가 뭐 형사반장이라도 되냐? 그 뻗댄 자세부터 고쳐.

우정이 무슨 말을 꺼내기 전에 여럿이 한꺼번에 들어선다. 임 기사가 강 회장의 휠체어를 밀었고 나래가 뒤따라 들어선다. 나주연이 있어야 할 자리에 임 기사가 대신하고 있다. 강만복의 호적에 입적되었지만 나주연이 합방을 했는지는 아무도 알지 못한다. 그녀가 성북동 집으로 거처를 옮기기 하루 전 나래가 따로 얻은 방으로 짐을 옮겼다. 문혁이 병원에 입원한 상태여서 안방 입주 축하 모임은 생략한 모양이다.

강 회장의 불룩한 볼살이 쿨렁거린다.

이 사람 모경인 아닌가? 자살했다고? 자살할 위인이 아닌데?

마른 입술에 침을 바른다.

우정이 그래서 말입니다. 자살할 위인이 아니라는 강 회장님 말씀은? 그래서 일단 경찰에 신고하기 전에 모경인 샘하고 연결된 분들에게 연락 드렸습니다. 각진 목소리다.

나래가 삿대질을 하면서 대든다. 모경인. 무슨 짓을 한 거야? 삼십 대 자살은 천재들이나 하는 객긴데, 네가 무슨 천재라고 목을 매? 말 한번 번드르르했지? 납작, 바닥을 기면서 살겠다고 하지 않았어? 더 이상 바닥 구덩이가 파지질 않았어?

문혁이 식물상태가 되면서 나래는 화장도 펌도 안 한다. 때 묻은 운동화 뒤축을 꼬불쳐 신고 돌아다닌다. 한밤중 성당에 가 엎드려 반은 졸고 반은 기도로 시간을 죽인다.

나주연이 나래의 검정색 원피스를 비튼다. 상복까지 준비해둔 거야?

이거 상복 아닌데, 실크잖아요. 실크 상복 입는 상주도 있어요? 그리고 덧붙인다. 아무리 생각해도 모 샘은 미스터리야. 내가 언젠가 물어봤어. 뭐 좋은 일 있어요? 맨날 웃게? 그랬더니 모 샘이 그랬어. 즐거워서 웃는다기보다 웃으면 절로 즐거워진댔어. 감사한 마음으로 살면 절로 감사해지는 일이 생긴대. 시시한 일상의 온도를 조금은 끌어 오릴 수 있다는 말에 내가 한 방 날렸어. 자칭 피에로인가요? 그랬더니 모 샘의 얼굴에서 미소가 싹 사라지는 거야. 아주 순식간에 엄숙해지는 거 있지.

경인의 해바라기 웃음에 거는 여론은 별로다. 서툰 연기라고 놀린다. 그중 가장 혹독하게 비아냥거린 이는 강만복이다. 뭐가 좋아서 입을 헤벌리고 다니나? 하회탈이 따로 없다니까.

나래가 기어이 이런 모습으로 마감했네. 미소 속에 슬픔이 컸던 거야. 결론처럼 말한다.

그 말에 모두 고개를 끄덕인다.

커다란 안대를 한 채 옭매듭으로 목을 맨 모경인, 누가 왜 그의 죽음을 앞당기게 했는지, 배우정이 눈을 부릅뜬다. 힘준 목소리로 말한다. 경찰이 오면 밝혀지겠지만, 자살 아니에요. 이게 옭매듭이라는 건데요, 당사자가 직접 이런 밧줄을 목에 걸지 못해요. 타살이 확실해요.

지팡이 잡고 있는 강만복의 손등에 퍼런 심줄이 꿈틀댄다.

자네 경찰대학 다녔다지? 그래서 뭐 좀 보이는 모양인가? 타살? 누가 뭘 어쨌다고 모경인 같은 인사를 죽이겠어? 더구나 도둑 지키는 진도가 두 마리나 있는데, 누가 여기까지 쳐들어와 모경인 목에 밧줄을 걸겠나? 말 되는 소릴 해야지.

우정이 걸상을 뒤로 밀치고 일어나는 것과 동시에 창가에 서 있던 조안이 강 회장 앞으로 다가선다.

강 사장님, 제가 말 안 되는 소리를 했다면 강 사장님이 말 되는 소리로 모경인의 죽음을 한번 읊어 보시죠. 제 생각은 그래요. 모경인을 이 지경으로 내몬 주범이 강 사장님 아닐까 하고요. 늘 모경인을 벼랑으로 내몰았죠? 인간쓰레기라고, 비렁뱅이라고, 너 같은 종자는 죽어야 한다고요, 우리 강 교수 같은 위대한 천재는 유명을 달리 했는데 너 같은 비렁뱅이가 질긴 목숨 붙잡고 강산문원을 더럽히고 다니는 게 말 되냐고? 용서 못 한다면서 지팡이를 휘둘렀잖아요. 아닌가요? 칼이나 총으로 사람을 죽이는 것만은 아니죠. 한마디 말로 사람을 죽일 수 있다는 걸 아셔야죠. 이제 속이 후련하신가요?

강만복이 휠체어를 잡고 몸을 들썩인다. 이런 못된 것, 어른한테 버르장머리 없이 대드는 꼴을 봐. 얌전한 애라고 생각했는데, 순 악다구니잖아. 내가 어쨌다고? 말로 모경인을 죽였다고? 세상 사람들아, 이 못된 싸가지를 어떻게 좀 해봐. 날 살인자로 몰아?

조안이 한 발자국 더 다가선다. 담담하게 표백된 얼굴에 한 가닥 희미한 미소가 지나간다. 그래요. 모경인을 구둣발로 짓이기셨죠. 침을 뱉고, 짓밟고, 삿대질했고 오만가지 더러운 욕지거리를 퍼부었어요. 아닌가요? 비렁뱅이? 인간쓰레기라고? 그 인간쓰레기가 강 교수의 에세이를 대신 써주었는데도 돌아온 것은 비렁뱅이였지요. 그것뿐일까요? 모경인의 눈퉁이에 호두알을 박아 실명하게 만든 장본이 누군가요? 강만복 씨 아닌가요? 이게 되는 말입니까?

모두 입을 딱 벌린다. 그들이 이제껏 알고 있던 조안의 모습이 아니다. 늘 입을 다물고 조용히 있는 듯 마는 듯 한구석에 앉아있던 조안이 꼿꼿하게 서서 모경인의 죽음을 항변하고 있다.

우정이 고개를 끄덕였고 나래가 물개박수를 치면서 조안의 어깨를 안는다. 순간 임 기사가 휠체어의 정지 버튼을 푼다. 하지만 조안의 동작이 더 빠르다. 앞으로 굴러오는 휠체어를 향해 들고 있던 커피 잔을 놓친다. 뜨거운 커피는 강만복의 안면을 피해 무릎에 쏟아진다. 조안을 향해 돌진하던 강만복의 휠체어는 식탁에 부딪혀 비틀거린다. 앞뒤로 몸을 흔들거리는 노인의 몸피를 임 기사가 부축한다. 그가 조안을 향해 눈살을 곧추세운다. 그때 나주연이 강만복을 앞질러 조안에게 검지를 깐닥거린다.

조안아? 너 참 가증스럽다. 네가 뭔데? 까불어? 언제부터 모경인의 대변인이었어?

조안이 길게 뻗어오는 나주연의 오른팔을 피한다.

우린 동료에요. 강산문방 친구들이죠. 당신네들이 짓밟고 깔아뭉갰던 가난뱅이들이죠. 모경인은 당신들이 작당해서 인간쓰레기라고, 비렁뱅이라고 몰아붙인 결과물 아닌가요? 나 대표님, 언어폭력이라는 말 들어 보셨겠지요? 강 사장이 매일, 매시간 모경인을 죽였잖아요. 그뿐일까요? 멀쩡한 신춘문예 작가를 대필작가인 주제에? 겨우 그거면서? 그런 모욕적인 발언으로 모경인의 자존감을 지근지근 밟아준 이가 누구신가요? 나 대표님, 칼이나 총보다 더 무서운 살인 도구가 말이라는 거 모르시나요? 가슴에 손을 올려놓고 한번 생각해 보시죠.

나주연이 삿대질하던 손을 휙 쳐든다. 조안의 얼굴을 향해 날아오던 오른팔을 조안이 재빠르게 피한다. 날 때리겠다고요? 때려 봐요?

이게 까불었어? 살인 도구가 어쨌다고? 내가 가만두나 봐라.

가만 안 두면 어쩔 건데요? 세상엔 돈으로 안 되는 것도 있어요. 뭔지 모르시죠? 인간 존엄이죠. 당신은 모경인을 짓밟았어요. 겨우 그거면서? 아주 박살을 낸 거죠. 단칼에 죽인 거 아니죠. 쪼개고 박살내고 갈기갈기 찢었잖아요.

모두들 일시에 비명을 삼킨다. 나주연이 비틀대면서 의자에 몸을 실었고 우정이 조안의 앞을 가로막고 선다. 나래가 두 팔을 벌려 조안의 뒤에서 끌어안는다. 탱탱한 침묵이 방안을 가득 채운다. 강만복이 벅벅대는 손으로 임 기사가 준 텀블러 뚜껑을 열고 한 모금 입안으로 들이붓는다. 생수나 커피 같지는 않다. 무색투명한 액체를 입안에 들이부은 후 강만복이 목청에 핏대를 세운다.

나가들, 내 집에서 당장 꺼져. 재수 옴 붙은 것들. 임 기사, 뭐해? 저 계집애 끌어내지 않고. 조안이 그 말을 기다리기라도 한 듯이 턱을 쳐들고 임 기사를 직시한다. 표정을 지운 그녀의 얼굴을 피해 임 기사가 한 발자국 뒷걸음친다. 육중한 강만복의 몸피를 실은 휠체어가 조안을 향해 방향을 돌린다. 휠체어 손잡이를 잡은 임 기사의 손등에 퍼런 핏줄이 굼틀거린다. 우정이 조안을 밀치고 휠체어 전방에 버티고 선다. 강만복이 지팡이로 바닥을 찍으면서 쉰 소리를 지른다.

모경인이 남의 집에 재 뿌리는 데 뭔 재주를 타고 난 작자야. 강산문원이 아직 개장도 안 했는데, 남의 집에서 목을 매?

그가 지팡이로 늘어진 시신의 발목을 건드린다. 이거 좀 치워. 암튼 재수 옴 붙었어. 아직 공개도 안한 강산문원에서 시체잔치하게 생겼냐? 냉큼 끌어내려.

배우정이 강만복의 앞을 가로막는다. 잔뜩 구겨진 얼굴이 심술이 뒤룩거린다.

강 회장님, 타살일지도 모르는데 시체 잔치라뇨? 듣기 거북합니다.

강만복이 순대같이 부픈 입술이 실룩거린다. 내 진작 이것들을 내쫓아야 했는데, 내가 정이 물러서 미적대고 있었더니 결국이 꼴을 당한 게야. 나가들. 시체 끌고 냉큼 나가라고. 누구 망하는 꼴을 봐야겠냐?

강만복의 지팡이가 허공을 가른다. 지팡이가 우정의 등짝에 날아가기 직전 임 기사의 날쌘 두 팔이 휠체어의 방향을 돌린다.

나주연이 킥킥거린다. 타살이라면 모경인이 목에 밧줄이 걸리는 상황에도 가만있었다는 거네. 싸운 흔적도 없잖아. 현장을 그대로 유지했다지? 옷을 벗겨봐야 해? 방안도 말짱하고. 누가 봐도 자살이야.

우정이 모아 잡은 손을 우두둑 꺾는다.

그러니까, 그게 미스터리라는 거죠. 모 선배가 노트북 자판을 두드릴 때, 기척 없이 다가온 범인이 뒤에서 기습적으로 밧줄을 걸고 당긴다. 모 선배 같은 거구를 혼자서는 매달지 못해요. 적어도 살인자를 도운 협조자가 있었다는 거죠.

나주연이 비아냥거린다. 아마추어적 발상이야. 혼자서도 충분해. 도르래가 있잖아. 도르래로 끌어당기면 여자 힘으로도 가능하지 않을까?

우정의 눈과 입이 동시에 화들짝 벌어진다. 그죠. 기발합니다. 나 대표님의 천재적인 발상입니다. 하지만 우정의 속내는 다르다. 당신이 모경인의 발칙한 배신을 한방에 메다친 거죠? 아닌가요?

나주연이 목에 두른 실크 머플러 끝자락으로 우정을 후려친다.

우정, 넌 입 때문에 망할 거야.

강만복의 두툼한 순대질의 입술이 벙싯거린다. 놀고들 있네. 잘들 해보더라고.

임 기사가 강만복의 휠체어를 밀고 나가려는데 그가 잠깐 하고 말린다. 저기 소파에 가서 다리 좀 펴야겠어. 무릎이 아파.

임 기사가 바로 옆방이 손님방인데, 침대에 가서 잠깐 쉬세요, 하자 강만복이 거긴 모경인이 방 아닌가? 하고 고개를 내두른다. 임 기사가 아니라고 손사래를 친다. 아니에요. 손님방인데 아직 열쇠를 채워 둔 상태죠. 모경인이 방은 주방 끝입니다.

도어 한 칸 너머로 그들이 사라지자 우정이 그쪽을 향해 손가락질한다.

옭매듭은 임 기사 솜씨 아닐까요? 무슨 산악회 총문가 뭔가 한댔어요. 임 기사는 이 바닥에 베테랑이야. 그리고 강만복의 손발이잖아요. 뭉칫돈만 주면 피붙이도 팔아먹을 사람 아닌가요? 나래의 흰자위가 커다랗게 벌어지며 배 작가, 가설이 너무 비약하는 거 아냐? 왜 갑자기 임 기사는 걸고넘어져? 임 기사는 우리하곤 무관한 제 3잔데.

갑자기 나주연까지 합세해서 우정을 공격한다.

명심해. 애매한 사람을 치고 덤비면 몇십 배로 당하는 수가 있어. 스스로 제 목에 밧줄을 걸고 숨진 모경인의 죽음에 누군가를 얽어매겠다는 심보냐고? 네 오지랖에 널 가두는 건 시간문제야.

우정이 입가에 웃음기를 깨문 채 느물거린다. 나 대표님, 말 한번 잘했어요. 동기로 말하자면 나 대표님이 용의 선상 1순위 아닐까요? 문혁의 죽음에도 연관이 없다고 못 하죠. 막대한 유산을 독식하게 생겼잖아요. 강만복의 호적에 오른 어엿한 부부 아닙니까? 확실한 살인 동기가 될 수 있죠.

나주연이 갑자기 허리를 접고 킬킬거린다. 배 작가, 조금 전에도 경고했지? 입을 함부로 놀리면 그 주둥이에 구더기가 슬 수도 있어. 날 난도질하는 저의가 뭐야? 또 임 기사는 왜 걸고넘어져? 그게 네가 잡고 있는 장르소설의 얼개냐?

나래가 끼어든다. 나 대표님, 배우정의 가설이 전혀 근거 없지 않네요. 내가 궁금한 건 나 대표님이 왜 임 기사를 싸고도는지, 그게 좀 궁금해요.

나주연이 목에서 풀어낸 머플러를 둘둘 뭉쳐 나래의 얼굴에 향해 던진다.

시 나부랭이나 쓴다는 삼류 글쟁이들 하는 소리가 고작 그딴 거냐? 내가 중요하게 생각하는 건 균형이야. 가장 확실하고 정직하고 올곧은 중심 잡기 말이야. 편견이나 선입견 같은 것으로 세상을 재단하지 마.

나래가 피식 웃음기를 날린다. 그래서 강만복의 후처로 등기하고도 모 샘에게 매달려 사랑 구걸하셨나요? 그게 나주연 씨의 균형 잡기 인생인가요? 나 배꼽 떨어지려고 해요.

모두들 소리 없이 한바탕 웃는다.

나주연이 예외라는 것도 있어. 사랑에 관해서는 세상의 논리가 해당 안 돼. 알았냐? 내가 보기에 너들은 쭉정이야. 알갱이하고 쭉정이를 골라 담을 줄 아는 지혜가 바로 1급 작가 수준이라는 거 몰랐지? 너희들 그러니까 쭉정이 같은 시나 끼적거리잖아. 말의 내용과 달리 늘어진 목소리다.

쭉정이라는 말에 모두들 입을 다문다.

말을 끊은 나주연이 갑자기 조안을 보고 눈살을 찌푸린다.

조안, 나 잠깐 봐. 내가 사람을 잘못 본 것 같아. 강산문방에 널

들이는 게 아니었어. 다들 얘 좀 봐. 아주 감쪽같아. 조금 전 강 회장에게 대들 때의 그 당차고 악랄했던 기색이 전혀 없잖아. 내가 언젠가 그랬지. 조안인 마녀라고. 오늘 그 마녀가 입증된 거야.

조안이 소리 없이 입만 벌리고 웃는다.

마녀요? 정말 마녀로 변신해야겠네요. 사람이 죽었는데, 애도하지는 못할지언정 재수가 옴 붙었대요. 말이 바닥을 치면 진짜 바닥으로 꼬꾸라질 수도 있다는 걸 모르시나요? 어르신네들?

나주연이 식탁 위에 놓였던 머그잔을 들고 패대기친다. 반쯤 남은 커피를 흘리면서 머그잔이 구석으로 나가 뒹군다.

우정이 대걸레를 찾아 나가려는데 나래가 그의 팔죽지를 잡는다.

나주연이 의자를 끌어당겨 앉는다. 조안을 보고 검지를 간댕거린다. 너 까불었어. 오늘 이후 내 앞에 얼씬거리지 마. 진짜 재수 없어.

조안이 방싯 웃는다. 그런 말 있죠. 잃을 것이 없는 사람하고 다투지 마라. 나주연 씨하고 싸울 일은 없을 겁니다. 만날 때마다 절 갈구시잖아요. 상처 주지 않는 것이 사람에 대한 예의라는 걸 명심하세요.

나주연이 의자를 밀쳐내고 몸을 일으킨다.

우정이 조안의 앞을 가로막는다. 그만들 해요. 사실이 그렇잖아요. 모 쌤하고 한때 한 침대에서 사신 분이 너무 야박하세요. 그가 눈을 감았는데, 애도는커녕 나잇살이나 잡수신 분들이 먼지를 일으키면 돼요?

소리 없이 도어가 열리고 휠체어가 굴러온다. 현관이나 거실의 문턱이 없어 전 후진이 가능하다.

강산문원 멤버들은 일어나지도 알은체도 안 한다.

왜들 안 가고 있어? 경찰서에 신고는 했겠지?

배우정이 아직요, 지금 해야죠. 우린 이 현장에서 떠날 수 없습니다. 처음 목격한 사람이 지키고 있다가 경찰에 인수인계해야 해요.

강만복의 휠체어가 빙빙 돈다. 휠체어를 조종하는 임 기사의 의도인지 강만복의 의도인지 모르지만, 그 미세한 금속 바퀴 소리가 신경을 긁는다. 강만복이 들고 있는 지팡이로 왼손 손바닥을 탁탁 친다. 소리나 냄새에 민감한 나래가 날카롭게 반응한다.

나래가 두 손을 맞잡은 채 고개를 쳐든다.

강 회장님, 궁금했는데 하나만 여쭤볼게요. 그날, 캠프파이어 하던 날 제가 문혁이 오빠 구급차에 같이 타고 갔었죠. 구급요원이 오빠의 몸을 이리저리 돌려가면서 살폈는데, 온몸에 퍼런 멍자국이었어요. 등짝에는 마른 핏자국도 있었어요. 애용하시는 그 묵직한 살인 지팡이로 오빨 때린 거잖아요.

강만복의 오른손 등에 퍼런 심줄이 꿈틀한다. 지팡이 든 팔이 천천히 쳐들린다. 오빤 무슨 얼어 죽을 오빠냐? 강 교수라고 불러. 말을 뱉어낸 입술 양 끝이 허연 거품이 내밴다. 당찬 나래도 위험을 느꼈는지 한 발짝 물러선다.

에라이, 이 못된 년. 먹여주고 입혀주고 공부시켜 준 보답이 고작 그거냐? 은혜를 모르는 것.

나래의 얇은 입술에서 그리 새된 웃음이 터져 나올 줄은 아무도 몰랐다.

그거 알아요? 캠프파이어인지 뭔지 하던 날, 우리 모두 강 사장님의 난타전을 목격했죠. 살인 지팡이로 아들을 때려죽인 현장을요. 우리 아버지도 그런 식으로 죽였잖아요. 폐암으로 헐떡거리는 아버지에게 멕시코산 여송연이라면서 살인 담배를 입에 물려주는 거 내 눈으로 봤다고요. 어차피 떠날 목숨, 자네 좋아했던 담배나 물고 가게. 그 목소리가 지금도 내 귀에 짱짱해요. 여섯 살 계집애 기억이 어쨌다고요?

나래가 스마트폰을 든 오른손을 높이 쳐든다. 내 스마트폰에 고스란히 저장됐죠. 아비와 아들의 난투 전 하는 장면을요. 한번 감상하실래요?

강만복이 일어나려고 버둥질을 치자 휠체어가 움찔댄다.

말해. 네가 원하는 게 뭐냐? 강산문원에 '시인의 방'을 해달라고 목을 매지 않았어? 그걸 받아내려고 발악하는 거냐?

나래가 두 팔을 들고 사래를 친다. 시인은 이슬을 먹고 살아요. 그까짓 돈이나 시인의 방 같은 건 필요 없어요. 내가 바라는 건 한 꼭지의 진실이에요.

임 기사가 강 회장 앞을 막아선다. 나래 시인, 억측 그만해요. 꼭 밝히고 싶다면 경찰에 신고하던지. 생트집 아닌가요?

당신이 뭔데, 왜 끼어들어? 거기까지 말을 뱉어낸 나래가 도어 쪽으로 몸을 돌린다. 순간 급발진한 네 개의 바퀴가 나래의 정강이를 치고 곤두박질친다. 바닥에 꼬꾸라진 나래는 구겨진 비닐처럼 매가리가 풀린다. 임 기사 달려들어 나래의 조그마한 클로스백을 낚아챈다. 급 발진한 휠체어는 나래의 정강이를 으스러뜨렸는지는 몰라도 더 큰 충격으로 혼절한 것은 정작 강만복이다. 벽으로 돌진한 휠체어의 충격이 노인의 머리에 부딪히면서 격렬한 탁음을 내지른다.

임 기사가 집어 든 나래의 스마트폰이 호주머니 속으로 숨는다.

그때 우정이 성큼 다가선다. 내놔요. 당신이 왜 설레발을 쳐? 무슨 권리로 나래 씨의 스마트폰을 압수하는 거야? 강 사장이 아들을 후려치는 장면은 나래 씨 폰에만 있는 게 아냐. 우리 모두 같은 시간, 같은 장소에서 같은 장면을 폰 카메라에 담았어.

임 기사의 비실한 체구가 방문을 걷어차고 날린다. 아마도 그 스마트폰에 수록된 사진 몇 장이 누군가를 협박할 근거라고 확신하는 모양이다. 먹고 먹히는 사이가 바로 강만복과 임 기사의 관계가 아닌지 우정이 씁쓰레한 냉소 한 자락을 씹어 삼킨다.

도망쳐도 부처님 손바닥입니다. 아까도 말했지만, 강만복이 아들을 피 터지게 구타한 현장은 내 폰에도 저장돼 있어요. 강문혁이 부친의 태질을 피하지 않았던 이유가 뭔지 아세요? 배우정이 잠시 숨을 고른 다음 묵직한 어조로 다음 말을 잇는다.

바로 그 처절한 현장에 문혁의 인생이 담보 잡혀 있지 않았을까요? 부친 때문에 부친에 의해서 감추어졌던 한 토막의 진실을 16년 동안 가슴에 묻고 살았으니까요. 그런데 그날 밤, 부친의 추잡한 폭행 장면을 두 눈으로 목격했을 때 차라리 죽기로 작정했을 거예요. 강 교수가 부친의 몰매를 맞으면서 어쩌면 자신이 떠안고 살았던 수치심을 깨달았지 않았나 생각돼요. 그 수치심은 부친으로 인해서 단단하게 밀봉된 비밀이었으니까요.

나래가 한마디를 보탠다. 강 사장에 대한 혐오감이나 문혁 오빠 스스로에 대한 수치심인지도 몰라. 반은 맞고 반은 아닌 것 같

아. 그는 존경심이나 효심으로 부친을 대하지 않았어. 살인 지팡이를 받아냈던 건 그 아비를 살인자로, 아들을 죽인 악인이라는 명패를 달아주고 싶었던 게 아닐까? 그의 모친을 정신병동에 가두고 스스로 머리를 짓찧어 죽게 만들었어. 아내와 아들을 죽게 만들었던 엽기적인 것 말고도 문혁 오빠를 16년 동안 상복을 입게 만들었던 그 비밀? 진실을 발설할지도 모른다는 이유로 모경인의 가난을 이용했어. 성북동 그 웅장한 저택의 문간방을 돈 한 푼 안 받고 십여 년을 공짜로 살게 한 거야. 돈 한 푼에 벌벌 떠는 수전노가? 그건 자선이 아니라 비밀을 공유한 대가였겠지.

나래에게 생수병을 건네준 우정이 말을 받는다. 나래 시인의 논리에 동의하지만 뭔가 조금 미흡해요. 지금 우리는 모 샘의 이 상황을 더 이상 미루지 못해요. 신고가 우선입니다. 타살인지 자살인지는 경찰에서 규명하도록 일임해야겠죠. 당부하고 싶은 건 다른 문제들을 이야기할 필요가 없지 않을까요? 강만복 부자의 뒤틀린 관계나 16년 동안 상복을 입고 누군가를 조상했던 강 교수 이야기는 들추어낼 필요가 없을 것 같아요.

우정이 스마트폰을 든다.

조안이 그 말은 아직 꺼내지 않는다. 그들은 상황의 가두리만 집적대고 있다. 모든 사건의 핵이라고 할 수 있는 16년 전의 악행은 그들 모두가 한 패거리가 돼 침묵으로 덮고 있다.

용서하지 마

용서받지 못할 자, 여기 잠들다
– 문학박사 강문혁

검은 대리석에 음각한 강문혁의 묘비명이다. 강문혁의 흘림체 글 본을 그대로 박았다. 흰 도료를 입은 글씨들이 돋으라진다. 장방형의 비석은 폭 1.5미터, 길이가 60센티미터.

경인이 휴대폰에 저장한 사진을 우정에게 보여준다.

바로 저 등성이에 마련된 가묘 앞에 세웠어.

우정이 그의 휴대폰에 담겨진 비문을 손으로 쓸어본다. 맨손에 불밤송이를 쥔 듯 손바닥이 따끔거린다.

강 교수 노트에 적힌 마지막 문장이야. 제 비명을 스스로 만들었어.

곧 죽어도 강 교수요?

그럼 마지막 칭호로 불러 줘야 해. 그것이 인간에 대한 예의지.

문혁의 빈소는 강산문원 서재에 설치한다. 정작 문혁은 하루 한 번도 앉아보지 않은 책상이다. 도배된 책들도 서재의 주인공인 문혁의 취향이나 의사를 반영하지 않았다. 강 회장이 중개업을 통해서 눈요기로 배운 것을 아들의 서재 꾸밈에 십분 활용한다. 세계문학전집이나 백과사전, 인문학 계통의 책들은 우정이 몇 개월을 두고 교보문고 베스트에 오른 책을 구입하는데 열을 올린다. 책꽂이가 그들먹했지만, 문혁이 한 번도 눈여겨보지 않는다. 살아서 누리지 않았던 서재에 그의 관이 길게 가로누워 있다. 흰 국화로 도배한 사방 벽이 지상의 공간으로 여겨지지 않는다. 뿌리 잘린 흰 국화의 긴 가지는 한지로 돌돌 말았다. 상복 입은 국화다. 문혁의 산문집 출판기념식에서 카라 꽃에 한지를 말았던 것처럼. 나래가 국화 가지에 한지를 입힌다. 커다란 화환이 벽을 따라 진열되었고 영정 받침대 위에도 한지 입은 국화가 수북하다. 어슷하니 창문이 열려 있고 공기 청정기가 작동하고 있지만 훅 들이마신 숨길이 매캐하다.

19개월, 깨어날지도 모른다는 한 가닥 희망으로 연명하던 문혁이 그날, 몰려간 친구들 앞에서 실낱같은 야윈 숨을 거둔다. 서른셋 귀빠진 날, 주렁주렁 매달렸던 연명 줄을 치우자 일시에 죽음의 색이 전신을 포장한다. 저승꽃으로 변색된 육체는 푸르스름한 물체에 불과하다. 살아 숨 쉬는 세상과의 단절이 만들어 낸 죽음 꽃이다. 비로소 숨이 끊어지고 저승꽃이 만발하는 순간에 이르면 인간은 그 너저분했던 생존의 등급에서 해방되고 수평을 이루지 않을까?

경인의 속내를 우정이 읽기라도 한 듯이 반박한다.

오늘 문혁이 보내는 날인데, 같은 말을 되뇐다. 작업해야지. 경인이 흰색 위생복을 걸친다.

경인이 병원 장례업체에 양해를 얻는다. 문혁의 시신을 다른 사람 손을 빌리고 싶지 않아 경인이 수습을 자청한다. 수술용 장갑 파우더 프리 라텍스를 양손에 낀다. 맨손으로 했으면, 맨손으로 문혁의 차갑게 굳은살을 씻기고 옷을 입혀 주고 싶다. 맨손으로, 손은 저마다 다른 일을 한다. 피아노를 치는 손, 시체를 염습하는 손, 그 손이 감당하는 일이 사람의 직업을 가른다.

염습이 궂은일이라는 생각은 들지 않는다. 자기연민에서 하는 말 아니다. 손은 단지 삶을 유지하기 위해 뭔가를 해야 하는 도구일 뿐이다. 지난해 첫 추위로 곤두박질쳤던 날, 경인이 그 일을 마치고 조안에게 문자를 넣었다.

–너무 늦었지? 네 방에 불이 켜져 있네. 잠깐이면 돼

그날따라 시신에서 전이된 냉기가 살 속으로 파고들었을 것이다. 조안의 온기가 필요하다. 조안이 더 묻지 않고 내려온다. 덜덜거리는 경인의 손을 그녀가 잡아 준다. 어머, 손이 왜 이리 차가워? 얼음장 같은 손을 조안이 두 손으로 포갠다. 손에서 스며든 온기로 경인이 다음 날을 그다음 날을 더 많은 시간을 버텨낼 수 있다. 손이 건네는 배려다. 사랑이 아니라도 괜찮다. 우정이든 연민이든 동정이든 그냥 간절하다. 경인은 잡힌 한 손을 뽑아 겹친 손위에 포갠다.

그 손이 지금 문혁의 시신을 염습하고 있다.

우정이 염습에 필요한 준비물이 담긴 바구니를 내려놓는다.

이미 입관된 문혁의 시신을 우정하고 경인이 조심스럽게 안아서 위생 관대위에 눕힌다. 배우정이 조수 노릇을 자처한다. 보조 없이 혼자서 할 수 있는 일이 아니다.

병원 잠옷을 벗기고 알코르 묻힌 수건으로 몸을 닦는다. 뼈에

붙은 살가죽이 밀리는 것 같다. 느낌일 뿐이다. 19개월의 수축이다. 나무 빗에 물을 묻혀 머리를 빗긴다. 왼손으로 머리를 받쳐 들고 오른손으로 빗질을 한다. 갑자기 주룩 떨어지는 물방울, 경인이 흘린 눈물이다. 내가 들게요, 우정이 손을 내민다. 경인이 내 곁에 그냥 있어 주라. 우정이 그 말을 받아 중얼거린다. 내 곁에 그냥 있어 주라. 가슴이 울컥거린다.

경인이 또 중얼거린다. 하루 한 끼니로 때웠어.

우정이 시틋하니 받아넘긴다. 안 보는 데서 뭐라도 먹었겠죠. 단식한다는 사람들도 깡그리 물 한 모금도 안 마시고 하는 단식 없대요. 어떤 방법으로든지 영양 공급을 한다는 거죠. 강 교수도 말만 하루 한 끼? 난 안 믿어요. 머리 좋은 사람은 나름의 이중성을 내포하고 있다고요. 로열젤리나 비타민을 몰래 복용했을 거예요.

경인이 절레절레 고개를 흔든다. 순전히 깡으로 버틴 거야. 이거 봐. 살가죽이 뼈에 붙었어.

강만복이 시끄러, 소리친다.

셔츠를 입히고 목댕기를 맺는 손끝이 떨려 팔에 안았던 시신이 버그러진다. 수의는 소공동 양복점에서 맞춘 진회색 모직슈트다. 조안하고 찍은 사진들 속에 겹쳐지고 나란하게 서 있던 그 양복이다. 슈트를 입고 출근하던 첫날 문혁이 수줍은 미소를 물고 괜찮아? 촌스럽지 않아? 눈으로 물었던 그 멍울 같던 눈을 경인이 눈꺼풀을 내린다.

경인이 관속에 누워있는 문혁에게 속말로 곱씹는다. 네가 부려두고 간 것들이 날 버텨주었지만, 이 일이 마지막이 될지도 몰라.

손이 습관을 따라 다음 순서로 이어진다. 죽음을 만지는 손끝에 차고 시린 떨림은 어쩌지 못한다. 에스프레소 한잔이나 알코올로 진정될 떨림이 아니다.

우정이 몸을 일으킨다. 커피 내려올까요?

경인이 아니, 커피는 됐고, 조안에게 가봐. 손으로 나가라는 시늉을 한다.

넥타이를 매고 구두까지 신은 문혁은 조용히 잠든 미소년 같다. 가슴 위에 포개진 희고 섬세한 손, 경인이 그 손에 흰 면장갑을 끼우다가 손등으로 눈시울을 훔친다. 팔이 길어서 늘 조금은 셔츠나 양복 소매 밖으로 나온 긴 손은 밀랍으로 만든 조형물 같았다. 고요하다. 서릿발 같은 차가움, 푸리 무리한 죽음의 색, 불거진 관골에 짙은 눈썹, 단정하게 빗어 넘긴 검은 머리카락, 마지막으로 푸리무리 변색된 얼굴에 파우더를 바른다. 파우더를 바르기 전 액상 크림에 코코넛 오일을 섞어 차가운 피부에 도포한다. 흰 얼굴에 솟은 콧날의 이미지가 설핏 드라큘라 백작을 닮았다. 마침내 죽음의 단장이 마무리 된다.

강문혁의 반듯한 모습이다. 어린 날 철없이 나부댔던 한순간의 실수를 참회하기 위해 그는 일 년 열두 달 검은 상복을 입었고 하루 한 끼니로 목숨을 연명한다. 그것만으로도 충분하지 않았을까? 아니다. 문혁이 아비가 휘두르는 살인 지팡이에 뛰어들었고 죽기로 작심한 태도로.

염습의 마지막 단계는 얼굴을 싸매는 일이다. 평안하기를……. 한지로 그의 얼굴을 꼭꼭 여민다. 돌려가면서. 동작을 잃은 깊고 찰진 정적, 그것이 죽음이라는 절대적 행보라는 사실에 경인이 수없이 고개를 조아린다.

강만복의 고개가 앞으로 푹 수그러진다. 임 기사가 그의 휠체어를 밀고 나간다. 강산 문방 식구들도 뒤따라 나간다.

조안이 조용히 다가온다. 경인이 손을 내민다.

조안이 내가 할게. 무릎걸음으로 다가온다. 시신의 오른편 귀퉁이에 반지 상자를 드밀면서 조안이 작게 속삭인다. 부디 평안하세요. 강문혁 교수, 부디…… 평안하소서.

관속에 넣어준 것은 커플링이다. 21개월 동안 서랍장 옷 속에 보관, 긴 장마가 끝나고 햇볕이 짱했던 날 겨울옷들을 꺼내 바람을 쐬려고 내다 건다. 그때 툭 하고 떨어졌던 그것, 강 교수에게서 받은 반지다. 뚜껑을 열어본다. 테두리에 알알이 박힌 구슬이 반짝거린다. 왼손 약지에 두 개를 포개어 끼어본다. 조금 헐겁다. 들이친 햇살에 찬연하게 빛난다. 그땐 문혁이 건재했다. 반지를 주면서 그가 말한다. 반지는 모든 것을 포용하고 모든 것을 보듬고 모든 것을 품어주기에 고리(환環)라고 한다지. 조안인 날 정화시키고 날 치유해주고 내게 안식을 주는 존재인데, 난 아닌 것 같아. 그래도 강요할 생각 없어. 강요한다고 네 맘을 훔쳐 올 수도 없고. 난 네 앞에서 항시 주저앉게 돼. 좀 부축해 주면 안 되겠니? 말이 끝나기도 전에 조안이 난 좀 급해요, 하고 일어난다. 화장실에 가서 손을 씻는다. 뽀도독 소리가 나도록 오래도록 씻고 또 씻는다. 그런데도 가슴 한 귀가 우두둑 분질러지는 것 같다. 그땐 그랬다.

강 교수하고 아무 사이도 아닌데, 가슴 뼈마디가 윽박지른 건 서른의 죽음이 안타까워서일까?

경인이 장갑을 벗어 던지고 세면대로 몸을 돌린다. 조안이 경인의 팔을 붙잡는다. 손이 손을 잡는다. 씻을게. 내 손 차. 경인이 쳐다보지 않고 목소리만 흘린다. 먼저 가서 좀 눈 붙여. 난 조금 있다가 갈게. 우정이도 데리고 가.

우정이 피식 웃는다. 아깐 곁에 있어 달라 해놓고.

비로소 문혁이와 단둘이 남는다. 경인이 할 말이 있다. 입안 가득 차오르는 말, 말들. 혁아, 내가 나쁜 놈이야. 내가 벼랑바위에서 그녀의 손을 놓았던 건, 그녀가 한 말이 내 가슴에 구멍을 뚫었기 때문이야. 뭐랬는지 알아? '모경인 넌 텅 빈 항아리야. 금 간 장독 같은 거. 그 잘난 뿌리만 쳐들고 흔들었어. 부실한 세발자전거는 아니란 말이지? 난 가난이 싫어. 싫어. 싫단 말이야.' 그녀의 입에서 줄줄 토해내는 내 삶의 밑 빠진 구덩이를 깨우쳐준 순간이었어. 가난이 싫다고. 가난, 내가 안고 살았던 헐거운 생존이었는데, 그녀가 또 들쑤시는 거야. 경인아, 난 가난이 싫어. 그 말이 내 바닥을 긁었어. 내 한 쪼가리 남은 자존심이 빠개지면서 피를 흘렸어.

그녀가 문혁이 너하고 몸을 섞었는지 안 그랬는지 따지고 싶진 않아.

흔들바위에서 만나 다트놀이를 하고 논다는 이야기는 배 작가를 통해서 들었어. 내가 뼈골 빠지게 아르바이트 하는 시간에 너희들은 사랑 놀음에 빠져 있었지. 그게 어쨌다는 건 아니야. 순숙이 내 귀에 대고 속살거린 말이 거짓이라는 걸 알았을 때 많이 힘들었어.

경인아, 넌 내게 처음이고 마지막이야. 내 안에 네가 불어 넣은 숨(임신)이 깃들었다는 사실을 알아줘. 그런데 똑 같은 말을 문혁이 네게도 조잘거렸음을 알았을 때 그 배신감이 나를 후려쳤어. 세상에 진실은 없어. 그게 나의 결론이야.

한 발자국 뒤에 앉아 있었지만 작은 소리로 웅얼대는 내용은 정확하게 전달되지 않는다.

우정이 자리를 털고 일어난다. 뭔가 일치되지 않는다. 문혁은 순숙일 죽음으로 몰고 간 장본이라 했고, 모경인은 자신이 순숙을 밀어뜨렸다고 말한다. 그날 그 시각 13살 먹은 호루라기 아이는 현장에 있었다. 그 아이가 목격했던 건 누구였을까? 경인이 뒤늦게 올라왔다는 기억은 착각이었을까? 기억이 기억을 삼킨다. 지우고 보태면서 새롭고 독한 거짓말이 만들어진다.

경인의 말이 맞는지도 모른다. 문혁이하고 순숙이 다트 놀이를 하면서도 지치지도 않고 다툰다. 느지막이 경인이 나타난다. 제발 싸우지 마. 내가 다트 더 많이, 많이 만들어 줄게, 하는데 조순숙이 대든다. 모경인 넌 문혁이 졸개니? 맨날 심부름이나 하고, 숙제 해주고, 무거운 가방 들어주고? 문혁이 신발주머니까지 들고 다니잖아. 바보. 멍청이, 비렁뱅이. 넌 왕 가난뱅이야. 그 말에 경인이 불끈 심사가 꼬인다. 그래, 나 가난뱅이다. 경인의 손이 싸대기를 날리려고 하자 그녀가 뒷걸음치면서 바위 끝으로 피한다. 물먹은 바위가 미끄덩댔어. 순숙의 얄팍한 몸피가 기울어진 바위 끝으로 밀려났어. 그때 문혁이 순숙의 손을 잡았고 같이 딸려 내려가려는 것을 모 샘이 잡았어. 그런데 모 샘이 잡은 손이 순숙의 손이 아니라 떨어지려는 문혁의 손이었어. 잡고 꺼당기면서 울부짖었던 소리의 메아리가 비 묻은 구름장을 뚫고 천지사방에 울렸어. 순숙이 곤두박질치면서 굴러 내리자 모 샘이 허겁지겁 벼랑 아래로 굴러 갔어. 중력의 난반사는 속절없다.

그때, 그 어름에서

양평의 여름은 태백산을 넘어온 높새바람이 땡볕에 버무려져 찜통더위를 불어낸다. 흙살에 맨발이 닿으면 살갗이 벗겨질 것 같이 따끔거린다. 해 질 녘만 되면 쌍돈리 조무래기들은 개울에 뛰어든다. 폭이 넓고 물길이 얕았는데, 마을 어른들이 보를 막아 헤엄치기에 부족하지 않다. 낮에는 애들이 물장구를 치면서 놀았고 밤에는 윗 골 어르신들이 차지한다. 등물을 치면서 육자배기를 흥얼거리던 남정네들은 한밤중에 치마를 입은 채 물목을 하는 아낙들에게 눈독을 들인다. 방죽 머리에는 누가 피웠는지 한 무더기 화톳불이 쉬엄쉬엄 타오른다.

여름이면 가재 잡이로 들썩거린다. 동네 조무래기들은 한 손에 하나씩 관솔불을 들었고 간혹 랜턴을 들고 깨금발로 촐싹이는 아이도 있다. 우정이 랜턴을 들고 허공을 가르며 우쭐거린다. 호루라기 아이는 형들의 심부름이나 해주면서 꼬랑지에 매달려 다닌다. 심부름 해주면 키다리 문혁이 랜턴하고 호루라기를 호주머니 속에 넣어준다. 여기 납작 엎드려 있다가 누가 오면 호루라기를 불어. 랜턴은 함부로 켜지 말랬지? 그 계집애가 나타나면 랜턴을 흔들어. 어려운 일은 아니다. 중학교 입학했던 여름에는 나이키 운동화를 선물로 사준다. 순숙에게 가서 내가 흔들바위에서 기다린다고 해. 고등학교 1학년인 문혁은 잘생긴 데다 공부도 잘해서 우리들은 그를 킹카라고 부른다.

순숙의 동생 안숙이가 들고 있는 소쿠리에는 형들이 잡은 가재들이 기어나가려고 버둥거린다.

개울에서 뛰어나온 가늘고 하얀 종아리, 체크니스트로 불리던 순숙이 바들바들 떤다.

넘 추워 집에 갈래, 안숙아 어디 있니? 동생의 손을 잡고 달린다.

물장구치던 형들이 마구 질러대면서 뒤쫓는다. 체크니스트. 맹렬한 추격이다. 휘영청 밝았던 달이 구름 속으로 기어들었고 개울가 가재 잡이 하던 형들이 와아, 소리치면서 뜀박질을 한다. 아이도 덩달아 달린다. 누군가 아이의 두 눈 가리고 귀에 대고 속삭인다. 누가 오면 호루라기를 불어 알았어? 아이는 키다리 형이 건네준 호루라기하고 초콜릿을 빼앗길세라 얼른 호주머니 속에 넣는다.

그때 그 기억들은 거기서 댕강 잘린다. 산자락 검은 어둠살이 형들의 모습을 삼킨다. 키 큰 형이 아이가 들고 있는 랜턴을 뺏는다. 세상은 깜깜절벽이다. 키쟁이 형이 랜턴을 흔든다. 울울한 나무들 사이로 동그란 불빛이 도깨비불처럼 날아다닌다. 날 잡아봐라, 달리는 체크니스트, 징징대면서 따라가는 가랑머리 계집아이. 아이의 머릿속에 오랫동안 물음 부호로 남아있던 하나의 장면은 그렇다. 새된 비명소리, 그만해. 날 좀 내버려 둬.

사팔뜨기 체크니스트, 상급생 형들이 그녀를 그렇게 부른다. 그녀는 이모가 자투리 천으로 만들어 준 조각보 스커트를 입고 다닌다. 화가 나면 동공이 가운데로 모아진다. 사내애들이 사팔뜨기라고 놀린다. 그녀는 양평군 00중학교에서 빛나는 별이다. 암산대회에 나가서 암산 수재로 1등급 판정을 받는다. 그런 재능보다 그녀를 시달리게 한 시새움의 꼬리는 예쁜 얼굴이다. 유리병 속에 서 있는 인형처럼 희고 가늘다. 한 줌의 허리, 길고 하얀 종아리, 발레 학원생도 아니면서 까치발로 걷는다. 체크니스트, 누가 부르면 그녀는 어김없이 두 팔을 짝 벌리고 제 둘레를 한 바퀴 돈다. 한 마리의 백조 같다.

기억 속의 그녀는 늘 좀 화가 나 있다. 화가 나면 한쪽으로 몰리는 동공이 파르르 떨린다.

체크니스트! 설핏 그녀가 보이기만 하면 문혁이 지분댄다. 어이 사팔뜨기, 체크니스트, 큰소리로 외친다. 그러거나 말거나 새치름한 그녀는 못 들은 체한다. 그녀가 글짓기 대회에서 우수상을 받았을 때 차석으로 밀려난 문혁이 뒷말을 끌고 다닌다. 몰래 베낀 거 아냐? 어디서 읽은 것 같은 글이야. 억지를 부린다.

문혁하고 경인이 저희들 맘대로 양평 쌍돈 마을에 사는 여자애들을 휘 잡아 놀린다.

그날, 운동장에서 방학식을 하던 날이다. 7월 20일 햇볕이 자글자글 끓는다. 전교 1등한 조순숙이 단상에 올라가 상장하고 부상으로 공책 다섯 권을 받는다. 매번 1등자리를 꿰찼던 문혁이 거품을 물고 기절한다. 담임선생이 업고 병원으로 달려간다. 그날 저녁, 멀쩡하게 나타난 문혁이 순숙의 집 앞에서 사팔뜨기 나오라고 목청을 지른다. 마침 물지게를 쥐고 층계참으로 올라오던 그녀의 아버지하고 마주친다. 순숙이네 집은 산 중턱에 되똑하니 올라앉아 있다. 문혁이 깡통에 담아온 미꾸라지를 물지게를 등에 쥐고 끙끙대는 순숙의 아버지 머리 위로 쏟아 붓는다. 살아 굼틀거리는 미꾸라지를 뒤집어쓴 사람은 소리 없이 꼬꾸라진다. 그때 집에서 뛰어나온 순숙이 미꾸라지를 들쓰고 기절한 아버지를 안고 악바리를 친다. 나쁜 자식, 가만두지 않을 거야. 이튿날, 문혁이 조순숙에게 쪽지를 보낸다. 호루라기 아이가 심부름을 한다. 할 말이 있어. 사과할게. 정말 미안해. 잠깐 올라와. 흔들바위에서 기다릴게.

흔들바위는 야트막한 둔덕 끝자락에 되똑하니 올라앉아 있다. 바위 위에 포개진 흔들바위는 칼바람이 불거나 애들이 뜀박질을 하면 좌우로 살짝 기우뚱거린다. 아래를 굽어보면 가파른 골짜기에 개울이 흐른다. 한여름에도 으스스 소름발이 인다. 골이 깊어 등골이 서늘하다.

문혁이 세 시간이나 기다린다. 체크니스트 순숙은 어머니 없는 집의 부엌때기다. 저녁밥을 지어놓고 설거지까지 해치운 뒤 너럭바위로 올라갔을 것이다.

순숙이 나타나자 문혁이 두 팔을 쳐들고 벌서는 시늉을 한다. 사과할게. 나 이렇게 벌 받고 있어. 화해하는 의미로 다트 놀이해.

두 팔을 쳐들고 벌서고 있는 문혁의 찡그린 얼굴을 보는 순간 순숙이 말한다.

팔 내려. 그런다고 울 아버지가 일어나실까? 울 아버지 대신

네가 하루 두 번 물지게 날라다 줘야 해.

물의 마을인데도 언덕배기에 올라앉은 집에는 물지게로 날라다 먹어야 한다.

문혁이 비실거리며 일어난다. 알았어. 물은 날라다 줄게. 내가 나르든 다른 이가 나르든 상관없지? 약속 꼭 지킬게. 순숙이 고개를 끄덕인다.

다트 게임에서 문혁이 순숙을 이기지 못한다. 게임에 진 사람이 이긴 사람에게 다트를 줘야 한다. 문혁이 마지막 남은 활촉을 날렸을 때 순숙이 결과를 보지도 않고 등을 돌린다. 문혁이 한번 더해. 모든 스포츠는 3전 2승이라야 해.

순숙이 잡힌 손을 뿌리친다. 너 한 번만 더 사팔뜨기라고 하면 가만 안 있을 거야.

문혁이 느물거린다. 가만 안 있으면 어쩔 건데?

거짓말쟁이, 경인이 같이 있다고 했잖아.

경인이 금방 올라올 거야.

문혁의 말에 순숙이 앵 토라진다. 그럼 내려갔다가 경인이 오면 그때 함께 모여.

순숙의 말이 끝나기도 전에 문혁이 그녀의 체크무늬 스커트를 움켜쥔다. 밀리고 밀치는 실랑이에 너럭바위가 흔들린다. 넘어진 순숙을 가로타고 앉은 문혁이 그녀의 조각보 스커트를 끌어 올린다.

너 까불었어. 사팔뜨기인 주제에.

하지 마. 그래서 경인을 따돌린 거지?

아무리 소리쳐도 경인인 여기 없어.

너럭바위가 흔들린다. 치고받는 살의 다툼질이 비 묻은 바위를 퍽퍽 내지른다.

그러지 마. 제발. 나 좀 내버려 둬.

넌 도망칠 수 없어, 네 입으로 말했어. 나 좋아한다고.

아아악, 소리를 삼킨 비명소리, 나쁜 놈! 그만 좀 해.

그래, 나 나쁜 놈이다. 그러는 넌 나쁜 X 아니니? 양다리 걸쳤잖아. 넌 잡초야.

그때, 음계를 치고 오르던 굵직한 목소리, 내비 둬. 그러지 마. 싫다잖아. 너럭바위 위에서 벌어진 난투전은 어둠 발에 버무려져 그림자놀이 같다.

호루라기 아이가 다트(활촉)를 주우려 골짜기로 내려간다. 그때 아이의 귀속으로 꼬챙이 같은 소리가 날아온다. 소나무 가지가 툭툭 부러진다. 굴러 내리던 하얀 덩치, 새된 비명소리, 아이가 호루라기를 분다. 개울에 엎어진 그녀를 발견한다. 잡목이 우거진 비탈은 가파르다. 호루라기 소리가 골짜기에 울려 번진다.

그는 까무룩 희미해지는 기억 속에 모경인이 달려온다. 경인이 그녀를 들쳐업고 둔덕을 뛰어 내려간다. 그런데 기도차지 않게, 모경인이 경찰 심문을 받는다. 어떻게 된 거냐고 묻는 게 아니다. 네가 앨 엎어 친 거 아니냐고 퍼렇게 날선 눈으로 모경인의 아래위를 훑던 경찰.

강 회장이 앞장선다. 누가 밀어뜨린 게 아니라 제바람에 미끄러진 거라, 쌍돈리 사람들을 부추긴다. 그의 땅에서 청정채소를 가꾸며 먹고 살았던 사람들은 땅 주인의 말에 고개를 끄덕인다.

벼랑 바위는 하늘과 벌판이 만나는 아스라한 끝자락에 있다. 비가 멎었고 해돋이 하늘이 발갛다. 앞과 뒤 사방 천지에 뭉개진 붉음이다. 우정이 손을 휘저어 땅 위의 노을을 걷어내려 한다. 하늘과 땅 사이를 가로지른 붉음은 체크무늬로 직조된 거대한 가리개는 아니었을까?

자줏빛 체크무늬 스커트에 흰색 블라우스, 나비 타이를 맨 단발머리 계집아이가 저만치서 손을 흔든다. 날 잡아 봐. 바람에 날리는 이파리처럼 훌라당 사라지는 하얀 빛 타래?

후드득 떨리는 몸을 나무 뒤에 가리고 한 눈으로 뒤쫓았던 체크무늬 스커트.

16년 저편에 부려두고 온 기억 한 토막이다.

조안이 방을 나서면서 몇 번인가 고개를 돌려 그를 쳐다본다. 밧줄에 걸려 길게 늘어진 몸,왜 그랬는데? 꼭 그래야 했어? 내려놓겠다고 했는데, 이런 걸 두고 한 말이었어? 쏟아지는 질문이 마른 입안에서 벅벅댄다.

바로 여기, 현관 들머리에 어제저녁 경인과 나란하게 앉았던 층계참이다. 습하고 찰진 강바람이 부는데, 경인이 말 좀 해, 잠깐 여기 앉을래? 하면서 앞을 가로막는다. 어둡고 지친 얼굴에 덧바른 웃음기가 애처로워 그럼 잠깐 앉아. 무슨 말이 하고 싶은데? 턱을 쳐들고 묻는다.

이제 들어도 그만 안 들어도 그만이다. 정색하고 마주 앉아 무슨 말을 더 하재? 그만둬. 경인이 문혁의 영정을 안고 피를 토하듯 쏟아낸 말이 귓가에 쟁쟁한데, 무슨 할 말이 더 있어?

경인이 네절로 접힌 신문지를 조안의 밑자락에 깔아준다. 돌바닥이 차, 하는데도 조안이 됐어. 고개를 흔든다. 경인이 조안을 살짝 밀치고는 신문지를 밀어 넣어준다. 신문지 한 장의 온기만큼 경인의 배려는 늘 살갑다. 내가 해줄 수 있는 게 뭐야? 난 아무것도 없어. 그럴 때마다 조안이 주접떨지 마, 야박하게 퇴박한다.

무슨 말이라도 좀 해라.

조안이 무슨 말? 밤이 늦었어. 오일장이라지만, 내일 바쁠 거잖아. 나긋하니 내린 목소리다. 조안이 누룽지 컵을 경인에게 건넨다. 경인을 주려고 준비한 누룽지가 아니다. 목이 말라서 따스한 숭늉이 간절해서 나오기 전에 뜨거운 물을 부어 알맞게 풀어졌을 것이다. 경인이 받아 들면서 피식 웃는다. 누룽지는 내 전공이야. 뚜껑을 열고는 조안에게 불쑥 내민다. 네가 먼저 한 모금 마시고 줘. 한 모금이라도. 경인의 몸에 밴 미덕이다.

조안이 그의 내리뜬 눈빛을 읽는다. 안대 안 한 오른쪽 눈이 구멍처럼 시커멓다. 수굿하고 유순했던 눈에 촉이 번들거린다.

경인이 그녀가 준 플라스틱 스푼으로 컵의 바닥까지 긁어먹는다. 며칠을 굶었는지, 배가 고픈지 안 고픈지 감각을 잃은 며칠이다.

잘 먹었어. 경인이 일부러 목소리를 띄웠는데도 조안이 가라앉는다. 하긴 뭐, 늘 기척을 오므리는 그녀다. 그가 낮은 소리로 말한다. 돗자리 펴면 하던 짓거리도 어색하단 말 있지. 지금 내가 그래. 할 말이 많았는데, 그러다가 실타래 풀어내듯 잘도 주워섬긴다.

됐어. 먼지 같은 이생, 먼지라도 묻히고 가야지. 이생이라 했는지 입안에서 우물거린다. 그런 말도 들은 것 같다. 죄다, 말끔하게 쓸어 담아 갈게. 울림이 깊다. 그녀는 듣고만 있다. 미안하다는 말을 되풀이했을 때 말 대신 손사래를 친다.

상처는 아물어도 흉터는 남는다는 사실을 몰랐을까? 조안의 생각은 그렇다. 자살은 이기적인 속죄? 방문을 열고 전등이 켜졌을 때 처음으로 떠올랐던 단어다.

이모가 이승의 문턱을 넘어서려던 순간 안숙의 손을 잡고 한 말이 있다. 안숙아, 정신 줄 단단히 쥐고 살아야 한다. 뿌린 대로 거두는 기라. 죽고 사는 건 하늘의 몫이다. 원수니 어쩌느니 하지 마라.

조안이 잡고 있던 이모의 손을 놓는다. 또 팔자타령인가요? 난 팔자 같은 거 안 믿어요. 사람을 죽인 이들이 버젓이 잘살고 있는데, 나보고 가만있으라고요?

내비 둬. 누가 죽인 거 아니다. 제 목숨 살다가 갔어.

이몬 분하지도 않아? 나만 달달 볶아치면서 무슨 도사처럼 말해?

이모가 무거운 숨을 머금는다. 왜 아니겠니? 하지만 세상에 공짜는 없다. 죄짓고 두 다리 뻗고 사는 놈은 없단 말이야. 죗값은 3대가 아니라 대대손손 칡뿌리처럼 엉기는 거라. 순숙이 년은 재주가 넘쳐서, 걸똑똑이였어. 그거 알아? 원망은 모래 위에 쓰고 은혜는 바위에 새기는 거라.

동평화시장에서 미싱공으로 일한 이모의 개똥철학이다. 실밥을 밥풀처럼 붙이고 살면서도 자신이 옳다고 생각한 것을 소중하게 간직한 분이다. 온종일 머금은 섬유 먼지로 늘 목이 부어있으면서도 찌푸린 얼굴을 하지 않는다. 자투리 천 조각을 모아 오만 가지 옷을 만든다. 안숙아, 이게 내게 주어진 숙제란다. 조각 때기를 붙이고 꿰매고 자르고 재봉틀을 돌리면서 옷도 만들고 이불도 깁잖니. 그 일이 별로 지겹지 않아. 내가 만든 스커트를 입고 나풀대던 순숙이, 손재주가 있더라. 저도 재봉질한다면서 일요일이면 내 옆에 죽치고 앉아 조각보를 만들었단다. 사시 수술하는데 목돈이 든댔지. 내가 마련해 준다고 했지만, 일요일이면 나와서 내 일을 거들었다. 순숙인 제 멋대로 살다가 갔어.

조안이 손등으로 눈을 비비고 고개를 쳐든다. 물이 흐르듯 거스르지 마라. 숨을 잦히면서 속울음처럼 이모가 속삭인 말이다. 이모. 그냥 떠내려갈게요. 입안에서 곱씹은 말이다.

그런데 경인이 조안의 흐름을 가로막고 거슬러 올라간다. 저 꼭대기 물의 근원인 거기까지, 뉘우침의 시원에 도달하려는 그의 시도는 달갑지 않다.

어젯밤, 바로 이 어름에서 그는 자신의 속절없이 까발려진 삶을 안고 울먹인다.

미안해! 난 쭉정이야.

쭉정이? 그런지도 모른다. 그랬어도 해야 할 말은 해야 했고 해명해야 한다. 자살로 벌을 대신하면 안 된다. 죽는 게 용기일까? 그런 용기가 있었다면 살아내면서 그만큼의 벌을 받아야 마땅하다. 가시덩굴 속에 갇혀 옷이 찢어지고 온몸에 피의 빗금이 생살에 파고드는 아픔까지도 함께 나누어야 하지 않았을까? 말로만 미안해? 자살이 속죄를 대신하는 해법이라고 생각한 걸까? 경인이 자살이라는 거대한 보자기에 싸 들고 간 가족들, 하루 세 끼니를 채우지 못하는 가난 구덩이에 일곱의 아우들을 내팽개치고 도망갔다.

조안아, 미안해. 나 너무 지쳤나 봐. 말끝에 된 숨을 푸, 몰아내면서 덧붙인다. 잘 살아.

조안이 냉큼 맞받는다. 모 쌤이나 잘 살아.

어젯밤, 바로 여기서 그와 조안이 말의 버팀을 안고 서로를 당기고 밀치기를 반복한다. 한마디만 했으면 되는걸. 그 한마디. 모 샘, 얼마나 아파했는지, 얼마나 후회했는지, 얼마나 자책했는지, 얼마나 미안해했는지 알아. 우리 함께 차 마시고 밥 먹고 말을 섞었는데. 소리 내어 말하지 않았다.

마지막 전동차를 타려고 자전거를 타고 오빈역으로 달려가던 중이다. 마파람을 안고 달리는 자전거 뒤에서 그의 말소리는 바람에 쓸려 흐트러진다. 뭐라고? 힘껏 그의 허리를 부여잡고 조안이 소리친다. 크게 말해. 못 들었다니까.

됐어. 별소리 아니야.

조안이 그 말을 듣는 순간 갑자기 속이 울렁거린다. 상대의 말이 곱다랗게 다가오지 않을 때 그녀가 지닌 감각의 습관인지도 모른다. 죄다 말끔하게 쓸어 담아 가? 지상의 여행이 아니라는 말이었을까? 조안이 물어보지 않는다. 어설프게 거들면, 말이 길어질지도 모른다. 조안이 그냥 조금 비아냥댄다. 진짜? 여행? 언제 어디? 지금 여행하게 생겼어? 하다가 동생 경철이 또 사고 친 거네, 했다.

경인이 상하좌우로 고개만 흔든다.

경인이 저기 전동차 들어온다. 얼른 내려. 그가 재촉해서야 조안이 자전거 뒤에서 몸을 내린다. 희끄무레한 어둠 속에서 그의 해바라기처럼 활, 웃는 얼굴이 구겨져 있다.

바람이 불어 깜깜한 산자락이 술렁거린다. 조안이 회피하고 있다. 그녀의 회피를 허술하게 넘길 수는 없다. 회피라는 단어가 과격할까? 우정이 고개를 흔든다. 그의 뇌리에 박힌 조안의 표정 하나, 어딘가를 향해 불을 켠 듯 번들거렸던 눈빛, 나무 그늘에 숨었다가 홀연 모습을 드러냈던 순간, 알아챘다. 너였어? 우정이 그늘 속으로 몸피를 숨긴다. 더 지켜보려고, 그랬음에도 조안의 티 없이 맑은 눈빛을 보면 그런 의구심은 금방 사라진다. 내가 명색 장르 작가니까, 상상력이 발동한 건지도 몰라, 하면서도 그는 절로 비어져 나오는 구시렁거림을 씹어 삼킨다. 불시에 영화의 엔딩 자막처럼 그의 눈앞에 뭔가 스멀거린다. 그렇다. 그날 캠핑이 끝날 무렵 문혁을 풀장으로 유인했던 그녀의 비명소리? 풀장에 빠져 허우적거리는 문혁을 들쳐 업고 뛰어가던 모경인, 손으로 입을 막은 채 어떡해? 방방 대던 나주연과 나래, 네 개의 풍선을 두 손과 두 발목에 매단 채 유유히 물 위를 걸어가던 조안, 모두의 시선을 빼앗은 그 엽기적 장악력? 참 엉뚱하다. 조안의 기발한 연출이다. 그의 안에서 엇박자가 허룽거린다.

우정이 불시에 그 장면을 떠올린 건 두 사람의 죽음이 물하고 연관되었기 때문이다. 풀장과 개울, 개울과 풀장, 물은 물이지만 담기는 용기나 상황에 따라 전혀 다른 현상으로 존재한다. 개울의 물목을 막아 풀장을 만들었다면? 개울물로 청정채소를 길러 생존을 꾸리던 물의 마을 사람들이 살았다. 양평이 물의 고장인데도 산자락에 치우친 쌍돈리 마을은 물을 퍼 올려야 한다. 화전으로 개간한 마을이다. 산의 주인이 물길을 막아서 야채밭을 파헤치고 철근을 심어 건물을 세운다. 산을 타고 흐르는 물을 막아 풀장을 만든다.

지렛대를 흔들어 쫓아낸 자와 쫓긴 자가 있었고, 그들이 공깃돌처럼 가지고 놀았던 한 소녀의 죽음도 그 개울, 그 어름에서다. 그것은 우연이었을까, 필연의 사슬이었을까? 지금 우정의 머릿속에서 묵직한 숙제 바구니가 엉켜 드잡이를 치고 있다.

양평 쌍돈 마을 개울가에 서 있던 가랑머리 계집아이. 작고 가늘 한 몸피에 머리 다발만 한 뭉치다. 체크니스트라고 불리던 아이를 언니라고 부르던 작은 계집아이? 우리 언닐 그렇게 부르지 마. 당돌하고 야무진 목소리로, 그 아이가 조안 일수도 있다는 가설이 어느 순간 명징한 실존으로 걸어오고 있다.

우정이 물어볼 생각도, 발설할 생각도 없다. 우연을 가장한 실체는 인간이 만들어 낸 그림자일 뿐이다.

나래의 뒤에서 수줍게 따라 들어서던 소녀. 나래가 장황하게 덧붙인다.

k한의대 졸업반. 간호대학 졸업하고 대학병원에 근무하다가 한의대 편입에 도전했대. 대단해.

나 대표가 한마디를 툭 던진다. 악바리네. 한의대 편입이 수능보다 어렵다던데? 말을 끊고 조안의 아래위를 훑는 눈길이 매섭다. 의대생이 글공부? 시간이 남아돌진 않을 텐데.

조안이 다소곳이 나 대표의 눈을 마주 보면서 말한다. 그래요. 공부가 아니라 전쟁이죠. 한고비 넘겼어요. 문학은 저의 오랜 숙원이었어요. 의학 에세이를 쓰고 싶어요. 강산문방은 제게 문화 탐방 같은 거예요.

경인이 먼발치에서 그녀를 바라본다. 가까이 다가서면 화상이라도 입을지 모른다. 소박하고 수수한데도 한번 꽂인 눈길이 그녀 둘레를 뱅뱅이 돈다. 검정 스커트나 바지에 흰색 카디건, 교복처럼 그 단순 차림새가 정갈하다. 한 계절에 옷 한 벌로 버틴다.

우정은 마른 입술에 침을 바른다. 빤히 쳐다보는 조안의 눈을 맞바라보고 말해야 한다. 그녀 앞에서 네가 사주했어. 그 말을 직방으로 날릴 수 있을지 난감하다.

정당화될 수 없어요, 조안 샘. 우정이 말을 해놓고 그 아리송한 진의에 혀를 쿡 찬다. 밑도 끝도 없는 말이다.

조안의 크고 멍울 같은 동공에 물기가 차오른다. 표정과는 달리 던지는 말투에 가시가 느껴진다.

구체적으로 말해. 뭐가 정당화될 수 없다는 거야? 야무진 반격이다.

안 그래요? 모 샘의 자살을 부추기고 방조하고 사주한 건 살인 행위입니다. 피 한 방울 안 묻히고 죽인 거죠.

조안이 고개를 돌려 강산문원 본채 옆구리를 끼고 도는 무성한 숲을 바라본다. 아카시아와 너도밤나무 따위의 활엽수를 솎아내고 소나무만 골라서 심었다. 강 회장이 아들 문혁을 위해 가꾸고 꾸민 정원으로 이어진 야트막한 야산이다. 여기저기 서 있는 외등이 어둠을 몰아냈지만, 그 성긴 빛 타래가 오히려 검은 나무들의 그림자를 두드러지게 만든다. 덩치 큰 나무들이 바람결에 실려 몸을 떤다. 그 흔들림이 조안의 가슴을 졸아들게 만든다.

방조? 사주했단 말이지? 그랬다면 어쩔 거야? 조안이 가늘게 치뜬 눈으로 우정을 쳐다본다. 경인에게 노골적으로 자살을 사주한 기억은 없다. 그날 경인이 잠깐 보자고 해서 입은 옷 그대로 기다리고 있다는 콩나물 국밥집으로 갔다. 좁은 기사식당은 붐볐고 후덥지근하다. 그래서 걸치고 있던 풍성한 모직 스웨터를 벗어 의자 뒤에 걸치고 앉는 순간 경인이 헉 자지러진다.

왜? 어디 아파? 조안이 묻는다. 경인이 검지를 쳐들어 그녀의 심장을 겨눈다.

스웨터 입어. 입으라니까.

벗어둔 스웨터를 어깨에 걸치면서 조안이 말끄러미 경인을 쳐다본다. 경인의 눈이 초점 없이 흔들린다. 뭐가 어쨌다고? 여기 너무 덥다. 그제야 조안이 제 옷차림을 훑어본다. 색 바랜 체크무늬 스커트에 둥그레 안경, 손질을 안 한 머리는 부스스했을 것이다. 단지 그뿐이다. 무슨 의도가 있었던 건 아니다. 그냥 집에서 입은 옷 그대로다. 경인이 잠깐 보자고 해서 나간 걸음이다.

우정의 머릿속에서 맴돌았던 궁금증이 껍질을 벗고 선명하게 나타나는 걸 깨닫는다. 그랬어. 그거였어. 그가 우물거리고 있는데 조안이 그 우물거림에 활촉을 꽂는다.

자살은 법으로부터의 도피겠지. 죄를 지었다면 공정한 재판을 받아 그것에 합당한 처벌을 받거나 무죄를 입증해야 해. 자살은 도망 쟁이나 할 짓이야. 모 샘의 자살이 누군가의 사주로, 방조로 이뤄진 거라면 고발해. 배우정아!

조안이 16년 동안 가슴에 품고 있던 비수를 어둠 저편으로 던지고는 현관문 안으로 사라진다. 고발해. 공명정대한 판결을 기대할게. 물수제비처럼 날아간 그것이 그의 가슴팍에 풍덩 가라앉는다.

조안 샘, 잠깐요. 아직 내 말 안 끝났어요. 소리에 조안이 화들짝 뒤돌아본다. 단물 빠진 껌을 뱉어 내듯 그녀가 말한다.

그런지도 몰라. 그들의 죽음에 관여했을지도, 죽음을 사주했을지도, 그들의 가슴에 죄책감이라는 대못을 박았는지도 몰라. 아니라고 부정하지 않아. 숨을 고른 후 말을 잇는다.

배 작가, 그 어름에서 호루라기 불던 소년은 어디 갔을까? 전 아니라고 딴청을 부리잖아.

벌겋게 달궈진 송곳이 정수리를 찌른다. 입이 있는데 말이 나오지 않는다. 그 기억 한 조각으로 열여섯 해 동안 가슴앓이를 했다. 그것은 작은 종양처럼 나날이 부피를 더해간다. 난 아니라고 손사래 치며 비켜갔지만, 정말 아무 상관이 없는 걸까? 어른이 된 호루라기 아이가 목매단 경인을 물끄러미 지켜본다. 마음속으로 물이 차오른다. 한 패거리다. 문혁과 경인이 공유하는 죄의식의 한가운데 호루라기 아이도 함께했다. 술이라도 한잔 마시면 문혁이 경인의 등때기를 치면서 툭툭 내지른다.

입에 재갈이라도 물었어? 오늘 기어코 네 턱주가리를 빠개버릴 거야.

경인이 치뜬 눈으로 문혁을 쳐다보면서도 입술은 지그시 다문다.

그는 궁금했다. 문혁이 경인에게 이야기 좀 하자고 술만 마시면 지분대는 그 이야기의 정체가 무엇인지? 그들이 공유하고 있는 웅덩이의 실체는 때때로 주변을 찍어 누른다. 아마도 한 시기에 저질렀던 뭔가에 대한 엄중한 비밀인지도 모른다. 벗어나려고 버둥질치는 문혁에 비해 경인이 입을 다물고 침묵한다. 침묵은 또 다른 말이라는 걸 그때 우정이 깨닫는다. 우정이 그들을 비호하려 애쓰는 자신이 한심하고 씁쓸하게 느껴진다. 왜 그랬을까? 그 옹벽 속에 가두어진 비밀 구덩이 한구석에 쪼그리고 앉아 있는 아이, 그 아이가 목에 걸고 다녔던 호루라기가 아직도 책상 서랍 속에 구겨 박혀 있다.

그날 밤, 호루라기 아이는 쌍돈 마을 흔들바위 아래서 호루라기를 입에 문채 웅크리고 있다. 어둠이 그의 작은 덩치를 깊숙이 끌어안는다. 두 눈으로 보았고, 두 귀로 듣는다. 아이는 못 본 체했고 못 들은 체한다.

경찰관 아저씨가 묻는다. 너도 같이 있었지? 질문이 활촉이 되어 날아왔을 때 경인이 입술을 꽉 깨문다. 문혁이 손을 놓았어요. 진실을 말하는 대신 걔(순숙)가 제바람에 미끄러졌어요. 문혁이 밀지 않았다니까요. 경인이 거짓말을 한다. 호루라기 아이도 모 샘이 흘리는 거짓말에 덩달아 올라탄다.

우정이 경인에게 고자질한다. 문혁 형하고 순숙이 누나가 벼랑 바위에서 놀아요. 내가 일러주었다는 말은 하지 마요. 비가 오는데? 시간이 없다면서 칼바람처럼 자르던 그녀가 비가 지짐대는 저물녘에 벼랑 바위에서 문혁이하고 놀고 있단 말이지? 경인이 벼락치기로 몸을 날린다. 해발고도 260미터를 한달음에 내달리는 그의 발부리에 불똥이 튕기는 것 같다. 헉헉대면서 뒤쫓아가던 호루라기 아이가 벼랑 바위 근처에 주저앉는다.

물기 번들대는 너럭바위에 벌거벗은 몸뚱이들이 구렁이 감기듯 서로를 꼬고 있다.

있지. 문혁아. 내가 이상해. 너하고 만나기 시작한 지 두 달이나 지났잖아. 속이 메슥거리고 토가 올라. 약국에 가서 물어봤더니, 산부인과 병원에 가보래. 임신했으면 나 어떡해?

문혁이 벌떡 몸을 일으킨다. 말도 안 돼. 애가 그리 쉽게 만들어지는 거야? 몇 년 걸리는 거 아니니?

너하고 두 번이나 했잖아. 나이 어리면 그만큼 임신 확률이 세대.

뜸을 들이다가 문혁이 너 경인이하고도 잤잖아. 임신했다면 경인이 애일 거야. 난 아니야. 목 쥔 소리다.

그래? 날 못 믿는다 이거지? 너희 아버지에게 이를 거야. 그러면 병원에 가서 유전자 검사하겠지.

문혁이 호들갑이다. 아버지에게 이르기만 해 봐. 너 죽고 나 죽어.

그래. 맘대로 해. 그녀가 내지르는 가파른 목소리. 벗어 던져 둔 옷을 입고 운동화를 찾아 너럭바위를 더듬거리던 그녀가 갑자기 운동화 한 짝을 찾아들고 문혁을 후려친다. 나쁜 놈. 날 갈기갈기 찢어 놓고는 뭐라? 지 애가 아니래. 운동화 두 짝을 찾아 신은 그녀가 몸을 일으키는 순간 문혁이 그녀의 정강이를 걷어찬다. 주르륵 미끄러진다. 흔들바위가 물을 먹어 미끄덩거린다. 기웃해진 바위 끝으로 떠밀려간 그녀의 종아리가 허공중에서 버둥댄다. 순간 경인이 뛰어오른다.

왜 밀어. 위험하잖아. 미끄러져 내리는 그녀의 손을 잡으려고 경인이 허리를 수그리는 순간 문혁이 달려들어 그를 걷어찬다. 경인이 넌 빠져. 죽이든 살리든 내가 해.

좁다란 벼랑 바위에서 서로를 밀치고 당기며 버둥댄다.

순숙이 나 어떡해? 말과 함께 헛구역질을 한다. 문혁이 길길이 날뛴다.

무슨 애? 난 절대로 아니야. 누굴 골탕 먹이려고? 날 걸고넘어지지 마.

순숙이 도리질하면서 비명을 지른다. 책임지고 싶지 않으면 관둬. 경인이가 내 몸속으로 들어온 적은 없어. 밤마다 내 속에 들어와 휘젓고 발광하는 건 문혁 너야. 너란 말이야. 그리고 내가 전교 수석 한 게 그리 배 아파? 내 글짓기가 우수상 받은 게 배 아프단 말이지? 문혁, 넌 비리 오른 망아지야. 돈 좀 있다고 까불지만, 이제부턴 양보 안 해.

순간 문혁의 샌들이 순숙의 등때기를 후려친다. 순숙이 비틀 넘어지면서 반바지 입은 문혁의 발목을 잡는다. 문혁이 발목에 엉긴 그녀의 손을 다른 쪽 샌들을 들고 팍팍 내지른다. 떨어지지 않자 샌들을 신고, 그 발로 그녀의 손을 짓이긴다.

잡아 줘. 떨어지잖아. 매달린 그녀의 기진맥진한 목소리. 잡아 줘. 제발.

문혁하고 경인이 치고 버티는 몸싸움이 벌어진다.

앗! 위험해! 하는 순간 문혁의 왼쪽 샌들이 벗겨진다. 문혁의 몸이 반쯤 바위 아래로 걸쳐진다. 경인의 왼손이 순숙을 잡았고 오른손에 문혁을 잡고 있다. 경인이 문혁의 손을 잡고 끌어 올린다. 경인의 몸통 반쯤이 흔들바위 아래로 굽어든 모양새다. 한꺼번에 쓸려 떨어질지도 모른다. 문혁이 사지를 버둥대다가 겨우 긴 다리를 휘둘러 소나무 가지에 한쪽 발을 걸친다. 경인이 한쪽으로 몸이 쏠리면서 손을 놓친다.

외마디 비명이 골짜기 아래로 굴러 내린다.

살려 주라…….

경인이 왜 순숙의 손을 잡는 대신 문혁의 손을 잡았을까? 널 사랑해. 맨날 반복하면서 경인이 그 손을 놓았을까? 비명 소리가 밤의 적막을 가른다. 경인이 벼랑 아래로 기어 내려간다. 순숙아, 순숙아! 부르면서. 피투성이 된 순숙을 업고 병원으로 가면서 경인이 목울음을 토해낸다. 호루라기 아이는 그냥 경인을 뒤따라간다.

경인이 두 손을 마주 잡은 채 애걸한다. 떠밀지 않았다니까요. 장난치다가 제바람에 넘어졌고, 일어나려다가 제바람에 미끄러진 거예요. 문혁이 아니라니까요. 공부 모범생은 인간성도 모범이라니까요.

그리고 그 이야기를 쌍돈리 보건의의 입을 통해서 듣는다. 부검하지 않았지만, 이 소녀는 임신 9주예요. 체온이 높고 유두가 발갛게 부풀었는데요. 임신 초기 징후죠. 그때 불쑥 나타난 강 회장.

기왕 그렇게 간 아이를 편하게 보내 주시구려. 임신 어쩌고저쩌고하면 기자들이 달려들겠지요. 법 없이 사는 우리 쌍돈 마을 선량한 사람들인데, 지저분한 이야기는 삼가해주소. 누가 이의를 제기 한 것도 아니잖소. 보건의의 입을 닫아걸게 만들었던 거래는 누구도 알지 못한다.

우정이 고개가 푹 수그러진다. 누구의 죽음을 조상해서가 아니다. 고개를 들고 다닐 수 있을까? 한 줌의 수치감이 그의 정수리를 찍어 짓누른다.

죽이고 죽임을 당한 아비와 아들, 엉기고 꼬인 집착이라는 질긴 옭매듭이다. 가위로 잘라내지 않는 한 손으로 풀 수 없다. 그는 문득 하나의 단어를 떠올린다. 자신을 묶는 양심의 매듭? 자신을 가두는 속죄의 감방? 비로소 오랫동안 그의 명치에 걸려 있던 수만 개의 물음 부호가 헤실헤실 풀어진다. 해답은 내장 속에 가두어진 멍울이다. 그 알알한 세포들이 피돌기를 따라 번진다. 오랜 세월 몸과 마음을 좀먹고 흠집을 내면서 기어이 중증의 암세포로 증식, 기진한 목숨은 남루를 뒤집어쓴 채 눈을 감고 귀를 닫았고 숨을 아낀다. 아니었을까? 아니라고 말할 수 있을까? 왜 갑자기 그 생각이 몰아쳐 달려들었는지 모를 일이다.

우정이 그날 피를 튕기던 강만복의 난타전이 생각나서 후룩 몸서리를 친다. 그는 자신이 그들과 공유하고 있는, 호루라기 아이로. 기억의 징검다리 저편에 서 있는 자신을 마주 본다. 갑작스러운 자각이다. 모경인의 죽음에서 건져 올린 한 오라기 진실이다. 옭매듭을 들쑤시면서 타살이 어쩌고 했지만 그건 그의 죽음을 회피하고 싶었던 무의식의 반란이다. 나는 무관하다고, 딴지 부리는 자신의 비루함이 등짝을 후려친다.

경인이 스스로 목을 맸다. 자살이 분명하다. 죄의식 때문에?

그것이 죽음을 끌어당긴 이유의 전부는 아닐 것이다. 늘 웃고 다녔지만, 경인이 문학에 거는 욕심이 컸다. 딱 하나의 작품으로 뛰어넘고자 했다. 한밤중 눈이 떠질 때마다 경인이 책상 앞에서 키보드를 두드린다. 그 소리에 우정이 깨었을 것이다. 그는 소설 쓰기에 목을 맸다. 예술은 타고 나야 해. 노력으로 되는 게 아니야. 한탄처럼 쏟아낸다. 너무 자신을 비하하지 마요. 아직 세월이 창창한데 너무 조급해하는 거 아니에요? 위로에 버무려 한마디 하면 경인이 눈을 부라린다. 모르면 가만있어. 네가 뭘 알아? 야박하다. 그에게 그런 면이 있다. 호루라기 아이는 알고 있다. 낭떠러지로 굴러 내린 그녀하고 잠잔 경인을. 호루라기 아이가 문혁에게 이른다. 순숙이 모경인 하고 그 짓 했어요. 그런데 경인이 아니라고 딱 잡아뗀다. 강 회장이 그 사건을 송두리 채 땅에 파묻어 버렸기에 더 이상 입질에 오르내리지 않는다. 우정이 입을 앙다물고 산다. 세상에 완벽한 사람이 있기나 할까? 내가 땡감인데, 우정은 늘 좀 한발 물러선다. 모경인의 이기적 속죄에 우정이 한발을 걸친 셈이다.

우정이 조안을 보고 바람 좀 쐬고 올게요. 하고는 밖으로 나간다. 비 묻은 바람이 분다. 유령의 입바람 소리처럼 으스스하다. 지금 그는 지옥의 문턱에 한발을 걸치고 있는 자신을 돌아본다. 그들하고 엮여 있다. 경인은 예외라고 생각했는데, 그 역시 문혁하고 동급의 위선 쟁이었음을 이제야 깨닫는다. 경인이 죽음으로 면피하려는 얄팍한 의중에는 복합적인 요소들이 반죽돼 있다. 그것보다 경인을 멍석말이했던 맏아들이라는 압박감에 가난이라는 메울 수 없는 검은 구멍은 아니었을까? 하지만 그런 자잘한 사유가 경인의 목숨을 저당한 이유의 전부가 아닐지도 모른다. 그가 추구했고 갈망했던 딱 하나의 주제, 인간의 등급을 가르는 소설 한 편을 그는 시작도 못 한 채 눈을 감는다. 역부족이야. 재능이 없어. 그냥 이야기꾼으로 스토리텔링만 끼적거릴 수가 없구나. 내 소설에는 뼈대가 없어. 백골처럼 풍화된 희고 단단한 서사는 내 것이 아니었어. 흉내만 내는 소설가는 싫어. 그렇다. 경인이 스스로 목에 밧줄을 감을 까닭은 바로 이것이다. 순숙에 대한 깊은 죄책감으로? 모든 결핍이 반죽된 결과다. 수치로 가른다면 속죄가 칠할 정도라면 소설 쓰기의 역부족한 재능 결핍이 삼 할은 되지 않을까?

가난 구덩이에 앉아서 수십만 장의 파지를 내면서 좌판을 두드린 서사가 한갓 흉내 낸 스토리텔링에 불과했다니? 백번을 죽어도 아깝지 않은 인생이라 경인은 울음을 삼키고 눈을 감았을까?

그녀에게 마음을 열어 주었던 날, 지상의 모든 사물이 꽃밭인 양 화사하고 아름다웠다. 순숙이 브라자의 클립을 풀면서 속삭인다. 경인아, 네가 처음이야. 내 인생의 첫 남자야. 했을 때 그는 황홀했다. 한 계절이 지날 무렵 그녀가 발갛게 달구어진 젖 망울이 아프다면서 손을 못 대게 한다. 왜? 아파? 그가 묻자 그녀가 작게 종알거린다. 나 애 뱄나 봐. 후다닥 몸을 털고 일어난 그가 어떡해? 어쩌려고? 마치 순숙의 잘못인 것처럼 볶아친다. 나 어떡해? 그가 제안한다. 너하고 내 애잖아. 우리 집 횡성에 가서 1년 동안 출산하고 학교는 쉬면 어떨까? 그녀가 대뜸 묻는다. 그리고? 그가 우물거린다. 그렇게 살면 안 될까? 낮에 농사짓고 밤에 지방대학 야간에 다니면 돼. 그녀가 발작하듯 소스라친다. 나보고 촌놈 마누라로 살라고? 싫어. 나보고 흙살에 청춘을 묻으라고? 어림 반 푼도 없다. 병원 갈 거야. 지울래. 병원비는 네가 좀 해주라.

날 사랑한다면서? 아일 지워?

사랑하고 그건 달라. 병원비 댈 형편 안 되면 당분간 우리 만나지 마. 순숙이 답지 않게 말에 뜸을 들인다. 있지, 경인아, 내가 어디에서 무얼 했던 내 사랑은 경인이야. 그리고는 오른손 새끼손가락을 내민다. 맹세해.

그랬음에도 그녀는 그날 이후 완전히 딴 사람처럼 변해버린다. 만나주지 않는다. 이래저래 피해 다닌다. 마주치기라도 하면 화들짝 돌아서서 달아난다. 지겨워, 꺼져. 그녀가 내뱉은 말들이 돌팔매가 돼 그의 심장에 박힌다. 애가 먹을 분유 살 돈 있어? 기저귀 살 돈 있냐고? 비렁뱅이인 주제에 아비 될 욕심만 나불대네. 아기 침대는커녕 지붕 한 칸도 없는 주제잖아. 이 동네에서 내가 어떻게 살아? 아줌마들이 동네 방에 나발을 불고 다닐 텐데. 난 고등학교 졸업장도 못 받은 무지렁이로 살 수 없어. 널 사랑하지만 그렇게는 못 살아. 가난뱅이는 싫단 말이야. 그래서 문혁이라고?

지분거렸던 문혁을 순숙이 끌어당긴다. 늘 매몰차게 뿌리쳤던 문혁의 뿌리가 자신의 살을 찢고 진입하는 무례를 허락한다. 이미 첫 사람이 지나간 통로여서 살을 찢는 아픔은 덜했지만, 그녀는 아기의 첫울음처럼 몸을 비비대면서 네가 처음이라고 코맹맹이 소리로 속삭인다. 온실 화초처럼 자란 문혁이 순숙의 절박한 애소를 그대로 받아들인다. 목적을 위한 수단으로 자신에게 접근한 여자의 심리 감별에 그는 백지상태다. 다만 너희 아버지 강 사장한테 이를 거야. 네가 파종한 아기가 내 자궁 속에 있다는 것을. 그 말 한마디에 문혁의 순정은 박살난다. 아버지에게 일러? 그럼 너 죽고 나 죽는 거야.

여름 끝자락

별살은 따갑지만 바람은 서늘하다. 조안이 민소매 원피스 위에 걸친 검정색 카디건 지퍼를 여민다. 몸속에 길이 트인 듯 사방으로 바람이 들이친다. 속이 여문 수박처럼 덩덩 소리를 낸다. 경인의 말들이 숨길을 타고 들어가 그녀 안에 고치 집을 만든다. 경인이 너와 나 사이라고, 라벨 1호라며 그녀의 둘레에서 멈칫거렸던 시간들, 그 알알했던 미움과 간절함까지 이젠 마침표를 찍어야 한다. 그들 사이를 가로막았던 광기의 시간들, 감성의 수신자들은 이제 눈을 감는다.

조안이 자신에게 되묻는다. 그 한 줌의 유골이 구원이냐고? 세차게 고개 흔든다. 화장터에서 조금 나누어 가진 모경인의 유골이다. 같은 날 같은 시간에 각기 다른 화덕에 들어가 서른세 해 걸치고 다니던 육신을 태운 분진이다. 경인의 동생 경철이 준비해온 기름 먹인 한지 봉지에 덜어 주었다. 문혁의 뒤처리를 하고 있던 나래가 딱 한 줌이야 하면서 비닐장갑 낀 손으로 조금 덜어낸다.

조안이 자전거 페달을 힘차게 밟는다. 내리막인 골목을 돌고 돌아 마침내 안개 자우룩한 강변북로, 거기 어딘가에 두고 온 개울을 향해 달린다. 그녀의 16년을 담은 둘의 유골 봉지가 양쪽 호주머니에서 가느다란 띠가 되어 흘러내린다.

8월의 끝날 새벽 4시, 묽은 어둠살이 안개에 녹아 후물거린다. 초록과 땡볕과 물컹거리는 아스팔트, 천지사방이 땀을 흘리는 팔월, 한낮을 피해 신 새벽에 집을 나와 해가 서산을 넘어간 이후에야 귀가해야 했던 조안의 여름 행보는 햇볕 기피가 우선이다.

자정 넘어서야 잠자리에 들었지만, 금방 곯아떨어지는 나이가 아니다.

뒤척이던 나래가 뜬금없이 지난 이야기를 펴 올린다. 조안아, 너 기억해? 문혁이 오빠가 그랬어. '아프지 않은 인생은 없다고, 과거의 일이 현재의 것의 무덤을 파지 않으려면 잊어야 한댔어? 잊지 못하는 사람은 내려놓을 수도, 극복할 수도 없대. 그날 있지? 현대 시 포럼 하던 날, 너도 같이 들었잖아.

조안이 고개를 끄덕인다. 시인은 같은 말이라도 색깔이 달라.

그냥 생각났어. 내 안에 든 멍이 지워질 것 같지 않아.

조안이 아니라고 손사래를 친다. 피멍? 멍 없는 사람이 있을까? 그 말이 목구멍을 지나 심장을 움켜쥔다. 몸이 기억하는 아픔이다. 원망의 대상에게 복수라는 칼을 품고 대했던 그에게 자신의 슬픔과 고통으로 찢어진 상처에 약을 발라 달라고 칭얼댔던 이율배반의 조안, 염치없음의 극치다.

나래가 계속한다. 용서는 숙제가 아니고 사람이라면 감수해야 하는 반듯한 품성이랬어. 자꾸 뒤돌아보고 보고 또 보고 구시렁거리면, 미래는 실종된댔어. 용서는 결국 자기 구원이잖아. 난 동의해.

선풍기를 들고 온 우정이 갈대발 안으로 바람을 밀어 놓고 한 마디를 보탠다. 꼭 피를 봐야 살인이라고 할 수 없어요. 살인의 방법은 다양해요. 말이나 문자나 목소리 옷이나 기타 등등. 두 분, 그거 알아요? 세상에 완전범죄가 없듯이 완전한 방법도 없어요.

나래는 고개를 끄덕였고 조안이 일어나 선풍기 방향을 돌린다. 열대야가 2주나 계속되네. 이러다가 죄다 말라비틀어질 것 같아.

제 방으로 발길을 돌리던 우정이 멈춘다. 아닌데요. 조안 샘은 시들지 않을 것 같아요. 8월생 아닌가요? 짱짱한데요.

조안 대신 나래가 말한다. 조안이 안 그래. 겉은 짱짱해 봬도 속은 헐거워.

조안이 그들의 죽음에 관여했을까? 죽음을 사주했던가? 그들의 가슴에 죄책감이라는 대못을 박았을까? 제 명대로 살지 못하고 떠난 순숙이 언니처럼. 순숙이 벼랑 바위에서 미끄러지면서 외쳤던 새된 비명소리, 내가 처치 곤란해진 거잖아. 배가 풍선처럼 부풀 테니까. 동네방네 소문이 퍼질 테니까. 쪼그만 가시나가 배불뚝이네. 어떤 놈하고 붙어먹은 겨? 잡것하고서……. 잘 살아. 내 몫까지 보태줄게.

잘 살라고? 그들은 잘 살았을까?

조안의 오른손이 왼쪽 가슴을 지그시 누른다. 거기 심장에 대고 네가 그랬어? 아니라고 하지 마. 질긴 오랏줄, 그녀의 삶을 친친 감고 있었던 쇠사슬, 이젠 벗어나야 한다.

이모의 말대로 사랑은 조각보를 잇듯이 수많은 조각들을 잇고 꿰매고 다듬는 과정인지도 모른다. 서로의 시린 어깨를 덮어주는 보송한 이불 한 자락.

조안이 강변 버드나무에 자전거를 세운다. 연두를 벗어던진 버들잎들이 무성하다. 그녀에게 다음 순서가 있다. 먼저 숄더백에서 가위를 꺼내든다. 고개를 숙여 앞으로 쏠린 머리카락을 쥐고 자른다. 매번 머리카락을 자를 때마다 비장한 기분이 들지 않았다면 거짓말이다. 그녀 나름 누군가를 조상하는 애도의 방법이다. 이모가 세상을 떠났을 때도 머리카락을 잘랐다. 자른 머리카락은 유골 봉지에 돌돌 말아 고무 밴드로 묶는다. 지금 자신이 행하고 있는 이 머리 자르기는 정말 과거 완료형이 될 수 있을까? 사람이 만들어 낸 구구한 변명 아닐까? 과거완료형 같은 건 있을 수 없다. 어제라는 시간 위에 오늘이 포개진 것이다. 나날의 목록이 쌓이고 포개지면서 한 사람의 생애가 만들어 지는 게 아닐까?

조안이 두개의 단어를 지운다. 용서와 사랑. 참 어깃장 부리는 조합이다. 체크니스트로 불리던 언니의 곁에 서성거리던 두 남자. 칡덩굴같이 엉겨 있었던 우정이라는 종이 사슬을 이어온 까닭을 이제야 알 것 같다. 서로의 발설이 두려워 치아로 깨문 입술에 곰팡이가 슬었는데도 침묵으로 일관했던 그들. 그들은 우정이라는 시답잖은 간판을 목에 걸고 16년을 견뎌낸다. 서로를 견제하고 서로를 다독이면서. 캠프파이어라는 난장판이 없었다면 더 긴 세월, 입에 재갈을 물은 채 새치머리가 되었을지도 모른다.

하지만 이제 그들은 스스로를 억매고 있던 가책의 사슬을 풀어 버린다. 순숙이 켜두고 간 촛불은 16년 동안 꺼지지 않은 채 촛농을 흘린다. 그 뜨거운 촛농이 그들의 일상을 헤집고 속살을 태우고 심장을 갉아먹은 것은 아닐까?

길고 벼린 서른 고비에서 그들 둘은 약속이라도 한 듯이 존재의 허물을 벗어 던지고 떠난다. 죽음은 깊은 잠. 자신을 이해하는 과정의 긴 노정의 삶이 내용이라면, 죽음은 수만 개의 쉼표를 매단 서늘하고 고독한 수면일 터. 목숨 그 이전, 그 이후에도 멈춤은 존재한다. 죽음은 본래의 것이고 영원한 것. 삶은 일시적인 것. 내 존재, 내 삶의 이전부터 죽음은 거기 서 있다.

저만치 우정의 차가 스륵 달려오고 있다. 조수석에 앉은 나래가 두 손을 흔든다.

조안이 얼른 야구 모자를 눌러 쓴다. 언젠가 경인이 사준 야구 모자다. 경인은 늘 해바라기처럼 활짝 웃으면서 말한다. 모두 함께해. 슬픔도 외로움도 함께 나누면 반쪽의 위로를 얻을 수 있을 거야. 두 손 모으고 너 자신을 사랑하듯 모두를 끌어안을래.

차가 정차하고 나래가 내린다. 조안의 허룩한 차림새를 훑는다.

횡성 안 가?. 경철 씨 내일 결혼식이잖아.

운전대를 잡은 우정이 쓱 고개를 내민다. 나래 시인이 내 작업복까지 준비한 거 있죠. 앞치마 걸치고 피로연 책임지라는 건데, 그런 잔소리가 오히려 역효과를 낸다는 거 모르는 모양이에요.

조안이 문득 오른손 검지를 길게 뻗는다. 양수리 저편, 붉은 해 오름의 물무늬가 천지간에 가득하다. 나직이 구시렁거린다. 그리움이 뭔지 지금 막 알았어. 손에 잡히는 것, 밤송이처럼 살

갖을 찌르는 가시야. 내가 너무 센 말을 했니? 그치? 어머! 저기, 하늘이 하얘. 본디 푸른색 아니었어?

안 타? 뭘 중얼거려? 노인처럼. 나래가 조안의 등을 민다.

속내 말에 보풀이 일어 눈가에 물기를 뿜어낸다. 손차양을 한 조안이 양평 그 개울에서 멈칫거리는 눈길을 끌어당긴다. 햇빛 때문에 하늘이 하얗다. 안녕. 날숨에 버무린 외침이 새벽 강물을 타고 흐른다.

마침표를 찍고

작중 캐릭터 중 주제를 끌고 나가는 조안이 두 개의 단어를 지운다. 용서와 사랑, 참 어깃장 부리는 조합이다. 그녀가 풀어내는 서사를 따라가면서 많이 갸웃거린다. 그 말이 가지는 뉘앙스가 많은 함의를 내포하고 있기 때문이다. 자칫 언어가 가지는 포장이 늘 진실하지만은 않다는 생각이 앞섰기 때문이다.

받은 것만큼 되돌려 준다? 그 앙칼진 정서에는 두고 볼게, 어떻게 사는지 지켜볼 거야 하는 따위의 앙갚음의 비수를 호주머니 속에 숨겨둔 채 밥도 먹고 차도 마신다.

복수는 칼이나 도구로 목숨을 앗아가는 것만이 아니다. 하나의 단어, 한마디 말로도 피를 흘리고 속살을 태우며 스스로 죽음에 이르게 하는 수법이 더 잔혹하다. 육체의 도살은 잠깐이지만 영혼의 착즙은 갈기갈기 찢거나 부수뜨리기 때문이다.

죽음은 인간의 영역이 아니라고? 조안이 비켜 갈 수도 있었을 서른의 청정한 그들을 죄의식이라는 가책의 너울을 씌워 생의 곁길로 몰아치지 않았을까?

수고 해주신 문이당 여러분께 감사드린다.

2024년 겨울 고개 앞에서

최 문 희

열여섯 번의 8월

초판 1쇄 인쇄일 • 2025년 1월 6일
초판 1쇄 발행일 • 2025년 1월 10일

지은이 • 최문희
펴낸이 • 임성규
펴낸곳 • 문이당

등록 • 1988. 11. 5. 제 1-832호
주소 • 서울특별시 강북구 미아동 126-1
전화 • 928-8741~3(영) 927-4990~2(편)
팩스 • 925-5406

전자우편 munidang88@naver.com

ISBN 978-89-7456-589-3 03810

값은 뒤표지에 표시되어 있습니다.